O Menino Azul

Henry Bauchau

tradução de Caio Leal Messias

Copyright © 2004 por Actes Sud
Título original: *L'enfant bleu*

Publicado com a devida autorização e com todos os direitos, para a publicação em português, reservados à Aller Editora.

É expressamente proibida qualquer utilização ou reprodução do conteúdo desta obra, total ou parcial, seja por meios impressos, eletrônicos ou audiovisuais, sem o consentimento expresso e documentado da Aller Editora.

Editora	Fernanda Zacharewicz
Conselho editorial	Andréa Brunetto • *Escola de Psicanálise dos Fóruns do Campo Lacaniano*
	Beatriz Santos • *Université Paris Diderot — Paris 7*
	Jean-Michel Vives • *Université Côte d'Azur*
	Lia Carneiro Silveira • *Escola de Psicanálise dos Fóruns do Campo Lacaniano*
	Luis Izcovich • *Escola de Psicanálise dos Fóruns do Campo Lacaniano*
Tradução	Caio Leal Messias
Revisão	William Zeytounlian
Diagramação	Sonia Peticov
Capa	Niky Venâncio

1ª edição: fevereiro de 2024

Dados Internacionais de Catalogação na Publicação (CIP)
Ficha catalográfica elaborada por Angélica Ilacqua CRB-8/7057

B339m   Bauchau, Henry
         O menino azul : romance / Henry Bauchau ; tradução de Caio Leal Messias -- São Paulo : Aller, 2024.
         320 p.

         ISBN 978-65-87399-64-5
         ISBN 978-65-87399-65-2 (livro digital)
         Título original: *L'enfant bleu*

         1. Literatura belga I. Título II. Messias, Caio Leal

24-0479   CDD: 849.3
                                                                    CDU 830

Índice para catálogo sistemático
1. Literatura belga

Publicado com a devida autorização e
com todos os direitos reservados por

ALLER EDITORA
Rua Havaí, 499
CEP 01259-000 • São Paulo — SP
Tel: (11) 93015-0106
contato@allereditora.com.br

Aller Editora • allereditora

a Bertrand Py

e a Marie Donzel
a Jean-François La Bouverie
que tanto me ajudaram e apoiaram
para escrever este livro

*É preciso descer ao caos
primordial e sentir-se em casa*
GEORGES BRAQUE

*...caos, palavra grega, significava paradoxalmente
em sua origem: abertura e abismo, ou seja, liberação*
FRANCIS PONGE

Sumário

Prefácio	9
O encontro	13
Trezentos Cavalos Brancos pelas Ruas de Paris	23
A gente gosta disso	34
Pasífae	44
O minotauro assassinado	54
O Monstro	75
A ilha paraíso número 2	89
A mordida	99
A harpa eólica	114
A estátua de madeira de árvore	123
A música de Vasco	131
A menina selvagem	144
O inspetor	159
O povo do desastre	169
O ateliê	178
O cachorro amarelo	185
O cruzamento de angústia	197
O grande estandarte	213
A manifestação	229
O menino azul	232
A parede despedaçada	242
A gente não sabe	253
Não cole em mim	261
A volta do menino azul	276
A gente não foi expulso	284
Myla	290
Proibida de responder	305
Hoje, posso pagar eu mesmo	310

Prefácio

Ao se deparar com O menino azul, de Henry Bauchau, traduzido por Caio Leal Messias, o leitor brasileiro deve se perguntar: quem é o autor e por que traduzi-lo?

Henry Bauchau, escritor, poeta, dramaturgo e psicanalista, nasceu em Malinas, Bélgica, em 22 de janeiro de 1913, e morreu em Louveciennes, França, em 21 de setembro de 2012. Começou a escrever tarde, aos 45 anos. Seu primeiro livro, Géologie, foi publicado em 1958 e logo recebeu o Prêmio Max Jacob. Escreveu mais de 30 livros, incluindo romances, contos, poesias e peças de teatro.

Considerado um dos mais importantes escritores belgas do século XX, ele recebeu o Prêmio Franz Hellens (1972), o Prêmio trienal de romance (1990), o Prêmio União Latina (2002), o Grande Prêmio de literatura da Société des Gens de Lettres pelo conjunto de sua obra, o Prêmio do livro France Inter para Le boulevard périphérique etc.

Henry Bauchau não guardava seus manuscritos até Geneviève Henrot, da Universidade de Padova, lhe informar o valor desta documentação para os estudos de crítica genética. Por isso, ele doou ainda em vida os cadernos de escritura de todos seus romances, poesias e peças para duas instituições: o Acervo Henry Bauchau da Universidade de Louvain-la-Neuve[1] e os Archives et Musée de la Littérature – AML de Bruxelas[2], dirigidos

---

[1] Cf. https://uclouvain.be/fr/instituts-recherche/isp/alpha/fonds-henry-bauchau.html

[2] Cf. https://opac.aml-cfwb.be/

na época respectivamente por dois especialistas de sua obra: Myriam Watthee-Delmotte, da Universidade de Louvain, e Marc Quaghebeur, diretor do AML.

Além dos acervos reunindo sua obra, foi fundada em 2008 a *Revue Internationale Henry Bauchau, L'écriture à l'écoute*, editada pela Universidade de Louvain, que se define como um lugar de trocas entre especialistas ou amadores da obra de Bauchau e que publicou seu décimo-terceiro número em 2023.

Em 2009, a Universidade Católica de Louvain, com o apoio da Faculdade de Filosofia, Artes e Letras, lançou o Prêmio Henry Bauchau para premiar qualquer pesquisa ou trabalho criativo relacionado à obra do escritor belga.

No Brasil, a única conhecida é o romance *Édipo na Estrada* (1990), uma reinterpretação contemporânea do mito de Édipo que lhe rendeu reconhecimento internacional, traduzido por Ecila Grunewald e publicado pela Editora Nova Aguiar do Rio de Janeiro em 1998.

Descobri a obra de Henry Bauchau em 2010, quando indicado por uma amiga, li sem parar o romance *Œdipe sur la route* comprado em Namur, Bélgica, o que me "forçou" a procurar seus manuscritos nos AML e no Acervo Henry Bauchau na Universidade de Louvain, falar com seus especialistas, a ler a obra e a crítica, transcrever muitos fólios dos cadernos guardados na AML e no acervo de Louvain, escrever vários artigos na *Revista Henry Bauchau* e na *Manuscrítica*[1], orientar pós-graduandos no assunto até visitar o escritor em Louveciennes, perto de Paris, que com 97 anos ainda escrevia.

O romance *O menino azul* foi objeto da tese de Caio Leal Messias, que tinha por título *Orion, personagem de Bauchau: um estudo de crítica genética*. Personagem central do romance, o jovem psicótico Orion descobre, no decorrer do tratamento com a psicanalista Véronique, seu poder criativo. O caminho é longo

---

[1] Cf. https://www.revistas.usp.br/manuscritica/issue/view/12931

e o leitor acompanha a escuta atenta da psicanalista e suas dificuldades para interpretar os desenhos de Orion que revelam uma imaginação transbordante capaz de combater seus delírios e que poderia fazer dele um artista reconhecido. Orion tem treze anos e vive com preconceitos e monstros na cabeça que o forçam à violência. As outras crianças zombam dele e se aproveitam da transformação desse menino gentil em um demônio dotado com uma força sobrenatural que destrói tudo em seu caminho. O leitor descobrirá a originalidade do tratamento diferente da escuta "habitual" do psicanalista.

Inspirado em um tratamento real conduzido pelo psicanalista Bauchau, o romance se distancia bastante, no entanto, do caso clínico convencional pela invenção de linguagem e das soluções encontradas.

O tradutor não teve tarefa fácil já que o personagem inventava palavras para descrever o que sentia e explicar as situações nas quais se metia. Caio Messias comentou suas dificuldades na revista da Associação dos Pesquisadores em Crítica Genética (APML): "Ao ler o romance em francês, topamos com todo um arsenal de novas palavras e fusões de termos operadas pelo personagem que colocam em apuros o tradutor. No trecho transcrito, podemos ver as palavras 'fervoniza', 'confundifica' e 'remexatiça', termos típicos da língua de Orion. Aqui o jovem parece trabalhar com fusões (palavras-valise), o que implica rastrear os termos originais e recriar a composição em português. Explico, a título de exemplo, as traduções dos termos citados. *Bouillonniser*: *bouillir* + *rayonner* – fervonizar: ferver + raiar/irradiar: raionizar; *Bazardifier*: *Bazar* + *édifier* – Cafundificar: bagunçar/confundir + edificar"[1].

Língua *sui generis* que recorda a de Joyce via Lacan como bem lembra Caio no mesmo artigo, língua que exige do tradutor uma

---

[1] MESSIAS, Caio Leal. "A língua de Orion: surpresas e dificuldades na tradução de *L'enfant Bleu*, de Henry Bauchau". In: *Manuscrítica*, nº 31, 2016, p. 132-133.

invenção pouco comum e que merece aplausos pela ousadia. Entender palavras como pachacroute, atropeladificado, infelicizado, fabricole, reparaturado, surpresificados, enraionificar exigem uma capacidade de invenção e de análise do contexto muito fina que ressalta a riqueza da língua e a capacidade do tradutor.

Obra de qualidade pelo conteúdo que interessa professoras, professores, psicanalistas, psicólogos e cuidadores de crianças fora do comum, com excelente tradução, aconselho vivamente a leitura a todos.

PHILIPPE WILLEMART
Universidade de São Paulo

O ENCONTRO

Primeiro ano no hospital dia. Na saída do metrô, em Richelieu-Drouot, volta o mal-estar. Olho o relógio. Depois do longo trajeto desde o subúrbio onde moro, sei que cheguei na hora e, no entanto, sinto que chego tarde. Tarde no tumulto e na urgência que dominam o bairro da Bolsa. Tarde no mundo, na angústia.

Mantenho o passo, subo lentamente pela Rua Drouot, obrigo-me a perceber o desigual escalonamento de cinzas e o domo branco de Montmartre que sobressai entre eles. Estou presente, atenta, é o momento de mudar de rua, de passar com coragem o alpendre um pouco gasto, a escada e a esmagadora banalidade da entrada do hospital dia. Depois vem o corredor, a sala dos professores, suas mesas, seus cabideiros sobrecarregados e a acolhida sempre desconfiada daqueles que me perguntaram, no dia de minha chegada, porque me enviaram ali de paraquedas.

Eu ignorava, na época, os conflitos que perturbavam o hospital e respondi: "A direção pode explicar isso, só sei que tenho as qualificações necessárias e preciso ganhar a vida." Provavelmente era a resposta certa, desde então já não me agridem, mas me mantêm à distância e, no fundo, não faço parte da equipe.

Vejo, ao chegar, colado na parede pelo professor de artes, um desenho que me encanta e harmoniza com o oculto desamparo que sinto. É uma ilha muito pequena, uma ilha azul, rodeada de areia dourada e coberta somente por algumas palmeiras. Essa ilha, seu céu, sua luz, sua minúscula solidão protegida por um mar cálido transmitem o desejo, a dor de um coração ferido.

O desenho ingênuo, feito de maneira tosca, penetrada de sonho, faz-me sentir com força o silêncio, o exílio aterrorizado, a escandalosa esperança dos quais nasceu.

Dizem que é de Orion, um menino de treze anos, em que se alternam aplicação, fortes inibições e crises de violência. Sem saber seu nome, conheço Orion porque durante os intervalos das aulas está sempre colado na porta da sala dos professores para solicitar proteção contra as provocações de seus colegas. Pálido, cabelos compridos, expressão desorientada, apertando com força sua mochila que os outros tentam arrancar, faz-me pensar em um suplicante.

No dia seguinte, aproximo-me dele: "Vi seu desenho da ilha, é muito bonito, gosto muito dele." Ele me olha assustado e feliz. Continuo: "Você tem muito talento." Sorri outra vez, mas seu olhar se obscurece. Será de perplexidade? Será possível que no oitavo ano ainda não compreenda a palavra talento? Acrescento depressa: "É um desenho que faz bem." Seu rosto se ilumina de novo: "Sim, desenhar uma ilha faz bem."

Toca o sinal da volta para a sala de aula, ele se afasta sem se despedir, empurrado, arrastado bruscamente pelos demais, mas antes de pegar o corredor que leva para a sua sala, vira-se e me faz com a mão um pequeno gesto tímido.

Por causa do conflito entre o diretor e a equipe de trabalho, minha situação tornou-se incerta e com frequência me pedem para substituir algum professor. Neste dia, tenho que me encarregar à tarde da sala do oitavo ano, a de Orion. São salas para crianças com necessidades especiais, de seis ou sete alunos, e não é fácil que mantenham a atenção. Depois de vinte minutos de aula, vejo que Orion se dispersa e que, embora ainda escute, dedica-se apenas a desenhar em sua carteira. Todos os alunos estão cansados e, para a última aula, decido projetar diapositivos de história da arte. Funciona, mas alguns se entediam e aproveitam a obscuridade para sair e fazer bagunça nos corredores ou na sala de seus colegas. Orion, na primeira fila, não pretende escapar, olha com atenção as imagens, rabiscando obstinadamente sobre sua carteira. Consigo, com dificuldade, restabelecer a ordem e, no fim da aula, que coincide com a hora da saída, vou deixar em seu lugar o projetor e os diapositivos. Quando volto, vejo que os alunos não foram embora e olham para Orion que, absorto, continua a desenhar em sua carteira. Quando volto parece despertar, olha rapidamente para o lugar onde se encontrava sua mochila e dá um grito desesperado: "Minha mochila!" Seus colegas saem correndo da sala e, amontoados na porta, riem ruidosamente. Orion berra mais uma vez: "Minha mochila!", mas os outros apenas redobram as risadas. Antes que, estupefata, eu possa tentar detê-lo, Orion, com um vigor inesperado, pega um banco e o joga na direção de seus colegas. Esses, entre risos e medo, fogem. Voltam para provocar de longe sua vítima, que pega outra carteira e a lança com todas as suas forças contra a parede, onde se quebra.

Neste momento vejo Paule, uma das meninas do grupo, indicar-me com a mão o lugar onde esconderam a mochila. Vou buscá-la enquanto Orion, atropelando as carteiras, faz um barulho assustador. Quando volto, já não me vê, não vê sua mochila. Está muito pálido e salta no mesmo lugar, muito alto, virando os olhos, no meio da sala devastada.

Os outros se aproximaram pelo corredor, olham-no fascinados e prontos para sair correndo. Pergunto a Paule:

"Porque fazem isso? Vejam em que estado o deixaram!

— Não conseguimos nos segurar, Senhora. Ele, que sempre tem medo de tudo, fica sinistro. É que nem na TV, só que pior."

Depois, quando Orion para de saltar e pega sua mochila para verificar seu conteúdo, Paule acrescenta:

"Quando terminar, vai chorar, terá que consolá-lo. Nós temos muito medo. Aliás, está na hora. Vamos embora!"

Sai e os escuto descer a escada dos alunos rindo.

Agora Orion chora sem parar, cai no chão gemendo: "Sous-le--Bois... ir a Sous-le-Bois. Aqui sempre tem raios!"

Uma secretária ainda está no hospital, peço-lhe ajuda. Ela conhece as crises de Orion, conseguimos fazê-lo se levantar, trazê-lo à minha salinha. Dou a ele um pedaço de chocolate, hesita, depois começa a comê-lo. Pergunto à secretária: "Sous-le--Bois e os raios, o que é isso?

— Sous-le-Bois, é onde vive sua avó, no campo, muito longe, parece. Os raios, ele diz que é o demônio. É um pouco louco às vezes. Até logo, tenho que terminar meu trabalho."

Orion está calmo agora, ele recupera, com os olhos vermelhos de chorar, a aparência de menino amedrontado e desconfiado que lhe é habitual. Murmura: "Tem que arrumar a sala, está uma bagunça!"

Arrumamos a sala o melhor que podemos. Há manchas desagradáveis nas paredes e as carteiras que arremessou estão em péssimo estado.

Ele as olha com orgulho temeroso e diz: "Mais duas! Ah, esse aí é forte!"

Mostro-lhe sua carteira, que recolocamos no lugar com certo esforço:

"O que é que você rabisca todo o tempo ali em cima?

— Não tem outro jeito, senhora, são desenhos bagunçados do demônio, que a gente não deve ver!

— Não são como sua ilha?

A ilha é para fugir dele.

— Sous-le-Bois é uma ilha?"

Não devia ter feito essa pergunta. Cala-se, e de repente, como se fosse um segredo, diz:

"A gente não sabe, senhora."

Terminamos, ele me estende uma mão mole, um pouco úmida, a mesma que agora há pouco, sem dificuldade, arremessava carteiras para o ar, e vai-se embora encolhendo os ombros, como se quisesse se esconder.

No dia seguinte, falo do incidente com seu professor principal, que me diz: "Sim, os outros o azucrinam para que fique violento, então ficam com medo dele. É o que querem. Para eles é como um filme de terror. Orion tem muita dificuldade para acompanhar as aulas, desenha em vez de escrever. Embora escute, não sabemos o que entende. É o terceiro ano que está aqui, nos dois últimos estava melhor. O prognóstico não é muito favorável."

Nos meses seguintes o recebo muitas vezes em minha sala, vem em prantos após crises de violência ou desamparado, sem saber onde está quando recebeu, como acredita, raios demais. Familiarizo-me um pouco com ele, suas estranhas reações e sua linguagem, como ele diz, bagunçadificada.

Muitas vezes também, quando sente que uma crise o espreita, bate na minha porta e, se eu estou sozinha, pede-me uma folha e lápis e começa a desenhar. Seus desenhos são sempre muito violentos: bombardeios, explosões, erupções vulcânicas que não posso olhar sem certo mal-estar. Quando as aulas terminam, levanta-se bruscamente, esteja o desenho terminado ou não, diz-me até logo e vai embora como se estivesse sendo perseguido, com o corpo de perfil para ser menos visível. Um dia decido segui-lo. Chegando à rua, anda muito depressa sem olhar para nada, como se fosse perseguido, e se enfia, correndo, na boca de dentes cinza do metrô.

Por conta de um ato de violência na cantina, proíbem-lhe o acesso durante uma semana. O problema é que não pode almoçar sozinho, aceito acompanhá-lo a um desses *self-services* horríveis do bairro. No primeiro dia ele volta com um prato de carne e batatas fritas. Come as batatas e, em seguida, contempla a carne com desespero.

"Deixe-a, se quiser, não é obrigado a comê-la."

Ele me lança um olhar alarmado que significa: Sim, é uma obrigação.

Mastiga muito tempo um primeiro pedaço, mas o segundo não passa.

"Deixe o resto, vou pegar um prato de massas para você, tenho um *ticket*."

Vejo o medo crescer em seus olhos e, quando me levanto, planta bruscamente sua faca pontiaguda no lugar onde estava minha mão.

Olho-o rindo como se fosse uma piada, parece-me que se descontrai. Quando volto, gira ainda lugubremente em sua boca o segundo pedaço de carne. Nunca conseguirá engoli-lo, mas vejo em seus olhos que adora as massas.

"Cuspa este pedaço de carne no garfo, assim!

— No meu prato, vão ver.

— Não, no meu, eu acabei. E coma as massas".

Estendo-lhe meu prato, depois de olhar em volta para ver se ninguém o observa, deixa seu pedaço na borda. Sente um alívio evidente e não posso deixar de pensar: Como é reprimido!

Enquanto devora as massas, vou buscar duas sobremesas e um café para mim.

"A senhora sabe, como o menino azul, fazer desaparecer as bolotas de carne que a gente não pode comer."

Quem é o menino azul? Quase pergunto. Detenho-me a tempo para não escutar o "A gente não sabe", o muro de concreto que opõe às questões.

Contento-me com dizer-lhe: "Você fez, com sua faca, um buraco enorme na mesa." Como o buraco é bastante visível, coloco minha taça em cima e vamos embora. Quando estamos fora, ele ri muito alto: "Ninguém viu o buraco e a gente escapou. A gente gosta disso!"

Pouco antes das férias se decide a sorte do hospital dia. Como entrei só em setembro e não tomei parte no conflito entre o diretor e a equipe, sou consultada pelos membros do conselho administrativo. Não tenho nada a perder, já não tenho lugar na futura organização e vou ser despedida. Contento-me com dizer em um relatório aquilo que creio possível.

Entro em contato também com as agências de emprego. Vejo que aos quarenta anos não me dão muitas oportunidades de encontrar rapidamente outro trabalho.

Sou surpreendida com a notícia de que meu relatório chamou a atenção do conselho administrativo do hospital, que uma solução foi encontrada e que Robert Douai, o professor cuja nominação eu havia sugerido, foi escolhido como novo diretor.

Pouco antes das férias, Douai vem me ver: "Projetamos um novo organograma para a volta às aulas...

— Suprimiram meu cargo?

— Estava mal definido, mas o chefe da equipe médica e eu queremos que você fique conosco."

Não escondo meu alívio, nem minha surpresa. Douai acrescenta: "Para participar na recuperação dos alunos. Você tem uma formação de psicanalista e diplomas em ciências. Até agora não nos ocupamos suficientemente dos alunos que têm dificuldades para acompanhar os cursos coletivos. Você poderia se encarregar desses casos individuais, acompanhá-los com terapia e ajudá-los em seus estudos. Está qualificada para ambas as tarefas, o que é raro. Isso te interessa?"

Não tenho escolha e respondo: "Muito!"

Olha seu relógio: "Tenho um pouco de tempo, só pude ver seu currículo recentemente. Gostaria de te fazer algumas perguntas para te conhecer melhor, posso?

— Com certeza.

— Seu pai trabalhava com o quê?

— Era professor... por vocação! E socialista! Quando se aposentou virou diretor voluntário de cursos de francês para imigrantes.

— Sua mãe também trabalhava?

— Era professora, como ele... Morreu quando nasci."

Minha resposta o perturba um pouco. Tranquilizo-o: "Não se preocupe, você não tinha como saber. Pergunte o que quiser.

— Você fez estudos superiores, chegou longe na biologia, depois optou pela psicologia.

— Meu pai me transmitiu o gosto pelas ciências. Sonhava com um doutorado em biologia para mim. Eu o preparei...

— Você desistiu?

— Não, enquanto estudava trabalhei em vários laboratórios. Recebi uma bolsa de doutorado. Sofri então um acidente de moto com meu primeiro marido. Ele morreu na hora, eu fiquei gravemente ferida e a criança que esperava morreu... A recuperação e os anos seguintes foram difíceis. Felizmente, minha sogra me ajudou. Ela me persuadiu a fazer psicanálise. Senti que era meu caminho.

— Foi então que você fez psicologia?

— Sim, pude entrar no segundo ano e continuar ao mesmo tempo meu trabalho no laboratório. Fiz todo o percurso: um doutorado, uma análise didática, acompanhei um monte de seminários, sou uma verdadeira filha de professores.

— E depois você parou?

— Não, me casei de novo e fomos para a África... três anos.

— Seu marido trabalhava lá?

—Não, de modo nenhum. É engenheiro, sabe muito de mecânica e é piloto, ganhou muitas corridas."

Douai está surpreso: "É o Vasco que ganhou três vezes as Vinte e Quatro Horas de Le Mans e tantos outros ralis?

— Ele mesmo.

— É um grande campeão. Porque se aposentou tão jovem?

— Vasco pensava que tinha aprendido das corridas tudo o que podiam ensinar. Não é do tipo que deseja acumular sucessos. Gosta de pesquisar. Interessou-se pela música. Compõe, pesquisa. Fomos à África recolher o que ele chama de músicas originais antes que desapareçam ou se comercializem.

— Trouxeram discos certamente?

— Essas músicas não nos pertenciam. Vasco doou as gravações para a UNESCO. Mas quando retornamos, a empresa de motores que herdou de seu pai estava em grandes dificuldades. Vasco não é dos que se safam por uma falência. Vendeu tudo e pagou tudo. Só sobraram algumas dívidas que vamos pagando pouco a pouco.

— O que faz agora?

— É engenheiro, trabalha em suas antigas oficinas. Não é um administrador. Cria motores e, quando tem tempo, compõe.

— E você em toda essa história?

— Eu gostei de nossa vida errante de pesquisadores na África. Agora ganho minha vida aqui, ainda que tenha caído de paraquedas, como me disseram por conta dos conflitos do hospital. Fiquei tapando buracos e este ano não pude trabalhar direito. Com vocês, espero que isso mude..."

Douai se levanta, faço o mesmo. Ele me estende a mão com uma simpatia renovada:

"Sim, Véronique, isso vai mudar e estou certo de que trabalharemos muito bem juntos."

O verão já chegou, mas Vasco só pode pegar uma semana de férias. Ficamos na casa que compartilhamos com uma comunidade de jovens atores. Fazem parte da equipe de Ariane, uma jovem diretora que montou vários espetáculos admiráveis por sua amplitude e novidade. Acabam de empreender uma experiência nova, um grande filme sem vedetes conhecidas. Quando posso, assisto às gravações e todo um mundo novo se revela diante de mim.

Quando filmam no exterior, podemos dispor de todo o jardim que se estende até o caminho que beira o Sena.

Encontro trabalho, ajudo estudantes a se preparar para seus exames de biologia. Um médico amigo me envia dois pacientes de psicoterapia. Recebo os estudantes e os pacientes pela manhã. À tarde posso descer descansar no jardim, onde leio e escrevo.

Lentamente a esperança do poema volta em mim. Começo a escrever um longo texto:

> *A sombra hoje é agradável, agradável na memória*
> *Há três rosas no muro e escrevo embaixo da cerejeira.*
> *Uma chalana sobe o Sena. Uma aranha tece sua teia*
> *Como os homens de outrora teceram as rosas góticas*
> *Esta noite haverá framboesas para colher...*

Tenho dificuldades para escrever, mas cada noite, quando Vasco volta, tenho alguns versos ou algumas linhas para lhe mostrar. Ele os lê com uma atenção que me encoraja mais que as palavras. Se não gosta, vejo imediatamente em seus olhos. Avança comigo em meus textos, não os julga, pensa que posso me criticar eu mesma.

Faço o mesmo com sua música, eu gosto, acredito nela e, no entanto, sinto que ele ainda não encontrou a si mesmo. Como eu na escrita e também muitas vezes na vida. A paciência é o segredo de nosso vigor.

Se à noite não está cansado demais, Vasco compõe. É um mundo que só eu partilho quando toca ou me deixa decifrar fragmentos. Às vezes, quando cai a noite de verão, ele pega sua flauta e descemos ao jardim. Então se dedica à musica, misturando livremente clássicos que toca com perfeição, melodias populares e numerosos ritmos da África. Sinto-me transportada a seu universo de rigor e liberdade, cheio de desassossego e louca esperança. Ao escutar Vasco, ouço a voz intensa ou sossegada de meu pai quando lia os poemas de Victor Hugo que ele gostava ou certas passagens de Homero ou de Sófocles.

Sinto que a invenção, a futura música de Vasco, na qual o faço acreditar, estão aí. Ele o sabe, mas não pode alcançá-la ainda quando compõe. Tudo isso é muito duro para ele, para nós.

Quando Vasco decide pegar alguns dias de férias, verificamos nossas contas, nossas dívidas diminuíram muito. Fazemos grandes passeios, vamos correr na ilha dos Impressionistas ou na floresta de Saint-Germain. Contemplamos as grandes árvores e captamos em nossas mãos suas ondas benévolas. Ele me leva duas vezes aos circuitos onde correu no passado. Quando chegamos a um desses lugares solitários que ele tanto gosta, tira seu saxofone e toca só para mim. Recebo esse presente com alegria e trago à luz também meus pequenos talentos. Assim como ele toca para mim, faço malabares para ele como fazia com meu pai. Somos felizes então, muito felizes. Amanhã não existe, ontem tampouco. Só existe o hoje e o admirável, o efêmero presente.

Trezentos Cavalos Brancos pelas Ruas de Paris

Pouco antes da volta às aulas, quando venho vê-lo, Robert Douai me diz: "Temos alguns alunos para você. O caso mais delicado é o de Orion, você já o conhece.
— Tem irmãos ou irmãs?
— Uma meia irmã mais velha, Jasmine. Orion se desconectou completamente das aulas ano passado, fazê-lo repetir o curso não serviria para nada. Pensamos enviá-lo para outro hospital dia no qual os estudos tenham menor importância. Seus pais foram vê-lo e acham que não é o lugar adequado, porque pode ainda fazer algum progresso aqui. Eles têm razão, mas só com um forte acompanhamento individualizado poderíamos mantê-lo aqui. Os pais vêm me ver amanhã com Orion, os médicos estarão lá. Venha você também, decidiremos amanhã".

No dia seguinte, grande reunião no escritório do diretor. O pai de Orion é um artesão de joias, amável, aberto, com uma nuance de alegria respeitosa. A mãe é alta, ainda bela, de cabelo escuro, sorridente, mas fechada. Orion, bastante bem-vestido, está sentado perto deles, olha pela janela com ar ausente. Entenderá que vamos falar dele e de seu futuro? Quando o cumprimento, parece mal me reconhecer.

O doutor Bruges, que acompanhou Orion até aqui no aspecto psicológico, toma a palavra: "Orion, após ter concluído a escola primária em um centro psicológico, seguiu bem o sexto ano aqui, não tão bem o sétimo, quando começou a ser perseguido por seus colegas, que, apesar de tudo, e como todos os demais no hospital dia, gostam muito dele. No oitavo ano se atrasou muito em todas as matérias, e suas crises de violência, em vez de diminuir, tornaram-se mais frequentes. Na verdade, não deveria continuar no Centro, porque é evidente que fazê-lo repetir o curso não servirá para nada. Seus professores o consideram inteligente quando não está perturbado, dotado de uma excelente memória e hábil com as mãos, pensam que em um ambiente mais calmo e personalizado poderia fazer mais progressos. Estou de acordo com eles e proponho que continue com seu grupo durante as aulas de matemática, esporte e desenho, já que gosta muito de tudo isso. Para as outras matérias seria conveniente uma tutoria com a senhora Vasco, que é qualificada para lhe dar apoio psicológico e ajudá-lo com seus estudos e, se ele quiser, com o desenho."

Enquanto o médico fala, Orion, com a cabeça baixa, olha obstinadamente pela janela. O que olha? Aproximo-me, o pátio está deserto, não há ninguém nas janelas, não está olhando nada, esconde-se.

Os pais se consultam com os olhos, depois de um momento de silêncio, dão seu consentimento ao plano. Convém-lhes ou pensam que não têm escolha? Bruges se volta para Orion: "E você, Orion, está de acordo?"

Orion não responde, continua olhando pela janela.

"Responda ao doutor, Orion", diz o pai finalmente.

Orion não se mexe, o silêncio fica mais denso, sinto-o em perigo quando Bruges insiste: "É preciso responder, Orion, é uma regra do Centro. Não se pode mudar o plano de estudos e cuidados dos alunos sem seu consentimento."

É preciso! Sempre este terrível "é preciso", que o persegue sem dúvida desde sua infância.

Sem qualquer reflexão prévia, arrisco-me, vou até Orion, que continua crispado, olhando pela janela. Inclino-me até a altura de seu rosto: "Se não quiser responder, mas me disser 'sim' baixinho ao ouvido, posso dizê-lo por você."

Ele vira um pouco a cabeça, lança um olhar pálido para mim, trêmulo, carregado de uma espécie de promessa de afeto à qual responde outra promessa dentro de mim.

Sussurra: "A gente diz sim."

Digo aos demais: "Ele me respondeu: A gente diz sim. Então eu também digo sim."

O doutor Lisors, o médico-chefe, que até este momento se manteve à distância e que percebeu nossa pequena cena, consulta com os olhos o doutor Bruges e o diretor, e diz:

"Estamos de acordo. Façamos um teste com este plano até o Natal. Faremos uma avaliação nesse momento."

Dá por terminada a reunião e se aproxima de mim: "Creio ter visto um bom começo de transferência. Se funcionar, prepare-se para tê-lo sob sua responsabilidade durante anos.

— Talvez." — respondo entre risadas.

Ambos rimos ao nos despedir. Sim, rio, mas, com efeito, tenho medo do que acaba de acontecer. Estou contente de ter conservado meu trabalho e de sentir compaixão por Orion, o deserdado, mas temo que a tarefa seja pesada. Pouco importa, não tinha escolha.

Há muita gente nos bulevares, é o final de uma bela tarde de setembro. Algo termina neste momento, outra coisa começa. Não me distraio, apresso-me em meu caminho até a Ópera e os meandros de Auber para pegar o RER até minha casa no subúrbio, trato de encontrar um assento livre e preparar a tempo o jantar para Vasco.

No dia seguinte começa meu trabalho com Orion. Ele está contente de estar sozinho comigo, protegido em minha salinha minúscula. Habituamo-nos pouco a pouco um ao outro. Percebo depressa que não será fácil. Ele é atento e tem boa vontade, mas não consegue se concentrar mais de quinze minutos seguidos. Depois é preciso mudar de tema ou de atividade.

A primeira vez que, vendo-o cansado, proponho-lhe desenhar, diz: "Agora é a aula de desenho."

Como sempre, tem medo de não estar dentro das regras. Lembro-lhe que pode desenhar na aula e comigo. "Você não escutou na reunião?

— Não, não escutava, a gente tinha medo.

— Medo do quê?

— Medo dos raios do demônio de Paris, a gente os sentia revolvotear por todos os lados, mas como tinha doutores e você estava lá, eles não conseguiram."

Preciso me acostumar a seu vocabulário e a esse seu "a gente" persistente. Não faço perguntas. Proponho-lhe uma folha com um belo formato e lápis de cor. Ele pega alguns lápis na mão, olha-os, olha a folha. Será que é como eu, será que tem que esperar, tomar seu tempo até encontrar seu caminho? Escolheu um lápis, olho o que faz, o que não faz, e vejo pouco a pouco algo se esboçar.

"Parece uma ilha..."

Não responde, sorri, afunda, mergulha em seu trabalho. A ilha não será tão bela quanto a anterior, toda azul e dourada, porque emprega muitas cores diferentes. Pouco importa, já que se expressa e evidentemente está feliz. Não tem o direito de estar assim muito tempo, pois subitamente levanta a cabeça e diz com certo pavor:

"O ditado...

— Amanhã, continue seu desenho.

— Mamãe diz que é preciso fazer um ditado todos os dias."

O momento de alegria se apaga, em seus olhos aparece a angústia. Dito, ele suspira, rasura muitas vezes, quando termina, entrega-me o ditado: "Marque os erros com vermelho."

Marco-as e lhe devolvo a folha. Ele a olha consternado e diz com uma voz que não é a sua: "Quantos erros, quantos erros!

— Quem diz isso?"

Não responde, levanta-se: "Está na hora, Senhora."

De fato, é a hora do intervalo durante a qual vai ficar colado na porta da sala dos professores e se expor às piadinhas, ameaças e burlas de seus colegas.

No dia seguinte, quando chega, estende-me o ditado da véspera: "A gente copiou outra vez. Pode fazer de novo?"

Repito o ditado, dito lentamente, marco um pouco com a voz as palavras onde tinha cometido erros. Ele se esforça, suspira riscando as palavras, transpira. Passados dez minutos, já não pode mais. Tenho pena dele: "Por hora está bom, você está cansado, retomamos mais tarde." Estende-me a folha, em seguida, como se tivesse feito uma constatação repentina:

"A gente tem medo... a gente tem medo dos vulcões."

— Dos vulcões...

— Esses que estão na minha cabeça. Que gritam: *Quantos erros! Quantos erros!* Que berram: *Por quê?* E depois: *Como? E porquemente e comooquê?* E depois *inútil, inútil, inútil, vamos te pegar!* E então isso ferve por todos os lados."

Transpira, seus olhos brilham, pisca constantemente, até quando vai continuar falando? Poderá seu corpo suportar tudo isso? Está tão agitado. O preço de um esforço contínuo não será grande demais, pesado demais? Com você, que não sabe tanto sobre a psicose. Precisa continuar? Como ele, respondo-me interiormente: A gente não sabe. Neste momento, volto a pensar em sua ilha. Sim, continuar, mas por outro caminho. A palavra é ainda tão difícil, tão incerta para ele. Arrisco: "E se você retomasse o desenho da ilha?

— A gente deixou ontem no ateliê.

— Vamos buscá-lo juntos."

Encolhe-se sobre si mesmo, tem medo. Com uma voz fraca diz: "Não, só você."

Levanto-me rapidamente e através do Dédalo de corredores chego à porta do ateliê. Que merda, está fechada! Volto depressa ao lugar onde Orion segue encolhido em sua cadeira. Coloco diante dele uma folha e lápis de cor.

"A porta está fechada, vou procurar a chave. Comece outro desenho enquanto isso".

As secretárias não têm a chave, olho o quadro de horários, é o dia em que a Senhora Darles, a professora de arte, não vem. Sem dúvida, ela levou a chave. Volto correndo. Como temia, Orion já apresenta todos os sintomas de uma grande crise, pisca continuamente, agita os braços, está a ponto de começar a saltar, depois virá o resto.

"Você não tem meu desenho? Esconderam-no. Roubaram!

— Não, ninguém pode pegá-lo, a porta está fechada e a senhora Darles levou a chave."

Consigo fazê-lo se sentar: "Estamos tranquilos aqui em nossa salinha. Comece um novo desenho.

— A gente não sabe o que fazer. Na cabeça não tem nada."

Levanta-se de novo, empurra a cadeira que cai e começa a saltar no lugar, olhando-me sem me ver. Não estou acostumada, o pânico me invade, e penso: que começo! Para começar, uma grande crise, da qual todos saberão! Alguns pensarão sem dúvida: Como o manejou mal! Mas, alguma vez já tiveram que enfrentar, sozinhos, uma crise parecida em um jovem desta idade? Sentiram em seu trabalho o peso da ameaça que contém a decisão: Faremos com você um teste de um trimestre?

Orion se agita cada vez mais, eu também, até que me lembro do interesse que manifestou pelas imagens de labirinto que tinha lhe mostrado. Digo quase gritando: "Um labirinto, Orion, desenhe um labirinto!"

Esta palavra parece afetá-lo profundamente. Para de saltar, olha-me e se acalma. Recolho sua cadeira, senta-se à mesa, vê o papel, os lápis. Não temo mais repetir: "Faça um labirinto!

— Como?

— Como quiser. Desenhe os contornos em preto e eu te ajudarei a pintar onde você me dirá".

Olha o retângulo branco do papel, a palavra labirinto o subjuga, fascina-o. Pega um grande lápis preto, escreve a palavra: ENTRADA à esquerda, depois começa a traçar muito rápido vias complexas que vão em direção ao centro ou de um lado a outro de seu desenho. Inclinado sobre o papel, totalmente absorvido por seu trabalho, parece não ter mais consciência de minha presença.

No entanto, levantando os olhos, diz-me: "Pinte de vermelho em torno, como um quadro. Não em cima de meu desenho!"

É uma ordem, agora ele é o mestre e eu a aluna. Pego um grande lápis e, diante dele para não o incomodar, começo a fazer um quadro vermelho. Estou espantada com a rapidez e a segurança de seu desenho, que é, no entanto, muito sinuoso. Diante de meus olhos nasce um verdadeiro labirinto, ainda obscuro para mim, mas com um percurso claro e seguro para ele.

À direita do labirinto escreve: SAÍDA.

Olho a hora, fez o desenho em cinquenta minutos. Não posso acreditar: "Pode-se ir da entrada à saída?

— Ainda tem que colocar os obstáculos e o altar.

— Os obstáculos...?

— Aqui onde tem dois ou mais caminhos. O certo e o que bate no muro.

— Quem te disse isso?

— Você."

Estou estupefata: "Eu?"

Desenha sem dizer uma palavra: "Você me ensinou na minha cabeça e o altar também." Diz repentinamente.

Mostra-me com o dedo um quadrado que ficou em branco no centro do desenho: "O altar é aqui!"

Desenha-o com alguns traços. Já não tem mais nada do menino medroso, tímido, que vejo todos os dias. Descubro nele a mesma força, a mesma certeza que tem quando levanta as carteiras e as arremessa contra seus colegas. Será que vai desmoronar como faz então? Não parece ser o caso. Está calmo, dá-me instruções.

"Pinte os obstáculos de vermelho. Não muito vermelho. O altar de amarelo e branco para que fique dourado. A gente vai fazer o caminho certo em azul e você fará os errados em verde onde eu te disser. O azul e o verde ficam bem juntos?

Sim, ficam. Tocou o sinal do intervalo, quer parar um pouco?

Não, senhora, hoje a gente trabalha até o final."

Pinto de vermelho uma cabeça de morto que indica um obstáculo. Pinto demais, sem dúvida, ele me lança um olhar reprovador e, pegando meu lápis, mostra-me como fazer com os seguintes. Com um lápis azul marca o caminho sagrado, o que leva à saída, é bastante sinuoso, equivoca-se muitas vezes.

Orion avança muito depressa e sem muito cuidado em seu traçado azul e, no entanto, parece nunca bater nem saltar um muro. Indica-me os caminhos que devem ser feitos em verde, todos terminam em becos, enquanto que seu caminho que leva à saída prossegue sem obstáculos. Não acredito que poderá tão depressa, e através de tantas circunvoluções, ir sem erro da entrada à saída. No entanto, é no que acredita, porque, quando chega com seu lápis azul ao lugar onde escreveu: saída, um sorriso maroto, logo maravilhado, aparece em seus lábios e me diz com os olhos: viu?!

Admiro sua confiança, sem acreditar nela.

"Mostre-me o percurso com o dedo, você colocou o azul tão depressa."

Segue com o dedo o caminho azul que serpenteia por todo o retângulo, dá algumas voltas em torno do altar, vai para frente e para trás, e, finalmente, com um traço seguro alcança a saída sem encontrar obstáculos nem atravessar nenhuma das separações que desenhou.

Controlei o tempo de seu trabalho com meu relógio, cinquenta minutos para o primeiro traçado, cerca de uma hora para o resto.

"Magnífico, Orion, você o fez muito rápido."

Está feliz: "A gente via o caminho."

— Sobre o papel ou na cabeça?"

Parece perder a segurança, a certeza que o animava, volta a ser o menino assustado que conheço. "A gente não sabe." E acrescenta: "Está na hora, Senhora".

Tem a tarde livre. Pergunto: "Quer levar o labirinto para a sua casa?"

Não, é para aqui.

— É muito bonito. Posso mostrá-lo aos médicos e ao senhor Douai?"

Parece contente com minha pergunta, sorri, mas responde somente: "A gente não sabe".

Enquanto veste lentamente um horroroso blusão marrom, digo: "Amanhã teremos que retocar seu azul".
Examina-me um instante da cabeça aos pés: "E seu verde! O vermelho está bem."
Vai-se embora, caminhando de lado e apressado como sempre. Com pressa por quê?

À tarde, consigo uma reunião com os médicos, infelizmente Robert Douai não estará presente. Antes de lhes trazer o labirinto, olho-o novamente e fico espantada de vê-lo muito mais bárbaro, mais selvagemente colorido do que o vira quando trabalhava com Orion. Mostro-o aos médicos e lhes falo de minha estupefação diante da rapidez com a qual Orion o realizou, sem plano prévio, sem interrupção, nem correções.

"Vai realmente da entrada à saída sem erros? Pergunta o médico-chefe.

— Siga meu dedo sobre o traçado azul. Orion nunca se confundiu e, no entanto, havia escolhas a fazer constantemente, pois todas as outras opções terminavam em um muro. Não posso explicar-me essa rapidez, essa segurança repentina, tendo em conta a idade e as inibições de Orion."

Ficam um momento olhando o desenho. O doutor Bruges diz: "Realmente, é extraordinário. Sem dúvida trata-se do corpo da mãe, Orion vai em direção à saída, como no passado foi na direção do nascimento." Esse comentário não me convence. Queria interrogar Bruges, mas ele tem outra reunião e tem que ir embora.

"Você sabe, diz o médico-chefe, estou muito assombrado com esse desenho e a rapidez de sua execução. Bruges também, embora tenha tentado ocultar esse sentimento com sua tentativa de interpretação. Não posso te dizer nada a respeito hoje, ficamos ambos profundamente surpresos diante deste labirinto." Sorriu, estende-me a mão. É minha vez.

Faço o esforço então de permanecer surpresa, estupefata, através da repetição e da banalidade dos dias. Levantar cedo, tomar o café da manhã rápido, pegar a estrada de carro até a estação de trem ou a pé se Vasco saiu antes. Viagem, sempre de pé, até La Défense, às vezes um lugar sentado até Auber. Corredores, escadas rolantes, a saída tumultuada na estação Opéra. A cidade onde cada vez mais os carros avançam sobre a vida dos homens. Os bulevares, a Rua Drouot e o domo branco de Montmartre, que consola um pouco. É preciso ser consolado então? É sua sorte, a que partilha com todos, mesmo que não saibam mais muito bem o que é partilhar. Apertados demais, apressados demais, cada um se esforçando para preservar seu pequeno espaço de liberdade.

Orion também se apressa para chegar do subúrbio onde vive, pegar o ônibus, o metrô e terminar em minha salinha do hospital dia. Enquanto vivo esse trajeto na fadiga do corpo, no cansaço do espírito, ele os vive sem dúvida no esmagador medo dos outros, no temor de se denunciar, dando a entender que não é como os demais.

O demônio de Paris, Orion quer falar dele esta manhã enquanto se libera com dificuldade de seu blusão que abotoa – ou cimenta – sempre até o último botão.

"A gente recebeu raios hoje... Na parada de ônibus. Cinco minutos de atraso e o demônio já estava lá, ele se aproveita de tudo. Queria que eu saltasse na frente de todo mundo. Mas, felizmente, estava cansado, não tinha muita força, a gente sentia que ele tinha ficado com medo..."

— Medo...

— Porque os cavalos da noite o tinham atropeladificado, cortado e volteado. Algumas noites a Virgem de Paris envia seus trezentos cavalos brancos. Então galopam pelas ruas de Paris e espantam o demônio. Ele tem medo deles e corre e corre. Isso me diverte, sim, isso me diverte muito...!"

Ri muito alto: "O demônio quer voar, mas suas asas engancham nos postes, batem contra as casas. Cai de novo e os trezentos cavalos brancos o pisoteiam, o mordem e o fazem fugir gritando. Como grita, como grita em minha cabeça! A gente gosta disso!"

Seu entusiasmo me transporta, trezentos cavalos brancos, será que os vejo? Sim, os vejo e sinto-me feliz, escuto-os galopar, vejo o demônio escapar berrando diante deles.

"Trezentos cavalos brancos nas ruas de Paris. Como é bonito, Orion! Você é capaz de ver o que os outros não veem.

— A gente não sabe se vê de verdade ou se estão só na cabeça.

— O demônio tem medo, foge gritando e você gosta disso.

— A gente gosta disso! Mas papai, mamãe e os professores não acreditam no demônio... A gente sente seu cheiro, seus raios e ele coloca sua algaravia na minha boca quando a gente tem que falar."

Diz de repente: "E o ditado, quando é que a gente faz um?

— É você que quer fazê-lo ou o demônio 'quantos erros'?"

Ele ri: "Eu... a gente quer desenhar. Não os cavalos brancos, isso é muito difícil. Talvez só quando a gente for grande."

Dou-lhe uma folha, começa um novo labirinto, muito diferente, sempre com a mesma surpreendente rapidez. Esperando o momento em que me pedirá para intervir, digo-me: Trezentos cavalos brancos que perseguem o demônio de Paris, aquele que os viu recebeu um dom, um raio de dor, um raio de luz. Será um artista? Será esse o seu caminho, se é que tem um?

A GENTE GOSTA DISSO

Uma noite, sonho que estou com vizinhos no caminho às margens do Sena que pego muitas vezes para ir à estação. Olhamos com ansiedade descer do céu uma poltrona de teleférico suspensa por um paraquedas vermelho. Sentado nela há um menino muito pálido. Aproximando-se do chão o paraquedas se agita um pouco sacudindo o menino, tememos que sofra um acidente ou que caia com o paraquedas no Sena. Consegue aterrissar sem grandes dificuldades e todos corremos até ele, entusiasmados. É tão jovem e desceu de tão alto que logo se torna o herói de nossa pequena comunidade suburbana.

Desperto, já é tarde, devo vestir-me. Felizmente Vasco pode me levar à estação. Chego a tempo para pegar o trem. Somente durante o trajeto volto a pensar no sonho. O menino pálido parece com Orion, o paraquedas vermelho difícil de dirigir me faz pensar nos labirintos muito coloridos que ele me faz contornar de vermelho. Encontra-se em uma posição perigosa, arriscou-se, como eu ao aceitar me ocupar dele. Ao vê-lo aterrissar senti o mesmo entusiasmo de quando o vi desenhar com tanta certeza seu labirinto e falar dos trezentos cavalos brancos. Orion, tão excluído, tantas vezes tão assustado, parece às vezes, como o menino do paraquedas, descer do céu. Que céu? Não há céu!

Saio em Auber, vomitada com os outros sobre os bulevares, entre os carros em filas apertadas. Penso no labirinto construído para conter o fruto monstruoso de uma mulher e de um touro. Um ser metade homem, metade besta, como todos somos, em suma, ainda que o ocultemos bem. Ali se desenrola um drama com grandes personagens: Minos e Pasífae, Teseu, Ariadne e o Minotauro. Os das histórias que contava meu pai.

Mal chego em meu escritório batem à porta. É a senhora Beaumont, a professora de matemática de Orion. Sempre foi distante, mas amável comigo. Está furiosa. "Sabe o que aconteceu ontem à tarde?"

— De modo algum, tinha só um aluno e saí cedo. É sobre Orion?

— Naturalmente, não está dando mais para controlá-lo desde que está com você. Ontem, chamei a atenção dele pois tudo o que fazia era ficar rabiscando em sua carteira. Respondeu-me: Não rabisco, construo um labirinto. Os outros riram. Disse-lhe: Não está aqui para isso. E me deu um soco. No meio da cara. Veja a marca vermelha na minha bochecha.

— Sinto muito. Parece que você acha que tenho alguma coisa a ver com isso.

— Com certeza. Você o excita com seus labirintos, você o empurra demais! É um começo de transferência, depois virá a regressão. Seja mais prudente, isto é um hospital dia, não um consultório de psicanalista. Você o lança em novas experiências sem se preocupar com seus colegas.

— Estou de acordo em pedir uma sanção. É uma violência inadmissível.

— À qual você também se arrisca. Tenha cuidado. Com respeito aos outros alunos uma suspensão de dois dias será suficiente. Aliás, não é meu problema, já que Orion só parece querer trabalhar com você, encarregue-se dele também em matemática. Já falei com Douai, não quero mais ver Orion nas minhas aulas."

Acho que ela queria ir embora batendo a porta, mas sente pena de Orion, e, sem dúvida, de mim. Suspira: Será que este pobre menino está ainda em seu lugar aqui? Você acredita nisso?

"Acredito que sim — digo com firmeza — Falarei com o diretor sobre a sanção.

— Oh! Ele está ainda mais interessado que você no que chama o caso Orion. Eu estava zangada com você, não estou mais. É bom talvez que alguém entre nós se arrisque com um aluno tão doente. Lamento por você, não te quero mal." Ela fecha a porta suavemente.

As semanas passam, nos aproximamos do Natal e da avaliação de meu trabalho com Orion. Às vezes me parece que avançamos, seu vocabulário se enriquece pouco a pouco, está menos tenso, seus desenhos são mais precisos, está mais calmo. Outros dias, pelo contrário, há regressões, delira, assusta-se com tudo e parece fechado, encarcerado em uma invisível prisão atravessada por raios. Estamos fazendo três passos para frente e dois pra trás? Consigo ter ainda alguma esperança, mas não muita.

Uma tarde bastante calma no hospital dia, depois de uma manhã atarefada. Os alunos se retiram, espero um paciente no fim da tarde, estou tranquila em meu escritório, releio Freud. Como boa estudante, tomo notas e sublinho algumas passagens. Estou praticamente sozinha na instituição e fico surpresa ao escutar um grande tumulto, gritos. Sinto de imediato o temor de um possível perigo para Orion. Saio do escritório, ninguém nos corredores, mas escuto alguém gritar e dar socos e chutes na porta que separa as classes do hall de entrada e do escritório da direção. Como temia, é Orion, mas que Orion! Os olhos enlouquecidos, berrando, babando, com sangue nos punhos e lançando com todas as suas forças chutes em todas as direções.

Chamo-o por seu nome, não me reconhece, não me ouve. Consigo apanhar sua mão: "Orion... Orion, você está aqui no hospital dia, comigo, está entre amigos.

— Amigos... que amigos... eles me fazem esperar duas horas... duas horas, sozinho na porta do ginásio. Ninguém veio, ninguém exceto o demônio de Paris. É ele que quebra tudo. Em duas horas, o demônio pode fazer tudo! É culpa do hospital dia!"

Trato de levá-lo a meu escritório, parece aceitar e, de repente, escapa e com um chute formidável quebra a parte inferior da porta divisória. Neste momento, essa se abre e aparece Robert Douai, que se esquiva para evitar o golpe. Está evidentemente muito impactado pelo que vê, grito-lhe: "Deixe comigo..." Orion se machucou com os golpes, está a ponto de chorar, consigo conduzi-lo. Resiste um pouco ainda. O empurro para frente, mas antes da porta se deixa cair gritando. Com a ajuda de Douai consigo levantá-lo, grita um pouco mais e chora muito, o que é bom sinal. Digo a Douai: "Está tudo bem!" Sustento Orion para fazê-lo entrar no escritório, ofereço-lhe uma poltrona. Então, com um último espasmo, dá um chute na janela e os vidros caem lugubremente no pátio. Felizmente não se machucou, deu-me alguns golpes, nada grave. Agora chora, soluça com a cabeça sobre minha escrivaninha. Dou-lhe um copo de água, um chocolate, duvida, depois aceita.

Douai abre a porta, vê o vidro quebrado. "Está machucada?

— Não, e ele também não. Foi uma sorte... Vou ajudar Orion a lavar o rosto e o acompanharei até o metrô.

— Depois quero vê-la para falar deste assunto".

Quando volto, vejo que recolocaram as coisas um pouco em ordem, mas a porta sobre a qual Orion se jogou está em um estado lastimável. Todos verão os traços de sua violência. Douai me pergunta: "O que aconteceu?

— Orion devia ir ao ginásio às duas horas. Você suspendeu as aulas esta tarde. Ninguém o avisou. Esperou duas horas em frente à porta, os raios o fuzilaram durante todo esse tempo e voltou fora de si.

— Vivenciou isso como uma exclusão.

— Sem dúvida. Em vez de bater na porta do ginásio, veio descarregar aqui, onde podia esperar que alguém o escutasse e acalmasse. Todos verão os estragos.

— Estamos habituados aos estragos, estamos aqui também para isso. Você se saiu bem. Não teve medo?

— Não tive tempo de ter medo. Tenho medo agora. O que dirão disso na avaliação do fim do trimestre?

— Não tema, a avaliação está feita. Orion fez progressos inesperados. Você não se dá conta?

— Na verdade, não. O trabalho cotidiano é bastante pesado, mas estou feliz com o que me diz."

Nos despedimos, é tarde, estou contente com o que Douai me disse, mas enquanto subo no trem noto até que ponto todo o episódio me afetou.

Percebo no dia seguinte que a cena não passou despercebida. Quando passo na frente da sala de professores, escuto dizer: "Viram a última façanha de Orion, a tutoria continua a surtir efeito!"

Deveria entrar, bater de frente, explicar se fosse possível. Não me animo, não entro. Será que devo voltar? Não, não tenho nada a explicar, faço meu trabalho, é tudo. Quando Orion chega, olha com evidente prazer o vidro que quebrou ontem e que tentei cobrir com uma folha de papel para desenho e esparadrapo. Não fala nada dos acontecimentos da véspera. Fazemos o ditado, passamos à história. Depois pergunto: "Vai pedir aos monitores que te avisem de agora em diante?

— A gente não sabe.

— Contou a seus pais o que aconteceu?

— A gente não sabe."

Desenha muito depressa e com um traço deliberadamente desajeitado, o que diz ser o lago de Paris. A água invadiu tudo, emergem das águas apenas a ponta da torre Eiffel e o domo de Montmartre. Ele sabe que detesto esse desenho que volta cada vez que as coisas vão mal.

Durante vários dias, todo o trabalho que fizemos parece anulado. Orion voltou à rigidez de sua vida habitual e à banalidade de um pensamento aprisionado. O que aconteceu com o menino que desenhou com fogo e decisão o primeiro labirinto? Nosso tédio é completo e duradouro.

No momento mais obscuro, Douai me envia Jean-Philippe. Terminou no hospital dia depois de ser expulso de vários colégios por causa de um sintoma: escreve mal e lentamente. É inteligente, tem malícia, um verdadeiro Gavroche[1]. Aborrece-se em sala. Simpatizo imediatamente com ele. Diz-me: "Queria compor canções, como meu pai.

— Nunca fiz isso!

---

[1] Nota do tradutor: personagem de *Os miseráveis*, de Victor Hugo. Encarna a ideia do moleque espirituoso e zombeteiro da Paris do século XIX.

— Dizem que você escreve e pode me ajudar.

— Como?

— Digo-te as músicas que faço. Você me corrige e depois as escreve.

— Quer que eu seja sua secretária?

— Não, aprendemos juntos, você verá, nos divertiremos e, um dia, quando cantar em público, vou te convidar.

— Sabe compor?

— Aprendo com meu pai.

— Pensava que tinha ido embora.

— Ele gosta bastante da mamãe e de mim, mas gosta ainda mais de desaparecer. Volta sempre a cada dois ou três anos.

— Bem, vamos tentar. A cada dois dias. Não esqueça".

Posso aceitar, tenho momentos livres e Jean-Philippe, tão vivaz e sorridente, talvez possa aliviar o peso que Orion tornou-se para mim.

Porque Orion e eu continuamos com grande dificuldade a nos enfiar nos labirintos que se tornam grutas pré-históricas. Às vezes desenha em suas paredes alguns sinais espetaculares ou aterrorizantes, mas nos falta luz. Será que o ar e a água vão nos faltar também? Encontraremos a saída? A saída que está nele.

Enquanto isso, Jean-Philippe vem a cada dois dias e me diz canções ou pedacinhos de canções, ainda informes, mas de onde surgem sempre passagens inesperadas e cheias de astúcia. Sugiro cortes, ligações entre as partes, depois ele me dita. Em seguida, quase em voz baixa, para ser escutado apenas por mim, canta. Não é constante, mas tem um dom. Esses encontros são prazerosos para ambos, gosto do seu espírito de moleque parisiense, sua maneira dura e terna de dizer a vida como ela é.

Sua mãe vem me ver, é uma enfermeira, bela, magoada. Teme pelo futuro de seu filho: "É vivo e inteligente, mas é um fogo-fátuo, como seu pai. Um revoltado que se faz expulsar de todos os lugares.

— Confie nele. Tem muita força, ainda que a oculte."

Ela gostaria de acreditar em mim, não pode, de toda forma parte mais feliz. A dúvida, sempre o peso paralisante do medo e da dúvida.

Alguns dias mais tarde Jean-Philippe chega em uma hora inabitual.

"Posso te dizer uma nova canção?"

— Quase não tenho tempo e você tem aula.

— O idiota do professor me jogou pra fora. Quer ou não quer?

Seu belo sorriso meio suplicante me convence. "Diga!"

Trabalhamos um momento e depois, como de costume, ele me dita seu texto. Batem à porta, é Orion. Vendo Jean-Philippe, zanga-se: "É minha hora, Senhora".

Jean-Philippe está descontente por ser interrompido: "Pode esperar um instante, estamos quase terminando".

Orion começa a se irritar: "Não, é minha hora."

Jean-Philippe tem consciência do mal-estar de Orion? Sorrindo, faz-lhe um gesto com a mão. Avança até ele, toca seu ombro com o braço: "Nós somos amigos, Orion."

A palavra amigo tem efeito sobre Orion, que sorri, está contente, senta-se perto de nós. Continuo a anotar a canção de Jean-Philippe. Quando terminamos, digo: "Agora cante." Ele perde sua segurança habitual, seu rosto se contrai: "Não na frente de alguém, Senhora. Mesmo um amigo."

E a Orion: "Você entende?"

Vê que Orion o entende muito bem. Jean-Philippe toma o texto de minhas mãos, põe outra vez a mão sobre o ombro de Orion, sorri e sai. Orion se instala em seu lugar, tira seus cadernos com uma lentidão insuportável e pergunta, de repente: "O que faz com Jean-Philippe?

— Ele compõe canções, as compõe em sua cabeça, não pode escrevê-las, tem dificuldade para escrever.

— É um amigo com problemas, como eu. Posso te ditar canções-poemas também?

— Você também pode. Quer que te leia uma canção de Jean-Philippe?"

Aceita contente: "Sim". Leio uma canção. Ele ri: "A gente gosta disso. A gente queria ditar como ele." Pego uma folha, minha caneta, espero. Ele pensa: "A gente não pode cantar, a gente tem medo como ele. A gente quer tentar um poema, mas sobre o quê?

— Do poema de Jean-Philippe você disse: a gente gosta disso, dite-me as coisas que você gosta. Veja, já escrevi o título":

A gente gosta disso

Ele hesita, depois dita, às vezes com grandes pausas, e em outros momentos muito depressa.

> A gente gosta dos cavalos brancos quando estão calmos
> E das ilhas, a gente gosta muito das ilhas cheias de árvores e flores
> Sem cidade, sem os que dão medo, com cabanas feitas pela
>   gente mesmo
> A gente gosta das ilhas porque elas são calmas com girafas que
>   vêm beber
> A gente gosta dos cavalos brancos como nos filmes
> Os trezentos cavalos brancos que galopam de noite pelas ruas
>   de Paris
> E que moram na minha cabeça
> Às vezes subo em um cavalo e a gente vai a Sous-le-Bois
> Minha avó tem um jardim e há velhos túneis onde a gente brinca
> Há pássaros, pardais, melros, pássaros franceses
> A gente gosta também do labirinto, onde a gente pode guiar
>   os outros
> O labirinto e as ilhas, a gente gosta disso!

Olha seu poema escrito, está contente, mas pergunta: "Porque você faz todas as frases separadas?"

— Como você não me ditava as separações, escrevi-as cortando as frases em versos, como se faz para os poemas e as canções.

— Você faz isso também para Jean-Philippe?

— Sim, mas pode mudar tudo se quiser. É seu poema, não meu."

Não responde, está na hora, ele parte. Deixa o poema sobre minha mesa.

No dia seguinte, quando chega, Jean-Philippe está alegre como sempre, mas não tem uma nova canção. "Não tenho nada na cabeça, diz, isso não funciona, o que faço nesse hospital de merda?". De repente, fica paralisado diante do primeiro labirinto de Orion, que acabo de pendurar na parede. "Isso é bonito! Você que fez?

— Não, Orion.

— Isso parece com ele.

— Você acha?

— Todas estas cores desgarradas, que sangram. Este caminho confuso, mas onde não é possível se perder. E depois, você está com ele.

— Eu...?

— Naturalmente, você está dentro, com seu retrato em preto e branco sob as cores. Há uma história entre a entrada e a saída?

— Talvez a de Teseu, do Minotauro e de Ariadne.

— O foguete Ariadne[1]?

— Não, outra Ariadne.

— Você vai me contar? Adoraria ouvir histórias de antes da televisão.

— Eu te contarei se você quiser.

— E a Orion também: são histórias como essa que deve escutar, histórias maravilhosas. Para ele, os ditados e a matemática são uma idiotice. Caramba, está na hora, vou-me embora".

Ele se afasta, risonho e angustiado.

É a última vez que o vi. Poucos dias depois, como me inquieto de sua ausência, Douai me diz: "Não virá mais. Foi expulso.

— Sem me avisar?

— Você era para ele apenas uma professora temporária... Eu também o achava simpático e inteligente, mas ele proferiu tais

---

[1] Nota do tradutor: o nome "Ariane", do foguete francês, é uma referência direta a Ariadne da mitologia. Ariane é tradução direta em francês do nome Ariadne.

grosserias e insultos, inclusive ameaças contra um professor, que foi impossível mantê-lo. Está feito, não se pode fazer mais nada e, por favor, nem tente escrever-lhe ou voltar a vê-lo. Depois do soco de Orion e dos seus numerosos bilhetes desculpando-se pelos atrasos de Jean-Philippe, alguns colegas estão zangados contigo. Não me complique a vida. Já achamos um colega que aceitou Jean-Philippe. Não foi fácil. Ele que se vire agora."

Pasífae

Contar histórias a Orion, verdadeiras histórias de antes da televisão, a ideia de Jean-Philippe me faz refletir. Pode ser uma via para sair da banalidade em que, muitas vezes, afundam minhas aulas e nossos encontros. Não devo contar sozinha, é preciso que ele conte também. Se seu vocabulário é ainda muito pobre, deverá participar na história através do desenho.

Um dia, quando Orion se vai, prego seu primeiro labirinto sobre uma cartolina branca, que forma em torno dele um tipo de moldura, e o penduro de novo na parede. No dia seguinte, quando Orion chega, para estupefato diante do desenho, como se nunca o tivesse visto.

Tirando sua jaqueta, pergunta: "Gosta desse?

— Sim, gosto muito, sinto que existe uma história que se passa nele. Temos que contá-la.

— A gente não a conhece toda. Comece você, Senhora.

— Você me dirá o que pode e depois continuará com um desenho?"

A ideia o agrada, mas ele hesita: "E as tarefas? Mamãe quer que faça primeiro as tarefas anotadas no caderno.

— Vou marcar o desenho como uma tarefa. Uma tarefa para fazer toda semana.

— Se é uma tarefa como as outras, não dirá nada.

— Começo por onde, Orion?

— Por uma ilha, uma ilha com um labirinto."

Começo a lhe falar dos homens do princípio da história, que aprendem a navegar sobre o mar, a pescar, a se arriscar em alto mar em seus pequenos barcos a remo. Há muitos naufrágios, muitos afogados, mas pouco a pouco conseguem manejar a vela, ir até as ilhas e habitá-las. Uma delas, Creta, é próxima do Egito, chegam lá de barco, aprendem a ciência dos egípcios e conseguem, como eles, fundar um reino.

Orion me escuta com grande atenção, poderia dizer que entrei em seu mundo. Se vou mais devagar ou paro para ordenar minhas ideias, dirige-me olhos suplicantes e diz: "E depois?". Isso me lembra meu pai e suas histórias, detinha-se sempre um pouco para preparar a chegada de um acontecimento ou anunciar um desenlace. Então, suspensa em seus lábios, eu também dizia: "E depois?". Isso estabelece entre Orion e mim uma estranha conivência, como se eu fosse meu pai, o contador de histórias, e ele, a criança que continuo a ser, ávida de histórias e visões de outro mundo. A criança que nascendo fez morrer sua mãe, a que me faltará sempre.

Orion me interrompe: "Creta é uma ilha, o demônio de Paris não pode ir lá, tem medo do mar. A gente está tranquilo na ilha, estamos bem os dois juntos."

Vejo ou sinto, de repente, que ele está em Creta comigo. Estamos juntos neste lugar onde nunca estive e que se abre para mim repentinamente. Estou eletrizada e, como fazia meu pai, lanço-me.

"Em Creta reinam o rei Minos, o juiz, e a rainha Pasífae, a magnífica. Um touro chega nadando pelo mar, cercado de espuma, quando alcança a margem, todos veem sua beleza alucinante. Sem hesitar, vai até a rainha. Ela sai de seu palácio, transportada pela beleza do touro do mar. Entre eles há uma paixão fulminante, irresistível.

O rei Minos compreende, pois uma voz interior lhe fala, que este amor não durará mais que um tórrido verão. No outono, o touro do mar parte atravessando as ondas com audácia. Pasífae esquece tudo, um véu se estende sobre esses meses de tempestade e fogo, volta a ser a rainha e a mulher sublime.

A sabedoria e a paciência de Minos deram seus frutos, o palácio é de novo habitado por um casal real cujo esplendor se estende sobre todo o reino, mas a rainha carrega em si o filho do touro deslumbrante. O que fará em Creta, o que fará no mundo o ser que virá, que não terá lugar nem entre os homens nem entre os animais? Pasífae o ama, contempla seu ventre com alegria, venera-o. Quando nascer, será preciso um lugar à sua medida e só para ele".

Orion me olha sorrindo e sinto que faço o mesmo. Sei que não entende tudo, mas seus olhos brilham, o meus devem brilhar também. Sinto-me esgotada, inspirada, continuo. Orion apaga a luminária da minha escrivaninha, algo que nunca tinha feito antes. Chove do lado de fora, estamos em uma agradável penumbra.

"O rei Minos manda chamar Dédalo, o mais célebre arquiteto da Grécia. Pede-lhe que construa um palácio à imagem do corpo e do espírito do Touro do mar e de Pasífae. Dédalo chama o palácio de Labirinto. Trabalha no projeto com seu filho Ícaro. A entrada deve ser visível, tentadora, perigosa, a saída deve permanecer como um mistério.

Para construir o Labirinto, Minos pede ajuda a seu povo e aos espíritos das profundezas, cada um só pode conhecer uma parte dele. Ícaro desenha as vias entrelaçadas: os ossos, os músculos, as artérias do corpo de Pasífae e do Touro. Dédalo se encarrega das intermitências e dos milagres do desejo, dos caminhos ardentes do amor e de seus temíveis arrefecimentos.

O filho de Pasífae cresce nela, torna-se enorme, ela o ama cada vez mais, mas teme um nascimento pavoroso. Um barco, escuro como a madrugada, chega a Creta, transporta o mais célebre médico do Faraó, é o Touro divinizado que o envia para socorrer a rainha.

Enquanto o labirinto é terminado, o médico prepara o parto. Quando chega o dia, usando uma lâmina, abre Pasífae e tira a terrível criança que apenas ele, além da rainha e Minos, podem ver e cuidar. Minos está apavorado, Pasífae feliz, abraça com ternura seu pequeno, incrivelmente grande. Sete dias depois, Minos o batiza com a água do Nilo trazida pelo médico. Dá-lhe o nome de Minotauro. Sou, diz ele, seu verdadeiro pai, pois foi meu desejo que te enviou o Touro divino e fez de você uma vitela. Será a grande estátua viva do homem no animal e do animal no homem. Um testemunho indecifrável frente a nossos presunçosos pensamentos."

Enquanto falo, Orion se levanta:

"É a hora do intervalo, Senhora, a gente pode deixar a mochila aqui?

— Por que paramos, para ir arrastar os pés em frente da porta da sala dos professores?

— Está na hora, a gente tem que ir".

Ele sai, mas a voz que sai de mim na penumbra não quer parar.

"Minos prossegue: Não é justo que nosso filho fique em um mundo no qual as duas partes dele mesmo estão separadas, Vamos levá-lo ao Labirinto que Dédalo construiu para ele.

É tão jovem ainda, diz Pasífae.

Chegou a hora, responde Minos.

O pequeno Minotauro, orgulhoso e seguro sobre suas quatro patas, parece aprovar com seus olhos brilhantes. Pasífae admira sua beleza, sua coragem, quer acariciar-lhe a cabeça para ver se começam a aparecer os poderosos chifres do Touro. O Minotauro se esquiva de pronto com um movimento ágil e lança um primeiro coice que roça o corpo de sua mãe."

Vejo a porta se entreabrir e Orion aparecer. Escutou-me continuar? Escutava atrás da porta? Volta a fechá-la, desliza em sua poltrona e diz levantando os olhos em minha direção: "E depois?

— O rei Minos quer manter Dédalo e seu filho como prisioneiros, para que não possam revelar a ninguém o segredo do Labirinto. Dédalo o havia previsto, fabricou um par de asas e levantou voo com seu filho. Ícaro não chegou à Grécia, porque o sol derreteu suas asas e ele caiu no mar. Dédalo, quando se deu conta que seu filho não pôde segui-lo, ficou desconsolado".

A voz de Orion se levanta: "Então o demônio de Paris começa a metralhar e ele se torna prisioneiro dos raios, como eu".

Minha voz continua: "O rei Minos e Pasífae conduzem seu filho até o labirinto. Para entrar, levanta-se sobre suas pernas, mas mal transpõe a entrada, lança-se a galope sobre seus cascos sonoros. A cada dois dias, Pasífae lhe envia alimentos: um dia para o homem, um dia para o touro. Para beber dispõe de fontes muito puras, e para banhar-se, de um rio. Uma vez por mês, Pasífae desce para passar dois dias com seu Minotauro, leva com ela o alaúde, que toca de uma maneira maravilhosa. Se o Minotauro é homem nesse dia, ela canta e ele a acompanha com sua flauta. Então trazem cadeiras e bebidas excelentes para o rei Minos e suas filhas Ariadne e Fedra, que escutam a voz de Pasífae elevar-se como se viesse do céu ou das profundezas da terra, sustentada pela flauta encantadora do Minotauro. Mas se Pasífae encantava todos os dias os habitantes da ilha tocando o alaúde na entrada do palácio ou nos mercados, ninguém nunca a havia escutado cantar.

Às vezes Pasífae não canta e o Minotauro a leva a galope em suas costas nas imensidões do Labirinto. Quando retorna de tão fatigante viagem, é preciso sustentá-la, não consegue parar em pé.

Nunca disse a ninguém, nem mesmo ao rei Minos, que admirava tanto, o que vira no Labirinto nem como, entre suas muralhas, nascera nela o dom do canto. Falava com o Minotauro, ele respondia? É um segredo que levou consigo quando, com o rei Minos e o sol do entardecer, voltou a descer ao fundo do mar."

O silêncio se instala entre nós, acendo a luminária, há uma troca de olhares, animada por uma confiança toda nova. Voltamos lentamente a uma parte menos iluminada de nós mesmos. Já deu a hora de terminar a aula.

"Pegue seu caderno, Orion."

Ele o pega. Indico-lhe, como sempre, um dever e uma lição para o dia seguinte. Depois pego seu caderno e escrevo: Para a próxima semana, desenho colorido, tamanho médio: A entrada do Labirinto.

Está contente, é um dever, sua mãe compreenderá. Fecha sua mochila, abotoa sua jaqueta com a mesma lentidão metódica de todos os dias. Sinto ainda em nossa salinha a presença do Minotauro e de Pasífae. Vou com Orion até a porta e então ele me estende com toda naturalidade sua testa, como faz sem dúvida à noite com seus pais para que o beijem. Estou a ponto de fazer o mesmo, mas me retenho a tempo, pego sua mão e a aperto entre as minhas. Não parece ter tido consciência de seu gesto nem estar magoado com o meu e vai embora como todos os dias.

Pergunto a mim mesma em seguida: Por que não posso beijá-lo? Este pobre menino é ainda muito jovem, tem uma grave deficiência, sofre muito, algo aconteceu. Do mais profundo de mim mesma surge um "não": Orion tem um pai e uma mãe. Você é apenas, é só deve ser, sua "psico".

Neste dia há uma greve, apenas um terço dos trens circula. Consigo, no entanto, subir para dentro do RER e sobreviver como os outros. Orion já me espera, sentamo-nos, ele não me pergunta: "A gente faz o ditado?". Porque outro ditado cresce entre nós com a presença do Labirinto, onde, depois de anos de alegria, o Minotauro se aborrece. O rei Minos tem o poder sobre Atenas, que apenas começa a florescer. Exige que a pólis lhe envie todos os anos um tributo de dez moças e dez moços para servir de companheiras e companheiros ao Minotauro e povoar a imensidão do Labirinto.

Orion me encara, parece maior, seus olhos brilham. É ele, provavelmente, que me faz dizer: "O rumor se espalha em Atenas de que o Minotauro, após se servir dos jovens da cidade para seu próprio prazer, logo os devora em abomináveis festins. Em Creta, o povo, seguro de que o Minotauro é herbívoro, pensa que ele e seus companheiros atenienses desenvolveram cidades onde crescem plantas que tornam a vida mais feliz. No Labirinto florescem os jogos, os combates rituais, o prazer, a música e a dança. Os jovens de Atenas que às vezes entram chorando não saem nunca mais, encantados pela vida feliz que ali encontram.

Em Atenas, o rei Egeu, que foi outrora um herói magnífico, envelheceu, e não se decide a cumprir o desejo de seu povo que quer negar-se a oferecer o tributo exigido por Creta. Teme que Minos ordene a sua frota destruir a de Atenas e invadir a pólis. É neste momento que intervém no conselho seu filho Teseu, que havia ficado em silêncio até aqui.

O tributo exigido por Minos, diz ele, é intolerável, mas reconhece que Atenas é ainda incapaz de resistir a Creta. Há uma única solução: matar o Minotauro. Orgulhoso de suas façanhas, Teseu está seguro de poder fazê-lo. Pede permissão para partir com o grupo de jovens atenienses enviados este ano a Creta para entrar no Labirinto. Incitado pela coragem e confiança de Teseu, o conselho obriga o rei Egeu a aceitar sua oferta. Enquanto se prepara o barco que levará o tributo de Atenas a Creta, o rei Egeu cai em profunda melancolia, como se estivesse certo de nunca mais rever seu filho".

Orion se levanta: "Tocou o sinal do intervalo, Senhora."

Continuo pensando, talvez escutando a aventura de Teseu, sentindo a formidável e próxima presença do Minotauro.

Escuto tocar o sinal, Orion volta. Antes de sair, senti nele um pouco do orgulho de Teseu, acho-o agora muito pálido, diminuído. "O que te fizeram nos corredores?

— A gente não sabe, Senhora."

Espero, ele acaba por dizer: "E o ditado, a gente faz?

— Por quê?

— A gente não sabe. A gente tem que fazer".

Tinha previsto sua resposta, preparei um pequeno ditado sobre a chegada de Teseu e seus companheiros a Creta, sobre a profunda impressão que a beleza do príncipe causou sobre Ariadne e Fedra, as filhas de Minos, que assistem ao desembarque e trocam algumas palavras com ele. O assunto agrada Orion, escreve com cuidado, hesita e rasura menos do que de costume. Corrijo, não há muitos erros, felicito-o. Ele diz: "Com Teseu é mais fácil, é como o amigo que a gente não tem.

— E o desenho da entrada do Labirinto...?"

Parece surpreso: "Tem uma mulher selvagem... Ela ri..."

Na segunda seguinte, quando chego, Orion já me espera, apertado, encolhido contra a porta do escritório. Faço-o entrar: "Mostre-me seu desenho.

— Não tem ditado antes?

— Não, o desenho primeiro."

Estende-me a pasta, que contém dois desenhos. O primeiro representa um caminho delimitado por dois muros altos de pedras cinza, uma curva impede de ver até onde vai. O desenho, em seu conjunto, é desajeitado, muito mais infantil do que os que Orion costuma fazer.

"É o caminho para o Labirinto?".

Sem dúvida não está contente, porque diz com tristeza: "A gente não sabe."

Quando olho o segundo desenho, estremeço. Em um grande muro de rocha, há numerosas aberturas, no centro, uma porta massiva sobre a qual, como na proa dos antigos veleiros, há um busto de mulher. Usa um vestido vermelho que deixa ver seus seios. Tem um colar de ouro e uma espécie de coroa na cabeça. Seus grandes olhos vagos nos olham, mas talvez não nos vejam. Ri, não com um riso mau ou amargo nem porque se diverte. Ri porque sabe. Sabe que tanto na vida na terra quanto no Labirinto, há do que rir e se assustar.

O desenho é duro, cortado, muito colorido em certas partes, poder-se-ia dizer até que está um pouco borrado, é um trabalho que violenta o espectador, mas sua eficácia salta aos olhos.

"O que Jasmine disse sobre ele?

— Que é horroroso!

— E seu pai?

— Não gosta de dizer nada.

— E você?

— É assim, com esses grandes dentes brancos de raiva!"

Agora é minha voz, um pouco impactada pelo desenho, que diz: "Os que temem a mulher selvagem vão por aqui, é um caminho longo, cada vez mais estreito, cheio de ossadas. Os que conseguem voltar tornam-se loucos, os outros adormecem em meio aos esqueletos e não despertam mais. Só se pode entrar pela porta, mas ela não tem fechadura, nem chave. Se tentam forçá-la, o riso da mulher selvagem os mata. Apenas a rainha Pasífae conhece o segredo da porta e pode conduzir até ela os jovens atenienses. Ao aproximar-se Pasífae canta, a porta se abre, ela os empurra para frente com seu canto. De repente o Labirinto está ali. Já estamos dentro. O canto para. A porta fecha e a mulher selvagem ri".

Uma espécie de grito sai de nós: "E depois?"

A resposta de Orion é abrupta: "A gente não sabe."

Olhamo-nos, não sabemos como continua a história, é simplesmente assim. Noto um leve tremor no lábio inferior de Orion.

Proponho-lhe pegar um livro e ler, não consegue, balbucia. Retomo a passagem, minha voz hesita, treme um pouco, cometo erros que ele percebe.

Pergunto-lhe se posso guardar os desenhos no escritório. "São para aqui" — diz.

E depois: "Você tem que anotar o desenho para a próxima semana no caderno."

Escrevo: Teseu entra no Labirinto com o fio que Ariadne lhe deu para voltar. Desenho, mesmo tamanho. Data: próxima segunda.

Ele olha o tema e fecha o caderno sem dizer uma palavra. Prepara-se para ir à piscina com os monitores e seus colegas. Não sabe nadar ainda. "Ele sabe, diz o monitor, mas não se atreve a nadar na parte mais funda da piscina. Quando conseguir, será um passo decisivo".

Digo a Orion: "Arrisque-se, vá de um lado a outro como você faz quando desenha um labirinto". Ele me olha, gostaria de acreditar em mim, mas não pode.

"A piscina, é de verdade. O Labirinto está na cabeça.

— Na cabeça...

— A gente não sabe, Senhora. Está na hora". Estende-me a mão e vai embora.

Uma semana mais tarde, me traz outro desenho realçado de guache em cores muito claras. Teseu é grande, vigoroso, seu rosto lembra um pouco, com seus cabelos negros, os que se vê nas reproduções de afrescos ou de vasos gregos. Desenrola com muito cuidado o fio de Ariadne e avança com precaução pelos corredores do palácio. Diante dele há escadas, fontes, e a entrada de uma vasta sala. As paredes do palácio, pintadas com cores vivas, onde predominam o vermelho e o amarelo luminoso, e sua arquitetura misteriosa, transmitem uma sensação de bem-estar. São elas que importam, mais que o personagem de Teseu.

Surpreendo-me ao sentir tanto prazer diante desse desenho que respira alegria, mas no qual não falta certa torpeza. Tento entender o motivo e chego à origem de meu encantamento. As cores, a arquitetura, a estranha solidão do palácio de Orion me lembram os quadros metafísicos de De Chirico, dos quais tanto gosto. Sem ter a invenção, as proporções das obras de De Chirico, o desenho de Orion me faz penetrar, como elas, em um universo onírico. O Teseu de Orion avança com uma decisão não desprovida de temor em um mundo que não é mais o nosso. Um mundo de mensagens incompreensíveis, de pesadelos, de acontecimentos fragmentados, o mundo estranho, provavelmente infinito, da humanidade adormecida.

Durante toda a semana escuto Teseu errar pelos vastos corredores, pelas escadas que se entrecruzam e pelas salas do Labirinto. Na sala central que ainda não encontrou, o Minotauro, de pé, em uma solidão imensa, escuta seu passo incerto tatear, afastar-se e voltar.

No desenho que Orion traz em seguida, Teseu avança no Labirinto com força e circunspecção, agarrado ao novelo de fio mágico que Ícaro, enamorado de Ariadne, deu-lhe como talismã antes de levantar voo. Há algo de vitorioso no seu jeito de andar que me lembra Orion quando desenhava seu primeiro labirinto. Mas há também a presença do medo. O do Minotauro. Por que tem medo?

Trago à noite os dois desenhos para casa e os mostro a Vasco. "Olhe, parecem sonhos.

— É verdade, parece que Teseu sonha o que está vivendo".

O MINOTAURO ASSASSINADO

Quando escrevi no caderno de Orion: Próximo desenho: A sala do Minotauro, Orion não reagiu e não parecia ter medo do Minotauro. O desenho que me traz não tem mais o colorido dos anteriores, representa uma sala de paredes vermelhas e atmosfera sombria. Encostado na parede principal está o trono do Minotauro, ornado de pequenas cabeças de touro. O Minotauro está sentado no trono, totalmente sozinho, tem um corpo de homem curiosamente rosado. Na ponta de seus pés e, coisa horrorosa, de suas mãos, há cascos de touro. Não emana dele nenhum sentimento de poder, mas antes uma impressão de espera e de compaixão. Tem o corpo de um homem muito grande e magro, sem nada de notável, com uma cabeça de touro que me faz lembrar de um rosto.

"Parece um pai..."

Orion está atento, esperava essas palavras? Responde imediatamente: "A gente não sabe".

Escrevo em seu caderno: Encontro de Teseu com o Minotauro. Mostro-lhe. Pergunta: "Eles vão lutar?". Não respondo. Parece aliviado e guarda seu caderno na mochila.

Sinto certa apreensão de lhe ter pedido esse tema. Como vai reagir? Até aqui, avançou nas cores claras de um sonho de Labirinto. Estava feliz. A sala do Minotauro, por suas cores e sua atmosfera, evidencia já um temível obscurecimento. Agora vai tornar presente o mistério um pouco miserável do Minotauro, tal como ele o vê, e a ousadia assustada de Teseu. Sua intenção de matar.

A semana é difícil, acaba por me dizer: "A gente recebe raios por causa do desenho. Em Creta, o demônio não pode nos confundificar. É uma ilha, ele não pode atravessar o mar. Teseu e o Minotauro estão bem tranquilos lá. É a gente que está nos raios de Paris.
— Você está protegido quando desenha.
— A gente não pode desenhar sempre. Muitas vezes ele te pega por trás e quando a gente está cheio de raios a gente não pode mais desenhar por que tem que saltar ou dar golpes na parede e então tem dor nas mãos e nos pés.
— Quer dizer que não pode terminar seu desenho até segunda?
— A gente não sabe, Senhora...
— Bom, coloco no seu caderno que tem uma semana a mais para terminar."

Toda a semana que se segue é muito difícil. Orion resmunga muitas vezes: "Pesado, é pesado, os raios não queimam ainda, mas estão em toda parte".

Um dia diz suspirando: "Você tem que ficar atrás de mim, não longe".

Orion sofre, tento sustentá-lo, ficar ao lado ou atrás dele sem nada querer, se é isso o que espera de mim. Se é Orion que trabalha e se debate mais, devemos enfrentar juntos o monstruoso. O que é monstruoso? O Minotauro ou a dominação em nós do homem sobre o animal, com suas imperiosas limitações?

Orion está inquieto no dia em que me traz seu desenho. Não o tira de sua mochila, senta-se, petrificado, diante de mim.

"Dê-me seu desenho?
— Não, pegue-o você, Senhora! Leia primeiro o texto que está em cima.
— Você fez um texto também?
— Era o desenho que queria isso."

Pego a folha, há um texto em grandes letras desajeitadas.

REDAÇÃO: A CABEÇA GIGANTE

Ao entrar no Labirinto há uma cabeça gigante, está atrás, mas a vemos sempre à frente. Seu riso ri como o diabo. Atrai para um lugar sem saída. A cabeça é bastante jovem, com grandes olhos, com orelhas bem visíveis e a boca que ri mostrando os grandes dentes brancos de horror.

O Minotauro está no trono esperando o sacrifício das moças, está no centro do Labirinto, no canto onde está o altar e parece um palácio.

Teseu com o fio de Ariadne encontra o Minotauro, sente que é forte.

A gente vem para te matar porque o rei Minos tem que te dar Ariadne em sacrifício. Minha noiva.

O combate começa e dura muito tempo este horror. Teseu enfia sua espada na barriga do Minotauro onde tem o coração. O Minotauro cai morto e Teseu ganha o brigamento. Está triste. Pega o fio de Ariadne, enrola-o e sai do Labirinto não pela saída, mas pela entrada onde está Ariadne que o espera e Teseu a leva, ela acredita que para se casar.

Fim da redação.

Tiro de sua mochila a pasta desbotada que protege muito pouco seus desenhos. Abro-a, tiro o desenho e me comove o caráter dramático da cena. Ela se passa na vasta sala onde, no desenho anterior, o Minotauro estava sentado em sua grande poltrona. A poltrona está lá diante do escuro muro vermelho, mas o Minotauro já não está, está de pé, muito grande e sem defesa, diante de Teseu.

Teseu não é mais o belo mancebo de costas largas, cabelos negros e rosto regular que Orion pintara nos desenhos anteriores. É um moço bem mais jovem, menor, que tem os longos cabelos encaracolados, o rosto pálido e assustado de Orion. Esse novo Teseu segura nas mãos um tipo de espada que enfia gritando, com uma desesperada resolução, no corpo do Minotauro que o domina com sua alta estatura.

O Minotauro, com a cabeça inclinada na direção de Teseu, parece contemplar com profunda tristeza, mas sem esboçar um gesto de defesa, o crime, o assassinato, que se passa.

Misteriosamente, com sua cabeça de touro, seus grandes chifres dos quais não se serve, e sem que nenhum traço os assemelhe, o Minotauro assassinado parece também com Orion. Esta cena me soa muito cruel e inelutável: Orion, fascinado, dominado pela imagem de Teseu, é, berrando de horror, obrigado a matar o Minotauro. Preparado para o crime, o Minotauro se deixa sacrificar sem ser defender, inclinando para o moço uma cabeça plena de doçura, resignação e perdão.

Não posso acreditar, vejo nessa cena que o Minotauro é, em uma cena tenebrosa, o Pai que Orion, na sua angústia, é condenado a matar, como mata também uma parte de si mesmo. Eu também fui obrigada a viver isso, já que matei minha mãe ao nascer. Com Orion o revivo ao contemplar esta imagem de cores explosivas e cujos numerosos equívocos não podem esconder a verdade nem o sofrimento. Olhamos muito tempo o desenho, nos olhamos em silêncio.

"Foi duro para você fazer este desenho e para seu Teseu matar o Minotauro.

— A gente sentiu muitos raios e muitas vezes o cheiro do demônio impedia de desenhar. Depois foi melhor porque você estava atrás de mim.

— Eu estava atrás de você? Não há nada no desenho.

— Você está atrás de mim, bem aqui onde termina o desenho. Não tinha mais lugar na folha, mas você está aqui."

Estava atrás para empurrá-lo para frente... ou para defender seu Minotauro?

"Estava aqui... Estou aqui...

— Sim, está aqui. A gente está contente que você esteja aqui. Com todos os meninos que tiram sarro, que fazem cruzes nos meus cadernos ou na minha carteira como se a gente já estivesse morto, como às vezes a gente queria. Quando me gritam: Você vai ver na saída, vamos te pegar! Na lixeira, no banheiro! Forçam-me a jogar bancos neles, a dar cabeçadas como se a gente tivesse chifres para persegui-los. Se você não tivesse vindo, para ficar atrás

de mim, a gente teria colocado fogo na escola. O fogo a gente gosta disso, a gente gosta muito. O demônio de Paris também gosta! Sem você, a escola não teria sido salva e a gente estaria na cadeia.
— No seu desenho, Teseu parece com você.
— A gente não sabe. É você que vê isso. Enquanto estava atrás de mim a gente podia avançar mesmo se fosse cego.
— Cego...
— Para atacar o Minotauro a gente precisa ser cego, senão fica muito triste.
— O Minotauro no seu desenho parece muito infeliz e você...
— Como a gente é?
— Diga-me você mesmo.
— Não, você. Estava atrás de mim, na minha cabeça, quando a gente fazia o desenho.
— É como quando seus colegas querem que lhes faça medo, jogando bancos, dando cabeçadas como um touro, ou quebrando vidros".

Dá uma gargalhada: "Quebrar vidros, a gente gosta disso e depois chora."

Depois fica em silêncio um instante: "Matar o Minotauro, o menino azul não nunca teria feito isso.
— O menino azul..."

Já se recuperou, diz com uma voz neutra: "A gente não sabe".

Deixamos que o silêncio persista. Inclina-se sobre sua mochila e eu olho outra vez o desenho que tanto me emocionou. O desenho onde estou sem estar. Orion, cego, supera novamente seu medo através da violência. O menino azul não teria feito isso, esse menino que não conheço e do qual, perguntando, nunca saberei nada.

Orion diz: "Está na hora da geo, Senhora."
— Está bem. Posso colocar seu desenho aqui na parede, como fiz com outros?
— Não, esse não!" Não faço perguntas, pego meu livro, ele o seu. Em vez de começar a ler, diz furioso: "A gente não quer que

os outros o vejam... Vão fazer cruzes em volta para dizer que a gente te matou.

— Não sou o Minotauro... estou atrás de você.

— Não importa, quando correm atrás de mim em bando, sabem muitas coisas que o demônio de Paris lhes bombardeia na cabeça. Só o menino azul sabia o que fazer para não ser fuliginado e fazer só o que se gosta. A gente era muito pequeno naquela época". Começa a ler. No final das aulas, pergunto-lhe: "Pode fazer um outro desenho para a próxima semana?

— Desenhar é melhor do que ficar enchendo o saco dos pais."

Escrevo em seu caderno: Teseu sai do Labirinto. Encontro com Ariadne.

Orion murmura: "O demônio de Paris vai fazer outra dança pré-histórica de raios como nas últimas semanas.

— Mesmo assim você fez seu desenho...

— A gente fez porque você estava atrás de mim, como o demônio de Paris."

Não respondo, porque estou desnorteada, mas também porque sinto entre nós uma presença insólita que Orion também percebe. Agita os braços várias vezes, acho que vai começar a saltar, não o faz. Olha com prazer o vidro que quebrou e que ainda substitui um cartão mal fixado. Ri: "Quebrar vidros, isso me faz rir, ele sabe, ele sabe bem esse aí!"

Junta suas coisas, estende-me a mão e desaparece bruscamente como se fugisse. Tenho a impressão de que não me deixa sozinha. Recuso-me a pensar nisso. Preparo calmamente a jornada de amanhã e vou embora, aliviada, apesar de tudo. Sobre o bulevar cai uma chuva muito fria que sinto sobre meus ombros como um fardo injusto e pesado demais. Encontro um lugar no trem, esforço-me para ler, mas não consigo. Orion e o Minotauro ocupam meu pensamento. Volto a ver o rosto cheio de dor e compaixão do pai aflito pelo desastre inevitável. Não compreendo, não tento compreender, porque, como diz Orion, tudo é muito pesado. Sim, uma única palavra não basta para descrever essa sensação.

Neste momento penso novamente nos trezentos cavalos brancos que galopam pelas ruas à noite. Os que ele descobriu, os que pôde descrever, que me fez ver também. Os que me fazem pensar que ele é um artista. Acredito nisso realmente? Estou tentada a me persuadir que não. Como crer em trezentos cavalos brancos que perseguem o demônio pelas ruas de Paris? Como crer no demônio de Paris. Não posso acreditar nisso, mas Orion fez entrar o demônio e os trezentos cavalos brancos em minha existência. Estão lá todos os dias, como as imagens vitais que nos incitam a prosseguir, passo a passo, nosso caminho através das rajadas da psicose e de nossa vida cinzenta e cronometrada de suburbanos.

Com Orion, aprendo, aprendo muito. O que encobre está estranha certeza? Que aprendo a não saber, a não compreender e, no entanto, a viver. Que aprendo, sobretudo, a esperar. Esperar o quê? Orion responde por mim? A gente não sabe.

Orion me traz um desenho em que Teseu sai do labirinto e devolve o novelo de fio a Ariadne. Nenhum rastro do caráter selvagem e dramático do sacrifício do Minotauro. Teseu já não se parece com Orion, horrorizado e cego, precipitando-se em direção daquele que não era seu adversário, e eu não estou mais atrás dele na sua cabeça, invisível e fora da imagem.

Teseu, costas largas e passível, provido de uma ampla cabeleira negra, faz pensar em Golias. Não parece muito impressionado com Ariadne, vestida de branco e com flores nos cabelos. Do Labirinto vê-se apenas uma imensa escada, ao pé da qual eles se encontram, com um fundo de montanhas rosadas iluminadas por um sol desenhado apressadamente.

Orion não é mais o Teseu que foi no momento do combate desesperado. O Minotauro desapareceu. Só Minos, o juiz, e Pasífae, a mãe sublime, reinam invisíveis no Labirinto.

Uma manhã, enquanto trabalho com Orion, o doutor Lisors me chama para pedir informações. Está na sala ao lado, que serve para a terapia ocupacional e tem uma longa mesa sobre a qual dispôs algumas pastas. Estamos consultando uma delas, quando de repente escutamos um forte grito e vemos Orion correndo até nós, enlouquecido, agitando os braços, com os olhos esbugalhados, chega correndo até nós. Grita algo que não podemos compreender e ao nos ver se assusta ainda mais, evita-nos, para um instante e, não sabendo o que fazer, sem impulso, salta com os dois pés sobre a mesa. Somos surpreendidos pela sua chegada e por este salto espantoso.

O médico-chefe está ainda mais surpreso do que eu, no início só pode dizer: "Mas... mas...!" E depois: "O que há?... Desça!"

Orion não sabe o que fazer sobre a mesa, aterrorizado, não ousa se mexer. Talvez não nos veja? Digo: "Peguemo-lo cada um por uma mão e façamo-lo descer."

Orion salta, mas seus joelhos não o sustentam bem e, sem nossa ajuda, teria caído. Lisors pergunta: "Mas o que é que há, Orion?" Todo esbaforido, Orion grita: "O telefone... A gente atendeu o telefone, mas os cochichos do demônio estavam tão fortes que a gente teve que fugir".

Vou à minha sala, volto: "O telefone estava fora do gancho, mas a comunicação foi cortada". Vejo que Orion ainda está muito pálido e perturbado. Digo a Lisors: "Acho que é melhor sairmos um pouco.

— Vá e volte me ver em seguida, precisamos nos falar."

Damos uma volta, o ar está fresco, as cores voltam às bochechas de Orion. Proponho-lhe ir tomar um chocolate em um café. Para minha grande surpresa, aceita.

Tem medo, no entanto, entrando atrás de mim no café. Há poucas pessoas, levo-o para um canto tranquilo. O garçom que vem pegar os pedidos o assusta e, para não ser visto, ele vira o rosto para a parede.

Pergunto-lhe o que acabou de acontecer, ele me diz: "A gente atendeu ao telefone porque a campainha tinha medo, então com sua voz o demônio saltou sobre mim, apertou minha garganta, precisei gritar, gritar e escapar.

— E depois...

— A gente não sabe, o doutor e você pegaram minhas mãos e o demônio não estava mais lá.

— Você saltou sobre a mesa, sem pegar impulso.

— Não sou eu, é o demônio que saltou com seus raios de gigante em minhas pernas."

Bebe lentamente seu chocolate. "Porque o demônio me grita coisas que você não escuta e o doutor também não?"

Não respondo, termina seu chocolate.

O demônio grita: A gente vai te cortar, idiota... Espere um pouco e você vai ver... Inútil, vou te estripar... e sua mochila, vou mijar em cima, nunca mais a encontrará... Vou por fogo, vou jogar no lixo suas coisas...!

— Não são os outros alunos que dizem isso?

— O demônio os empurra. E depois me grita: Salte! Salte! Faça uma bagunçafervo por todos os lados. Quebre, quebre, quebre...!

— E, no entanto, você continua vivo e quer um segundo chocolate. Peço-o e volto."

Funga e olha com desconfiança em torno de si. Quando lhe trazem seu chocolate diz:

"Não tem demônio porque você está aqui. Se a gente está sozinho, o medo começa a transpirar. E se não puder mais pagar o garçom, vão querer me colocar na cadeia e então a gente quebrará tudo".

Bebe seu segundo chocolate, acalma-se, voltamos sem pressa a nossa salinha.

"Tenho que ir ver o doutor Lisors, aqui está uma folha e tinta nanquim, faça um desenho durante esse tempo. O que você quiser".

Lisors me recebe com seu sorriso habitual, um pouco zombeteiro. Está francamente surpreso: "Que força da pulsão! Este salto sobre a mesa e, uma vez ali, não sabia mais em absoluto onde estava. Teve medo do telefone? Mas é algo com o que está acostumado.

— Disse-me: A voz do demônio me saltou ao pescoço. Tive que fugir e gritar.

— E você, o que pensa disso?

— Com Orion, quando chega o furacão, não se pode pensar, tenta-se ficar presente, é tudo.

— Você não pensa que seja o demônio que lhe saltou ao pescoço?

— Não posso me dar ao luxo de negar o que ele sente. Se nego seu delírio, o que é que posso fazer por ele? No dia a dia, trabalhamos. Muito pobremente, eu sei, mas avançamos. Tanto na cura quanto nos estudos. A pequenos passos, com saltos para frente e às vezes para trás.

— Mas quando vive suas pulsões, seus delírios, é a grandes passos que o faz?

— A passos enormes e tenho dificuldade em segui-lo. E às vezes é um furacão que me arrasta também.

— É um caso muito pesado, nós o sabemos. Você se sai bem, mas não se envolva demais, isso seria perigoso para ele e para você.

— Tento não me envolver demais, mas não é tão fácil. Quando damos pequenos passos, escuto, ensino, tenho paciência. Mas nas arrancadas, na borrasca, é ele que me guia e estamos ambos literalmente sem controle.

— Nas arrancadas, você e ele formam um plural."

A palavra me atinge com toda força: "Sim, nas suas crises somos um plural. Muito apesar de mim, mas é inevitável que nesses momentos eu seja ultrapassada!"

Ele diz: "É verdade". Depois agrega, com um tipo de lamento: "Mas, você, você cuida, você cuida verdadeiramente, mesmo se não sabe sempre como fazê-lo. É uma sorte."

Toma minha mão entre as suas e me diz com certa afeição: "Volte a me ver, quando as coisas não forem bem!"

Volto para minha sala, Orion está inclinado sobre um desenho à caneta que acaba com uma rapidez surpreendente. Não pergunto o que é, já sei quando me anuncia com uma gargalhada cruel: "O lago de Paris!"

— Sempre o mesmo. Você gosta disso.

— A gente gosta disso e é sempre diferente."

Seu desenho representa um grande lago, do qual emergem apenas o alto da torre Eiffel e o domo de Montmartre. Vê-se também, saindo da água, uma fumaça, é o elemento novo. Orion seguiu meu olhar. "A gente colocou fogo no hospital dia, vai virar um vulcão. A gente gosta dos vulcões.

— E as pessoas, onde estão agora?

— A gente não sabe... Você que disse que a gente podia desenhar o que quisesse."

Esse desenho representa, pois, o que ele quer secretamente. Sim, uma parte dele deseja a desaparição de Paris, do hospital dia e de nosso trabalho juntos.

Sou obrigada a constatar: esse desenho que não cessa de se repetir sob formas e cores variadas me machuca profundamente, enquanto que a ele, o faz rir. Percebe o que para mim é quase um desespero? Orion me diz: "A gente fez bolhas."

— Bolhas...

— Sim, para guardar nossa salinha, a Sainte-Chapelle, e as coisas que você gosta".

Estou muito comovida. Mas desconfio, no entanto, digo:

"As bolhas não estão no desenho.

— Estão no desenho na minha cabeça..."

Ele pega o desenho e me estende: "Você o guarda?"

Como não respondo, diz: "Minha mãe vai ficar zangada se o ver. Muito zangada.

— Talvez eu esteja zangada também, Orion"

Ele me olha: "Você, você pode..."

Pego o desenho, lança-me um olharzinho suplicante e acaba por murmurar:

"— A gente não sabe, Senhora".

Depois com sua voz habitual: "A gente tem que ir, está na hora".

Quando a porta se fecha me encontro em um súbito e incompreensível sentimento de abandono. Por quê? Por que não? Sei que há, ao lado de sua bondade natural, muito ódio em Orion, e que este ódio lhe é necessário para avançar. Avançar...? Avançar em sua arte. Assim encarei as coisas. E se me equivoco? E se não lhe bastar?

Há dois versos desconsolados de Verlaine que surgem em minha memória. Estão em *Gaspard Hauser canta*:

> Nasci muito cedo ou muito tarde
> O que faço neste mundo?

É uma interrogação fundamental que Orion me força a partilhar com ele e todo o imenso povo das pessoas com deficiência, que é o nosso. Sim, também o meu desde a morte de minha mãe quando nasci. Como acaba de me dizer Lisors, agora somos um plural. Não queria chegar a essa situação, mas sim a algo mais nítido, mais delimitado. Ele, um paciente, eu, sua "psico". Não esta terrível confusão que produz quando entra em crise, na qual estamos juntos nesse plural, juntos no mesmo barco que nem um nem outro podem abandonar.

Chegando a Chatou, vejo que Vasco não está. Um pico de trabalho imprevisto, como de costume. Não é o momento, no fim do mês, de pegar um táxi, e com o incomodo da pasta de desenhos, a estrada me parece interminável. Uma caminhonete para perto de mim, uma senhorinha rechonchuda de cabelos cinza se inclina e me pergunta:

"Vai para Montesson?

— Sim.

— Suba, viro um pouco antes, mas isso a deixará mais perto".

Agradeço-a, subo, estou emocionada, é a primeira vez nesta estrada que alguém, à noite, propõe-se a me dar carona sem que tenha feito nenhum sinal. Digo-lhe isso; dobrando suas bochechas vermelhas, ela ri, mostrando pequenas rugas alegres. "Agora as pessoas têm medo, você sabe, quando volto do mercado, também eu só pego mulheres e velhos. Quando estou de carro, gosto de falar, mas meu marido não é muito falador. Como você, parece.

— Você acha?

— Sim, você é assim. Prefere escutar, não?

— Talvez.

— Quando era jovem, meu marido me dizia: 'Gosto da sua voz', e eu cantava muitas vezes. Já não me diz mais isso, então não canto, mas falo demais. No entanto, tive muita sorte ao encontrá-lo. Bom, aqui está, viro aqui, você está mais perto de qualquer modo. Não me agradeça. É natural, você também é uma boa pessoa".

Caminho com prazer, admirada com a paz que me infundiu essa pequena mulher enérgica com sua alegria contagiosa. Quando subo as escadas, escuto chegar o carro de Vasco. Apresso-me, consigo esquentar a sopa e preparar ovos cozidos.

Vasco me abraça: "Tudo está pronto e eu não pude ir te buscar. Mais um motor com problemas, e desta vez não consegui arrumá-lo".

Coloquei o desenho de Orion sobre o piano de Vasco.

"Queria que você visse isso.

— Seu Orion melhorou.

— Não diga mais: seu Orion... Orion não é de ninguém.

— É por isso que está doente.

— Você vai rápido demais. Melhor comermos primeiro."

Estamos felizes de estar juntos, temos fome, estamos ambos cansados. Quando termina seu segundo ovo quente, com um prazer evidente, Vasco se inclina, toma de novo o desenho. "O que é que ele quis fazer?

— Como de costume, o lago de Paris.

— Vejo o cume da torre Eiffel, o domo de Montmartre e esta grande fumaça que sai da água, o que é?

— É o hospital dia que queima e se converte em um vulcão sob a água.

Vasco está impressionado: "Ele o queimou? Isso te deixou triste? Será que Orion não tem um sério inimigo em si mesmo, que o queira suicidar...? Em seu estado e com a vida que leva, a parte as horas contigo, isso é compreensível.

— Ele nem sequer conhece a palavra suicídio.

— Mas conhece a coisa. Matar-se seria uma empreitada difícil demais para ele. Seria mais fácil morrer com todo mundo."

Estou estupefata: "Você viu isso!

— Você está muito envolvida com este menino, como eu com o motor de hoje...

— Amanhã você encontrará a solução para o seu motor, eu não. Na psicose nós não estamos mais em nosso universo, mas sim em outro...

— Orion não precisa que compreenda. Somente que esteja lá e que o escute.

— E você e eu precisamos ser pagos no fim do mês. É um fato que conta, mesmo se sublimamos, e o fazemos cada um por seu lado."

Vasco ri: "Você tem razão. Vou fazer uma tisana."

Ele a traz, com os biscoitos que gosto e mel.

Pergunto: "Você acha que vou ter que afrontar sua pulsão de morte ao longo de todo o tratamento?"

Sorri: "Você vai rápido demais, Senhora psicoterapeuta. Não sei muito bem o que chamam de pulsão de morte. De minha parte, tenho bastante a fazer lutando com a vida, felizmente somos dois para isso."

Ao longo das semanas seguintes Orion me traz mais dois desenhos do que se tornou pouco a pouco a história de Teseu. No primeiro desenho, Orion está com Ariadne em um barco a vela branco com seu ar perdido dos dias ruins.

Ariadne não aparece mais no desenho seguinte. Orion, escondido por uma vela negra, pilota sozinho o barco na entrada de um vasto golfo. Do alto de uma falésia, um estranho personagem se precipita de cabeça no mar. Será o rei Egeu do qual lhe falei na véspera, que, vendo a vela negra, crê na morte de seu filho e se mata?

"Se Egeu se jogou no mar, Orion, Teseu é rei.

— Teseu não é como nós. Ele faz o que quer.

— Nós não fazemos o que queremos...?

— Não, ninguém faz, as crianças têm que obedecer e ir para a escola. Os pais têm que trabalhar, ganhar uns trocados e cozinhar. Você também não faz o que quer, ninguém pode estar contente com se ocupar todos os dias de um menino estragado pelo demônio.

— Estou contente com me ocupar de você, Orion. Está doente, mas trabalhamos juntos para que esteja melhor no futuro.

— O que é o futuro, Senhora, quando a gente não pode ter uma namorada.

— Por que você não poderia?

— Você sabe, você gosta que falemos dos desejos, do sexo, do amor, do que a gente não conhece e do que conhecemos. Mas não dizemos nada, há alguém que não quer, que diz que você é obcecada por sexo.

— Quem diz isso?"

A questão me escapou, segue a resposta inevitável: "A gente não sabe... A gente nem sabe se alguém o disse ou se é na cabeça que está escrito. E isso é um tampão que a gente nunca poderá destampar." Ele dá sua risada cruel: "É um tampão que fala muitas vezes, que diz: A gente não sabe. A gente não sabe! O tampão grita muitas vezes. Grita: Raios, você terá raios e o demônio de Paris vai te ferrar cada vez mais, a vida toda. Cretininho, a gente te conhece, seu inútil. Você vai ver, todo mundo vai saber que você é um inútil, inútil, inútil! Sem namorada, sem profissão, saltando sozinho em um hospital dia. É isso que grita o tampão e depois pergunta: Por que você matou o Minotauro, o menino azul não teria feito isso?"

Deixa cair sua cabeça sobre os desenhos espalhados sobre a mesa. Espera. Espera o quê? Felizmente, trago sempre um suco de laranja. Na gaveta há um copo e chocolate, encho o copo. "Levante-se, pegue seu copo."

Pega, bebe um pouco, pergunta: "Tem mais chocolate?"

Ele sabe muito bem que há mais, mas deve empregar esse tom de dúvida, de censura não formulada. Come seu chocolate lentamente para saboreá-lo bem. Não é alegria que demonstra, tão rara e incerta nele, mas reencontrou a calma, o bem-estar. Isso não é pouco.

Começa a juntar seus desenhos, entrega-os a mim: "Guarde--os com os outros."

Depois: "A gente não fez o ditado, só palavrório.

— O palavrório é importante, é o que te faz avançar.

— A gente não sabe, Senhora. Deu o horário."

Depois que se vai, sinto-me preocupada, mas com o quê? Com o pequeno personagem que se precipita no mar Egeu, com o desejo de morte que sinto trabalhar em Orion. Para lutar contra esse desejo tenho bem poucas coisas: cuidados, desenhos, afeto, muito afeto e nossos palavrórios, como diz sua mãe. Nosso palavrório, cujo vocabulário aumenta pouco a pouco, mas que tropeça sempre no seu eterno: a gente não sabe. Será preciso anos, sim, anos de palavrórios e desenhos. Bem, será preciso anos!

Orion me traz o desenho que lhe havia pedido: Teseu rei. Ao final de seu périplo, seu Teseu parece perceber que não se tornou um verdadeiro rei e apenas leva uma máscara ridícula. O verdadeiro poder está sempre nas mãos do passado. O Teseu de Orion entrou no labirinto preso a um cordão umbilical, não afrontou seu Minotauro, matou somente uma de suas imagens fantasmagóricas. Orion fez com Teseu apenas o início do Périplo, não mais, e nos encontramos ambos desorientados. Bem, é assim, isso nos acontecerá sem dúvida ainda muitas vezes. Olho de novo o desenho, Orion também e rimos. Não sabemos muito bem por que, mas juntos sentimos que uma etapa de nossa aventura acaba de chegar ao fim. Orion diz: "A gente faz o ditado, hoje?" Fazemos o ditado sem muita motivação. Ele sai para o intervalo e, voltando, pergunta: Será que a gente pode ditar um poema do Minotauro?

— Claro."

Pego algumas folhas. Dita com dificuldade, com ar absorto, fazendo pausas, retornos, momentos nos quais diz: "Isso você apaga!"

Quando termina, leio:

O MINOTAURO

Diante do grande Minotauro
Há dois Teseus no desenho
A gente é o mais jovenzinho
Você entra comigo no Labirinto
Será que a gente é um pouco Teseu?
Não completamente, não o verdadeiro de verdade
A gente está na frente, você vem atrás
Aqui, fora do desenho, você está aqui
Será que a gente ganha, será que a gente é o rei Teseu?
O menor dos dois?
A gente não sabe. A gente sempre tem que dizer isso!
A gente gosta de Teseu e do Minotauro
No Labirinto, Teseu é forte
Em Atenas a gente é um rei desorientado
O que mijava nas calças muitas vezes
Com quatro anos no hospital Broussais
No serviço de cirurgia infantil.
A gente escutou Pasífae, a rainha
Quando canta, divina, como você disse
E o Grande Minotauro, ele dança, toca flauta
Somente se escutamos os dois.

Este ditado exige dele um grande esforço, suspira, transpira. Contrai-se e bruscamente se cala. Então murmuro: "Respire, Orion, respire fundo." Ele respira, tenta sorrir. Faz muito calor, transpira muito, isso não me agrada e sentimos ambos um grande alívio quando diz: "É o fim."

Olha-me: "Está bom?

— É você, verdadeiramente. Gosto bastante.

— Jean-Philippe dizia que você fez poemas de verdade. Em um livro.

— E você é pintor.

— A gente não sabe, Senhora, dizem que a gente é uma pessoa com deficiência, a gente recebe uma pensão de deficiente, não de pintor.

— Se você trabalhar, será pintor."

Saiu de mim como uma certeza, ele está contente, não acredita em mim completamente, mas está contente. Está na hora. Depois de seu pequeno ritual de partida, vai embora.

Será que eu tinha o direito de dizer a ele: você será pintor? De indicar um caminho talvez duro demais para ele? Se fiz isso é porque... porque tenho essa esperança. Talvez tenha expressado meu desejo enquanto que é o dele que tenho que escutar.

É o calor, é também o fim do ano escolar. Orion me traz mais um desenho: é uma sala vazia do palácio de Teseu. No chão se veem várias cabeças que parecem abandonadas ao acaso ao longo das paredes. São as únicas presenças no palácio deserto. Onde estão os corpos? A gente não sabe. Este desenho é o resto de uma tragédia que não terá fim. A história de Teseu parou de inspirar Orion.

Sua imaginação, quando consigo fazê-lo falar, já se encontra em outra parte, nas ilhas, entre as quais começa a aparecer a ilha Paraíso número 2 que, no Oceano Atlântico, constrói-se lentamente em sua cabeça.

Descubro, por acaso, em uma grande loja, cadernos com capa de couro sintético nos quais se podem colocar, entre plásticos de proteção, os desenhos. Escolho um, de um azul espetacular, e quando Orion chega no dia seguinte, proponho-lhe colocar ali seus desenhos e seu poema. Lado a lado, olhamos longamente cada desenho antes que deslize entre as divisões do caderno azul. Quando terminamos, o caderno engrossou, tornou-se uma espécie de livro. Dou-lhe: "Aqui está a história de Teseu feita por Orion. É um livro de verdade e daqui para frente deve assinar seus desenhos e um dia seus quadros."

Olha-me, está surpreso, emocionado e muito feliz. Tem medo de não entender e não pega o caderno: "O caderno é para quem?

— É sua obra, é para você.

— A gente só fez os desenhos, o caderno não é meu.

— É seu, comprei-o para você e te dou de presente."

Ele o pega, gira em suas mãos, abre, fecha como se não acreditasse em seus olhos. Nunca o tinha visto assim tão emocionado de alegria. Seus olhos piscam muito depressa, será que vai se agitar? Digo-lhe: "Se quiser saltar porque está contente, salte!
— A gente não quer saltar, Senhora, a gente quer voltar pra casa. Mostrar o presente para os pais e para Jasmine.
— Bom, vá depressa.
— Será que tem ainda um pouco de chocolate para me acalmar?"
Dou-lhe, come muito depressa, apressado para sair.
É o último dia de aula. Ele me diz: "Boas férias. Você vai me escrever?"
— Sim e continuarei se você me responder.
— A gente vai responder. Até mais, Senhora, até setembro.
Estende-me uma mão que o calor deixou úmida e vai embora com o caderno azul cuidadosamente guardado em sua bolsa.

O hospital dia está fechado e temos jornadas de estudo. Recebo uma ligação do pai de Orion. "Orion queria te ver antes de nossa partida para o campo amanhã. Ficou tão contente com seu belo presente que quer te trazer algo. Ele pode ir?
— Sim, às seis horas, quando a reunião aqui tiver terminado."
Na hora combinada, Orion está lá, traz-me em uma pasta nova um desenho do mesmo formato que os de Teseu. Abro a pasta. Pela primeira vez, o desenho é feito com nanquim, com uma precisão inteiramente nova.
O desenho suscita em mim uma sensação de vigor e de esperança. É o cruzamento de dois caminhos em uma floresta de árvores jovens. A floresta se estende em profundidade, as árvores têm o mesmo tamanho e pertencem à mesma espécie, à do sonho. O branco domina, o preto marca os contornos. Os dois caminhos se cruzam – como Orion e eu – não se sabe de onde vêm nem até onde vão.
Os galhos das árvores estão ainda quase nus, pequenas folhas abertas pela metade se preparam para crescer. Há ainda muito inverno nessa floresta, mas a primavera se próxima.

Em primeiro plano, três árvores de troncos claros, com galhos vigorosos. Há muita força e esperança neste desenho, mas também uma dor. Não se percebe imediatamente, é pouco a pouco que se nota com assombro que nesta plantação de árvores jovens algumas já foram abatidas e que resta delas apenas os tocos, cortados rente à terra. No entanto, as árvores vigorosas são de longe mais numerosas. Do tronco mais próximo, dois galhos novos se levantam. Bem perto, pela primeira vez, uma tentativa de assinatura, um "O" perfeito.

"Seu desenho é bonito, Orion, estou muito comovida com este presente. Todas essas árvores jovens são você e sua obra. Vocês vão dar muitas folhas juntos. E te agradeço também por essa assinatura."

Não preciso dizer mais nada, ele vê que estou feliz, muito feliz com este desenho e fica contente com isso: "A gente o fez ontem à tarde, tarde da noite e esta manhã. Não veio de uma vez, a gente teve medo.

— É o seu desenho mais bonito.

— É só para você. Obrigado por seu presente. A gente tem que voltar, boas férias, Senhora.

Estende-me com naturalidade sua testa, como já havia feito uma vez. Gostaria de beijá-la, mas contento-me com pegar suas mãos entre as minhas. Fito seus olhos claros que raramente vi tão felizes como hoje. Vai embora contente. Estou contente também, levando comigo esse desenho que me enche de esperança. Há troncos castrados, sua dor. Nunca esquecer essa ameaça. Pode-se ter esperança, nada mais.

Em casa, mostro a Vasco o desenho que recebi. Ele o olha longamente, depois diz subitamente:

Algo belo está aparecendo aqui. Belo e muito pesado. Será que você se dá conta da pressão que exerce sobre Orion para que ele se torne um artista?

Sua questão projeta uma luz nova sobre um problema que não cessa de me interrogar e que, no entanto, deixo sempre na sombra. Respondo sem convicção: "Tem condições, penso que a arte é seu caminho.

— Para curar-se?

— Não é certeza que possa se curar...

— Então, o que você espera?

— Que não viva mais como uma pessoa com deficiência, que exista a seus próprios olhos e aos dos outros como alguém que tem uma profissão, como um artista.

— Você acredita que ele poderá suportar um destino tão pesado, tanta exigência?

— Orion diria: A gente não sabe.

— Quem é esse 'a gente', esse famoso 'a gente' que te faz sofrer com ele quase todos os dias?

— Nem Orion, nem eu, nem 'a gente' não sabe o que ele é, Vasco. Ele existe, é tudo. Isso ou menos, é claro.

— E se esse 'a gente' não suportar o 'eu' de um artista?

— Eu não sei, com Orion tudo é tão obscuro, tão imprevisível.

— É essa obscuridade que te atrai?"

Vê que sou incapaz de responder. Sorri, não estou sozinha, somos dois.

O Monstro

Assassino do Minotauro, herdeiro do trono, o Teseu de Orion em Atenas é apenas um rei desorientado: Orion do mesmo modo em seu retorno das férias. Esteve em Sous-le-bois, pescou trutas no rio Césère com seu pai. Visitou também seus numerosos titios e titias, banhou-se no oceano, saltou ondas, mas algo demoníaco o obrigou a manter sempre um pé no fundo e a não nadar no mar nem na vida.

A partir de Teseu, algo bifurcou na história e também em nosso tratamento. Nos Labirintos que fez antes, Orion, em meio às dificuldades das travessias, dirigia-se imperiosamente para a saída.

Teseu não fez isso. Uma vez seu assassinato cumprido pôde, graças ao falso cordão umbilical, voltar à entrada do Labirinto. Desde então há em nós cada vez menos Minotauro e cada vez mais monstro humano. Orion não pôde, como o Minotauro, separar--se de Pasífae com um coice brusco e arrisca-se na exploração de seu Labirinto.

A estrada será longa ainda, sem dúvida muito longa, e, para evitar que nosso trabalho caia na mediocridade, proponho-lhe que discutamos juntos nosso plano para este ano. Ele ditará em seguida o que tiver retido. Este projeto lhe agrada, nós o discutimos durante vários dias. Logo experimenta, com muita dificuldade, alguns momentos de prazer, quase de entusiasmo e outros de desencorajamento, ditar-me o que acabamos de falar. O que espera, talvez.

NOSSO PROJETO

Nós continuamos a estudar juntos como na escola e também a fazer, os dois juntos, o doutor um pouco psicoteraprof. Isso serve para me deixar mais calmo quando a gente fica nervoso, se o demônio de Paris ataca de longe com seus raios ou de pertinho com seu cheiro, que faz dançar a dança de São Vito. Você trabalha para que a gente seja mais inteligente e menos infeliz. Eu, a gente quer ser feliz, e você? Este ano a gente quer trabalhar com você porque a gente te conhece e têm menos medo nas grandes crises. Se a gente fala de uma menina, como Paule, você acha que é bom pra mim. Você se interessa, mesmo quase bastante pelas meninas que a gente conhece e pelos meus desenhos. Uma professora como você, Senhora, serve para tirar o demônio da cabeça e para pensar nas meninas bonitas. Paule está no hospital dia porque também é um pouco nervosa, ela é gentil exceto quando está às vezes do lado daqueles que fazem troças.

Quando a gente for grande... A gente gosta de pintar e assobiar árias de óperas. Isso não é uma profissão... As outras profissões, as para ganhar uns trocados, a gente não sabe, a gente não sabe como fazer? E se a gente sentir o demônio de Paris, e quebrar as ferramentas e as máquinas? Ganhar uns trocados como se deve, isso dá medo. A gente não sabe o que poderia fazer quando for um grande de verdade. Você sabe? A gente gosta de desenhar só o que tem na cabeça. Fazer o real não real. A gente não quer que isso se torne moderno como muitas vezes você gosta. Mamãe diz que é rabisqueira. Como se tivesse sido feito por um desarranjado. Para tirar o desarranjamento, tem que fazer coisas agradáveis: ir ao bosque, plantar árvores, fazer praças e carrosséis para as crianças, ir à piscina, ter amigos, primos da mesma idade, ousar falar com as meninas bonitas. Nós dois, nós estamos bem os dois na sua sala, você sempre tem chocolate. A gente quer fazer coisas agradáveis: ir com o desenho à ilha Paraíso número 2. Porque, na ilha Paraíso que a gente não pode dizer, parece que tudo terminou no catástrofiado. Nós dois, a gente luta contra a loucura débil, isso seria mais fácil se Paule, a menina bonita, pegasse o mesmo metrô que eu ou o Supergênio da TV, o ônibus.

Você é professora, mas às vezes é também um pouco doutora, uma Senhora que cuida do desarranjamento, não com remédios para não-normais, que dão medo. Nós dois, nós somos normais porque trabalhamos juntos. A gente é um pouco não-normal porque o demônio de Paris salta nas minhas costas, aperta a minha garganta e me desarranja, mas menos quando a gente está junto os dois. Pronto, fim do projeto.

"Está na hora, Senhora, a gente tem que ir. Será que ainda tem mais chocolate?"

Come seu chocolate, dou-lhe lenços de papel porque transpirou muito. Está muito cansado, mas contente. Ele diz, o que faz raramente: "Até amanhã". E fecha a porta.

Fico sozinha, leio o que ditou e começo a ver porque estou tão apegada a ele. Porque à sua transferência respondo com uma contratransferência semelhante. Ele é o deserdado, é verdade, foi escolhido sem dúvida, no fundo do tenebroso inconsciente familiar, para ser o sintoma de seu mal. É também um produto de certo modo de pensar que formam através do mundo a televisão e a publicidade. No entanto, isso não altera o fundo nativo, original que aparece cada vez que um acontecimento, a dor ou a alegria furam a tela de opiniões ou de pensamentos repetidos nos quais a época e seu meio o mantém fechado.

Sua desgraça, suas deficiências perturbam em mim a mulher profunda, pois há em nossa aventura comum algo de fundamental. O quê? É o que não chego a me formular quando de repente uma certeza surge: Orion e eu somos do mesmo povo. Qual povo? O povo do desastre, o que isso quer dizer o povo do desastre? A resposta, inevitável, com a voz de Orion diz: "A gente não sabe."

"A gente" junta as coisas e pega o guarda-chuva, pois há risco de chuva. "A gente" esperou muito, perdida em seus pensamentos, é o horário de pico, todos os metrôs estão lotados, nenhum lugar para sentar. "A gente" é apertada de todos os lados, "a gente" só pode respirar. É assim. E interiormente me digo: "Não é uma resposta, é meu povo. Ponto."

Os dias, as semanas, os meses se seguem. O outono, o terrível inverno parisiense, a chuva, o céu de chumbo, o metrô e o RER entupidos de gente, a confusão de Natal. O tempo que faz falta a Vasco para compor sua música, o tempo que me falta a mim, a que não ousa se tomar verdadeiramente por uma poetisa, por uma escritora.

Domingo, Vasco toca para mim o que compôs durante a semana, estou contente, gosto, tem um grande talento seguramente, mas Vasco não é feito para o talento. Digo-lhe o quanto gosto do que faz, mas se dá conta de que não é ainda o que espero, o que aguardo dele. Diz: "Ainda não?" Não respondo, ele sofre, sofremos juntos. Um dia me diz: "Em seus raros poemas com Orion você se arrisca inteira. Eu freio.

— Mas eu freio também, Vasco, na vida a gente tem que frear muitas vezes.

— Você fez saltar o tampão de merda. Eu me apoio em cima. Não sei como, mas me apoio."

Ele dá gargalhadas: "Acho que é meu ponto de apoio."

Quando está assim, fazemos amor para nos consolar. Penso: Não é preciso se consolar, a verdade está em ser inconsolável e feliz. Não é fácil, também não é fácil ser mais velha que seu homem que tem dez anos a menos que você e que é inconsolável porque sua música, a verdadeira, aquela que tem que sair de seu corpo, está ainda subterrânea.

Durante esse tempo, Orion e eu avançamos ou recuamos por caminhos muitas vezes áridos ou encharcados de lama. Consolidamos passo a passo nossa via pedestre para não cair demais nos abismos ou nos buracos de obus da banalidade invencível. A bela história dos labirintos, do Minotauro e de Teseu parece se calar.

Digo-me em momentos de cansaço: ele está menos violento, as aulas que antes era preciso parar após quinze minutos agora podem durar vinte e cinco, o vocabulário realmente compreendido aumenta a cada dia e ele ousa às vezes fazer perguntas quando não entende algo. Isso já é alguma coisa. Sim, isso já é alguma coisa, mas os progressos muitas vezes desaceleram ou se escondem. Há ainda o fracasso cotidiano dos ditados em que insiste sua mãe. Quando lhe devolvo seu ditado corrigido, gargalha com seu riso de menino enlouquecido e, quando há muitos erros, pronuncia a sentença impiedosa: "Quantos erros! Quantos erros!"

Às vezes penso: É pela ortografia que "a gente" o prende! Um dia, quando Orion me pergunta: "Fazemos o ditado?" deixo transbordar minha raiva: "Sem ditado hoje! Não posso mais suportar seus gritos: Quantos erros! Erros, todo mundo comete erros, isso não impede de viver e ser feliz. Pode viver com uma má ortografia. O que é importante para você é desenhar, aprender novas palavras. Viver em liberdade."

É a primeira vez que me oponho aos desejos de sua mãe. Ele fica pálido, levanta-se. Será que vai embora, será que vai saltar? Não tem força para isso. Deixa-se escorregar no chão.

Não posso me deixar manipular, faço-o se estender, abro a janela, chove e o ar fresco lhe fará bem. Escuto o ergoterapeuta na sala ao lado. Devo chamá-lo? Não, posso me virar sozinha. Peço que relaxe seus braços, suas mãos, suas pernas. Digo: "Respire!" Ele geme: "Não respire mais!" Insisto: "Respire!" Pouco a pouco sua respiração retoma o ritmo. Retoma suas cores, quer se lavar. "Não, fique um pouco deitado. Respire, respire, não pare mais de respirar. Essa é a ordem.

— A ordem de quem?

— De ninguém, a sua! A ordem da respiração que se faz sem pensar. Pode se levantar agora, vamos fazer um ditado de outro tipo. É você que vai ditar e eu escreverei."

Levanta-se, respira bem, senta-se com calma em sua cadeira enquanto pego uma folha e uma caneta. Ele reflete alguns instantes e depois diz para minha grande surpresa:

"DITADO DE ANGÚSTIA NÚMERO UM"
Fico admirada. Que título! Nunca poderia ter formulado isso de maneira mais acertada. Já retoma:

"Saindo essa manhã a gente foi imediatamente bagundificado, o ônibus não chegou na hora e quando chegava parava bem perto de mim e latia como se fosse me morder. A gente pensou que papai teria dito que ele não pode latir porque é um ônibus e não um cachorro. Mesmo assim, latia e queria mesmo me morder, mas não o fez. Então a gente pensou que ia por fogo no Centro para não ter mais que esperar o ônibus e pegar o metrô... Depois a gente viu que não podia incendiá-lo por causa de você e da nossa salinha e teve um pouco de vontade de te morder. Às vezes a gente queria também ser seu cachorro, a gente só faria passeios, poderia fazer xixi em toda parte e cheirar as moças que passam. A gente não gosta de ter uma coleira, para arrancá-la a gente tem que reencontrar as mãos e você ajuda nisso... Para não incendiar é melhor partir em desenho para uma ilha. Você pode ficar aqui porque não sente o cheiro do demônio, mesmo se a gente vê que você sabe um pouco que ele existe... A gente não pode mais ir para a ilha Paraíso que não pode dizer porque lá terminou em desgraçadizado. A gente vai com Bernadette, é uma menina amável do antigo centro onde estava antes. A gente não a encontra mais, mas gosta de vê-la na cabeça. É melhor Paule, ela é amiga quase sempre... e às vezes está com os que escrevem nas folhas de papel: A gente vai te pegar, idiota! Com Bernadette, a gente coloca os freios em dois cavalos brancos. A gente gosta disso: colocar os freios. Quando nós estamos a cavalo, colocamos o cinto de segurança e, opa!, partimos a galope, como nos filmes. A gente vai até o porto e lá alugamos um barco não muito grande. Eu seguro o leme e Bernadette fica na escuta, a gente pensa que isso se chama assim... A escuta, isso lembra você na sua salinha, para não ter medo e não ficar nervoso.

Quando não sabe mais onde estamos, no meio do oceano, Bernadette pega o livro do comandante e lê algumas passagens. Com bom vento e sem naufrágio, porque o demônio tem medo de atravessar o mar, chegamos à ilha Paraíso número 2. É uma ilha que está no real da cabeça, mas não ainda no desenho. Uma ilha deserta cheia de frutas, grutas, palmeiras e um rio onde se podem pescar trutas naturais. Fim do ditado de angústia, senão a gente vai passar da hora."

"É muito interessante, Orion. Pegue o texto que escrevi e o corrija, há erros seguramente, pois você dita muito depressa.

Durante esse tempo marco em seu caderno: Primeiro desenho da ilha Paraíso número 2, para a próxima semana."
Lê o ditado, nota alguns erros e os sublinha com tinha vermelha.
"Você viu, eu também cometo erros. Todo mundo erra."
Ele sorri, indulgente: "Você erra menos. Está na hora da ginástica, Senhora, a gente tem que ir."
Quando me traz seu primeiro desenho da ilha, fico muito decepcionada. O desenho, traçado de maneira sumária com canetão e lápis de cor, representa uma grande menina com cabelos amarelos, de pé, e um menino menor, sentado, que pesca com linha à beira de um rio medíocre. O menino e a menina parecem ter atravessado o oceano e desembarcado na ilha para um passeio no campo e um piquenique dos mais convencionais.
Não posso me impedir de dizer: "Não parece ter te inspirado. Você não gosta do tema?
— A gente gosta bastante da ilha Paraíso número 2.
— Você fez Orion menor que Bernadette."
Retoma o desenho. Parece admirado por um momento do que fez. Segue o inevitável: "A gente não sabe. A gente faz o ditado ou não, Senhora?
Sem dúvida o magoei. Fazemos o ditado, trabalhamos um pouco a biologia, é uma matéria que gosta. Ele vai embora, há um frio entre nós. É minha culpa, porque me mostrei tão decepcionada pela pobreza de seu desenho. Fui injusta, o desenho é fraco, sem dúvida bagunçado pela imaginação do demônio, mas, por mais magricela que seja esta primeira aparição, a ilha Paraíso número 2 existe. Existe em Orion, existe em mim e em um tipo de realidade de papel e de cores desajeitadas. É um lugar que habitaremos, cada um a seu modo, em uma nova etapa na imaginação profunda.

À noite, falo com Vasco da ilha Paraíso número 2. Sinto-o encantado por este nome, secretamente enamorado deste projeto que chama a aventura de Orion. "Nós vivemos, ele me diz, a vida preocupada e agitada dos parisienses. Acrescentamos qualquer coisa a ela, você pela escritura, eu pela música. Orion é outra coisa, quer sair do quadro e te levar com ele em pleno oceano, em uma ilha onde não passa nenhum barco, que nenhum avião sobrevoa. Parte com a ideia de levar lá sua vidinha suburbana, mas será levado muito mais longe do que imagina pelo desejo da ilha e do oceano.

— Acredita que eu possa ajudá-lo a viver isso? Com o Labirinto foi levado mais longe do que queria. Voltou atrás com Teseu e ficou perdido.

— Na parte de nós que escondemos, estamos todos perdidos. Orion não o pode esconder, por isso tem que arremessar carteiras contras as paredes e quebrar vidros.

— Você pensa que a partir disso fará desenhos?"

Vasco não responde e penso: A gente não sabe.

Orion continua a andar para trás no segundo desenho. Agora é um pouco maior que Bernadette, os dois fazem um piquenique como se estivessem em uma excursão. Nada falta à equipagem, mas a menina tem sempre a mesma aparência tonta com seus cabelos amarelos e a paisagem é vaga ou inexistente. Arrisco-me a dizer: "Sua ilha não é muito bonita. Um rio mal desenhado, algumas rochas, palmeiras, cactos, o sol rodeado de raios como fazem as crianças. Não se vê sequer o mar. Atravessar o oceano para chegar a uma ilha tão feia, será que isso vale a pena?" Orion não responde, mas minha reflexão faz seu caminho, talvez, porque na segunda me traz um desenho bem diferente.

Um cabo verdejante terminado por altas falésias avança no oceano em direção ao leste, prolongando-se ao sul por um largo golfo margeado de praias e florestas. O oceano é de um azul profundo, os sóis infantis dos desenhos precedentes desapareceram, em toda parte reina um calor e uma luz cálida. Vê-se enfim como a ilha é bela e que valia a pena desembarcar nela pelas vias oceânicas e pelos abismos de sua bela e ingênua imaginação. Meu olhar, desencorajado até aqui, ilumina-se, enfim respiro com o mar e as árvores, tenho vontade de andar, de correr, de nadar, de me abandonar ao sol, à sombra e aos odores salgados do mar. Não há barulho, nem olhares indiscretos, ninguém para ocupar espaços. A ilha está ali, existe sobre uma folha de papel, saída das mãos que a sonharam, dos olhos que a souberam ver em sua originalidade. Não escondo minha alegria de Orion. Parece contente, nada mais, com minha aprovação. Compreendeu o que gosto nesse desenho? Não estou certa disso, pois sobrevém logo em seguida um desenho no qual seu tio e sua tia, titio Alain e titia Line, depois de terem deixado seu barco ancorado, aproximam-se da ilha em uma canoa, acompanhados por suas duas priminhas.

Minha decepção é grande vendo Orion e Bernadette encobertos por esta considerável contribuição que vai banalizar o que prometia ser sua aventura. Orion espera minha reação, porque diz ao me dar o desenho: "Você não vai gostar."

Não gosto, de fato, e isso parece lhe causar um prazer igual ao de minha alegria diante do desenho precedente. Penso: Sou verdadeiramente inútil, que analista medíocre! Pelas minhas reações, pareço escolher entre dois Orions, quando há apenas um, o que produziu estes dois desenhos que sinto como contraditórios. Temos o direito de ser vários.

Ele me diz, como explicamos a uma criança: "Em dois, a gente é muito pouco para brincar. A gente gosta do titio Alain e da titia Line. Com as primas somos seis, é mais divertido para brincar."

Tem razão, precisa brincar, após sua infância solitária e frequentemente aterrorizada, brincar é uma grande falta. Empurro-o para frente em direção à palavra, ao desenho, ao esforço. Mas também tem que brincar e a arte ainda não é a brincadeira de sua vida. Paciência, talvez um dia ou talvez nunca? A gente não sabe.

Neste momento, Orion diz: "Tem outro desenho, maior, não é uma tarefa. Por isso trouxe a pasta de desenhos. Papai me comprou ontem. O desenho é de um monstro..."

Penso: Enfim! E digo: "é melhor colocar seus monstros nos desenhos do que guardá-los na sua cabeça."

Ri: "É um rascunho, se estiver bom, eu o farei em uma bela folha."

O desenho que coloca diante de mim é muito maior que os outros e executado unicamente com lápis grafite. É um rascunho, mas o contraste entre o corpo claro do monstro, as sombras e o fundo escuro do desenho revelam um domínio absolutamente inesperado no emprego do preto e do branco.

"Conte, como você fez este monstro?

— A gente não pode, Senhora, você faz o ditado de francês e depois a gente fará o ditado de angústia..."

Dito, contemplando o desenho que provoca em mim esperança e compaixão. Quando termino, pego minha caneta, folhas e Orion declara: "A gente dita agora:

DITADO DE ANGÚSTIA NÚMERO DOIS

Sexta, quando voltou para casa, a gente já tinha medo porque não viria durante três dias por causa da festa. No metrô, o demônio de Paris não se arriscou, no ônibus ele começava a me ver e adivinhou que os pais estavam fora do território assombrado. Tudo se tornava um labirinto inextricável... Inextricável, é uma das palavras que tínhamos estudado essa manhã. A gente ainda não a entende muito bem e a palavra começou a assobiar que em Paris, com os carros e as pessoas em toda parte, para não se perder, tem que pegar sempre o mesmo o metrô, o mesmo ônibus e que isso dá medo e entediamentos... Em casa, primeiro a gente tocou a campainha, como se esperasse que os pais ainda estivessem lá. Mas tinham saído e os raios sobrenaturais atravessaram a porta e entraram pela barriga. A gente pegou a chave e a porta se abriu... Então a gente pensou em um monstro com chifres em toda parte que enfrentaria o demônio... Mamãe tinha dito: você vai comer às duas horas se Jasmine não tiver chegado. Ela vem quando os pais saem. Tinha acabado de dar uma hora e ela ainda não tinha chegado... durante uma hora a gente fez a dancinha de São Vito. Não podia se sentar, exceto quando a gente pensava na ilha Paraíso número 2, mas não estava tanto na cabeça para parar a dança... A gente pensou de novo no monstro dos chifres, um monstro amável comigo que não está domesticado e a gente podia arrancar pedaços da tapeçaria e saltar em cima. Era como se a gente pudesse arrancar a pele do demônio sobrenatural. Às duas horas Jasmine não chegava, a gente tinha que comer tomates, salsichas, pão e queijo. Então o demônio atacou de verdade e a dança de São Vito era grande, grande, como se a gente fosse um selvagem. A gente batia nas paredes e nos azulejos, machucava-se, mas não quebrava nada, exceto um pouco da mão esquerda. E tinha que comer o que tinha, já fazia uma hora e meia porque a dança fazia como se a gente fosse um macaco em uma gaiola, que come recebendo flechadas... Por volta de quatro horas o demônio ficou cansado, e voltou para Paris para fazer acidentes e doenças e a dança se acalmou. A gente procurou no dicionário as palavras que você tinha marcado. Quando Jasmine chegou, a gente não queria mordê-la, seu amigo a tinha convidado ao cinema. Ela não queria e disse: Com esse aqui não se pode fazer o que quer. Ele fará uma cara feia, porque vamos desembarcá-lo. Então rimos pensando na cara do rapaz, é como passar o freio em um cavalo, a gente gosta disso! Ela colocou um disco e me disse: Você pode desenhar. A gente perguntou: O monstro? Ela disse: Sim, faça-o. Você tem sorte de poder desenhar, eu só podia quando era pequena... A gente desenhou primeiro a cabeça e o corpo em seguida se desenhava quase sozinho. Os chifres e as defesas servem para se defender do demônio de Paris e das troças. Servem também para ser gentil com o amigo... O amigo sou eu, mas não para mandar como o amigo de Jasmine.

Jasmine olhava o desenho, a gente via que gostava. Ela disse que com os homens não é tão fácil e que é bom ter defesas. Por volta de sete horas jantamos juntos, comemos coelho, depois sorvete, a gente gosta disso. A gente queria ver TV, mas ela disse: Não, continue! A gente fazia a cabeça do monstro como a de um elefante... Os elefantes são fortes, não precisam de anjo da guarda, não conhecem ainda o demônio sobrenatural, mas ele vai pegá-los e fechá-los em um parque.

O monstro tem orelhas grandes... são para assustar, mas também para poder escutar bem como você. Tem defesas nas costas, quando tem avalanches ou OVNIs, ele os corta em dois. O monstro pode andar em quatro patas ou em duas, para ser mais forte se apoia em sua calda de crocodilo... Se a gente recebe raios sobrenaturais na cabeça, coloca-me nas suas costas entre dois chifres e me protege. Se uma das defesas quebra, cresce outra vez. A gente terminou todo o contorno do monstro e foi dormir. De manhã, Jasmine disse: Termine seu rascunho, assim você poderá mostrá-lo a sua psicololo. A gente respondeu: Não tire sarro do monstro, ele não gosta disso! Quando os pais voltaram, Jasmine mostrou o monstro... A gente viu que isso não agradava tanto a mamãe, mas Jasmine disse que estava muito bom. Jasmine terminou o Ensino Médio, mamãe só fez a escola primária, Jasmine pensa que ela entende mais de arte que mamãe e papai pensa isso também, mas prefere não falar muito... papai não é muito de discussões. A gente tinha certeza de que você ia gostar do monstro. É quase como se tivesse um telefone entre mim e você. Um telefone sem se falar.

Fim do ditado de angústia."

Passo-lhe o texto de seu ditado, mas não quer lê-lo nem corrigi-lo. Quer que vejamos juntos o desenho. A grande cabeça cinza não tem em absoluto a segurança majestosa de uma cabeça de elefante. A inocência de seus grandes olhos parece implorar e seus múltiplos chifres e defesas parecem bem frágeis. É um corpo humano, ajoelhado sobre as pernas da frente. As pernas traseiras, dobradas sobre si mesmas, terão a força de levantar a cabeça enorme e a costa arredondada, eriçada de chifres? Como pode se levantar, andar, correr? Não pode, está claro, só pode se deslocar em um espaço restrito, só pode se defender, mas se suas defesas quebram, crescem outra vez.

O monstro parece surpreso de estar no mundo, no mundo tal como se diz que é. Não é o mundo em que vive, nem no qual possa viver. Como não estaria assustado com este abismo, com esta enorme falha entre dois mundos onde, no entanto, é preciso que tente existir? Como se admirar que esteja sobrecarregado de todas essas defesas das quais será preciso que se libere, se um dia tiver menos necessidade delas? Deve andar, seguir seu caminho, mas está claro que só poderá andar de verdade, correr e voar no domínio imaginário que é unicamente seu. Vasco me diria talvez que quero levar Orion mais longe do que ele pode, mas este desenho, tão lúcido, afinal de contas, desmente seu temor, que é também o meu. Sinto com força que o caminho onde estamos é mesmo o de Orion. De certo, amanhã duvidarei de novo, mas a certeza que sinto neste instante é exata.

As grandes orelhas do monstro estão desenhadas com muito mais doçura e precisão que o resto do corpo. Parecem três folhas superpostas, a folha branca separa a de cor cinza muito forte de outra folha com um cinza mais suavizado. Para Orion, essas orelhas são as minhas quando o escuto. Percebe obscuramente que não posso escutá-lo todo o tempo na profundidade analítica. Só posso escutá-lo assim por instantes. Quando somos, como agora, duas crianças que olham e descobrem juntas a mesma imagem interior.

É um instante de alegria. Sorri, sorrimos olhando o desenho, gostamos dele pelo que é no presente, e pelo que promete ser no futuro incerto, e nos escutamos felizes, no que ele chamou nosso telefone sem falar.

Está na hora de me lembrar do horário, de escrever em seu caderno os deveres e as lições para a semana. Antes de colocar o desenho na pasta que trouxe e que evidentemente quer deixar aqui, toca com o dedo as grandes orelhas do monstro e diz: Essas aí são muito bonitas!"

Cumpre com sua minúcia habitual todas as formalidades da partida. Fechamos cada um em sua caixa pessoal o telefone sem falar. Ele empurra a porta e as duas crianças que estavam ali desaparecem.

Vou procurar o doutor Lisors para lhe mostrar o desenho do monstro. Ele está no escritório de Robert Douai e ambos têm pouco tempo. Coloco o desenho de Orion sobre uma cadeira.

Lisors diz: "Seu trabalho caminha, Orion mostra suas resistências.

— Orion me disse: Se quebram, crescem outra vez.

— Seu desenho ultrapassa de longe seu pensamento, diz Douai. Será assim por muito tempo. Ele deveria expor."

Expor, essa ideia repentina me entusiasma, sinto que ela dará a Orion uma perspectiva que lhe falta, mas já a dificuldade me assusta. Os dois homens riem vendo os sentimentos contraditórios que este projeto provoca em mim.

"De qualquer modo, você tem tempo e Orion também" diz Lisors indo embora.

"O monstro é surpreendente, diz Douai. Uma mistura de pavor e doçura. Estou tocado pela bondade de suas duas grandes orelhas. Será que não seriam nas suas, tão pacientes, que ele se inspirou?"

Fico emocionada pelo que me diz e percebo que este homem, que se aproxima apenas dos quarenta, sempre me agradou sem que tivesse tomado consciência disso. De repente, na mulher que sou, reaparece aquela que fui, que agradava aos homens e que gostava disso. Aquela que eu era antes dos anos graves que vieram. Rimos e brincamos como uma mulher e um homem que se gostam, bem resolvidos a não ir mais longe.

São as belas e largas orelhas do monstro que suscitaram esse instante inesperado que vivemos. Orion viu em mim a beleza da escuta, uma beleza à escuta como diz Vasco, e é o que me devolveu a confiança que sinto de novo. Sei que ainda posso agradar, é apenas na superfície que minha confiança tinha desbotado. Será que Orion acaba de me devolver a confiança?

É tarde, o RER ficará lotado se eu demorar mais, deixo Douai, vejo que nossa pequena troca lhe agradou e que nossas relações no futuro serão transformadas. Não será nunca mais comigo o diretor em face de um membro de seu pessoal. Graças a Orion, não serei só mais uma das psicos do Centro que ele dirige, mas também uma mulher. Entro no metrô esta noite, desço como outrora, segura de poder agradar, com a certeza de poder provocar com um sorriso – se eu quiser, mas não quero – outro sorriso em resposta.

A ilha paraíso número 2

Orion e Bernadette estão fartos de excursões e jogos em família. Titio, titia e priminhas são reembarcados rapidamente, espera-se que tenham bons ventos e, sobretudo, que não voltem a incomodar em nossa ilha.

Em seguida aparece um objeto insólito: uma carroça na praia da ilha. Uma verdadeira caravana de madeira dos viajantes de outrora, com traves para dois cavalos. Saiu do mar? Orion me explica que ele e Bernadette a fizeram com destroços trazidos pelas marés. É preciso encontrar os cavalos brancos que vieram conosco para a ilha.

"A gente vai colocar o freio neles."

Primeiro ele ri dessa ideia, depois seu rosto se fecha: "Colocaram os freios… em mim… Quando era pequeno e a gente não é mais como todo mundo. Então muitas vezes a gente quer partir para as Rochas Negras e ir ao mar distante, cada vez mais longe. A gente não pode porque não sabe nadar. A gente tem medo das Rochas Negras, então nada com o pé no fundo… A gente prefere continuar vivo!

— É bom…

— Contigo tudo está sempre bem, a gente pensa que não é sempre assim na vida. Jasmine diz que você é uma verdadeira sábia, mas que não é muito severa. Você não coloca os freios.

— Mas você não é um cavalo, Orion, não precisa de freios.

— Jasmine, às vezes, proíbe seu meio-irmão, mamãe tem medo de Jasmine. Papai tem medo de mamãe, mas não de

Jasmine. E eu, a gente tem medo de todo mundo, exceto de papai e de você. Será que você vê isso?

— Vejo que nem sempre as coisas são fáceis."

Ele ri, rimos ambos. Parece contente por ter falado, estou contente com a caravana nascida das marés do oceano. Elas trarão mais coisas novas, coisas que espero com paciência.

O tempo passa, o tempo atravessa as sessões de Orion, as de meus outros pacientes, as reuniões que chamamos "sínteses" no Centro e que Orion, como sua mãe, chama de "palavrórios".

Todos os dias chego ou parto da estação Opéra por Auber, por suas escadas rolantes com frequência quebradas, seus corredores vermelhos, sua multidão incessante. Antes ou depois fica o bulevar Hausmann, do qual conheço as lojas passo a passo, as calçadas e os locais de aglomeração habituais.

Todo dia 20 fico assustada com o pouco dinheiro que nos resta. Deveria pedir um aumento, mas não ouso. Já fui bem ousada outrora, não sou mais. Os "Trinta gloriosos" terminaram há muito tempo e, como os outros, só penso em manter meu posto de trabalho[1].

Vasco tem sua música e a mim. Eu tenho sua música, raramente meus poemas, e ele. Além disso, tenho também Orion. Sei que Vasco o sabe e que aceita com coragem esse peso suplementar. Não é no mundo dos ganhadores que tenho meu lugar, estou com Orion e sua caravana na praia da ilha Paraíso número 2. Podemos viver, sem dúvida, e ter esperanças, mas sofremos, Orion e eu, uma derrota insuperável. Não posso arrastar Vasco para isso. Sua música torna-se mais bela, mas ele sabe, nós sabemos que não é ainda sua música, a que virá um dia. Vasco ainda não descobriu sua verdadeira música, mas tem a mim, sua única ouvinte, como diz, e não perde o pé. Enquanto que Orion nunca teve mais que um só pé neste mundo e é por isso que não ousa nadar.

---

[1] Nota da editora: na França, os "Trinta gloriosos" correspondem ao período que vai de 1945 a 1975, algo como os "Anos dourados".

Mas, coisa estranha, dir-se-ia ao ver o desenho que me traz esta manhã que, em compensação, pode voar muito bem. Voar entre as árvores balançando-se nos cipós da floresta da ilha Paraíso número 2. Vendo o desenho que me mostra com sua lentidão habitual, rio de prazer. Estou encantada.

São seis, rodeados de grandes árvores com largas copas. Eles trepam nas árvores e se agarram aos cipós. Balançam-se de uma árvore a outra com uma louca e exuberante liberdade... Ele, com seus longos cabelos e ombros largos, é o mais hábil, o iniciador, o que se arriscou primeiro, que subiu mais alto e vai de um galho a outro com maior ousadia. É um Tarzan que lança seu grito sonoro e desliza na ponta de um cipó do cume vertiginoso de uma árvore gigante até a outra em frente onde encontra, sobre um galho forte, Bernadette maravilhada.

Bernadette está mais flexível, mais loira que nós desenhos anteriores. As primas, o tio e a tia estão alegres, vestidos com cores vivas, e se divertem apaixonadamente nas árvores ao pé das quais florescem flores maravilhosas.

Orion é o chefe do bando, mais que Tarzan, é Mogli. Protegido pela pantera negra, trepa, brinca, triunfa sobre todos os obstáculos na república infantil e sonhadora dos cipós de sua selva.

Nesse desenho, Orion libera os tesouros escondidos dos sonhos da infância e demonstra que já é um pouco aquele que desejo que se torne. Seu manejo do guache está longe de ser perfeito, seu desenho dos personagens é sempre um pouco desajeitado, mas apesar disso é capaz de nos transportar a outro universo: o antimundo da esperança e do desejo onde me encontro com ele nos relatos noturnos de meu pai e, mais tarde, em suas leituras dos dois *Livro da selva*, sem fim nem limites. Ele me persuade que Mogli ainda vive, que não pode morrer e que está muito presente no desenho de Orion, no calor envolvente e doce de suas cores, nas formas em movimento de seus personagens, e em seu sonho aéreo de adolescente voando nos cipós. Escuto minha voz, que parece lhe sorrir: "É muito bonito, Orion, é feliz, é livre, dá vontade de se divertir toda a vida nas árvores com você, como se todos os dias fossem dias de folga."

Não responde, mas seu rosto se ilumina pouco a pouco por inteiro com a ingenuidade um pouco trêmula que aparece às vezes em seu olhar e com a qual conquistou o coração da equipe do hospital dia e o meu. Atravessa agora um instante de encantamento no qual descobre o que é, o que talvez se tornará um dia. Não pode acreditar nisso ainda, eu também não, mas isso nos permite ter esperanças.

Pouco a pouco, saio da selva, dos grandes saltos em cipós através das árvores, volto ao desenho sob meus olhos, e me admiro: "Mas são seis, pensava que titio Alain tinha partido.

— Partiram, o desenho é de antes, precisa ser muitos para se divertir nas árvores. Vamos recomeçar quando os amigos vierem. E depois vamos fazer uma casa na árvore.

— Os amigos virão...

— ...A gente ainda não sabe como, exceto o primo Hugo que virá de submarino. Um menor que o do capitão Nemo. Já está desenhado na cabeça e às vezes a gente poderá conduzi-lo."

O desenho nos reteve tanto tempo que a hora do ditado passou. Não reclama, mas quando o intervalo toca, como sempre vai embora se esconder na entrada da sala dos professores. Será que quer enfrentar o momento ou, como temo, precisa se expor ao sadismo?

Como sempre, volta um pouco diminuído.

Fazemos os trabalhos do dia. Pergunto-lhe: "E os sonhos...?

— A gente nunca se lembra deles."

Dá gargalhadas: "Sim, um... tinha um doutor todo de branco que dizia: A via real para lugar nenhum... Você estava lá e a gente sentia que você não estava de acordo.

— Disse a você no outro dia que o doutor Freud escreveu: O sonho é a via real para o inconsciente. Seu sonho lembra isso talvez?

— O que é o inconsciente?... O que fervoniza e confundifica na cabeça? Mamãe e Jasmine dizem que não se deve olhar lá, que você remexatiça muitas vezes na minha cabeça e que não é certeza que isso sirva para algo, porque a gente continua doente.

— Elas querem que você vá embora daqui?

— Agora não, depois. Elas acham que você serve para a ortografia, o francês, isso é o que diz mamãe, Jasmine pensa, sobretudo, na matemática e na biologia, ela diz: isso é útil. O desenho ela diz que é bom para me acalmar e divertir. Que você é uma psicodoutora amável, mas que não é assim que se aprende uma profissão.

— Ser pintor, é uma profissão.

— Nem tanto. Para ser professor de desenho como a Senhora Darles, sim. Mas a gente teria medo dos alunos e se eles fizessem bagunça a gente arremessaria bancos contra eles e perderia o emprego. Uma profissão de verdade, como a do papai, seria melhor, ganha-se mais. Um pintor, um de verdade, não pode se excitar e falar algaravias, precisa de relações e ter uma boa ortografia.

— Olhe como seu desenho é feliz, é divertido olhá-lo, temos vontade de dançar de uma árvore à outra com os cipós. É também seu desejo colocar monstros no papel. O desejo de sua mamãe e de Jasmine é que tenha uma boa ortografia, uma profissão e dinheiro. Mas esse é o desejo delas, não o seu. Seu desejo é a aventura, a ilha Paraíso número 2, as grandes árvores com flores em torno da caravana. E também os trezentos cavalos brancos que perseguem o demônio pelas ruas de Paris."

Seus olhos brilham, ri, tem de novo um momento de alegria. Juntos estamos por alguns instantes mais alto que a terra, lá onde pode viver feliz. Ele vê que este mundo, o seu, o nosso, existe. Mas isso não vai durar, não mais do que eu, ele também não pode se manter ali. Neste mundo, o verdadeiro talvez, só podemos viver por intermitências. Dá-se conta disso nesse instante, terá visto, não esquecerá mais, para o bem e para o mal. Sinto o sorriso deixar seus lábios e os meus, a visão fugitiva abandona nossos olhares e desaparece. Volta, voltamos ambos ao que Vasco chama de o mundo em prosa e barulho.

Volta tão abruptamente que perde o pé, transpira muito, começa a saltar, olhando-me. Sofro mas consigo sorrir-lhe, ele salta menos alto, acalma-se, murmura:
"Apesar de tudo a gente não está louco, não é, Senhora?
— Não, você é não está louco, Orion, e você sabe disso."
Há um silêncio e depois: "Sem mamãe não teria mais casa e, quando a gente perde o cartão laranja do metrô ou a chave, é Jasmine que os encontra... E é papai que ganha os trocados.
— Com os quadros, você ganhará um dia."
Saiu de mim de repente, sem que quisesse e muito depressa. É o que realmente espero? Ele não acredita em mim, é evidente. Aliás, está na hora, reúne suas coisas.
"Posso mostrar seu desenho a meu marido?
— Pode, Senhora. Até amanhã."
Voltou a ser o garoto de dezesseis anos que tem medo de quase tudo, com pressa de ir se abrigar em sua casa. A alegria e o entusiasmo de agora há pouco o deixaram.
Retenho um pouco sua mão na minha: "Coragem, Orion!"
Ele dá um sorriso triste: "A gente tenta, Senhora, os dois, mas não é sempre que a gente chega lá."
Vai embora, tenho um momento livre, tenho vontade de chorar. Tenho o direito, não? Choro mais tempo do que "a gente" deve. De tristeza, com um pouco de alegria, que também faz chorar.

No fim do dia, levo o desenho. Mostro-o a Vasco quando chega em casa. Ele o olha muito tempo, à sua maneira, sem dizer nada, depois com um suspiro:
"Se ousasse, que música poderia compor com isso. É o sonho de todas as infâncias.
— É realmente o que pensa? Não o diz para me agradar?" Não consigo evitar de levantar o tom dizendo isso. Sinto que quase grito:
"A infelicidade de Orion, tenho que vivê-la com ele, Vasco, não tenho que guiá-lo, nem esperar que se torne isso ou aquilo. É assunto dele. Ah, como é difícil! Sou uma maquininha de esperançar. Não devo ser. Todos me dizem que me envolvo demais.

Demais com Orion, demais com você. Você deveria ter esperança na sua música sozinho, como um grande.
— Pensei que falava de Orion e agora é de mim."
Por que disse isso?... Corro para Vasco, que me abraça e me murmura ao pé do ouvido um verso de Villon: "Alma, não tenha dor." A alma acredita que existe neste momento e não tem mais dor. Não deve temer pela alma infantil e martirizada de Orion. Ninguém deve salvá-la. Está viva, dizem os cipós da ilha e os que se divertem com eles e se lançam entre as árvores.

Passamos uma noite feliz, de manhãzinha tenho um sonho, Vasco dorme ainda e consigo anotá-lo sucintamente sem acordá-lo: Ando com amigos em um caminho cheio de luz. Eles falam alegremente e muito. Sinto-me menos próxima deles do que pensava. Chegamos a um rio, o caminho continua, margeando-o. Há um riacho que desemboca no rio e que atravessa uma ponte estreita e oscilante. Digo: É por aqui, prestem atenção, só se pode passar um a um por esta ponte. Entretidos pela conversa, meus amigos não me escutam e continuam margeando o rio. Hesito, gostaria de segui-los, no entanto, é preciso atravessar essa ponte. Atravesso-a com precaução, quando me volto para chamar meus amigos, já não os vejo. A ponte também desapareceu, o riacho tornou-se uma torrente que se precipita borbulhando no rio do qual o curso se alargou imensamente. Felizmente há uma senda, está muito enlameada, não tenho botas, a caminhada é penosa. A senda se estreita, os arbustos e espinheiros me arranham e dificultam minha passagem, escorrego nas poças, quase caio a cada passo. Mas não caio.

O percurso torna-se ainda mais duro, subo e desço sem parar, apesar da extrema fadiga, sinto uma pequena alegria. O caminho se alarga, as nuvens se abrem lentamente, aparece o céu. Que paisagem de alegria, que profundo é o azul do céu. As encostas das montanhas, cobertas de árvores de copas douradas, brilham ao sol, caiu um pouco de neve sobre os cumes, mas, no vale, as florestas e as pradarias estão sempre verdes. Ao longe um rebanho parece descer das pastagens do alto da montanha, pois se escuta o barulho surdo e entrecortado de sininhos.

De uma brecha entre duas montanhas a cascata cai solitária, selvagem, cercada de nuvens brancas e pequenos jorros que o vento faz tremer. Sua beleza me atravessa, faz pensar na música futura de Vasco, enquanto que as encostas em flor e as colorações infinitas das florestas evocam Orion e o universo fulgurante de seus futuros quadros. Neste momento percebo em mim uma luta. Um tipo de publicidade gigante tenta distrair meu olhar e me acordar. Resisto, defendo minha alegria, acabo por escutar as palavras de minha angústia: Será que a Électricité de France vai captar essa queda d'água?

É dia de folga, tomamos café da manhã lentamente, escutando um disco. Depois, Vasco começa a compor, tocando às vezes algumas notas ao piano. Pela janela vejo as primeiras folhinhas sobre as árvores, chalanas descendo e subindo o Sena, a bruma se dissipa, será um belo dia. Anoto meu sonho detalhadamente, não busco associações. Não, quero somente revê-lo. Daqui a pouco Vasco vai correr na ilha, trago-lhe o café que gosta e lhe peço para ler meu sonho. Ele pega meu caderno e lê: "Como você o interpreta?

— Não o interpreto, não é o que quer. Quer apenas que o contemplemos."

Toma-me o caderno: "Você tem razão, é um objeto de contemplação, um poema. Mas no fim, porque o temor de que a EDF capte a queda d'água?

— Será que não existe esse perigo? Por isso é preciso ajudar Orion... sem tirar sua infelicidade... o que chamam loucura, pois é ela que um dia cuidará dele."

Vasco me olha, surpreso. "É um de seus foguetes, um dos pensamentos de minha intrépida esposa que se lança sempre para frente."

Toma minha mão na sua, beija-a. Estou contente, contente sem saber porquê, aperto-me um pouco contra ele, depois mais forte. Aperto demais! Seu café esfriou, saio para lhe fazer outro, para poder respirar um pouco sozinha.

Quando volto, já está vestido para ir correr, diz saboreando seu café:

"Ontem, você estava tão emocionada que não pude te contar a novidade. O patrão veio como todas as semanas e me disse: O diretor vai sair, achou emprego melhor em outro lugar. É uma pena, para a venda e a finança, era muito forte, mas não é um homem da mecânica como você. Será que você não quer substituí-lo?"

A angústia me toma: "Você vai aceitar?"

— Não, é claro. Disse: continuarei a trabalhar, a afinar motores para vocês, a inventá-los, mas dirigir uma empresa não é o meu negócio."

Sinto-me descarregada de um peso imenso: "O que ele disse?"

— Não encontrará mais uma oportunidade como essa. É por causa da música que recusa? Digo: sim. Ele acrescentou: E por causa de sua mulher? Disse que sim outra vez. Ele murmurou: Ela é corajosa. E rindo: Você é bem remunerado, mas isso não paga ainda suas dívidas. Trabalha muito bem, para te tirar dessa vou te dar algumas gratificações. É o que queria te contar."

O desenho que Orion me traz alguns dias mais tarde não tem mais nada da louca exuberância da grande brincadeira com os cipós e da dança de árvore em árvore. Um cavalo branco está atrelado à caravana e Bernadette acaricia outro, muito magro, antes de lhe colocar o freio. Há palmeiras, sobre o mar, ao longe, belos pássaros voam pelo céu. Bernadette, vestida de rosa e usando salto alto, destoa um pouco do conjunto, está mais bonita e menos desajeitada que nos primeiros desenhos, mas qual é o lugar de Orion?

"Está faltando alguém?

— Sim, ontem houve raios, diz Orion, a gente só pode dizer pelo ditado." E, sem hesitar, começa:

"DITADO DE ANGÚSTIA NÚMERO TRÊS

Houve raios, fortes, então a gente saltava por causa da ausência dos pais e batia nos móveis. Jasmine veio ver, tentava me acalmar, mas isso fazia raios a mais. Ela gritou, então a gente bateu um pouco na mão dela. Ela achou que a gente ia bater mais forte... Se ela tivesse continuado a gritar o demônio o teria feito. É bom que tenha saído. Salvou-se batendo a porta.

Então os raios se acalmaram, a gente deitou no chão, chorando e assobiando uma ária de ópera. A gente queria ir às Rochas Negras para nadar e afogar-se. Felizmente a gente não tinha uma passagem... Antes de deitar a gente foi pegar a cruz que está no armário de mamãe, colocou-a sobre a barriga e pode adormecer. De manhã ela estava no chão, mas não tinha quebrado, a gente a colocou de novo no armário e tomou o café da manhã... Então a ilha Paraíso número 2 existia de novo e a gente disse para a Bernadette me fechar na caravana, pra que não fosse às Rochas Negras, como a gente tinha vontade... A gente não quer, a gente não sabe nadar, a gente não quer se afogar pertinho da areia e que as crianças me achem na praia.

Fim do ditado de angústia."

A MORDIDA

Há bons momentos em nosso trabalho, outros muito longos ou que caem numa esmagadora banalidade. Há avanços, as regressões dos dias nos quais, sentindo que está agitado demais, levo-o para dar uma volta. Às vezes vamos ver museus, exposições ou lojas que não o assustem. Sempre aborda com singular segurança os objetos, as cenas, os quadros que o afetam interiormente. Nos museus, passa sem olhar diante das obras que admiro e das quais lhe falo, mas quando se demora na frente de outras, é sempre porque têm uma relação secreta com suas constelações, o demônio de Paris e os labirintos. A ilha Paraíso número 2 é sem sombra de dúvida o labirinto que continua o de Teseu, do qual recuou rápido demais e apenas exploramos uma pequena parte.

Em uma exposição, desde a entrada, diz: "Isso é moderno, mamãe não ia gostar e Jasmine não sei." Não olha quase nada e de repente para extasiado em frente de um pequeno quadro surrealista. De uma porta ligeiramente entreaberta vê-se uma víbora descer uma pequena escada de madeira. Sente-se que o faz sem barulho, desenrolando silenciosamente seus anéis. Uma luz cinza passa pela vidraça do teto. Há um curioso silêncio neste quadro e uma surda ameaça.

Orion o olha fascinado, após um momento, deixo-o e vou ver o resto da exposição. Um pouco inquieta, volto, ainda está lá, completamente perdido no quadro que lhe evoca sem dúvida algum grande espetáculo interior. Toco-lhe ligeiramente o ombro, dá um sobressalto, como se o tivesse acordado. Gagueja: "A gente... a gente... a gente quer sair!" Saímos.

Será que a víbora que desce a escada é o sexo – o Sexo Terrível – que, tendo enfim encontrado a porta entreaberta, desce em direção à liberdade? Muitas outras imagens poderiam também ter atravessado seus sentidos e seu espírito durante a meia hora que passou na frente desse quadro enquanto eu olhava tantos outros, mas sem vivê-los tão intensamente quanto ele.

Fica perturbado até a estação de metrô. O que isso quer dizer? Ele não me fala e não posso interrogá-lo.

Toda semana Orion vai à piscina e o senhor Dante, um monitor de esporte muito paciente, ocupa-se um momento apenas dele. Ele vem me ver e me diz: "Ontem, Orion fez na água funda três braçadas impecáveis, de repente ficou com medo e voltou a toda velocidade se pendurar na borda. Disse-lhe: Você viu, você sabe nadar. Recomece e atravesse a piscina. Disse-lhe isso tranquilamente, sem tocá-lo nem nada, pois o conheço. Ele começou a tremer e bruscamente, com uma rapidez incrível, mordeu minha mão. E bem forte, olhe a marca. Na hora, gritei de surpresa, recompus-me depressa e ele, saindo da água, parecia orgulhoso. No entanto, sei que esse menino gosta de mim. Ah! Esse aí! Mas conseguiremos fazê-lo nadar, prometo."

Assim, no escuro, na penumbra, às vezes com brilhantes, breves clarões, vou passando as semanas, os meses, viro as páginas do livro do tempo e do esquecimento. Algumas pessoas, em geral sem dinheiro, pedem-me para tratá-las, mas não podem vir a minha casa no subúrbio. Douai, que sabe que ganho muito pouco, mas que não pode fazer nada a esse respeito neste ano, autoriza-me a recebê-los quando não há mais ninguém no Centro. Isso me permite ganhar um pouco mais, consigo criar uma pequena clientela, mas volto mais tarde para casa.

Orion volta agitado depois do intervalo esta manhã. "A gente queria desenhar com nanquim, numa grande folha, uma tempestade... No oceano, não muito longe da ilha Paraíso número 2, há um barco que o raio quebrou em três...

— E então?

— Quase todos os viajantes saem em botes salva-vidas, o comandante chama pelo rádio, barcos chegam e os salvam. Tem alguém que não foi acordado e que dorme na parte de trás do barco. Como a gente chama isso?
— A polpa.
— A gente não pode dizer quem está ali e nem onde vai encalhar a polpa, enquanto não tiver tempestado e cortado o barco com o raio. Você entende o que a gente quer dizer?
— Vejo que quer começar logo. Tenho uma bela folha de cartolina. Aqui está, pegue também tinta e uma pluma."
Começa pelo relâmpago com o qual corta em dois com força o centro da folha. É absorvido depressa por seu trabalho, levanto-me devagar para levar um papel à secretária. Quando abro a porta, volta para mim um rosto angustiado: "Fique, Senhora, isso tempesta e está fulminado por todo lado, sem você a gente vai queimar."
Torno a fechar a porta, volto, um pouco contrariada, a sentar-me em frente dele. Mergulhado de novo em seu trabalho, não me vê mais, mas sinto que precisa que, pela minha presença, participe de seu desenho. Quando o tempo de nossa sessão acaba, prepara-se para sair com seu ritual habitual. Estende-me a folha.
"Você não a leva para trabalhar em casa?
— Não, Senhora, sem você isso pode queimar, a gente não quer ser bandidotempestado na cabeça."
Nas sessões seguintes, uma grande parte do tempo é consagrada ao novo desenho. Sob o relâmpago, aparecem o oceano tumultuoso e um barco que um raio parte em três. O desenho é muito tenebroso, o preto predomina sobre o branco. A única luz vem dos relâmpagos. Quando desenha o momento no qual o raio parte o navio, Orion ri selvagemente e murmura: "Ah, ele é forte esse aí!" Depois assobia a passagem da tempestade da *Sexta Sinfonia* que tanto gosta.
Relato esse traço a Vasco, que me diz: "Esse menino gosta de música, deve tocar, isso vai consolá-lo. Ele deve aprender.

— Aprender o quê?

— A ler música, a tocar um instrumento. O violão está na moda, aprenderá depressa. O hospital dia achará um bom guitarrista espanhol."

A ideia me agrada, falo dela a Orion, que quer primeiro ver esse senhor, antes de se decidir. A ideia agrada vários professores, Douai decide fazer um teste na volta às aulas em setembro.

Toda semana Orion me traz um desenho da ilha Paraíso número 2, mas o desenho do barco fulminado se tornou seu interesse principal.

Entramos no verão, junho está todo em folhas e flores com sua atmosfera de férias que parece atemorizá-lo. Não tinha sido assim nos outros anos. No entanto, com sempre, irá para a casa da família em seu querido Sous-le-Bois. Irá também à praia: "Pular ondas, a gente gosta disso, a gente ri muito, em Paris é raro rir. A gente tem medo das férias deste ano porque vai partir para longe de você.

— Voltarei no fim de agosto, como você.

— Às vezes a gente não volta, como o menino azul. Se você não voltar, Senhora, a gente corre o risco de colocar fogo no hospital dia e se tornar um incendiário na prisão.

— Quem é o 'a gente' que vai colocar fogo?

— A gente não sabe, Senhora!"

Escuto bem o tom ameaçador de sua voz, no entanto arrisco:

"'A gente' é Orion com uma dose de demônio de Paris. Se Orion dissesse 'eu', o demônio de Paris não poderia mais entrar tão facilmente na cabeça. 'Eu' é mais fino que 'a gente', o demônio não encontraria lugar.

— Você é como o Senhor Dante, Senhora, acha que a gente pode nadar, mas a gente não pode. O pé que quer tocar o chão é mais forte, a gente teve que morder o Senhor Dante. A gente pode te morder?

— Vou gritar..."

Abaixa-se muito e como um cachorro, sem usar as mãos, agarra minha mão esquerda. Morde, não muito forte, mas estou tão surpresa que grito. Levanta-se de novo, fazendo cair a cadeira, salta olhando minha mão que escondo. Levantei-me sem perceber, forço-me a sentar. Ele salta assustado, cada vez mais alto, olha para mim sem me ver. Tem cada vez mais medo, vai tornar-se violento. Levanto-me, digo-lhe: "Acalme-se Orion, você está aqui no Centro, na nossa sala. Estamos só nós dois."

Dá dois grandes chutes na porta, que felizmente é sólida.

"Por que você gritou? Eles vão vir!"

Coloco meus dedos sobre meus lábios e consigo dizer: "Ninguém virá. Ninguém escutou nada.

— Seu Vasco marido vai ver que a gente te mordeu.

— Vou passar uma faixa.

— Se me bater, vai ser o grande brigamento, e então ele que se cuide.

— Não é um homem que bate nos jovens.

— Meu pai também não, mamãe às vezes quando está brava, mas se o demônio me raionizou demais a gente bate na mão dela. Depois a gente a beija e chora."

Quer desabar no chão como faz nas suas grandes crises e chorar muito tempo para que eu o console. Mas não me sinto capaz de suportar isso hoje, abro a porta: "Venha, vamos sair, isso nos fará bem." Ele se deixa conduzir, depois do corredor, arrasto-o até a porta dos visitantes e o faço sair primeiro.

Neste momento Robert Douai entra, só vê Orion e lhe diz descontente: "Você não tem o direito de sair por aqui Orion, vá pela porta dos alunos. Orion agita seus braços febrilmente e dá chutes na porta.

"Orion não está bem, Senhor, levo-o para passear. Passamos por aqui para ir mais depressa."

O diretor se acalma, empurro docemente Orion para frente. Descemos os primeiros degraus, parece sempre desorientado, agita os braços. Douai o vê e me pergunta: "Quer que te ajude?"

Orion grita aos berros: "A gente não quer... A gente não quer!"

Faço um sinal a Douai: Não, não venha.

A MORDIDA

Orion não grita mais, mas um leve estertor sai de sua garganta, ele chora, seu nariz escorre, dou-lhe lenços de papel que recusa. Continua descendo.

Chegamos ao primeiro andar, enxugo-lhe o rosto, dá um sobressalto, mas me permite fazê-lo. Infelizmente, a porta do elevador se abre. Surpreso, começa a saltar. Uma senhora sai e para assustada.

Digo-lhe: "Não tenha medo." E a Orion: "Tomemos o elevador."

É um erro, pois vê provavelmente o demônio nessa porta aberta. Hesita, a porta volta a se fechar, aperta-se contra mim agitando os braços. Douai, que seguiu de cima a cena, desce os degraus. Diz: "Orion, acalme-se!

— É ele que não quer se acalmar, Senhor." Orion quer se jogar sobre Robert. Empurra-me, seu ombro bate no meu, meus óculos caem no chão. Grito: "Meus óculos... meus óculos!" E penso: São tão caros!

Orion, ao me escutar, inclina-se, apanha-os e os dá a Douai gemendo:

"A gente mordeu ela... a gente bateu nela."

Começa a chorar. A senhora pega suas chaves e diz, antes de entrar em casa: "Lamento por você!"

Isso me machuca, respondo depressa: "Não é meu filho, Senhora. Faço meu trabalho."

A senhora fecha a porta, pego Orion pelo braço, deixa-se conduzir, descemos alguns degraus, ele chora. Douai nos alcança: "E seus óculos?" Pego, digo-lhe com uma voz perturbada: "Deixe-nos, tudo vai dar certo."

Cruzamos pessoas no pátio. Orion continua chorando e se deixa empurrar para frente. O que devem pensar as pessoas? Uma voz repete em minha cabeça: Carrasco de crianças, carrasco de crianças! Outra protesta: Orion não é mais uma criança. A primeira voz replica: Sim, é uma criança e o pior é que você sabe disso. Console-o, é a sua profissão. Paro de empurrá-lo para frente, instintivamente peguei seu braço, este gesto parece consolá-lo. Dou-lhe um lenço de papel. "Enxugue seus olhos!" Tira de seu bolso um lenço de verdade e bem limpo, enxuga o rosto, assoa-se. Quando atravessamos o bulevar, não está mais triste e começa a rir muito alto dizendo: "A gente é como um filho grande com sua mãe. Que andam de braços dados."

Sinto-me tão magoada quanto anteriormente pela senhora, mas vejo desta vez um pouco o porquê. Meu filho morreu antes de nascer e não quero por ninguém em seu lugar. Sobretudo, não quero usurpar o dos pais de Orion. Não é o momento de falar disso, digo somente: "Vamos passear pelo jardim do Palais-Royal."

Quando chegamos lá, sob as árvores, vendo as flores e escutando o burburinho da fonte, digo: "Orion, você tem uma mamãe, um papai, você é o filho grande deles. Eu sou somente a Senhora Vasco, sua psico-prof-um-pouco-doutora, como você diz. Sou paga pelo Centro para isso e não posso ser nenhuma outra coisa para você. Gosto muito de você, mas não sou sua mamãe, você não é meu filho grande. É preciso entender bem isso."

Escuta-me, não responde nada, olha as flores. Não retiro ainda meu braço do seu. Faço-o quando nos sentamos no terraço de um café que gosto. Ele está intimidado. "O que você quer?"

— Um suco de laranja."

Hesita, depois sorri de sua maneira desarmante: "Com você, a gente pode?

— Pode.

— Então dois."

Peço seus dois sucos de laranja e, no lugar de meu chá habitual, pego um café. Bebe seu suco cuidando para não perder nenhuma gota. Tenho trabalho à tarde, tenho ainda uma hora pela frente, queria ficar no jardim ao sol.

"Está na hora, Orion. Será que você pode ir sozinho até o metrô?"

Seu rosto se transtorna: "Hoje a gente não pode, Senhora, está muito longe da estação. Ele vai me turbilhonar se a gente estiver sozinho pelas ruas."

Dou-me por vencida, pago, digo: "Então a gente vai dar mais uma volta pelo jardim.

A MORDIDA

— Você também, você disse a gente.

— É verdade. Pode me dar o braço no jardim, mas não na rua."

Toma meu braço com autoridade, sustenta-me um pouco e me dou conta que estou muito cansada, que sua mordida dói.

A doçura do jardim do Palais-Royal, que nesse belo dia de junho embala minha fadiga, relaxa minha aflição, a de Orion e nosso medo comum por seu futuro. O que devem pensar as pessoas vendo meu traje outrora elegante, mas agora desbotado e fora de moda, dando o braço a esse menino com belos olhos um pouco loucos, que se aperta contra mim com estas gotas de suor que o calor e a angústia fazem escorregar sobre o seu rosto. Sim, o que pensam? Concentro minhas forças para pensar: Não importa. Não consigo, é inútil representar esse papel. Que fraqueza, não serei nunca indiferente ao que as pessoas pensam de mim.

Orion solta meu braço quando chegamos à rua, é um alívio e, no entanto, fico um pouco triste. Na estação de metrô, estende-me educadamente a mão: "Até logo, Senhora, até amanhã." Sua atitude muda, o que andava a meu lado, bem reto, encarando os transeuntes, parece encolher. Desce as escadas como se temesse ocupar muito espaço, o olhar à espreita.

Volto para minha sala, abro minha garrafa de água e me preparo para fazer meu piquenique quando Robert Douai chega. "Terminou tudo bem?

— Levei-o ao Palais-Royal, tomou dois sucos de laranja, acalmou-se. Acompanhei-o até o metrô.

— Tive medo por você.

— Tive medo por meus óculos."

Ele ri com este espírito concreto que me agrada neste homem que sabe também manejar as ideias:

"Se acabar quebrando, faça uma nota de despesas, temos um orçamento para isso, o mesmo para as consumações. Mas não se arrisque muito, pode se tornar perigoso.

— Eu sei, a dificuldade é que na nossa psicanálise, se é que se pode chamar isso uma psicanálise, ele me coloca constantemente em posição maternal, essa posição que Freud achava tão difícil de assumir. Não é apenas a mim que ele coloca nessa posição, mas também o Senhor Dante e às vezes o senhor...

— Nunca pensei nisso... é verdade. No entanto, agora há pouco, quando Orion estava tão ameaçador, você recusou minha ajuda e disse à senhora: É minha profissão. É exagerado, arriscar quebrar a cara, isso não faz parte da sua profissão.

— Não da minha profissão de psicóloga, mas... me espanta dizer isso... de minha profissão de enfermeira.

— Você se considera como uma enfermeira?

— Um pouco... Para ele é necessário.

— E para você?

— Provavelmente para mim também seja necessário. Meu filho morreu antes de nascer... Por causa disso sinto que devo cuidar. Posso comer? Quer um copo de água... um pouco morna?"

Douai aceita um copo de água. Como uma fatia de pão e uma maçã, como sempre.

"Retomemos, diz, por que você quer ser também sua enfermeira?

— Não quero, devo. Uma parte de mim é feita para isso. E ele é um dos sessenta doentes temperamentais, neuróticos, *borderline* e psicóticos dos quais o conjunto dos trabalhadores do Centro se ocupa. Você, como diretor, concede-lhe apenas um sexagésimo de sua atenção e, dadas suas crises de violência, teria sérias razões para expulsá-lo. Mas não o faz, e eu aceito ser sua psico-prof-um-pouco-doutora e enfermeira. Por quê? É porque acredito que, como o albatroz de Baudelaire, ele tem grandes asas que o impedem de andar. Está longe de ser certeza, eu sei, mas é o que sinto. A psico-prof exerce sua profissão o melhor que pode, mas a enfermeira que está em mim não pode se impedir de cuidar dessas grandes asas, que talvez não existam, mas que ela sente constantemente se debater ao seu redor."

Douai pega mais um copo de água: "Você vai fundo. Voltemos um pouco à situação real. Para o Centro, para você, para mim,

Orion é antes de tudo um doente, um doente grave, você assume a maior parte da tarefa, no entanto não está sozinha. O que pensaria a maioria de seus colegas que se ocuparam de Orion durante três anos, o que pensariam os monitores, os médicos e eu mesmo, que ainda cuidamos dele com você, se nos falasse em reunião geral ou em uma síntese das asas de gigante de Orion que o impedem de andar?

— Eles ririam e acredito que teriam razão, mas você não faria o mesmo, porque para além da rotina necessária ao andamento do Centro você sabe que minha apreciação é justa, ainda que não possa reconhecê-lo. Não o digo, aliás, a meu diretor, confio minhas loucuras a um amigo.

— E se o caminho que você propõe não der certo?

— Chegará o dia do hospital psiquiátrico e da camisa de força bem apertada dos medicamentos.

— Mais uma vez vai muito longe e muito depressa.

— Se preferir me tirar Orion, ficarei triste, mas vou aceitar e continuarei com vocês porque preciso ganhar a vida.

— Não é possível, você sabe, ele faz uma transferência massiva sobre você. Não é isso que me inquieta, mas a contratransferência considerável que você faz. Você se arrisca a perder sua lucidez e coloca em perigo sua segurança."

Olhamo-nos, fixo calmamente seus olhos honestos: "Tem razão, há um risco. Será que Orion não vale a pena? Se não me engajar mais como o faço, não acontecerá nada." Ele encolhe os ombros: "Não posso aprová-la, nunca pensei que se pudesse cuidar assim. Mas ninguém pode dizer que você não cuida."

Levanta-se: "Vou atrasar muito, esperam-me para almoçar. Falaremos disso de novo uma outra vez."

Tenho apenas duas sessões à tarde, chego muito cedo à estação Chatou, telefono para Vasco para dizer que volto sozinha. Ele diz: "Você está muito cansada. Pegue um táxi!

— É uma loucura, Vasco!

— É preciso fazer loucuras, pegue um táxi, faço questão.
— Você é gentil."
Vou pegar um táxi.

Em casa, não sei se é a mão que Orion mordeu mais forte do que pensava ou a surpresa que sinto diante desse ato inesperado, mas sinto dor. Faço um curativo, estendo-me sobre a cama e, sem me dar conta, adormeço.

Estou em uma prisão, minha pena é tão longa que nunca mais sairei desse cinza. Sinto a doçura de um carinho no braço, será que os anjos podem entrar livremente pela janela dos prisioneiros como no desenho do qual Sigmund Freud gostava? Eles podem, já que Vasco, que volta sem barulho, beija minha mão em torno do curativo que cobre a mordida. Meu Deus, já é quase noite, deve ser muito tarde e não preparei nada.

"Dormia tão bem, deve ter dor na mão. Tenho um bom medicamento para isso. Preparei um prato e um creme que você vai gostar.

— Esqueci de comprar pão...

— Tarde demais, nos viramos sem."

Comemos. Ele olha meu curativo: "É um novo capítulo da sua grande aventura?

— De minha pequena aventura, um pequeno sucesso aqui, um pequeno fracasso ali. E hoje um novo capítulo: 'A gente'... me mordeu."

Beija minha mão, senta-se ao piano e toca algumas notas muitos sombrias, depois outras que parecem em queda livre. Em seguida alguns sons que se elevam e ensaiam uma ação amorosa e incerta.

Digo: "Orion... Vasco..., cada um com seu céu grande demais e atravancado de nuvens."

Ri docemente: "Vá te deitar depressa, você está tão cansada. Anoto o que toquei e te sigo."

Deito-me, preciso rezar, lembro-me de uma passagem de uma epístola de São Paulo:

"Ainda que eu tivesse o dom da profecia, o conhecimento de todos os mistérios... de toda a ciência... ainda que eu tivesse a fé... que..., que move montanhas... se me faltasse o amor... eu... por que sempre eu?... eu nada seria..."

Penso confusamente: É duro... isso é muito duro! Não encontro a sequência, já adormeço... O amor toma... paciência... o amor tudo dá... Escuto de muito longe as últimas notas de Vasco.

Quando Orion entra na minha sala, vem um pouco nervoso do ginásio, olha meu curativo: "Está doendo?

— Um pouco.

— O Senhor Dante me disse no ginásio: Você me marcou. Será que te marcaram assim também?"

Escuto uma nuance de prazer e de ameaça em sua questão, tem nesta manhã seus olhos de cavalo assustado. Respondo: "Os que fazem troças, que te dizem: vamos te pegar, que fazem cruzes de cemitério nas suas folhas e nas suas coisas, não querem te matar. Só querem te fechar no território das suas pequenas ideias e te impedir de ser livre. E você acredita ter que arremessar bancos pela cabeça, mas essa não é a boa resposta."

Sentou-se, não tirou a jaqueta, enfia o dedo no nariz. Suporto, dou-lhe um lenço de papel, continua sem pegá-lo. Afirma com força: "A gente não te mordeu, foi ele.

— Ele, com teus dentes. São eles que me marcaram.

— Esse aí quando começa o bombardiamento, Senhora, a gente não sabe mais de quem são os dentes... A gente tentou impedi-lo, sentia muita dor na garganta. A gente não sabia mais o que fazer. O menino azul saberia, no tempo do hospital Broussais."

Dá uma gargalhada: "Aos quatro anos o demônio desceu mijar na minha cama. O menino azul sabia o que tinha que fazer então e o demônio e o anjo gritaram... Eles gritaram... o quê? A gente não sabe."

Levanta-se, fica em um pé só, joga no chão sua preciosa jaqueta. Será que vai saltar? Sou toda ouvidos. Retoma: "Os dois diziam, o anjo preto e o branco: Você não pode, você é pequeno, tudo é proibido... do... do... do... Salte! Agite os braços! O menino azul não dizia nada, mas dava a entender com suas mãos e seus olhos que pensava: Não é proibido. Um dia será grande! Cada dia será maior contra o proibido... do... do. Assim, ele marcava também, a seu modo, sem morder, sem fazer mal, sem palavras vulcão que berram: Quantos erros, quantos erros!"

O telefone toca. Com um movimento rápido corto a comunicação. Orion tinha colocado o pé no chão. A campainha do telefone lhe dá medo, levanta o pé e parece uma garça que espera.

"O demônio, Senhora, marca-me com os raios de seus dentes, então eu também deixo marcas com seus dentes. A gente marcou o Professor Dante. A gente o fez gritar, você também, a gente te marcou, a gente te fez gritar. Não os fez gritar muito forte porque vocês são gentis. Então a gente não teve uma crise. Uma vez a gente mordeu a mão de mamãe quando estava irritada. Depois a gente teve uma crise e chorou tão forte e tanto tempo que ela teve medo e não sentiu mais que doía.

Uma vez a gente quis morder Jasmine, mas ela vai tão depressa que o demônio não teve tempo de agarrar o seu braço. Os dentes bateram no ar. O demônio foi pego e fez uma cara tão engraçada que Jasmine morreu de rir. Então rimos muito, Jasmine estava orgulhosa, fez chocolate, a gente bebeu comendo torta.

— Jasmine foi mais forte que o demônio...

— Ela vai mais depressa. Às vezes, ela está do seu lado, como Paule. Às vezes ela está do meu. Com elas a gente nunca pode saber. Com o Senhor Dante e você a gente sabe."

Apoia de novo o outro pé, pega a jaqueta, pendura-a no cabideiro, penso que vai descer de novo para nosso mundo. Mas não, senta-se e diz: "Pegue suas folhas..." Sua voz muda:

"DITADO DE ANGÚSTIA NÚMERO QUATRO
Depois de ter marcado segunda o Senhor Dante, quinta o demônio marcou a Senhora com meus dentes. A gente está infelicizado porque ela é uma Senhora muito amável com Orion. Jasmine disse: Essa mulher aí faz um grande esforço, eu não teria tanta

paciência. Em todo caso, Orion nunca me mordeu porque sabe que eu morderia de volta e ficaríamos brigado-mordidos os dois.

A gente estava um pouco contente de ter marcado a Senhora porque tinha este desejo nos dentes... Será que a gente sempre tem desejo nos dentes quando faz coisas proibidas?... O menino azul era gentil, as enfermeiras gostavam dele. As pessoas grandes fazem coisas proibidas o tempo todo, o menino azul também. Quando diziam coisas que era preciso obedecer, ele não dizia não, não chorava, ele sabia como se pode não fazer o que a gente não tem vontade de fazer. Com ele a gente entendia, a gente fazia como ele. Depois ele ficou no hospital e a gente não entendia mais nada... Como antes.

Com a Senhora a gente entende um pouco o que ela entende. Durante a crise ela entendeu que a gente devia sair e a gente saiu apesar da escada que gritava e do elevador que queria morder. Na rua, a gente continuou saltando, ela estava incomodada, mas continuava perto de mim, como se a gente fosse seu filho grande que a gente não é. Ela diz que a gente tem mamãe e papai, que ela é somente uma psicoteraprof. Que o Centro lhe dá uns trocados para fazer isso... Ninguém acredita no demônio de Paris além de mim. A Senhora é paga para não acreditar nisso, mas desde que os dentes a morderam a gente vê que ela acredita um pouco mais. Não é, Senhora? Ela também ri e diz: É você que dita, Orion... Sou eu quem dita, mas muitas vezes é o demônio quem fala, então a gente ri em algaravia do que deveria fazer chorar e a gente salta girando os olhos como um idiota e os outros me chamam de Orion o louco. A gente leu que os reis da história tinham loucos. Papai diz: Mais um trabalho de loucos, mais um. Se para mim só há trabalhos de loucos, quem é que ganhará uns trocados? Não será melhor que o demônio me encaixãose antes?"

Diz depois com autoridade: "Fim do ditado de Angústia."

Olha-me escrever com pressa a palavra fim, colocar a data. Toca o sinal do intervalo. Proponho: "Fique aqui, Orion, olharemos um livro." Ele não quer, está na hora, sai.

Aproveito para passar na secretaria, vejo-o ao passar, escondido na entrada da sala dos professores. Atrás da porta de separação que o vigia vem fechar, um grupo de alunos canta em coro:

> Don, Don
> Loiro dindon
> Orion, Orion
> E sua loira Vascon

Orion não parece me ver quando passo em frente dele, escuta o canto como se estivesse carregado de ameaças. Pergunto ao vigia: "Eles sempre cantam assim?
— Ah, você sabe, eles tiram sarro de todos os professores.
— E ele?
— Com Orion é bastante frequente, eles fazem sadismos para vê-lo brigar. Então ficam com medo, isso os excita.
— Por que vem? Digo-lhe sempre para ficar comigo.
— Ele gosta um pouco de ser o alvo, e também tem a Paule.
— Ele gosta dela?
— Pode ser que sim."
Quando Orion volta para minha sala, cantarola ainda como seus colegas:

> Don, Don
> Loiro dindon
> Orion, Orion
> E sua loira Vascon

Senta-se e me olha, esperando minha reação, que não vem, e depois diz como se respondesse à questão que não colocarei: "A gente não sabe."
Rio, rimos, há um instante de cumplicidade entre nós.

A HARPA EÓLICA

Um novo desenho representa a polpa do grande navio fulminado de Orion. Branca e vermelha dessa vez, com as marcas negras do raio, a polpa encalhou na margem da ilha Paraíso número 2. Em meio aos destroços e às ferragens, desmaiada ou adormecida sobre um leito de algas: Paule. Paule toda achatada, sem volume, vestindo jeans e camisa verde, calçando sapatos de salto alto.

Mas se Paule já é bela, seu rosto no desenho é sem graça, seus traços são pálidos e mal esboçados. Na praia há muitas tartarugas que apressadamente se dirigem ao mar e, na ponta de uma pesada corrente, uma âncora preta está parcialmente afundada na areia.

É um desenho ingênuo, mas no qual todos os detalhes são traçados com realismo, exceto o corpo de Paule, que parece uma grande boneca achatada por um rolo. Digo: "A Paule verdadeira é mais bela."

E Orion: "Como você sabe que é Paule?"

Estou surpresa, a menina desmaiada na praia não parece Paule, no entanto, sei que é ela.

"Apenas adivinhei, Orion, mas devo ter adivinhado bem porque Paule deve vir à ilha. Agora, é preciso cuidar dela.

— Bernadette foi procurar o remédio e no porão do navio a gente achou água de Vittel. É a água que Paule prefere.

— Continue a história.

— Bernadette lava seu rosto e as mãos. A gente vê que ela respira bem, dou-lhe o remédio, ela abre os olhos e diz: Estou contente que esteja aqui, Orion, estou enfim na sua ilha, ela é bonita, gosto das tartarugas. Beija Bernadette, depois a mim e continua:

A gente pensou que ia afundar e ela bebeu água de Vittel. Suas mãos não estão mais frias, nós a sustentamos e andamos os três até a casa na árvore. Subimos os três, com você são quatro.

Chegamos ao alto, Paule está contente de ver uma casa de verdade com uma porta e janelas e diz: Uma casa na árvore, a gente sempre quis isso, é melhor que a casa dos meus pais em Montrouge.

Tem fome, nós também e você preparou o peixe que a gente pescou ontem, Bernadette esquentou o feijão enlatado que achamos no porão do barco quebrado. Eu colhi morangos da nossa horta."

Para, olha-me: "Tem outro desenho, será que a gente pode te mostrar? Veio muito depressa no desejo da mão, mas não está terminado porque domingo a gente foi na feira com papai e jogamos tiro ao alvo.

— Mostre e continue a história da ilha Paraíso número 2."

Enquanto pega sua bolsa e coloca o desenho sobre a escrivaninha, percebo que, como ele, não estou mais na salinha. Estou também na casa da árvore e me dou conta que é pequena demais – uma espécie de casinha suburbana em miniatura – para que possamos viver os quatro em liberdade. Como os outros três, devo ocupar meu espaço nesse novo mundo que se abre na ilha. Por quê? Para viver nessa liberdade que Orion deseja e da qual tem tanto medo. Já que escolheu estar na ilha, devo estar nela com ele, um pouco atrás, como na margem do desenho em que, por um erro doloroso, matou seu Minotauro.

O desenho está sobre a mesa, olhamos para ele juntos, é um desenho do mundo mágico da ilha Paraíso número 2. Sobre uma colina, dominando o mar próximo, há uma grande árvore morta toda eriçada ainda de galhos pretos quebrados pela metade. No cume, divide-se em duas partes despojadas, no centro da forquilha está preso o esqueleto de um grande pássaro cuja cabeça é substituída por um crânio humano. As asas enormes estão abertas e cravadas em outros galhos do carvalho. As penas que sobram ficam presas a uma pele cinza muito esticada. No centro, embaixo da cabeça do morto, estão fixadas as cordas de um sumário instrumento de música.

Pássaros marinhos cortam os céus e árvores verdes cercam, a certa distância, o gigante morto, mas sempre de pé. Toda parte de baixo do desenho está inacabada, veem-se apenas algumas manchas azuis que devem indicar o oceano Atlântico.

"Para que possa compreender seu desenho, Orion, você deve me contar o que aconteceu antes.

— Quando terminamos de comer, Senhora, Paule abriu sua bolsa, depois colocou tudo no chão e, como não achava algo, começou a chorar muito alto, dizendo: Meu radinho está perdido, caiu no mar. Nesta ilha, como escutar música sem rádio? Não se pode viver sem música e sem dança. Não danço para me tornar bailarina em um balé, mas pra terminar o Ensino Médio e poder dançar um dia com meu marido e meus filhos.

Bernadette respondeu: Orion vai assobiar umas músicas, conhece quatro sinfonias de cor e árias de dança. Eu conheço canções.

Não é suficiente, disse Paule, escutar sempre sinfonias e somente assobiadas. Preciso de música para dançar, senão a ilha será o hospital dia número 2 e prefiro voltar para Montrouge.

A Senhora diz: Orion, você se lembra do livro que lemos no ano passado. Um livro de Michel Tournier, como se chamava?

Sexta-feira ou a vida selvagem, Senhora, um romance para os jovens.

Nesse livro havia uma harpa eólica que tocava música com o vento.

A gente pode construir uma, Senhora, porque passeando de caravana vimos os três um pássaro morto com grandes asas, um condor...

Bernadette pergunta: Vocês acreditam que Orion possa fazer uma harpa eólica entre os galhos do carvalho para que Paule tenha um tipo de rádio com o vento?

Sim, com pastéis oleosos e guache, pode.

Paule está feliz, canta com Bernadette e depois dormimos os quatro, com as duas janelas abertas porque não temos muito espaço.

— E depois, Orion?

— Depois a gente fez primeiro a árvore morta com os pastéis oleosos. Subimos no carvalho com os cipós de guache. Fixamos as asas do condor com nanquim um pouco diluído e esticamos para que o vento as faça musicar como os órgãos de Bach. O nome está certo? Para a cabeça, a gente não sabe como são as cabeças de condor, então colocou no lugar a cabeça de morto do outro livro que a gente leu: *A ilha do tesouro*. Essas cabeças riem e quando o vento passa dentro faz uma música, uma música doce, que agrada as meninas. Bernadette e Paule dançam. A gente dança um pouco sozinho, porque ainda não sabe dançar com uma companheira. A Senhora está sentada, escreve um poema. Eu também, a gente escreve poemas. Ela não lê o seu porque está com as meninas na parte do desenho que a gente não terminou.

No dia seguinte, a gente sobe de cipó no grande carvalho, papai me deu as cordas de um velho violino e a gente esculpe na madeira na minha cabeça um instrumento no qual o vento pode tocar uma música diferente daquela das asas do condor ou da cabeça morta que ri. A gente desce pelo cipó, a Senhora está lá e diz que as três músicas do vento são bonitas. A gente está contente, com Bernadette e Paule vai se lavar e banhar no rio, a Senhora não vem, o demônio de Paris a marcou com seus dentes e sua mão não está curada.

As meninas nadam, a gente está sempre tocando o fundo com o pé, Paule tira sarro de mim, os dentes têm vontade de morder sua mão, ele percebe e fica no fundo onde a gente não pode pegá-la porque não dá pé. As meninas gritam: Beijinho, os dentes se acalmam e a gente recebe dois beijinhos. Da Senhora a gente não recebe. Quando se é pago por seu trabalho, não tem beijinhos a mais.

O vento se levanta, traz bombas de chovagem e a harpa eólica relincha. Ao cair da noite o vento vira tempestade, a chuva para, a gente sente que não pode mais reter os cavalos brancos. A gente desce da casa na árvore, a meninas não querem descer, têm medo, mas temem ainda mais ficar sozinhas. A gente corre como um touro na direção da árvore, porque sua música é como a ferida que faziam os doutores quando a gente era um menino de quatro anos no hospital Broussais.

Felizmente você estava lá, Senhora, colocando-se entre o tronco e os chifres que a gente tinha na cabeça. Cantava, a gente prefere quando você canta, mas isso não é muito frequente. Você canta:

> Orion, Orion, você não é um touro,
> não é um Minotauro, Orion
> não tem demônio aqui,
> você está na tempestade de uma ilha
> sua ilha Paraíso número 2.

A árvore canta isso com você, Senhora. Isso faz bem, faz rir, porque a tempestade a gente conhece.

Diz: Escute, Orion, como é bonito. A gente se acalma, escuta, é bonito e o condor canta mais alto e mais profundo do que a gente não poderia nunca assobiar. Bernadette começa a ter medo e se pendura no seu braço, Senhora, mas a gente gosta dessa música. O oceano tropical Atlântico e os vulcões sob o mar em vez de gritar: Quantos erros! Quantos erros! Fazem juntos um concerto que faz relinchar e galopar meus cavalos brancos.

A gente salta um pouco, mas a Senhora diz: Escute, Orion... Escute como é bonita esta harpa eólica na cabeça.

Você me impede de saltar e de bater com os chifres que a gente não tem contra as árvores, cantando uma musiquinha de menino azul. Como você conhece essa música se você nunca esteve na ilha Paraíso número que a gente não pode dizer?

A Senhora diz: A gente não conhece essa música, mas às vezes sente o que está na sua cabeça para te acalmar.

Paule cantava com o condor, a tempestade fazia cair galhos do velho carvalho, você levava mais longe Bernadette e Paule. Veio me procurar, a gente não queria ir, então você me pegou pelo braço, como se a gente fosse seu filho grande que a gente não é. A gente estava contente, Bernadette começou a dançar com o vento. A gente fazia como ela, ambos dançávamos. Paule cantava muito alto, na cabeça que ria. Você e Bernadette cantavam como o menino azul nas asas do pássaro e eu embaixo, na barriga do condor.

A voz de Paule subia tão alto que a Senhora tinha que lhe dizer: É bonito, é bonito! Pare, você vai arruinar a sua voz! Mas ela não parava, a gente pensava que Paule ia levantar voo, mas não voava.

Depois, caiu sobre a relva, ria, Bernadette também, a gente não podia mais parar. Paule só podia correr na direção do mar que gritava grandes ondas. Você dizia: Corre depressa, e os três corríamos atrás dela. Nós alcançávamos Paule justamente um pouco antes das ondas e voltávamos para a casa na árvore. Paule não podia mais falar e Bernadette batia os dentes. Havia um homem muito grande com botas pretas, que cantava sempre, e seus galhos mortos caiam em torno dele.

Na casa na árvore, Bernadette fecha a porta e as janelas, a gente está quase contente de sair disso que é bonito demais. Bernadette esquenta a sopa, a Senhora faz torradas e a gente arruma a mesa. Paule é como uma adormecida que ri. A gente cuida dela por causa da sua garganta e ela pode comer. Depois de lavar a louça, as meninas deitam e você vai para uma gruta. A gente quer escutar um pouco mais a tempestade, a gente abre a janela e escuta a música da harpa eólica. É como uma mulher selvagem que tem frio. As meninas acordam, têm medo, gritam: Feche a janela, não podemos mais suportar seu condor louco. A gente está zangado, quer correr na ilha, trepar nas árvores e se balançar nos cipós na escuridão. Bernadette grita: Você é louco, vai quebrar uma perna.

Ela pula rápido da cama, fecha a porta com chave. As meninas voltam a dormir, a gente salta um pouco para se acalmar, depois sobe na cama pela escadinha. A gente está bem na cama, com um pouco de demônio no ar, como em todas as partes. A gente se balança docemente pensando nas coisas da ilha Paraíso número que a gente não deve dizer."

Neste momento o telefone toca com um barulho de trovão. Atendo: "Ocupada, telefone à noite para minha casa, por favor." Estou estupefata de me descobrir, de manhã, no hospital dia e não mais de noite na casa da árvore. Orion continua:

A HARPA EÓLICA

"Durante a noite, Senhora, a gente escutava um pouco a música do menino azul, mas as meninas não a escutavam. Quando era pequeno a gente escutou essa música. Depois foi para a escola, foi expulso e já não a escutava mais. Antes da harpa eólica e da música do homem morto que ri dentro do condor, a gente nem sabia mais que existia essa música azul. Agora a gente só sabe assobiar árias de disco ou da rádio. Por quê? Por que, Senhora?"

Seu rosto retoma sua expressão habitual, vejo nascer em sua testa, em torno de seus olhos, tremores que o fazem parecer com um cavalo assustado. Como não respondo, ele repete várias vezes, quase grita:

"A gente não sabe... a gente não sabe, Senhora!"

Olha seu relógio, eu o meu, a hora da aula terminou há pouco, não escutamos o sinal. Fica assustado de ver que é tão tarde. Não chegará na hora em sua casa, vão lhe fazer perguntas. Reúne suas coisas com uma rapidez incomum, diz: "Até mais, Senhora." Deixa a porta aberta e vai embora correndo.

Eu também estou transtornada pelo que aconteceu. Fecho a porta, sento-me, forço-me a respirar profundamente. Fui arrastada por seu delírio. Gostei da sua violência, da sua desgraça, da sua alegria dilacerante. Participei porque não lhe bastava poder delirar livremente, precisava que delirássemos juntos, como já tínhamos feito antes. Foi um erro profissional de minha parte? Orion respondeu por mim: A gente não sabe. Depois para me colocar à distância: A gente não sabe, Senhora. E partiu correndo a toda pressa para poder manter um pé no fundo e não se arriscar mais tempo em águas profundas. Resta um insondável "a gente". De onde vem este fluxo de imagens e sons, a voz loucamente alta de Paule e a música bárbara do grande condor? Para onde vão? A gente não sabe.

Respirar, respirar mais, esperar penosamente diante da grande porta que talvez não exista, ficar imóvel no calor sufocante da salinha. Não devo acreditar que compreendo o sentido do que aconteceu, nem que tenho a obrigação de procurá-lo. Houve uma presença, uma música, uma dança inaudita de palavras e depois

Orion revestiu de novo sua máscara amedrontada para ir pegar o metrô, o ônibus e voltar para casa.

Se sua mãe lhe perguntar: "Você fez um bom ditado hoje?", não responderá. Se insistir, ele lhe oporá um: "A gente não sabe" para proteger sua vida.

Levanto-me, faz muito calor, transpiro. Não pensar, viver, ter paciência, prestar atenção. Ainda mais atenção, pois já não sei como deixei o hospital dia e me encontro no meio da multidão. Em Auber, compro um jornal, pago, felizmente ninguém sabe que volto da ilha Paraíso. Encontro um assento livre, viro as páginas do jornal, mas não posso entender nada.

Apesar de meus esforços, enganei-me de trem, esse não para em Chatou, tenho que descer em Rueil-Malmaison. O calor, o barulho, a passagem em tromba dos carros, tudo esmaga a pobre pedestre que se encontra quase sozinha sobre a ponte. Por baixo passa o Sena, amordaçado de todas as partes, corre entre a esperança e o desespero do mundo como ele é.

Volto cedo para casa, mas esgotada. Cinco horas, ainda duas horas ou três antes da volta de Vasco. Deveria anotar o que se passou com Orion, quando fomos ambos tempestados. Faz muito calor; primeiro tenho que tomar uma ducha, fazer uma xícara de chá. Depois me estico um pouco, adormeço.

Estou embarcada em um sonho temível com Moby Dick, a baleia branca. No tumulto das ondas, escuto, como um grito, o nome terrível do capitão Ahab. Tudo se dilui na selvageria. O telefone toca no andar de cima, acorda-me e salva meu sonho do esquecimento.

Anoto-o rapidamente e preparo o jantar. Escuto Vasco abrir a grade da porta e me surpreendo descendo depressa as escadas. Está no patamar do primeiro andar. Seus olhos se iluminam, jogo-me em seus braços. Subimos a escada juntos. Ele me diz: "Tenho uma boa notícia." Olha-me: "Aconteceu algo com você também."

Quando estamos à mesa, Vasco diz: "Primeiro você, conte..."

Esforço-me para lhe contar o delírio de Orion, nosso delírio e a tempestade na ilha Paraíso número 2. Como se fosse a continuação, conto-lhe também o sonho de Moby Dick e da voz que gritava, com terror, o nome de Ahab.

Ele observa quando termino: "A baleia branca, Ahab e as grandes ondas do Pacífico saem de sua maravilhosa sessão com Orion.

— Você pensa que foi uma sessão?

— Sem dúvida e que me faz pensar em uma frase de Giono que nos agrada a ambos.

— Diga.

— 'O homem sempre deseja algum objeto monstruoso...'

— 'E sua vida só tem valor se a coloca inteiramente nessa busca.' Essa frase foi escrita por você, Vasco.

— Frente a Moby Dick, minha música ainda não existe.

— Você se engana, não tem paciência como Ahab. O objeto monstruoso existe para ser ouvido e contemplado. Não para ser capturado... Não quero falar disso agora, estou tão cansado. Melhor darmos um passeio na orla do Sena."

Saímos, a noite é doce ao longo do rio. Do lado de Paris, o véu luminoso que cobre a cidade impede de ver as estrelas. Vasco se inclina para mim: "Vou te contar enfim a boa notícia. O novo motor que me deu tanto trabalho está no ponto. Vou ganhar uma gratificação, poderei pagar o saldo de minhas dívidas de uma só vez. Vou dispor de novo de meus sábados. E se voltássemos a correr na ilha? Isso nos fará bem, gosto tanto de te ver correr.

— Está bem, gosto de correr com você...

— Então, sábado?

— Sim, sábado, que sorte!"

De repente penso em Orion, que não faz muito esporte. Que não ousa correr sozinho, porque o demônio pode agarrá-lo pelas costas.

"Poderíamos levar Orion..."

Escuto Vasco rir na obscuridade. Ele me abraça, pega minha mão: "Um de seus monstruosos objetos acaba de furar o muro do som... Orion, por que não? Orion, claro!"

A ESTÁTUA DE MADEIRA DE ÁRVORE

Digo a Orion que Vasco e eu queremos levá-lo para correr conosco em uma ilha.
"Qual ilha?
— Uma ilha do Sena.
— A gente tem que ir à sua casa?
— Vamos te buscar de carro na estação, depois da corrida você virá comer e desenhar na nossa casa.
— A gente gosta das ilhas, se você está lá. A gente gosta de correr. A gente vai depois das férias."
Tentamos trabalhar, mas sinto seu espírito em outro lugar, "Onde você está Orion?
— A gente está com a estátua, pensa na sua longa saia, a mesma que a sua, Senhora."
Por causa do calor, uso há alguns dias longas saias de algodão. Ele notou, isso me surpreende, porque na maioria das vezes tenho a impressão de que só vê – e talvez nem sempre – meu rosto.
"Você está com qual estátua?
— A estátua que está no desenho... que está na bolsa.
— Mostre!"
Tira sua pasta da bolsa e suspira sem a abrir. "O desenho não está acabado acabado, de novo. Somente a estátua."
O desenho inacabado que me estende representa um cabo da ilha Paraíso número 2 no momento em que o sol da manhã sai das águas. No cume de uma falésia, cercada de árvores que apequena com sua altura, uma imensa estátua de mulher olha para

o levante. A estátua está vestida com uma saia longa e uma blusa parecida com aquela que visto desde o início do período da canícula. A longa saia lhe confere esta presença monumental com a qual Orion procura afrontar o oceano interior, seus demônios e, a cada manhã, o perigoso nascimento de um novo dia.

O corpo da estátua sou eu, sem nenhuma dúvida, com um tipo de majestade que felizmente não tenho na realidade, mas que existe provavelmente para Orion. O que me aterroriza, é que a cabeça da estátua não é a minha. Petrificada no esboço de um sorriso ou no começo de um grito, está a cabeça de Paule. Paule, na vida real, usa sempre calças ou minissaias, é muito magra, a estátua tem uma força, uma solidez que ela não possui. Será que meu corpo ficou assim? Deslizo uma mão ao longo do corpo da estátua, com a outra sigo a linha de meu próprio corpo. Será que Orion percebe? Talvez, pois diz: "É sua saia, mas é uma estátua de madeira de árvore, não é você. Às vezes as coisas vêm, ao desenhar a gente não sabia que estava fazendo a saia.

— Sua estátua de madeira de árvore é muito bonita. Talvez um dia você faça também esculturas.

— É muito pequeno na nossa casa e isso suja muito.

— Jasmine não tem lugar também?

— Quando sua mamãe morreu, ela herdou uma casinha. A gente podia fazer estátuas lá, mas Jasmine quer sempre que isso pareça com alguma coisa e a gente só pode fazer o que vê na cabeça."

Acaricia a estátua com o dedo e suspira: "É grande, ela é grande essa aí.

— A sua imaginação que é grande..."

Olha-me, não está convencido. Fazemos o ditado do dia. Depois do intervalo lemos alternativamente uma história do *Livro da selva*. Ele gosta e quando termina diz: "Já que você fez escritos de escritora, devia escrever uma história de Mogli. Essa, quando a gente lia, pensava que era você que tinha escrito. A imaginação está na cabeça, o demônio também, tudo misturado."

Toca o sinal, é o fim do ano escolar, ele reúne suas coisas.
"Amanhã a gente sai de férias, Senhora. Vai demorar...
— Se você me escrever, responderei."
Ele abre a porta, estende instintivamente sua testa para mim para que a beije. Reajo:
"Você já é grande demais para receber beijinhos na testa, Orion."
Vejo seus olhos piscar, cheios d'água, acrescento depressa: "Não fique triste, Orion, gosto muito de você e você sabe disso. Boas férias. Pensarei em você todos os dias."
Trocamos um aperto de mãos, ele vai embora. Virando-me vejo Douai na sala de ergologia, cuja porta está aberta, fazendo fotocópias. Olha-me rindo:
"Diga, isso era quase uma cena de amor com Orion!"
Entro no seu jogo: "Quase, se você a vê assim. Ao longo de um tratamento isso pode acontecer, não?
— Com certeza, aliás, não é em Orion que estou pensando, mas em você.
— Ainda acha que faço demais?
— Estamos todos cansados no final do ano, mas você mais que os outros. Os psicóticos são densos e Orion é um caso bastante pesado.
— Orion está melhor, um pouco melhor a cada ano. Há quatro anos, parecia que não havia mais nenhum progresso possível.
— Você provou o contrário, mas será que isso não ultrapassa suas forças?
— Por que diz isso?
— Por que penso nisso há muito tempo, falei disso contigo muitas vezes. Encontrei na sua ficha um volume de poemas que você tinha acabado de publicar. Eu o li, a poesia não é precisamente meu domínio, achei seu livro difícil, mas me comoveu. Já faz quatro anos que parou de publicar. Você ainda escreve?
— Pouco, só aos domingos e durante as férias. Os poemas vêm quando querem, isso não se pode controlar.

A ESTÁTUA DE MADEIRA DE ÁRVORE

— Orion te toma muito tempo e energia.

— É sua conclusão! É como diretor que me diz isso?

— Como diretor, aprecio seu trabalho e sua tenacidade. Mas é como amigo que penso na escritora que é provavelmente necessária aos outros e talvez também a Orion."

Tenho vontade de fugir, balbucio: "Estou atrasada, tenho que ir..."

Volto a minha sala, reúno meus papéis. Douai, que acabou de fazer suas fotocópias, entra.

"Você não está tão apressada assim, não é tarde. Falemos um pouco."

Senta-se no lugar de Orion, sento-me também.

"Você também me dirá: Não se envolva demais. Bem que eu gostaria, mas como...? Você sabe?

— Não, não sei, Véronique. Será que a psicanalista não está tomando lugar demais da escritora? Você está em osmose com Orion, cuja imaginação talvez precise da sua para se desenvolver. Não posso te dizer mais nada, mas disso estou certo."

Douai me deseja boas férias, levanta-se e vai embora. Volto para meu subúrbio.

No trem, não posso sequer abrir meu livro, penso nas férias de Orion e na troca silenciosa que sustenta nossas palavras. Na transferência, na contratransferência que continuam tão misteriosas atrás das palavras que as encobrem.

Na estação, surpresa, preparava-me para voltar a pé, Vasco está me esperando. Sinto-me perdida, por causa da incerteza, talvez do caos, através do qual avanço – sim, avanço – sem entender nada. Vasco percebe logo, pega-me em seus braços para me levar até o carro.

"Está perturbada, justo no momento em que começam suas férias! O que aconteceu com Orion?

— Nada, foi embora. Fez um desenho... um desenho inacabado... Com uma estátua imensa. Uma mulher que enfrenta o mar, que veste minhas roupas. Uma de minhas longas saias e minha blusa. E que tem a cabeça de Paule, uma menina do hospital dia, da ilha Paraíso número 2. Fiquei perturbada, depois o diretor quis falar comigo.

— Porque tem a cabeça de uma menina, você acha que a estátua não é você? Pensa que a menina que foi não existe mais?" E depois de um momento: "Quer dirigir?"

Sim, quero dirigir, não quero voltar para casa. Rodo depressa, depressa demais. Vasco sente que não respeito o ritmo do motor que calibrou cuidadosamente, mas não diz nada. Vou para Saint-Germain-en-Laye e na floresta derrapo perigosamente numa senda proibida. Vasco não diz nada, a senda nos leva perto do terraço que ambos gostamos. Encontramos um banco que conhecemos bem. Com seu braço, sem dizer uma palavra, Vasco rodeia meus ombros, começo a me sentir melhor, preciso lhe falar.

"Seu primeiro presente foi um isqueiro, um isqueiro de marinheiro que tinha sempre na mão sem ainda me dar conta que te amava naquela época. Esse isqueiro pouco a pouco despertou, reaqueceu minha alma assustada. Tenho-o sempre comigo. Olhe!"

Vasco se levanta, leva-me até a balaustrada que domina o vale e eu fico feliz, sem razão, como durante nossos anos selvagens e nossos périplos na África. Abaixo de nós o Sena, o vale onde logo se acenderão as luzes de milhares, de milhões de existências que nós nunca conheceremos. O silêncio de Vasco está próximo, escutando o meu, pergunta: "Quer voltar?"

Sim, quero voltar, temos fome, estamos cansados e quero alimentá-lo, cuidar dele que, apesar da fadiga, veio me buscar na estação para nos proporcionar estes momentos de alegria. Pega o volante, roda bem mais devagar do que eu há pouco e, no entanto, vamos mais depressa. Sinto um vivo impulso de amor por esse grande corpo ao lado do meu e, deslizando meus braços sob os seus que dirigem, abraço-o, aperto-o com força. Não diz uma palavra, seus olhos seguem fixos na estrada atravancada: é um profissional, mas sei que sua atenção interior está voltada para a minha e que nossos corpos se unem no pensamento.

Na porta de casa, solto-o e com leveza me lanço escada acima para preparar o jantar enquanto ele procura um lugar para estacionar.

Quando terminamos de comer, lava a louça, pede: "Mostre-me o desenho de Orion."

Tiro-o da pasta, fixo-o sobre uma larga folha branca e me impressiono com a rusticidade de seu estilo. Transportado pelo que viu, Orion só desenhou em detalhes sua árvore-estátua, o resto foi esboçado com pressa.

Vasco olha muito tempo a gigante do mar, percorre-a com o dedo, volta. Está mais impressionado com esta obra inacabada do que com os outros desenhos de Orion.

"Esse rapaz com certeza tem mãos de escultor, esta mulher-oceano é quase uma escultura.

— É seu desejo. Seria horrível para mim ser o desejo desse rapaz. Mas não é isso. Seu desejo é uma estátua gigante que parece comigo e com Paule. Uma estátua forte, poderosa, armada de seu enorme tronco para impedir o demônio de sair rugindo do mar.

— Orion te vê, te quer sólida, Véronique, eu também. O sólido é a arte, é a música. Ele está te mostrando isso.

— E você?

— Ainda não. Tenho medo de ver a música sair de mim delirante e coberta de espuma.

— Para fazer, é preciso desfazer, Vasco.

— Eu desfaço, Véronique, muito lentamente. Vou ainda de derrota em derrota. Enquanto que Orion, o deficiente, esculpe, em face do mar, sua esperança sólida."

Passamos um sábado feliz, vamos correr na ilha, descansamos. Vasco compõe, eu escrevo algumas cartas, penso em Orion em Sous-le-Bois. Não há demônio de Paris lá, seu poder para em Orléans. Há apenas os demônios muito menos fortes do campo.

Durante a noite tenho um sonho importante. Há uma árvore muito grande, fulminada pela metade, pensam que está morta e, no entanto, vejo minúsculas folhas aparecerem sobre seus galhos.

É a árvore de Homero. Canta o hino fálico. Um imenso, um perigoso tumulto se eleva, é o galope branco dos cavalos psicóticos.

Levanto-me, estou feliz, tremo um pouco. Vasco dorme sossegadamente ao meu lado. Tranquilizo-me, anoto meu sonho numa pequena caderneta que tenho sempre a meu alcance. Volto a dormir, sinto que estou cada vez mais feliz e acordo chorando.

Vasco está de pé, já preparou o café da manhã, está contente com o sono prolongado no qual me viu mergulhada. Parte de novo correr na ilha, é incansável, eu não, desço para escrever no jardim. Escrevo o texto de meu sonho, preparo-me para anotar minhas associações. Uma certeza me detém: não é o que deseja o sonho. Quer que continue a escutá-lo. Uma palavra surge: o visionário. O sonho não deve ser analisado, deve ser entregue ao visionário. Que visionário? Não um só, dois, os dois cegos que têm medo de seu canto. O galope branco dos cavalos psicóticos é o canto de Orion, a árvore de Homero que se acreditava morta e que renasce é o canto de Vasco.

Choro em silêncio, como no final de meu sono, de alegria talvez. Sinto em mim o traço de uma criança pequenina que vejo com surpresa, com amor, amor demais. Será eu mesma, que ao nascer, provoquei a morte de minha mãe? Ou será a criança morta dentro de mim antes de nascer?

Deixo-me levar, afasto-me, temos o direito de estar à deriva. O acidente. Era eu que conduzia a moto. Meu marido gritou: "Acelere! Suba!" A criança que nunca terei, como não pude ter uma mãe. A repetição dos atos. Devo primeiro me amar para poder amar, para poder cuidar dos outros. Para viver a espera diante da porta que não se abre, como diz Vasco.

Vasco volta, conto-lhe meu sonho. Ele está comovido, emocionado: "A árvore fulminada, a árvore de Homero, que canta o hino fálico, faz mais do que falar, ela me transporta. É como a grande estátua de Orion, a que será preciso que eu faça um dia, toda em música. É estranho, o acesso às mulheres parece barrado para Orion. Mas não em sua imaginação. Diante do oceano e do demônio pré-histórico, planta seu dardo. Na sua estátua, na de Paule. Isso te deixa magoada?

— Não, Vasco. Eu cuido de Orion, como de todos os meus pacientes, com minha escuta, com meus olhos, com todo o meu corpo. Como fazer de outro modo? Não posso me esconder atrás da ciência, como fazem tantos outros.

— No seu sonho, escutei qualquer coisa de essencial para a música, que vem de Orion e que, como ele, eu não conhecia.

— O galope branco dos cavalos psicóticos?

— As teclas brancas e pretas do piano, as notas que devem arder para não estraçalhar. Partituras que pegam fogo. A música que arremete, arremete para poder voar.

— Isso será longo, Vasco, muito longo, muito duro para você e para Orion. Vamos preparar o almoço e, depois, saiam da minha mente. Preciso ficar sozinha, estar vazia, ser nada para escrever, para escutar o que fala dentro mim sem palavras."

A música de Vasco

Neste verão passamos uma parte de nossas férias na Bretanha, na casa de Aurélia e David, que muitas vezes nos convidam. Ambos são médicos e psicanalistas, brilhantes e mais experientes do que eu. Fiz minha análise didática com David e quando o encontro – de civil, como diz Vasco – não posso esquecer a pirâmide de silêncio e hieróglifos inflamados com a qual eu o revestia durante os anos em que me ajudou a proferir minha palavra ainda semiparalisada.

Aurélia é mulher, mãe, analista, quase sempre serena e frequentemente risonha. É apaixonada por música e admira Vasco.

Recebem sempre muitos amigos em casa, analistas, artistas. No almoço, se não chove, comemos no jardim na hora que queremos. À noite se prepara uma verdadeira refeição, as mulheres vestem longos vestidos de tela que dão à mesa estilo e cor. Os homens vestem suéteres. Somos às vezes numerosos, há fortes discussões, com amenidade e talento. Isso me intimida, quase não ouso intervir.

De manhã, acompanho Aurélia ao mercado. Quando estou sozinha com ela, ouso lhe colocar questões. Acabo muitas vezes por lhe falar de problemas de Orion.

Um dia, quando voltamos, ela me diz: "Por que você sempre me pergunta sobre o caso desse rapaz? Ele é tão difícil?

— É meu caso mais grave e o vejo dezesseis horas por semana.

— É muitíssimo! Como você suporta?

— Como posso. Sou sua psico, sua professora, tenho que enfrentar as crises. Muitas vezes fico angustiada, penso que faço demais ou pouco demais.

— Só trabalhei com psicóticos como interna no hospital, faz muito tempo. Nossa amiga Luce, uma enfermeira, vem amanhã, vai se aposentar logo, tem uma grande experiência. Fale com ela, poderá te ajudar mais do que eu.

— Tenho medo que o caso Orion pese sobre Vasco."

Aurélia reage: "Por quê? Não deve misturá-lo a isso.

— É difícil, Vasco se mistura por si só. Orion o fascina.

— Precisa construir um muro. Cada um com seu trabalho.

— Você sabe, Vasco salta os muros."

Ela ri: "Não sempre para seu bem.

— Vasco viu um desenho inacabado de Orion: uma árvore-estátua, uma mulher gigante, que enfrenta o oceano. Disse: Ainda não fiz nada em música que tenha o poder dessa estátua que não existe.

— Ele, que tem tanto talento...

— Vasco não se interessa pelo talento.

— Se visa o gênio...

— A música está nele, mas ainda não pode lhe dar passagem. Então espera e sofre.

— O que espera?

— Não há palavra exata para isso. A graça talvez?

— Minha graça te basta, como a São Paulo. Bom, vocês ainda não encontraram uma saída. E essa graça, Orion a alcança?

— Às vezes, talvez. Muitas vezes acredito ter sonhado, mas há em seus desenhos, suas palavras, traços obscuros.

— Você os vê ou Vasco?

— Ambos. Às vezes penso que exagero, mas Vasco pensa que não.

— Deliram a dois, e às vezes, quando se deixa ir, deliram a três. Por que não? A psicose é tão obscura. Esses dois são um fardo muito pesado. Acha que isso vale a pena? Só Vasco não te basta?

— A gente não sabe."

Essa resposta jorra de mim, perturbo-me, balbucio: "Respondo com as palavras de Orion."

Chegamos à casa dela, guardamos as compras em silêncio. Arrumo tudo no refrigerador e na adega. Aurélia foi estacionar o carro. Não a escuto entrar na cozinha, de repente me viro, ela me olha, há um tempo sem dúvida. Capta meu olhar e dá de ombros com um pouco de raiva. Depois me abraça suspirando: "A gente não sabe... de verdade?"

Dia calmo ontem, trabalho em meu poema, o primeiro depois de muito tempo. Talvez possa colocar meu sonho em palavras. No fim da tarde Aurélia me chama: "David acaba de telefonar, convidou uma de suas antigas pacientes, Gamma, ela chega amanhã. Ele deve atrasar um pouco sua volta. Não a conheço, David me disse que é uma de suas amigas.

— É minha grande amiga, você vai gostar dela, é uma musicista maravilhosa.

— Gosto dela como violinista. Tão jovem e com tanto talento!

— Gamma aqui, que alegria! Há mais de um ano que não nos vemos.

— Um ano? Por quê?

— Gamma veio me consultar para um tratamento. Vi logo que não era um caso para mim. Enviei-a a David. Encontramo-nos muito durante esse tempo, David achava que isso lhe fazia bem. Você sabe, gosto muito dela, ela... ela está apaixonada por mim. No fim de sua análise, David sugeriu uma separação por um tempo. Quando David sugere algo... você o conhece!"

Ri: "Conheço."

De bota e jeans, rego a parte do jardim que já está na sombra. Tenho tempo e David está contente que o faça. Gosto de regar as hortênsias de um azul profundo que estão ao pé da casa, as jovens árvores e as flores que David escolheu e plantou com tanto cuidado. Com este tempo bom o jardim seca depressa, rego-o alegremente com a mangueira.

Gamma chega de carro como um turbilhão, abraça-me e dá gargalhadas: "Apresente-me." Aurélia a recebe com sua graça habitual e a faz entrar: "Não a conheço ainda e, no entanto, a conheço e a amo pela música. David ficará muito feliz de te ver. Teve um atraso imprevisto. Estará aqui amanhã."

Ajudo Gamma a subir suas coisas a seu quarto. Chegando lá, exclama: "Está decidido, tudo vai mudar! Abandono o violino pelo canto. Minha mãe está desesperada, mas meu professor diz que estou pronta."

Estou estupefata: "Você está abandonando o violino? Com tanto talento..."

Retenho-me: "É verdade que sua voz é bonita...

— Você me entende, estava certa disso. Estou cheia de me falarem do meu talento. Com quatorze anos já tocava tão bem quanto agora. Não quero passear pelo mundo com meu violino, minha virtuosidade e minhas dilatações cardíacas, como meu querido papai. Nem, como minha mãe, respeitar toda a minha vida: As notas. Nada além das notas! Quero viver, cantar, mudar de via, tentar fazer o que não sei ainda fazer. Como você!

— Como eu...

— Como você... é bióloga, muda para a psicologia para se ocupar de crianças, escreve, apaixona-se por Vasco, faz pesquisas na África, torna-se psicóloga de adolescentes psicóticos esperando pelo futuro. É uma verdadeira linha reta, toda feita de curvas e de ziguezague. É por isso que gosto de você."

Estou estupefata, sou assim, mas ainda não o sabia.

"É por isso que gosto de você também Gamma.

— De outro modo infelizmente, de outro modo... Lamento por você!"

E gargalhamos ambas.

Vasco chega no dia seguinte com Luce e seu marido. Luce, a enfermeira psiquiátrica da qual Aurélia tinha falado, logo me é simpática. Informo a Vasco que Gamma quer se lançar no canto, ele não se contém: "Uma violinista como ela, tornar-se cantora iniciante entre tantas outras!

— Não se deixe levar por ideias feitas, Vasco. Gamma tem uma voz admirável. O que quer é uma reviravolta completa em sua vida. Não mais saber...

— Como você com Orion..."

Há um silêncio, cada um perdido em seus pensamentos. Lanço-me na água para ir até ele.

"Sim, como eu com Orion, como você quando escuta um motor para sentir o que pode fazer, o que quer fazer. Como Gamma e eu pensamos que você fará um dia com a música."

Vasco está comovido, perturbado. Não quero prolongar a situação. Ajudo-o a desfazer sua mala, a arrumar seus instrumentos, suas músicas, sua raquete. Preparo-lhe um banho. "Relaxe, tem tempo. Desço à cozinha para ajudar Aurélia com o jantar."

Somos muitos à mesa. Faz calor, Vasco colocou uma camisa vermelha, está muito bonito, David também, de preto com seu olhar oriental, seu sorriso irônico, seu eterno cachimbo. Gamma brilha como sempre. Coloquei um vestidinho de algodão. Aquele que Vasco, absurdamente, chama vestido passarinho, o que, sem razão, me dá confiança. Vasco fala pouco, mas quando o faz todos o escutam. Como se fala, sobretudo, de música, estou mais segura do que de costume. Aurélia anuncia que depois do jantar Gamma e Vasco darão um breve concerto. Eu não sabia, estou contente. Quando termina a refeição, lavo a louça, Vasco vem me ajudar. Pergunto o que vai tocar. "Um trecho para flauta que escrevi neste inverno, você conhece. Mudei-o um pouco."

Vasco começa com seu trecho para flauta, toca muito bem e, no entanto, com uma espécie de indiferença. Não era assim quando dirigia nas corridas. Sua mãe, que o iniciou nos ralis, contou-me muitas vezes. Sua música é perfeita, mas é sua verdadeiramente? É bonita e, no entanto, nossos corpos não se emocionam.

Será que Gamma sente o mesmo que eu? Escuta Vasco muito atentamente e às vezes lança para mim um olhar decepcionado. Decepcionada, no fundo de mim, também estou.

Quando termina, Vasco é muito aplaudido, noto que Gamma, que pegou seu violino na mão, não aplaude. Eu aplaudo o homem que amo.

É a vez de Gamma, ela traz para si a estante com a música de Vasco e anuncia: "Vou tentar adaptar sem ensaio a música de

Vasco para o violino. Tocarei notas desafinadas, que ele me desculpe e vocês também. Arrisco..."

Vasco, tão surpreso quanto eu, permanece impassível.

Gamma começa, é o mesmo trecho, mas não é a mesma música, são as mesmas notas, mas carregadas de outra intensidade. Gamma não se dirige ao gosto, à inteligência, à nossa cultura musical. Fala a nossos corpos em uma linguagem mais quente, mais ardente, que beira o sofrimento. Estou ao seu lado, vejo que ela salta notas, acordes, que cria hiatos, discordâncias que fazem mais viva a música. Não é mais a beleza que procura, nem a harmonia, é outra coisa. Algo que não se atinge, porque não se pode, na alegria, mas que existe pela música na presença e para além da infelicidade. Vejo que Vasco sofre e exulta escutando Gamma. Ela erra algumas notas às vezes e somos machucados pelo momento cheio de dissonâncias, necessário para o que vem nos transpassar em seguida. Termina com uma cascata de notas desafinadas, que lhe permitem, no meio dos aplausos, abandonar seu violino, tomar as mãos de Vasco e cantar com sua voz maravilhosa: "Perdão, perdão pelas notas desafinadas."

No dia seguinte, o tempo está muito bom. Quando volto para nosso quarto, Vasco está relendo meu poema: "Esse poema é como se você o tivesse escrito para mim, a árvore de Homero, o hino fálico, o galope branco dos cavalos psicóticos, os cegos que têm medo do seu canto, é a minha música. Minha música futura... Enfim, vou me inspirar para o concerto desta noite.

— Como vai acompanhar Gamma?

— Com o saxofone."

Desço à cozinha com Luce para preparar a refeição habitual. Enquanto ela abre os guarda-sóis, porque o sol está forte, preparo ovos mexidos e os outros voltam da praia, de Douarnenez, do tênis.

Depois do almoço Gamma anuncia: "Esta noite, depois do jantar, temos concerto. No fundo do jardim para não acordar as crianças. Vasco tocará Sax e eu... eu não tocarei violino, é tudo o que posso dizer." E se inclina com sua graça habitual.

Encontro na correspondência uma carta de Orion. Um cartão postal de um castelo, que me envia em um envelope, como lhe recomendei. Escreve:

> Querida Senhora,
> A gente foi neste castelo esta semana. Ontem foi pescar no rio. A gente pegou duas trutas, papai também. A gente ceifou o prado em torno da casa, a gente gosta de ceifar e também de fazer obras. Agora vai para o mar na casa do titio Gustave para se banhar como você nas ondas do oceano durante quatro dias. A gente terminou o desenho da grande estátua frente ao mar. A gente gostaria que você viesse um dia na casa da vovó com seu carro. Os pais vão bem. A gente te cumprimenta Senhora e ao Senhor Vasco, a gente aperta sua mão, apertando, como você ensinou. Mamãe corrigiu os erros.
>
> **ORION**

À noite Aurélia nos aconselha a pegar abrigos e echarpes. O tempo está bom, mas a noite cai e ficará frio. David instalou uma grande lâmpada, bancos e assentos no fundo do jardim. Vasco trouxe sua estante e apoia nela sua partitura. Com presteza, Gamma apanha a partitura, passa-a a David e vira com o pé a estante. Antes que Vasco possa reagir, anuncia: "A Árvore de Homero, música de Vasco sobre fragmentos de um poema de Véronique." E começa a cantar. Depois de um momento de hesitação Vasco emboca seu sax e toca. Será que a acompanha ou a precede? Não sei, pois logo sou comovida pelo que escuto. O que esperava, o que esperava há tanto tempo, o que canta a voz de Gamma, é a música de Vasco, que suscita em nós um momento de alegria e de libertação.

Frente ao oceano, Vasco erige com sons, com a voz de Gamma, a grande mulher desenhada por Orion, o deficiente, que caminha, que avança, cruelmente perdido nos labirintos de "a gente não sabe."

Será que Vasco se libertou, liberou sua música? Será que não se permitirá mais afastar dela por sua temível habilidade, pelas ordens imperiosas do saber? Sob a voz de Gamma, escuto a de Vasco que grita em seu sax: Não, não abandonarei mais a árvore de Homero. Sim, promete a voz rebelde de Gamma, os cegos, os desolados, os psicóticos podem cantar e partilhar com todos o seu amor.

Homero canta a duas vozes, a de Vasco engendra o deus dos combates e da dura necessidade. A de Gamma espera e ama: a árvore que se acreditava morta, está viva, talvez...

As palavras, que o poema tinha reunido com tanta dificuldade e trabalho, estão aqui. Deslocadas, torcidas, separadas, minhas palavras estão ali, e a obra devastada, a floresta de amor abatida, tornam-se sublimes na música. As resistências, o tesouro enterrado, o gênio selvagem de Vasco aparecem enfim.

Mas nada está resolvido ainda porque, na encosta espumante dele mesmo, o espírito de escárnio se apodera de novo de Vasco. Abandona seu instrumento, sua voz de bronze agarra, desnaturando-as, as palavras do Hino ao amor do qual tanto gosto.

> Recebi o dom da música
> Dos homens e dos anjos
> Mas o amor me falta
> Sou apenas um metal que ressoa
> Um címbalo estrondoso

Gamma não conhece o Hino ao amor, mas percebe a falha, o escárnio de Vasco. A onda espetacular de sua voz afronta e engole a de Vasco. Ele, que ia abandonar seu instrumento, atirá-lo de canto talvez, é arrastado pela energia de Gamma. Emboca seu sax e produz, através de nossos corpos, os sons imensos, desesperados, celestiais de sua verdadeira música.

Choro, Aurélia ao meu lado chora também. Vejo lágrimas sobre o rosto de Gamma, que canta, continua a cantar, sua voz apazigua pouco a pouco a música de Vasco e nos traz com ele de volta sobre a terra.

Fico desconcertada, Vasco e Gamma logo estão aqui. Ambos me rodeiam voltando para casa. Não fiz nada, nada além de chorar sem entender e sou eu que estou esgotada. Pouco importa, estão perto de mim, é meu poema esquartejado que cantaram, foi através dele que se encontraram.

Depois dançamos. Primeiro com discos, depois Vasco toca, alternando flauta e sax em surdina. Tocando, vira-se muitas vezes para mim e quando danço, dedica-me uma passagem da qual gostamos, um som, um pensamento. E eu, não me dediquei a ele inteiramente? Penso, não mais inteiramente. Há Orion, a aflição de Orion à qual estou também dedicada há muito tempo. Vasco sabe, vejo em seu olhar que compreende. Talvez, até mesmo que o quer.

Deitamo-nos muito tarde. No fim da manhã, Vasco sobe em nosso quarto com uma xícara de chá. É o que precisava. Avisa-me que Gamma tem que partir. Ela me espera em baixo, resplandecente, seu carro carregado diante da porta. Cumprimenta-me alegremente com um beijo: "Vamos dar uma volta juntas." Ela me leva ao pequeno jardim fechado de David, sentamo-nos no banco aonde venho muitas vezes para escrever.
"Por que você vai embora, Gamma?
— Por causa de você, por causa de Vasco. Ontem ele mostrou a todos o grande músico que é.
— Graças a você.
— Graças a seu poema, graças a nós duas. Posso ajudá-lo a se realizar, a ser reconhecido como compositor, mas isso será perigoso para você. Se conseguir fazê-lo aparecer, você não o perderá, pois ele te ama de verdade, mas você perderá sua presença, a vida cotidiana que levam juntos. Será arrastado em um turbilhão de concertos, de fãs prontas a se jogar em seu pescoço. Desconfie, eu também sou perigosa, levo minha vida na direção do perigo, como ele fazia antes de você, como deverá fazê-lo de novo.
— Se pode ajudá-lo a se realizar, faça-o, Gamma. É o que espero.

— Essa noite é inesquecível para mim, Véronique. Seu poema que nós amputamos, amassamos e que continuou seu poema. Desses cacos jorrou a música de Vasco como uma torre, como uma montanha que me forçava a cantar de outro modo. Sua loura e doce beleza de outono em lágrimas. Teus poderes que ignora. Tenho que deixar tudo isso por um tempo, por causa de você, mas, sobretudo, por causa de Vasco."

"Por que por causa de Vasco?

— Porque agora que nós vimos, escutamos quem ele é, nós não podemos, nós duas, entre boas mulheres, decidir seu futuro, seu destino. Ele tem que fazer o primeiro movimento e tomar suas decisões por si mesmo."

Sinto um vivo sentimento de reconhecimento, aperto Gamma em meus braços. "Tem razão. Estou feliz que pense assim, deveria tê-lo pensado eu mesma, mas desejei demais que ele se tornasse o que foi essa noite. Você tem razão, é preciso deixá-lo decidir."

Entristecemo-nos com a partida de Gamma. Em nosso quarto, Vasco tenta trabalhar, mas está nervoso e cansado demais. Fecho as persianas: "Descansemos, vamos dormir, estamos ambos esgotados e os outros também depois dessa noite."

Deixa-se convencer, deita-se perto de mim, toma minha mão e adormece bruscamente. Sua mão, quase sempre imperiosa ou tensa, está completamente relaxada. É doce senti-la abandonada ao sono comum que compartilhamos juntos.

Sonho que há em um lugar desconhecido dois pintores. Não vejo o primeiro, apenas escutei a sua voz. O outro é uma mulher idosa, de cabelos brancos, vestida à moda oriental. Ela responde: Admiro sua habilidade, sua técnica, sua audácia. Toda a minha vida tentei alcançar esse nível. Comecei tarde, não o alcancei. Encontrei outra coisa.

Essa outra coisa está na ponta da língua. Sua ignorância, sua maravilhosa promessa me desperta.

Na maré baixa, vou à praia com Luce. Caminhamos com os pés na água, é muito agradável. "É bom para a saúde, diz Luce,

que acrescenta: Entrei no hospital com dezesseis anos como ajudante, depois auxiliar de enfermagem, enfim tornei-me enfermeira. Em quarenta anos vi passar pessoas, casos, problemas, doentes e médicos. Com você, desde que a vi, pensei: Não preciso ter receios com ela, vamos nos entender bem.
— Senti isso também. Logo me inspirou confiança."
Pega meu braço, caminhamos na direção do porto ao longe. O sol, velado por vezes por pequenas nuvens, cai obliquamente sobre nós. A praia começa a se esvaziar, pranchas de *windsurf* sulcam a água, algumas se aproximam da margem. Vasco queria praticar esse esporte, mas diz que não tem tempo. Orion não ousaria nem desejar.
Luce me diz: "Fale-me, se quiser, deste rapaz que te preocupa tanto, como me contou Aurélia. Você sabe, vi muitos psicóticos, cuidei de muitos deles. Não posso dizer que os conheço, pois ninguém os conhece verdadeiramente, mas trabalhei muito com eles, sei que é duro e falar sobre isso te fará bem."
Caminhamos na água, o olhar fixo sobre as falésias baixas, os campos. Um grande navio se destaca no horizonte, as pranchas de *windsurf* e os veleiros quase desapareceram. Conto a Luce o que foi até aqui minha aventura com Orion. Por vezes sinto que se emociona com suas lembranças ou pela evocação de minhas dúvidas, minhas aflições, então pego seu braço. Por vezes sou eu que me emociono ao lhe falar de minha chegada ao meio incômodo e pouco acolhedor do hospital dia, de meu medo do desemprego, se não tivesse sucesso em meu trabalho com Orion. O dia declina, Luce é mais velha, conheceu as mesmas dúvidas que eu, os mesmo problemas – talvez insolúveis – e conseguiu vivê-los.

Hoje é na praia de Sainte-Anne que acompanho Luce. Falo-lhe do conselho que sempre me dão a respeito de Orion: Não se envolva demais. Queria mesmo não me envolver tanto. Não consigo, Orion ocupa meus pensamentos, minha vida, mais que meus outros pacientes.

"Você trabalha muito com ele toda semana.

— Não é só isso, invisto em um futuro talvez imaginário. Penso que é um artista.

— Seu tratamento é baseado nisso.

— O diretor acredita, como eu, que ele é um artista, outras pessoas também, mas será que posso, com todas as suas deficiências, sobrecarregá-lo com o peso de um destino tão pesado?

— De ser artista?

— Esse pensamento pesa sobre ele. Não pretende tanto.

— Se você pensa assim, é isso o que pensa."

Essa reflexão me desconcerta: Sim, é o que penso, o que continuarei a pensar apesar de minhas dúvidas. Mas saio em defesa de minhas dúvidas: "E se me equivoco, Luce? Se perturbo a vida de Orion, a de Vasco e a minha?

— Você acredita que não perturbei minha vida e a de meu marido com tudo o que vivi nos hospitais? Às vezes voltava esgotada, chorando. E quando havia chefes importantes, reconhecidos, que prescreviam tratamentos arriscados? Porque não eram eles que juntavam os cacos. Vi chefes de clínicas, internos brilhantes, jovens que vinham me dizer como você: investi demais, me envolvi demais. Não é a única. Os que dizem isso são os melhores, os médicos de verdade. Escute, com os grandes peixes, os de águas profundas, como seu Orion, os que não se envolvem passam o caso para um mais jovem ou para nós enfermeiras. Esses infelizes passam de mão em mão, até que apareça alguém que se comprometa e não os abandone. Deixe-os dizer: não se envolva demais. O que é demais? Posso te dizer que, depois de tantos anos de hospital, com os psicóticos, se não fazemos demais, não fazemos o bastante. Coloque-se francamente a questão: Será que você poderia abandonar Orion, desligar-se dele? É possível, depois de tê-lo tratado por quatro anos."

Escuto sua questão, com todo o meu corpo que treme sob o peso que carrego e que só pode tornar-se mais pesado ainda. A resposta é clara: "Não, não, não quero me desligar de Orion.

— Já imaginava! Está escrito em seu rosto."

Caminhamos um pouco mais, os pés na água, o tempo fresco, estamos cansadas. Voltamos para casa. Sobre minha mesa encontro um cartão de Orion que David colocou ali.

> Querida Senhora,
> A gente voltou mais uma vez para o mar, teve que nadar. Com o pé direito queria seguir o primo Hugo, mas o pé esquerdo não queria deixar de tocar o fundo. A gente bebeu uma xicarazinha de água e o pé esquerdo teve que nadar também para seguir o primo. Ele disse: Mas você sabe nadar. Há raios que dizem que não. A gente não sabe. Voltamos para casa em oito dias. A gente está triste e contente, parece. A gente te agradece pela sua carta. Os pais te cumprimentam. O filho deles, Orion, também.

Subo para nosso quarto. Vasco ainda não voltou. Sento-me diante da mesa sobre a qual está aberta a partitura que tinha preparado para o concerto. Suas folhas me fazem pensar nos ditados de angústia de Orion. Tenho um pouco de frio, penso no doce calor da ilha Paraíso número 2. De repente, o longo passeio, o ar fresco da noite, o cansaço e a emoção da véspera me submergem, adormeço com os braços sobre a mesa, o rosto sobre as folhas dispersas.

A MENINA SELVAGEM

Volta esta manhã para a equipe do hospital dia, os alunos só virão amanhã. No pátio, encontro a Senhora Beaumont. Parece ter esquecido suas censuras contra mim e o soco de Orion. Cumprimentamo-nos com um abraço, ela me diz quando estamos no elevador: "Orion é difícil, eu sei, mas você parece ter encontrado sua via orientando-o para a pintura." Estou menos segura do que ela de ter encontrado a via de Orion. Quando entro na sala dos professores, Robert Douai me anuncia: "Orion se enganou de dia, veio esta manhã, não quis mandá-lo de volta, instalei-o na sua sala. Vá vê-lo um momento."

Orion me escuta chegar, levanta-se, sorri vagamente, está contente. Estou feliz e sorrio também.

"Você se enganou de dia, Orion?

— A gente não se enganou tanto se enganando, Senhora. A gente queria te trazer logo uma obra que a gente pintou para você."

Abre sua pasta, coloca o desenho sobre a mesa e imediatamente me encontro na calorosa atmosfera da ilha Paraíso número 2. Em uma clareira, coberta de flores, uma zebrinha escuta, levantando a cabeça, as notas que descem de uma fonte escondida em uma árvore com folhagem espessa. Na beira da clareira há uma cabana de troncos, pela porta aberta vemos duas camas de feno e flores brancas.

Orion: "Tem duas camas, uma para a zebra, outro para a menina selvagem.

— Agora há uma menina selvagem na ilha?

— Tem uma, ela faz música sem barulho, como você. Só a zebra pode escutá-la.

— E suas férias em Sous-le-Bois?

— A gente achava que o demônio de Paris tinha perdido meu rastro, mas um dia, no café da manhã, a prima Jeanne pegou minha cadeira e sentou no meu lugar. O demônio de Paris não suportou, a gente teve que fazer o touro. A gente batia na cadeira com a cabeça sem chifres. A gente virou a cadeira e Jeane chorava muito alto. Levantavam-na quando titio Gustave chegou muito, muito bravo. Ele queria bater, mas viu que isso daria um brigamento.

— Ele viu que você pode se defender.

— Muitas vezes a gente não sabe muito bem, e quando sabe, tem força demais. Se a gente tivesse brigadozado com titio Gustave, depois teria chorado. É um tio que a gente gosta muito, também a prima Jeanne que chorava.

— E gosta também das zebras?

— A gente não sabe. As zebras a gente só conhece no desenho. A zebra é branca e preta, como você, Senhora." E vai embora.

O dia passa entre reuniões que me absorvem e ao longo das quais ressoa surdamente em mim a frase de Orion: "A zebra é branca e preta, como você, Senhora." Sinto que essas palavras me revelam o que sou e uma verdade ainda escondida sobre o que nos liga, obscuramente, Orion e eu.

No trem que me traz de volta para casa, penso no Tao chinês, essa forma perfeita onde o preto e o branco estão ao mesmo tempo unidos e separados em um círculo pela delicadeza de uma curva lenta. No preto, o germe do branco e, no branco, o do preto. É isso que tentamos trazer um ao outro? Para Orion, o branco é a cor da luz, da folha branca sobra a qual poderá desenhar, é o meio de sua marcha para frente. O preto é o traço que lhe permite descobrir o que guarda em sua cabeça, também é a cor do demônio. Empurrando-o para frente, comprometendo-o com o risco, estou também para ele do lado do demônio. Sou também uma espécie de demônio de Paris que perturba seus hábitos, seu confortável temor, suas resistências.

Este desenho mostra o que existe entre nós, o que ele não poderia ter dito e o que eu não tinha compreendido.

À noite, mostro a Vasco o desenho de Orion: "Na cabeça de Orion você é aquela que escuta e entende a música silenciosa da menina selvagem.

— É a sua música, Vasco, a da menina selvagem que você esconde."

Detesto seu riso cruel: "E se você se iludisse, Véronique, sobre mim e sobre minha música?"

Consigo lhe responder sem ceder, sem me entristecer: "Não é o que penso, Vasco, você sabe."

Tudo é lento, tudo é demorado e sinto que continuará assim. Vasco parece ter esquecido o nascimento de sua música na Bretanha. Não propõe nada a Gamma, que espera, estou certa, uma iniciativa de sua parte. Como ela me disse, é ele que deve decidir.

O trabalho com Orion retomou uma rotina que me aterra. Pode nadar no mar, mas na piscina de novo recusa se arriscar onde não dá pé.

Acreditava ter acabado com os ditados, mas todo dia, de novo, reclama mais um. Retomamos assim o curso dos ditados enquanto se levanta entre nós, com uma espécie de júbilo fúnebre, a voz de uma mãe terrível que repete: "Quantos erros. Quantos erros!"

Avançamos, recuamos, patinamos no campo minado da arte e da psicanálise. À noite encontro Vasco, que volta cansado ou vitorioso do combate com seus motores. Nos dias em que não está cansado demais, senta ao piano e escreve notas, mais notas como antes. Antes do quê?

Obtive permissão de Douai e dos pais de Orion que ele venha à nossa casa aos sábados. De manhã vamos correr na ilha dos impressionistas com Vasco. Orion passa o resto do dia desenhando, se está nervoso demais, passeamos juntos.

Neste sábado, Vasco não está, e proponho a Orion correr a dois. Sem pensar parto na frente e durante um momento Orion me segue. Quer me ultrapassar, mas a senda é estreita na beira da água e eu acelero. Surpreendo-me com escutá-lo resmungar, ele para, apanha um bastão, acelera para me alcançar, mas não o deixo me ultrapassar, sua raiva aumenta, dá-me prazer talvez. Em uma passagem mais larga, diminuo a velocidade, deixo-o passar. Ele me ameaça com seu bastão ao me ultrapassar. Pouco depois, para e, virando-se, grita: "Se você me ultrapassar de novo, a gente te jogará no Sena com seus cabelos loiros de demônio." Estou surpresa com a intensidade da sua raiva. "É um jogo, Orion, não te ultrapassarei mais. Se você quiser me jogar no Sena, tudo bem, sei nadar."

Está na minha frente, seus olhos piscam, começa a saltar, depois subitamente joga seu bastão na água e parte a toda velocidade pela senda. Sigo-o de longe, ele para, curva-se, sente pontadas nas costelas. Alcanço-o, levo-o para o grande plátano que está um pouco mais longe. É uma árvore muito velha, com um tronco impressionante que estende longe acima de nós sua admirável ramagem.

"Coloque suas mãos sobre o tronco como faço com Vasco, suas ondas vão te acalmar.

— A gente não pode sentir as ondas das árvores.

— Essa é tão grande e tão forte que vai sentir."

Colocamos nossas mãos sobre o enorme tronco, sinto as ondas penetrarem em mim. Feliz, viro a cabeça para Orion. Um sorriso aparece nos seus lábios, ele também as sente. A matéria o acalma, fala através de suas mãos. Há uma presença tangível, sensível que age sobre seu corpo e apazigua seu espírito. Ficamos lá muito tempo, vejo que sente as ondas mais intensamente do que eu, estou feliz com seu sorriso. Lembra-me docemente: "Senhora, vai dar a hora do trem." Está calmo, descontraído, transpirou muito, tenho que pensar em comprar-lhe um frasco de água de colônia. Ele diz: "Senhora, o natural é mais forte que o sobrenatural, não é mesmo?"

Não sei, respondo: "A gente não sabe, Orion." E ambos rimos.

Hoje proponho a Orion hoje fazer uma grande árvore com nanquim. "Se ficar bom, vamos expô-la. O Senhor Douai quer que comece a expor suas obras." A ideia lhe agrada, faz um rascunho em uma folha grande, de repente se levanta e derruba a cadeira. Mancha a folha. Olho: "Não é nada Orion, essa mancha parece um machucado como os que existem nos troncos de árvore de verdade.

— A gente tem medo do machucado, Senhora, o demônio está escondido dentro dele. A gente queria fazer um ditado de angústia.

— Comece!

DITADO DE ANGÚSTIA NÚMERO CINCO

De manhã, estava tudo bem quando a gente tomou chocolate com a mamãe. O demônio tinha se escondido atrás da cômoda e a gente não sentia seu cheiro. O ônibus chegou na hora, a gente pegou o RER para Chatou.

No lugar habitual onde a gente espera a Senhora, ela não estava. Tinha um ônibus, a gente fez um pouco o rinoceronte contra ele... sem fazer galos. A Senhora chegou e salvou o ônibus. A gente ainda está bravo com esse atraso que não devia... Vamos correr na ilha até o plátano. A gente coloca as mãos no tronco para as ondas, que tornam-se fortes e a gente ri, a Senhora também. Era como se tocássemos piano a quatro mãos, como vê na TV. A gente corre mais uma vez para voltar, tem calor. Em casa a Senhora diz que é melhor tomar uma ducha. A gente tem medo, porque na nossa casa temos uma banheira. A Senhora dá um roupão e uma toca fininha para os cabelos... Jasmine não teria feito isso!

A gente tem um pouco de medo na ducha, depois pensa que já esteve embaixo da ducha no azul da ilha de antes da ilha Paraíso número 2, a gente fica triste e chora. A Senhora bate à porta, diz para sair e colocar o roupão.

Enquanto ela toma sua ducha, a gente se veste e coloca perfume de homem... A gente está sempre como se tivesse perdido seu país e, no entanto, a França sempre está. O que não está mais aqui é o azul da ilha que a gente não pode dizer, a que não está no oceano Atlântico tropical e que não está só na cabeça.

A Senhora me consola colocando a *Sexta Sinfonia* que a gente sabe assobiar inteirinha, mas o disco é melhor. Ela está contente..., está triste também... porque o Senhor Vasco vai tocar sua música em Londres com Gamma... A gente comeu salmão com queijo e legumes. Ganhou também um pedaço de torta e um suco de laranja.

A gente começa a desenhar a grande árvore para expor. O furacão de raios vem à pluma, faz uma renalgaravia com nanquim no desenho. O demônio me pega, mas a gente derruba a cadeira sem quebrá-la. Há um trovão de barulhos e raionices, a gente quer explodir a tinta na parede... A Senhora vem e diz que está bem a mancha, que é um machucado de árvore de verdade. A gente nunca tinha pensado que as árvores têm machucados, como os homens por causa... por causa de quê?

Então a gente tem vontade de fazer um ditado de angústia antes de voltar a fazer uma árvore como eu, uma árvore com um machucado, uma árvore como o plátano que produz ondas. E a Senhora escreve depressa, porque a gente dita e não está mais triste por causa do Senhor Vasco na Inglaterra. E a gente não chora mais por causa do azul da ilha que a gente não pode dizer.

A gente não terminou, Senhora, termina só quando diz: fim do ditado de angústia.

Agora a gente não está mais em um país azul. Está em um país preto e branco. Como a zebra. O que isso quer dizer?... Você é uma psico-prof-um-pouco-doutora. Por que é que você também não sabe? Os que fazem troças dizem que a gente gosta de trabalhar contigo por causa dos seus cabelos loiros... Não é só por isso, tem também a zebra, com ela corremos os dois e a gente desenha em preto e branco... Por quê? Fim do ditado de angústia."

Desenha em seguida com lápis, depois com tinta, o traçado da grande árvore. Inclinado sobre a folha ou girando em volta dela com uma concentração, uma tenacidade admiráveis. A árvore se levanta do branco com um tronco irresistível e o esboço de uma vasta copa majestosa.

Trago-lhe seu suco de laranja e uma barra de chocolate. Não me vê. Escuto-o protestar, com um riso pela metade: "Ah, ela resiste. O demônio pode correr, essa árvore pode resistir, não é como eu."

Engole o suco e coloca o chocolate no bolso sem perceber. Está compenetrado no desenho, na sua árvore. No entanto, às cinco horas, depois de ter arrumado a pluma e seus lápis, levanta-se: "Senhora, está na hora do trem. A gente deixa o desenho sobre a mesa ou tem uma pasta?

— Há uma nova pasta para desenhos."

Está contente, ele a acaricia um pouco com a mão e guarda o desenho com precaução. Tenho direito a um longo olhar de agradecimento, depois lança sobre si a pobre carapaça com a que gostaria de se proteger para se tornar invisível aos demais, reencontro o menino tenso, amedrontado e furtivo que também é. No carro, pergunta: "O Senhor Vasco e sua música, ele vai embora para sempre ou será que vai voltar?

— Vai voltar."

Volto sozinha, como ontem, antes de ontem e amanhã. Abro a pasta de desenhos. A árvore de Orion está apenas esboçada e é já uma árvore de mestre. Não é uma árvore que viu e copiou. É uma árvore interior que descobriu, contemplando em si mesmo. Em seu ser magoado, machucado, atado, existe esse mestre sepultado pela metade, esse vidente cego da vida... Não, não perco meu tempo com ele. Sou útil. A vida não é sempre ruim. Vasco enfim tomou sua decisão. Foi ver Gamma, que lhe propôs participar com ela de três concertos na Inglaterra. Na qualidade de músico acompanhador, mas em cada concerto haverá uma ou duas músicas suas. Faz três dias que partiu.

Enquanto se esboça a grande árvore, continua a história da ilha Paraíso número 2. Toda semana, anoto um desenho em sua caderneta de deveres. Há uma gruta ornada de animais pré-históricos e ossadas onde aparece a menina selvagem vestida pela metade com uma pele de bicho e cabelos desordenados muito longos.

Ela aparece em seguida sobre a grande mulher de madeira de árvore que olha para o mar. Essa mulher que parece comigo e tem uma cabeça de menina. Está agora coberta de plantas e cipós, em sua cabeleira de flores tropicais se levanta, inacessível, a menina selvagem.

"Você as vestiu de cores."

— Às vezes a menina canta com o mar, a gente a escuta. Será que canta somente na minha cabeça, ou será que canta de verdade?..."

Vasco volta de Londres, os concertos foram um grande sucesso. "Graças a Gamma", diz. Não tem verdadeiramente confiança em engajamentos futuros. "É melhor voltar para a usina. No fim, os motores são mais verdadeiros que a música. Lá, pelo menos, sei o que faço..."

Sinto que tenta me magoar, não respondo.

Vamos correr com Orion na ilha. No meio da corrida, Vasco nos deixa e continua sozinho. Orion o olha correr longo tempo: "Como é que o Senhor Vasco pode correr tão depressa e tanto tempo?

— Ele treina quase todos os dias, se você corresse com tanta frequência quanto ele, poderia correr mais tempo.

— A gente não pode, Senhora, se corre sozinho, o demônio de Paris me segue devagarzinho, devagarzinho, e, quando a gente esquece, ele salta sobre os meus ombros e pesa muito dentro da cabeça. A pequena menina selvagem corre sozinha e tão depressa que o demônio não pode saltar em seus pensamentos

— Na ilha Paraíso número 2, você pode correr como ela.

— A gente só está na ilha número 2 quando desenha. A gente não pode correr na realidade, como o Senhor Vasco. Na ilha anterior éramos dois, nós brincávamos, corríamos nos corredores. A gente não deve falar do perdido."

Vasco nos alcança. Em casa Orion lhe diz: "A gente quer que a Senhora aprenda violão no hospital dia comigo."

Vasco ri: "Por que não flauta?"

— A gente, como a Senhora, prefere o violão. No hospital dia só tem um professor de violão." Vasco parece assustado: "Você quer realmente aprender violão Véronique?"

Orion me olha com ar desolado, com esses grandes olhos inocentes que tem às vezes. Digo: "Se o Senhor Pablo estiver de acordo, gostaria de aprender violão com Orion."

Orion sorri: "O mais bonito é a harpa eólica, Senhor. A gente escutou na rádio um dos seus concertos com Gamma, Senhor. Você poderia fazer a harpa eólica de verdade. A gente só pode no desenho. Na realidade, a gente só pode fazer violão com a Senhora."

Comemos em silêncio. No final da refeição, quando Orion volta a trabalhar em nosso quarto, Vasco, muito perturbado, vem me dizer: "Este menino escutou Gamma e eu na rádio. Acha que podemos fazer uma música de harpa eólica. É absurdo, mas isso me perturba."

Sua voz está aflita. Digo: "Orion escutou bem, ele tem razão e você sabe."

Vasco se aborrece: "De novo sonhos, os cumes, os abismos, os naufrágios, a imensa pátria das ilusões. Nossa pobre existência, nosso ar efêmero no cimo das montanhas e o vento que produz lá dentro sua música gigante. É demais, Véronique, esta concepção épica, heroica, da vida e da música, é demais para mim. Viva os motores, sua precisão, sua força dominada pelo cálculo e pela experiência. Sua concepção de música, de arte, não é mais a vida, é a epopeia. Basta de epopeia."

Uma raiva desconhecida me domina, sinto que preciso vivê-la. Não posso mais ser a que é sempre bem-educada, levanto o braço estupidamente, deixo-o cair pesadamente sobre a mesa, derrubo a cafeteira. Acho que vou gritar, mas sem dúvida por causa de Orion, que trabalha ao lado, não grito. Com uma voz sem expressão, horrivelmente tensa, digo: "Vasco, será que você nunca vai entender, será que nunca saberá quem é? Você é a música. Você! É da sua vida que foge. Não tem outra, pensa que pode escolher, não pode, a escolha já está feita. Fará a música das profundezas, a que não se controla, que não se domina, ou não fará nada. Não há aqui nem heroísmo nem epopeia. É assim e ponto."

Estamos ambos emocionados, minha raiva desaparece e não quero chorar na frente dele. Felizmente Vasco vai a um ensaio.

Ele me abraça forte, depois vai despedir-se de Orion, escuto-os falar por um momento.

A árvore cresce, ergue-se. Levo Orion de volta à estação. Faço algumas compras, preparo a mala de Vasco, que parte amanhã para novos concertos. O jantar está pronto, coloco a mesa, Vasco volta, vejo que ainda está perturbado, mas sorri. Estende-me uma partitura: "Olha, já fria... mais ou menos o que tocamos e cantamos em Londres, sua Melopeia viking."

Vejo logo que é algo muito mais aberto e desenfreado do que o que havia escrito outrora sobre esse poema. Deixa agora muita liberdade para o canto, para a invenção. É uma pista, nada mais, mas uma pista sobre a qual se pode correr, saltar, lançar-se talvez. O último verso de repente atravessa meu coração: "Os cavalos do mar não terão mais potros." Não terão mais potros, eu também não, não terei mais filhos e o meu foi perdido. Será que pensava nisso quando escrevi esses versos? Não sei, mas essa ferida está sempre presente. Os cavalos do mar, seu galope é como o dos trezentos cavalos brancos de Orion, que também não terão mais potros? Vasco me olha, vê minha aflição. Faço um esforço para superá-la e rebento horrivelmente em gargalhadas. Ele não diz nada, pega minha mão e a acaricia. Digo: rio porque isto não é só bonito. É você... você que faz essas questões horríveis.

— Seu poema a faz."

Não respondo, vou buscar o prato que preparei, comemos, reencontro pouco a pouco a calma. Não tenho mais fome, ele esvazia o prato, estou contente, Vasco diz: "O que me decidiu a tocar com Gamma foram os dois desenhos de Orion, a grande mulher do mar e a harpa eólica. Ele me disse quando fui me despedir: A gente pensa que você pode fazer a mesma música que a harpa eólica, não só na cabeça como eu, mas na realidade.

Senti então que devia enfrentar os outros, entregar-me ao vento e aos incêndios do público para fazer nascer minha música. Ainda não cheguei lá, mas na Bretanha e na Inglaterra, pude com

Gamma. Lá eu estava nessa verdade que Orion conhece em alguns momentos, e que me dá tanto medo, pois se aproxima do delírio."

Pego-o em meus braços, não posso, depois das emoções deste dia, falar-lhe de outro modo. "Vamos deitar, depressa. Tenho que te levar para a estação amanhã bem cedo. Vou cuidar de você". Beija-me e o empurro docemente, deita-se, ponho a mesa para o café da manhã em meio a confusos pensamentos: eles vão pegar o túnel do canal da Mancha, nós vamos passar primeiro pelo túnel da noite. Uma noite terna, com os corpos bem próximos e os sonhos livremente separados, que se vão, que erram no imenso desconhecido, até que o horrível despertar anuncie a hora da separação.

Toda semana é uma descoberta, aprendo violão com Pablo e Orion. Desde a primeira aula percebo que, se tenho a vantagem de poder ler uma partitura, Orion aprende mais depressa. Inclusive tem, o que me molestou um pouco, a orelha mais fina e mais sensível que a minha. Está feliz durante as lições, mesmo se range os dentes às vezes quando toca uma nota desafinada ou se equivoca. Meus erros, ao contrário, o fazem sorrir com ternura, como se fosse o irmão mais velho que sabe que sua irmãzinha não pode ir mais depressa. Pablo entendeu que não deve fazer observações, mas somente, em caso de erro, retomar ele mesmo o trecho até que possamos executá-lo corretamente.

Um sábado, correndo na ilha dos impressionistas, vamos um pouco mais longe do que de costume. Chegamos a uma pequena praça que conhecemos bem. Vemos os cones de uma pista de *slalom* para motoqueiros, como tantas que percorri na época que aprendia a conduzir uma moto. O desenho complicado do percurso marcado pelos cones diverte Orion.

"É um labirinto. Sou um dos cavalos brancos do Minotauro."

Ele entra no percurso, levantando muito alto seus joelhos, como um cavalo de circo. Um homem chega de moto, para o motor e berra: "O que fazem aqui? Saiam do percurso. Vão fazer suas macaquices em outro lugar."

Aterrorizado, Orion para e, enquanto o outro avança, recua. O homem continua a avançar gritando: "Saiam daqui!"
Meu sangue sobe à cabeça. "Saiam daqui! Com que direito? Se você tocar nesse rapaz ou se o insultar, vou prestar queixa."
Surpreso de me ver surgir diante dele, o grande homem para. "É meu slalom.
— De jeito nenhum, está praça é de todos, a emprestam ao senhor apenas para a aprendizagem dos motoqueiros, mas hoje não há ninguém.
— Meu aluno vai chegar.
— Nada te autoriza a gritar como está fazendo. Quando o motoqueiro chegar, nós lhe cederemos o lugar. Enquanto isso, vamos passear pelo percurso sem derrubar os cones."
O homem resmunga: "Bom, bom..."
No momento em que terminamos o percurso, o candidato a motoqueiro chega. Digo ao instrutor:
"É um bom slalom, bem desenhado, fiz muitos também quando aprendia a conduzir."
Ele relaxa, estende-nos a mão: "Sem rancor, até mais."
Durante a tarde Orion termina sua grande árvore. Coloco-a no cavalete e a contemplamos muito tempo. Fico comovida com a força e ambição da obra: "Você pode confiar em si mesmo, Orion, se é capaz de fazer um desenho assim."
Olha, a boca um pouco trêmula: "A gente não pode ter confiança, Senhora, porque não é capaz, como você diz. Se está sempre doente, como pensam na família, e como gritam os não-amigos.
— É uma bela árvore, deve se orgulhar dela.
— A gente está orgulhoso, Senhora, mas a gente não a fez de verdade. Fez só na cabeça, mas na cabeça a gente não faz o que quer, porque muitas vezes há demônio e raios e cavalos tempestados na tormenta. E depois, Senhora, você vem olhar e diz que está bom. Então a gente parece mais capaz. Mas, na verdade, a gente não é... Ainda não. A gente continua pequeno, muito pequeno."
Compreendo de repente o mistério da grande árvore, é a visão de mundo de uma criança pequena, ainda pequena, que vive

perdida, perdida em meio aos adultos, desses gigantes que dispõem de forças e de poderosos desejos que ele não entende.

Orion me olha como se me pedisse ajuda, proteção materna. Sussurro em mim mesma: Não sou sua mãe. É demais, não pode ser.

Orion olha para o espaço vazio, o vazio onde estou e parece dizer-me que posso, que posso fazê-lo muito bem, e durante o tempo necessário, enquanto puder aguentar. Algo grita em mim: Já tive um filho, um filho morto e agora tenho Vasco nos meus braços. Não posso! Perco a noção de lugar, de tempo e mergulho completamente em minha própria desolação. A voz de Orion me traz de repente de volta para onde estamos: "Você esqueceu o lanche, Senhora."

É verdade, esqueci o lanche. Trago-o, ele come todos os biscoitos sem me deixar nenhum.

"Este desenho, Orion, você deveria assiná-lo e colocar a data.

— A letra não é bonita, Senhora, vai estragar o desenho."

Ele treina assinar com o lápis em uma folha, há um estranho contraste entre o traço infantil de sua escrita e a precisão de seu desenho. Após várias tentativas, chega a uma assinatura aceitável, mas o *n* final fica sempre grande demais, ele quer que eu o escreva. Faço-o e ele repassa a tinta sobre a assinatura.

Peço a ele que me deixe o desenho para mostrá-lo ao médico-chefe e ao diretor. Não discute, está com medo de perder o trem. Saindo do carro diz: "A gente pensa que você é a mãe dos desenhos." E vai para a plataforma com seu passo habitual, apressado e furtivo, como uma rolha de champanhe que tenta evitar o choque no universo atravancado.

No dia seguinte mostro a árvore ao doutor Lisors e a Douai. Estão impressionados. Douai me diz que Orion poderia participar de uma exposição coletiva na subprefeitura do 13º distrito de Paris. Orion vem a uma reunião de síntese para mostrar seu desenho. Volta muito contente.

"Você ficou muito tempo com eles. Gostaram do seu desenho?
— Estavam admirados. A Senhora Darles me perguntou se você tinha me ajudado. Disse que você tinha feito o n da assinatura. Eles riram muito... Por que, Senhora?"

Há muita gente no vernissage da exposição na prefeitura e quase todos que trabalham no hospital dia vieram. A *Grande Árvore* está em uma sala pequena, cercada de alguns desenhos da ilha Paraíso número 2. O subprefeito veio à sala e parabenizou Orion que, pela primeira vez, usa uma gravata e um terno novo, quis que eu ficasse atrás dele "como você estava atrás de Teseu, no desenho". Muitos membros da equipe ficam surpresos com a qualidade do trabalho de Orion. Não imaginavam que pudesse, com todas as suas dificuldades, chegar até aqui. Cercado por todos os lados, Orion sorri vagamente e quando não sabe o que dizer, olha para mim.

Os pais de Orion estão lá, impressionados pela quantidade de pessoas presentes e pelo sucesso do filho. Conheço Jasmine, uma moça grande e maquiada demais, mas que ao natural deve ser bonita. Estava errada ao tomá-la por um adversário, ela me agradece por tudo o que faço por seu meio-irmão, que costuma não ser muito fácil. Ela diz: "Vou para a Inglaterra aperfeiçoar meu inglês, depois meus diplomas devem me ajudar a encontrar trabalho em um *marchand* de quadros. Talvez eu possa ajudar Orion mais tarde. Tem certeza de que é bastante talentoso?

— Ele tem mais que talento, responde Vasco.

— Mas o pobre sofre com seu demônio que não existe.

— Existe para ele, diz Vasco. Você poderá ajudá-lo, senhorita Jasmine, mas deverá aprender a conhecer a pintura. Aqui, nesta exposição, as obras de Orion são as únicas originais. Todo o resto são cópias, moda ou decoração."

Jasmine está surpresa: "Você acha que ele pode se tornar um profissional?

— Com certeza.

— É que meus pais querem que se torne aprendiz."

Nesse momento intervenho e digo com uma certeza que me deixa estupefata: "Impossível. Para Orion a opção é a arte ou o hospital psiquiátrico."

Jasmine olha para Vasco que claramente a encanta: "Você também pensa assim?"

— Sim, e acredito que você também pensa o mesmo, senhorita."

No final da exposição, achei que Orion daria A *Grande Árvore* para o hospital dia. O espírito de retenção e de economia que o oprime não permitiu. Deu ao Centro um desenho menor e menos convincente.

Durante esse tempo Vasco participou de vários concertos com sucesso. Orion expôs pela primeira vez. Não é pouco. Ambos começam, talvez, a exercer seus verdadeiros ofícios.

O INSPETOR

Minhas expectativas, sem dúvida, foram exageradas, depois da exposição, Orion manifestou todos os seus problemas, um pouco agravados pela agitação desta semana. A exposição teve, no entanto, um resultado feliz: aumentaram meu salário. Vasco ganha bastante dinheiro com seus concertos, eu começo a ter uma pequena clientela pessoal. Cobro honorários ridiculamente baixos de meus clientes, segundo Gamma. Não me parecem tão baixos, estou começando e uma clientela não se adquire facilmente.

Continuo as lições de violão com Pablo e Orion. Estamos todos satisfeitos. Pablo é bonito, seus olhos são espetaculares e eu sou sensível aos movimentos sutis de suas mãos sobre as cordas. Fico admirada com os progressos de Orion, bem mais rápidos do que os meus, ele demonstra em algumas passagens uma facilidade, quase um virtuosismo, que surpreende. Não seria essa a sua via, ao lado da pintura, mais do que a escultura, para a qual me esforço em vão em orientá-lo? Abro-me com Pablo que me esclarece a situação: "Orion aprende depressa, mas não gosta da música tanto como você. Com o violão tenta se tranquilizar, consolar-se, mas não irá mais longe."

Os desenhos da ilha Paraíso número 2 se sucedem. Às vezes fico decepcionada, às vezes encantada. Orion transpõe sua vida, como pode, em seus desenhos. Durante as férias em Sous-le-Bois, explora frequentemente as grutas com seu primo Hugo, que se tornou o principal objeto de amizade, talvez de amor para Orion.

Será por isso que Bernadette e Paule desapareceram da ilha? Dessa amizade nascem vários desenhos de grutas. Em um deles vemos dois meninos se beijando na entrada, ambos bonitos pela graça do lápis. O desenho se chama As Sensações Pré-históricas. Nunca saberei o que são essas sensações, porque Orion nunca me fala de sua sexualidade, que claramente o atormenta muito.

Um dia aparece o retrato de Paule, é o primeiro retrato de Orion. De jeans e blusa azul, o rosto um pouco informe, Paule não está muito favorecida. Digo: "Paule é bem mais bela do que isso."

Orion pega o desenho de minhas mãos, olha-o como se nunca o tivesse visto e diz: "A gente pode rasgá-lo?

— Sim, se fizer outro para a próxima semana."

Ele o rasga muito cuidadosamente em quadradinhos.

O retrato que me traz em seguida é totalmente diferente: nem os cabelos, nem os olhos, nem a forma do nariz são os de Paule. No entanto, sem parecer com ela, é ela. Mais alta, embelezada por seu grande olhar azul, pelas folhas e pelas folhagens que a cercam. Atrás dela cai o que Orion chama uma cachoeira tropical. O primo Hugo, na entrada da gruta, está acessível. Paule está proibida, é uma amiga, mas é evidente que na sua cabeça nunca será sua namorada. "Ela tem olhos muitos bonitos, Orion."

Gargalha: "É o azul da outra ilha, a ilha Paraíso número que a gente não pode dizer.

— É um azul muito bonito.

— A gente o perdeu. A gente o encontrou na escola infantil com a Senhorita Julie. A gente sempre tinha boas notas e Marceline também. A Senhorita Julie nos dava a mão durante os recreios, quando os outros faziam barulho e ameaçavam fazer troças. Ela sabia que o demônio pode lançar raios e obrigar a morder e cuspir. Alguns dizem que o demônio não existe. Por momentos é verdade, mas de repente obriga a saltar e virar os olhos, como uma espécie de louco que a gente não é. Dizem: não é o demônio que salta, é você, é preciso se segurar. Quando a gente quer fazer pipi, pode segurar um pouco, mas tem que ir, tem que ir. Quando o demônio quer que a gente salte, ou quebre vidros como a gente gosta, a gente tem que ir, não pode se segurar. A Senhorita Julie entendia isso. Por que você escreve, não é um ditado de angústia?

— Mas vem como um ditado de angústia, é um alívio para você quando escrevo e pode reler em seguida.

— Tudo bem, Senhora, então:

DITADO DE ANGÚSTIA NÚMERO SEIS

Depois da escola infantil, a gente foi para a escola primária. Teve que dizer adeus à Senhorita Julie... a gente chorava, sentia que isso ia piorar. A Senhorita Julie disse: Na escola fiquem os dois sempre juntos, Marceline e você, sentem-se no mesmo banco e no recreio, se os provocarem, coloquem-se lado a lado e defendam-se. Vocês conseguem.

Ela falou com o inspetor da nova escola. Seu nome era Senhor Barou, mas as crianças o chamam Senhor Barulho. É bem gentil, mas no recreio não fica no pátio... A gente recebeu uma mochila nova na volta às aulas, Marceline também. Quando saímos para o recreio há meninos e meninas maiores que fazem desenhos e cruzes em nossas mochilas. Então a gente não quer mais sair... mas por uma palavra-demônio deve. O Senhor Barou nos colocou, Marceline e eu, na primeira fila. Nas primeiras semanas temos as melhores notas, mas nos recreios e saindo temos medo. A gente se coloca lado a lado com Marceline e se defende um pouco, mas os grandes batem mais forte. Marceline não quis mais continuar, ela disse: Vamos com as mochilas para a porta da sala dos professores, lá não ousarão nos atacar... Mas eles ousam, vêm depressa, correndo, e batem ou derrubam a mochila. O Senhor Barou diz: Não fiquem aqui, vão brincar como os outros... Mas a palavra-demônio proíbe de brincar, a gente tem medo, tem vontade só de ficar na sala e escutar o professor para aprender.

Um dia está Yves, um menino grande que passa correndo muito rápido e bate minha cabeça contra a parede. Doeu e sangrou. Ele voltou para recomeçar, a gente agarrou seu braço e o demônio de Paris o mordeu. Ele rola no chão gritando, sangra, mas eu também sangro. Yves grita: Ele me mordeu, estou sangrando, ele está com raiva talvez. Sangrava, é verdade... a gente estava um pouco contente e não percebeu que saltava, mas saltava muito alto e todo mundo via, os professores saíram para o pátio e depois a gente não se lembra mais.

Os pais foram na sala do diretor e a gente recebeu uma advertência. A gente foi suspenso dois dias e com punições. Quando voltou, os outros fingiam morder, como se a gente fosse um cachorro... As notas começaram a degringolar.

O inspetor vem um dia, tem poucos cabelos, óculos um pouco malvados e grandes pés com sapatos amarelos sobre o estrado.

O Senhor Barou diz que Marceline e eu fazemos bem os deveres e que escutamos, mas que o vocabulário é pobre e que não podemos responder as perguntas.

O inspetor diz: Vamos ver se podem continuar aqui. Ele começa a dizer umas coisas para Marceline. A gente vê que ela conhece as repostas, mas o demônio de Paris a impede de responder. Marceline começa a chorar muito alto e o inspetor não pode mais lhe falar. Então diz: Vejamos o outro. A gente tem vontade de chorar também, mas a palavra proibida grita que a gente não pode por..., porcaria!... porque é um menino. A gente entende a primeira questão do inspetor e o Senhor Barou sabe bem que a gente conhece a resposta, mas a gente não consegue responder... O Senhor Barou não pode dizer nada porque o inspetor está em cima de sua cabeça.

O inspetor pergunta algo, mas é como se a gente não escutasse mais. A gente só vê seus grandes sapatos amarelos e suas longas pernas que começam a esmagar. O inspetor se vira para o Senhor Barou e diz: Mais uma questão, aquela da última chance.

Os olhos do Senhor Barou dizem: Não tenha medo! Mas ele sabe que a gente não pode mais responder, como Marceline que continua chorando... O inspetor, com seus grandes óculos, era sua profissão saber disso. O demônio fervonizava minha cabeça, as mãos tremiam, o inspetor diz algo e não percebe que a gente não pode mais escutar. Com sua grande voz e seus sapatos amarelos que se mexiam, me revolverizava tanto que a gente não podia mais suportar... Na época a gente era pequeno demais para levantar o banco e arremessá-lo, pow, pow, na cara! A gente saiu do banco, foi até o estrado e deu chutes nas suas grandes pernas e em seus sapatos amarelos que eram como martelos que batiam na minha cabeça.

— Você fez isso Orion! Continue... E depois?

— Sim, Senhora, a gente fez isso, e apesar dos grandes martelos amarelos dos seus pés ele não sabia se defender e balançava sua cabeça com poucos cabelos. E recuava como um velho assassino que perdeu seu revólver, dizendo: Mas... mas... você está louco.

A gente não estava louco, queria ter batido mais alto do que só em sua pernas. Talvez o tivesse feito cair, mas o Senhor Barou pegou minha mão suavemente, como você o teria feito Senhora, pegou também a de Marceline, que chorava, e nos levou para fora. A gente estava um pouco contente neste momento de ficar no pátio onde não tinha ninguém. Depois a gente não sabe mais o que aconteceu, é como uma nuvem cinza que o demônio de Paris e subúrbios esticou na cabeça...

Fim de ditado de angústia."

"É muito corajoso o que você fez, Orion. Um menino que ousa se defender frente ao Grande Inspetor-demônio é admirável."

Sei que sua "psico-prof" não deveria dizer isso. Deveria só escutar. Mas como? Admiro de verdade sua coragem. Esconder isso seria mentir. Será que eu teria ousado fazer algo assim na sua idade? Sim, mas não tive necessidade de fazê-lo, porque meu pai estava sempre ao meu lado. Mas Orion fez tudo sozinho. Eu o admiro, será que não tenho mais o direito de dizer o que penso?

Orion prossegue: "A gente se defendeu porque tinha tanto tanto medo, Senhora, não é sempre que a gente pode.

— Se defender quando temos o direito de fazê-lo é bom.

— Não é o bom que veio depois... a gente foi expulso da escola. A gente é o menino expulso. E sem você, Senhora, a gente teria

sido expulso também do hospital dia. Quando a gente deu chutes no inspetor, papai e mamãe, não pensaram como você.
— Ninguém tinha o direito de te tratar assim."

Ele me olha com seus olhos ingênuos, vejo que acredita um pouco em mim, mas não totalmente. Ele teria preferido ser como os outros e não ter que fazer a grande ação que fez então, nem aquelas que deverá fazer ainda para tornar-se ele mesmo. Se é que existe um "mais tarde" que a banalidade quotidiana e o olhar dos outros não podem apagar.

Ele interrompe meus pensamentos: "A gente te encontrou, Senhora, porque você é um pouco como a Senhorita Julie. Você também é um tipo de menino azul da ilha número que a gente não pode dizer."

Levanta-se: "Está na hora de ir ao ginásio, senão a gente vai chegar atrasado, até logo, Senhora."

Estende-me a mão e vai embora.

Esta manhã vem Roland, um rapaz de treze anos, muito inibido, que recebo há dois meses a pedido do doutor Lisors. Vejo-o várias vezes por semana, ele é muito doente e não pode vir sozinho. Sua mãe o traz, geralmente, até a entrada de visitantes, espero-o lá, pego sua mão ou seu braço para conduzi-lo através dos corredores até minha sala. Ele conhece perfeitamente o caminho, mas jamais ousaria vir sozinho até a porta.

Chegando à minha sala, senta-se em um canto, parece ausente, o rosto virado para a parede, esperando. Tento lhe falar, não responde, conto uma história, não sei se escuta, se coloco diante dele uma folha e lápis de cor, levanta a cabeça e diz somente: "O quê?" Respondo: "Uma casa, uma montanha, uma ponte, um menino." Às vezes não faz nada, às vezes esboça em traços rápidos um desenho, o tema é difícil de decifrar, mas as cores se combinam de um modo feliz. Quando termina, risca tudo com dois grandes traços pretos resmungando algo que não consigo entender. As sessões são longas para ele, mas não se recusa a vir e às vezes acredito que tenha certa confiança em mim, e talvez um pouco de prazer em estar aqui.

Hoje, desde que se sentou, esconde seu rosto contra a parede para que não possa vê-lo. Sinto que é impossível falar com ele. Coloco sobre a mesa várias folhas, lápis e pela primeira vez tintas coloridas, pincéis e uma tigela de água. Vira a cabeça, olha-me, parece que há algum interesse em seu olhar.

"Chegue mais perto, Roland, será mais fácil." Ele se aproxima, olha as folhas, as cores, pega um pincel e diz: "O quê?" com uma força inabitual. Digo: "Alguém... alguém que se mexe." Testa as cores em uma folha de rascunho e de repente se decide. Com o primeiro pincel pinta em verde um tipo de abismo em cujo fundo aparece um pouco de azul. Hesita depois com outro pincel, e com vermelho e amarelo pinta algo terrível: um tipo de homem ou homenzinho, porque tem uma cabeça, dois braços e duas espécies de pernas embaixo. Esse homem se lança no abismo com os braços para frente, e no lugar de seu rosto há só uma boca aberta que grita ou berra. Esse homenzinho, não tenho nenhuma dúvida, é ele mesmo. Olha-o e, como de costume, pega o lápis preto para riscá-lo. Pego a folha ainda úmida e digo: "Não precisa estragar esse belo desenho!... Você desenha melhor com pincéis."

Há uma promessa de sorriso em seu rosto que não se realiza. Volta contra a parede resmungando como sempre uma série de palavras incompreensíveis. Aproximo-me, pego uma caderneta e um lápis. Consigo entender "Strasbourg". Instintivamente, pois passo lá todo dia, digo: "Strasbourg-Saint-Denis?"

Pela primeira vez vejo seus olhos sorrirem. Continua sua série, não entendo, mas depois entendo e escrevo: "placide". O que isso quer dizer, em que longa frase, que ele resmunga tanto tempo, isso se inscreve? Qual é a relação entre essas palavras e a imagem que Roland pintou, que fala de maneira tão aterrorizante? De morte, de suicídio? Com treze anos!

Mais tarde, mostro o desenho a Orion. Ele o olha atentamente. "Não está muito, muito bem desenhado, mas é um belo desenho.

— Dá medo."

Gargalha: "Tem razão, Senhora, esse menino aí não diria que o demônio não existe. Recebeu raios, dos piores, e mergulha gritando para fugir para algum lugar. É melhor quebrar a cara no desenho do que na realidade, é o que você diz sempre, Senhora.

— Foi Roland que pintou isso, você já o viu sair daqui. Sempre sussurra baixinho palavras que não posso compreender. Ontem disse Strasbourg-Saint-Denis e depois um monte de palavras e também um adjetivo que você conhece: *placide*.

— Não é um adjetivo, Senhora: É Saint-Placide. É o nome de uma estação entre Strasbourg-Saint-Denis e Porte-d'Orléans.

— Se os conhece, diga-me os nomes das estações dessa linha. Talvez assim reconheça o que está sempre sussurrando."

Orion conhece todas as linhas de metrô e de ônibus e muitas estações. Recita:

"Strasbourg-Saint-Denis, Réaumur-Sébastopol.

— Parece que reconheço. Continue.

— Etienne-Marcel, Les Halles, Châtelet, Cité, Saint-Michel, Odéon...

— É isso...

— Saint- Germain-des-Prés, Saint-Sulpice, Saint-Placide.

— É o que murmura.

— Talvez seja sua linha para a escola. Provavelmente não gosta da escola, como a gente não gostava da escola primária e do inspetor."

Roland vai à escola... que escola pode lhe convir? Orion está contente por ter me ajudado:

"O demônio e suas troças em Paris e subúrbios, parece que a gente conhece isso melhor que você, Senhora.

— É verdade. Deveria conhecer Roland, é gentil, mas muito difícil de entender."

À noite telefono para a mãe de Roland. Sim, ele vai a uma escola especializada em crianças com dificuldades, não tinha pensado em me contar. Leva-o ou manda levá-lo de metrô, a escola é perto de Strasbourg-Saint-Denis.

"E onde pega o metrô?

— Em Saint-Placide."

Orion não se enganou então. Vou visitar a escola como se quisesse inscrever alguém. Não é uma escola especializada. Fazem recuperação de crianças atrasadas, preparação para os exames finais, mas nenhuma reeducação. Falo com um jovem vigia. Conhece Roland e me diz que ele se isola e não fala com ninguém. Nos exames que acontecem toda semana, entrega sempre as folhas em branco. Perde seu tempo.

É sem dúvida a infelicidade que vive aqui que Roland quis me contar ao murmurar seu rosário de estações, que Orion decifrou. Peço a sua mãe que retire seu filho dessa escola, achamos um professor para ajudá-lo em seus estudos enquanto esperamos encontrar uma solução melhor para o próximo ano escolar.

Quando tento me lembrar dos meses que precederam as férias deste ano, só percebo um nevoeiro, um nevoeiro cinza de cansaço e muitas vezes de solidão. Depois vejo o hospital dia, Orion, Roland, os pacientes. Os retornos de Vasco e suas partidas, pois seu sucesso aumenta. Os ensaios, os concertos aos quais assisto raramente, porque há sempre um dia seguinte que começa cedo, com o hospital dia, os pacientes e o diálogo inconsciente em que devo mergulhar.

Vasco comprou de Orion a grande mulher que olha para o mar com meu corpo e a cabeça de Paule. Ele me diz: "Este rapaz tem o espírito e as mãos de um escultor. Deve se arriscar na escultura."

Essa reflexão me decide a entrar em contato com os ateliês da cidade de Paris, cujo trabalho parece ser de boa qualidade. Aurélia me diz que um escultor italiano amigo seu, Alberto, um homem muito disponível, dirige o ateliê instalado no liceu Henri-IV. Vou vê-lo. Aceita Orion no ateliê com a condição de que o acompanhe. Um trabalho a mais, mas que talvez valerá a pena.

O médico-chefe e Douai estão de acordo. Pensam – ou os induzo a pensar – que no próximo ano a maior parte do tempo de Orion deve ser consagrada ao desenho, à escultura e ao violão.

Orion recusa de início ir ao ateliê de escultura, tem medo, mas acaba aceitando visitá-lo. Acha Alberto gentil, os escultores que estão ali são mais velhos do que os alunos do hospital dia, não haverá troças. Diz por fim: "Depois das férias, a gente virá."

A aventura da ilha Paraíso número 2 diminui de velocidade. Traz ainda alguns belos desenhos, um deles é um panorama da ilha, um grande balão preso a sobrevoa, não há ninguém dentro dele, seu aspecto inocente lembra Orion. Está solidamente ligado à ilha por um grosso cabo.

"Seu balão tem um grande cordão umbilical, Orion."

Ri, como quando tocam sem maldade um ponto sensível de sua vida. Não responde.

O POVO DO DESASTRE

Graças a uma festa popular noturna, dão-nos no dia seguinte um dia de folga inesperado. Sou informada tarde demais para avisar Orion que devia vir à nossa casa. Telefono a seus pais. Ninguém, com certeza foram à festa. Telefono para Jasmine, ela atende, promete avisar Orion da folga amanhã, que não deve vir a minha casa.

O dia está lindo, planejo ficar sozinha em casa. Peguei um chá, as janelas estão abertas, sinto-me deliciosamente livre. O verde das folhas, o céu claro, o sol penetrando em mim e tenho tempo para aproveitar tudo isso.

Logo virão as férias, o retorno de Vasco, o campo ou o mar talvez. Enfim tenho tempo, instalo-me, quero escrever um poema em forma de canção que chamo A *Estação da Floresta*, vou tentar colocar nele as sensações de minha infância campestre e de menina travessa junto a meu querido pai.

Uma porta bate muito forte embaixo, há mais vento do que pensava. Há um grande barulho na escada, minhas amigas devem estar mudando de lugar o armário grande com carregadores improvisados. Não posso dar atenção a esse tumulto inesperado, estou buscando o primeiro verso do poema, que aparece, iluminado pela infância.

No momento de escrevê-lo, um enorme golpe sacode a porta diante de mim que parece explodir ao abrir-se. Vejo – não, não vejo – por um instante o demônio está aqui. É ele, sinto-o, espantoso, tenho diante de mim o arcanjo do mal.

Não consigo discernir nada de início, escuto uma torrente de palavras de raiva e censuras. Enfim vejo Orion. Mas em que estado! Está fora de si, vira duas cadeiras, fecha com um chute a porta que deixou rachada ao abrir. Está pálido, ensopado de suor, a boca aberta que berra, os cabelos todos em pé. Grita com todas as forças.

"A gente chegou à estação, a Senhora não estava lá... Não estava lá!... A gente esperou, esperou, depois teve que andar muito rápido até a grade da sua casa. E com a jaqueta e a bolsa tinha calor, queimava como o inferno."

Estou tão surpresa e aterrorizada, que só posso dizer: "Devia ter tirado a jaqueta, é verão...

— A gente não pode, Senhora, o demônio de Paris já fazia sentir a desgraça, a gente tinha que andar, depois correr... com a jaqueta!... Você não estava lá!... Não estava lá!

— Mas Orion, hoje é um dia de folga, você não devia vir.

— Não é verdade! Ninguém disse isso!... Ninguém estava na estação! Precisei vir a pé pela primeira vez. E a gente tinha medo de se perder."

Penso: que bom que achou o caminho.

"Com todas essas estradinhas, a gente poderia ter se perdido. E então, Senhora... nesse subúrbio que a gente não conhece!"

Transpira terrivelmente, tem sede. Ajudo-o a se desembaraçar de sua bolsa e de sua jaqueta. Levo-o para se refrescar no lavabo, enxugo-o um pouco, sinto seu corpo transtornado pela raiva. Dou-lhe um suco de laranja, ele esvazia o copo e o joga pela janela. Abaixa a cabeça, faz o touro, será que vai investir contra mim? Não, desvia e se enfia no biombo que esconde um pouco nossa cozinha. Uma pilha de pratos desaba fazendo um barulho horroroso, muitos se quebram ao cair e vejo que ele machucou a testa.

Recupero meu sangue frio, digo com uma voz seca e calma:

"Você está machucado, Orion, está sangrando. Tem que lavar e desinfetar essa ferida. Colocar um esparadrapo. Venha ao banheiro."

Segue-me, vê o sangue em sua testa, tem medo. Acalma-se e me deixa cuidar dele: "Agora a gente está com um curativo na testa, todo mundo vai ver. Mamãe ficará zangada."

Olha-me com hostilidade: "E agora, o que a gente vai fazer?

— Está quase na hora de comer. Vou preparar a refeição, mas não tenho grande coisa.

— E depois?

— Eu te levo de volta agora se você quiser, ou você fica e te levo à estação na hora de sempre.

— A gente prefere ficar para desenhar."

Dou-lhe um número da revista Géo enquanto preparo o almoço. Tento ficar calma, mas fiquei horrorizada e ainda estou profundamente contrariada com a sua presença. A única vez que estava sozinha todo o dia e podia escrever... Você não é tão boa quanto pensava, Véronique. Não, não sou tão boa e hoje não posso ser...

Orion se junta a mim na cozinha. Quando lhe digo para pegar os pratos quebrados o faz de bom grado.

"Quantos quebrados?

— Cinco, Senhora, e um só um pouquinho.

— Jogue os cacos na lixeira. Se o seguro do hospital dia não me reembolsar, é você que os pagará. E o copo. E a porta rachada."

Como em todas as vezes que se trata de dinheiro, seu espírito de economia se reanima e o acalma. Almoçamos, preparo-lhe o único ovo que me resta e compartilhamos um prato de batatas. Ele me pede em seu modo indireto: "Será que tem tomates?

— Não, não comprei porque você não devia vir.

— Tem suco de laranja?

— Você bebeu há pouco o que restava."

Come em silêncio e muito depressa. Passo-lhe o prato. Ele o esvazia.

"Tem certeza de que eu não queria mais?

— A gente teve muito medo para saber disso."

Minha raiva passa, porque também tive medo. Ambos fazemos parte do povo esmagado pelo surdo terror de não compreender o mundo e o que nele se passa. Mas não nos rendemos.

Ainda não! De repente me aparece como uma iluminação o que é o essencial de meu trabalho com Orion, de minha feliz e infeliz contratransferência: ajudá-lo a encontrar em si mesmo a força para não se render: Não, nunca! Penso tudo isso confusamente, o que deve transparecer em meu rosto porque ele me olha da maneira como olha sua folha quando desenha ou pinta. Vejo em seu rosto a mesma compaixão que sinto por ele. Há entre nós um instante de silêncio, de repouso, quase de alegria, que alivia o esforço, a incerta esperança que nos infligimos um ao outro.

Ele agita um pouco os braços: "Você teve medo, Senhora, quando o demônio quebrou a porta ao entrar?

— Muito medo. Nunca tinha visto o demônio antes disso."

Ri muito alto, está contente: "É que o demônio tinha esperado muito tempo na estação. Saltou sem ninguém para segurá-lo. Tinha corrido até a casa, teve tempo para se apoderar da cabeça e do corpo.

— Será que o demônio saiu agora...

— A gente não sabe, Senhora."

Há um instante de silêncio, depois pergunta: "Não tem chocolate?"

Quase esqueci do chocolate e dos biscoitos de que gosta tanto como sobremesa. Na cozinha não há mais biscoitos, mas resta uma barra de chocolate. Em geral, lhe dou várias.

Logo percebe que é a penúria e divide seu chocolate em vários pedacinhos iguais para fazê-los durar muito tempo. "O que a gente vai fazer de tarde, Senhora, tem uma folha e guache?

— Tem tudo que é preciso. Vou preparar sua prancha de desenho."

Instala-se, hesita, depois declara: "A gente queria fazer uma casinha, não gosta dos apartamentos. A gente quer fazer a casinha que os pais não têm. É isso que a gente tem na cabeça."

Começa a fazer seu traçado, parece bem, passo para o outro quarto, instalo-me na minha mesa, tento encontrar o verso que a irrupção de Orion há pouco me impediu de escrever, o que deveria me abrir a porta da Estação *da floresta* e das sensações da infância. Perdeu-se, outros se apresentam, anoto-os, um torpor me invade, vou até a porta. Orion trabalha com evidente dificuldade em seu guache. No entanto, sinto que preciso deixá-lo, pois a contrariedade, a fadiga da cena da manhã, obrigam-me a relaxar. Luto, luto, mas deslizo por fim em um sono inquieto.

Sinto movimentos, sinto uma agitação perigosa. Desperto pela metade, escuto Orion dando grandes socos sobre a mesa, ele grita, mas com voz ainda contida, todas as injúrias e maldições que conhece. Derruba a cadeira, logo será a mesa, desperte, desperte, Véronique, as coisas vão mal. Mas hoje não posso, não quero enfrentar isso de novo.

Levanto-me, no entanto, abro a porta, vejo a grande cena. Duas vezes no mesmo dia, e num dia de folga, é realmente demais! Também tenho vontade de perder a paciência, de gritar como ele. Se o fizer, não sei até onde isso pode ir. Devo entrar no quarto, como já estou fazendo e dizer com uma voz calma: "O que há de errado, Orion? Não fique assim. Posso te ajudar?"

Seus olhos giram em todos os sentidos, parece completamente perdido, mas consegue dizer: "É o demônio que me bagunça, que me agarra pelos cabelos e derruba a cadeira. Comete erros com a casinha, ele não gosta das casinhas. Quer que cuspa e morda, como na época do Senhor Barulho. E além disso, Senhora, além disso, a gente tem... a gente tem que mijar e hoje não consegue ir sozinho. Ele sabe disso e que, quando a gente tem que ir, a gente tem que ir. Ele quer que a gente molhe as calças e tudo ao redor... E a gente vai chorar, como ele quer!"

Pego sua mão e o conduzo ao banheiro. "Vai lá, vou ficar na frente da porta para impedir o demônio de entrar."

Orion fecha a porta com a chave, retira-a. Escuto-o urinar durante um tempo que me parece interminável. Bom, acabou, agita-se. "Aperte a descarga, Orion, não esqueça." Ele aperta, quer sair, esqueceu que tinha fechado a porta.

"Está fechada!... Não tem mais chave!... O demônio a pegou.

— Está no seu bolso.

— Ele roubou, não está mais aqui. A gente vai quebrar a porta.

— Você vai se machucar, Orion, a chave está no outro bolso." Encontra-a, tenta, está tão agitado que não consegue colocá-la na fechadura. Bate a cabeça contra a porta. "Pare, Orion! Vai sangrar de novo. Tente respirar comigo para se acalmar." Inspiro e expiro fazendo ruído, ele faz o mesmo.

"Já basta, Orion, coloque a chave lentamente na fechadura. Isso! Gire!"

A porta se abre, Orion está aqui, ofegante, enxugando as lágrimas. "Você é como o doutor da ilha que a gente não pode dizer, Senhora. Ele dizia: Respire! E depois: Não respire mais! Dizia isso no escuro que faz faíscas. Foi lá que o demônio me fervassustou. Não respire mais! E opa!, pulou dentro de mim. Não respire mais, é o que ele quer, o demônio de Paris e subúrbios.

— Mas você respira apesar dele, Orion, é isso que é magnífico.

— Não tanto, Senhora, ainda bem que ele foge gritando quando escuta chegar os trezentos cavalos brancos.

— Lave as mãos, Orion e feche o zíper. Depois vamos ver seu guache, pelo que vi, você já avançou bastante."

Recoloco o quarto em ordem e olhamos seu quadro. Sobre um fundo verde está a casinha ideal, nova, flamejante, como sonha uma parte dele. É quadrada, está no centro de um jardinzinho. No térreo, uma porta, uma janela para a rua, uma garagem. Duas grandes janelas em forma de mansarda no primeiro andar. Uma grade na entrada, uma caixa postal. Dois canteiros gramados com flores no meio, um caminho de brita os cerca e se alarga diante da porta e da garagem. É sobre essa brita que o guache e a casinha ideal de Orion capotaram. É toda sua parte domesticada, como diz, que foi recusada e devastada por sua parte selvagem.

"Você começou o guache, Orion, com detalhes complicados. Depois de tudo que se passou, é muito difícil terminá-la agora. É melhor terminar outro dia. Hoje há monstros em você. Vulcões em atividade que te atormentam, mas nem todos são maus. Seria melhor desenhar um desses monstros, os monstros te fazem menos mal quando os desenha.

— Eles doem no peito, Senhora, mordem, e mais embaixo dão cabeçadas.

— Você quis fazê-los sair quebrando pratos, tentando quebrar a porta, mas só conseguiu te fazer mal. Seria melhor transformá--los em obras. Assim teria uma série de monstros, como já tem uma série sobre Teseu e uma série ilha Paraíso número 2."

Orion está estupefato, depois uma espécie de sorriso aparece timidamente em seu olhar.

"A gente faz quando?

— Comece agora mesmo, ainda tem tempo. Colocarei sua casinha na grande pasta vermelha de desenhos. Pode pegá-la quando quiser. Tem folhas, escolha um papel bonito.

— Com tinta nanquim?

— Se quiser. Por que não tenta fazer um grande desenho a lápis? Você faz desenhos tão bonitos em formato pequeno."

Pega uma folha, experimenta diversos lápis, escolhe dois que aponta com a precisão artesanal que traz para tudo que toca seu trabalho. Ela contrasta singularmente com a incoerência amedrontada que boicota tantas vezes seus atos e seu pensamento. Inclinado para frente parece decifrar algo que já está na folha, pois traça com autoridade os contornos de seu desenho. Pego uma cadeira e me sento ao seu lado, aborreço-me um pouco, sinto que ele precisa de meu olhar para poder continuar em paz seu trabalho. Às vezes vira rapidamente a cabeça para mim, parecendo perguntar: Está bom?

Digo então com voz baixa: "Está bom. Continue."

Vejo a elaboração de linhas plenas de ângulos e defesas. Orion mergulha em seu trabalho como afundamos no sono. Não precisa mais de mim, desço à casa das vizinhas para ver – porque já não me resta nada – se não encontro um pouco de suco de laranja e biscoitos para o lanche de Orion. Para minha grande surpresa, Delphine está em casa ensaiando seu próximo papel. Ela se levanta, emocionada: "Conseguiu apaziguá-lo? Tive tanto medo por você quando ele chegou esta manhã furioso e subiu a escada tentando arrancar a rampa.

— Não suspeitei de nada, escutei o barulho, mas achei que você estava mudando o armário grande de lugar.

— Não te bateu?

— Quando abriu a porta com chutes, pensei ver o demônio. Depois se acalmou um pouco.

— Mas quebrou a louça mesmo assim? Pensei em subir para te ajudar, depois achei que seria pior.

— Fez bem. Você não teria um pouco de suco de laranja e biscoitos para seu lanche?

— Com certeza tenho... Que paciência você tem!"

Subo com a bandejinha que ela preparou com sua presteza habitual. Coloco-a sobre a mesa com rodinhas ao lado de Orion. Ele dá uma olhada rápida para ela. Vê que tudo está no lugar de sempre. Está contente.

Seu trabalho avançou bem. Há já sobre a folha um monstro que se esconde. O corpo não está desenhado ainda, mas a cabeça nos olha com grandes olhos inocentes, assustados com todo o peso, toda a crueldade que o mundo descarrega sobre o povo das pessoas com deficiência. São os olhos de Orion que me ligam a ele, apesar da raiva que pode animá-los ou do delírio que os vira e os faz girar em todas as direções.

"Tem olhos muito bonitos, Orion, você se dá conta que é melhor desenhá-lo do que guardá-lo dentro de você com todas as suas infelicidades."

Ele ri: "É um monstro para me proteger, Senhora. Com seus chifres pode baionetar, mas a gente é seu amigo.

— Será um de seus melhores desenhos. Termine seu lanche, temos que ir para a estação.

— Com você, Senhora, a gente não está sozinho, somos dois, como com o menino azul."

Calo-me, mas ele não continua.

Voltando da estação, telefono para Jasmine.

"Você não avisou Orion do dia de folga. Não o esperava. Chegou em um estado terrível.

— Ele quebrou muitas coisas?

— Poderia ter sido pior, mas ele sofreu muito.

— E você?

— Eu também. Você tinha que ter avisado, Jasmine.

— Eu avisei.

— Como é que Orion veio aqui então?

— A mãe dele devia estar bem contente com a ideia de ficar livre depois da festa do dia anterior. Esqueceu de avisá-lo da sua folga. Nem todo mundo é goiaba como você."

O ATELIÊ

Precisei de certo tempo para convencer Orion a vir ao ateliê de escultura, como tínhamos combinado. Esse ateliê está instalado em uma sala muito vasta do liceu Henri-IV. Em minha memória não posso separar esse ateliê das muitas horas que nele passei e das justas proporções das arquiteturas que o rodeiam.

Alberto, que dirige o ateliê, trabalha metais, forjando com eles conjuntos abstratos e expressivos. Nessa sala, contudo, trabalha-se a argila e o gesso. Se quiser fazer outra coisa é preciso trazer seu material, o que é raro.

Os participantes, no dia em que consigo trazer Orion, são numerosos e de idades variadas. Alberto deve ter falado de nossa chegada, atraímos numerosos olhares. A maior parte das pessoas se conhece e um leve ruído de conversa reina no ateliê. Orion tem medo, aperta-se contra mim e tem vontade de ir embora.

Felizmente Alberto é tão sorridente e descontraído, que Orion se tranquiliza um pouco. Alberto nos mostra onde estão as ferramentas e os materiais, explica-nos as técnicas elementares, mostra nossos lugares e se vai, circulando entre os escultores, olhando o que fazem, dando um breve conselho ou uma apreciação e, mais frequentemente, exprimindo-se apenas por um sorriso. Orion se aperta cada vez mais contra mim. Tenho que pegar as ferramentas, instalar sua base para modelagem. Proponho-lhe: "Vamos buscar a argila.

— A gente não consegue, Senhora.

— Fique aqui, vou pegá-la.

— A gente não pode ficar sozinho, Senhora, tem raios."

O que fazer? Saco um bloco de notas e um lápis: "Desenhe o que sente, enquanto isso te trago a argila." Ele aceita e começa imediatamente a desenhar.

Apresso-me, equivoco-me, não conheço a técnica para manipular a argila. Felizmente Alberto vem em meu socorro e me ajuda a colocar dois blocos de argila sobre nossas bases de modelagem.

Orion me estende o bloco de notas, desenhou grosseiramente a sala onde estamos, mas aumentou a porta que continua aberta. Alberto vê o desenho e diz: "Você tem uma boa noção de volume Orion."

Orion tem medo, não entende a palavra volume, seus olhos giram. Digo rápido a Alberto: "Ele não sabe o que esculpir.

— Comece por uma pequena cabeça.

— A gente pode fazer a cabeça do demônio de Paris?"

Alberto ri: "Se você quiser."

Orion, sem dizer uma palavra, começa imediatamente a trabalhar. De tempos em tempos, vira-se para mim para se assegurar de minha presença, depois olha em torno de si. O que olha? Olha a porta. Alberto, a pedido meu, diz para a deixarem aberta. Orion vê que se tiver muito medo poderá fugir.

Ele me pergunta o que faço. "Uma piramidezinha.

— É para fazer um labirinto?

— Talvez."

Estou muito distante, tenho bastante dificuldade para trabalhar minha argila e aplainar as quatro faces. Alberto me dá alguns conselhos. Olha o trabalho de Orion. "Ele é habilidoso, já esculpiu?

— Nunca.

— Acredito que isso irá bem para ele."

Isso sem dúvida quer dizer que, para mim, isso não irá tão bem, mas pouco importa, interessa-me aprender a trabalhar com o vazio e o cheio. E não estou aqui por mim.

Orion é como uma fera espantada, quando alguém se aproxima dele, aperta-se tanto contra mim que tenho que parar.

O ATELIÊ   179

Finalmente se concentra em seu trabalho, faço o mesmo e meu bloco de argila começa a parecer com uma pirâmide em ruínas. Na próxima vez a polirei e farei até uma porta.

Orion está terminando sua cabeça de demônio, é maior do que esperava, dois buracos sombrios são seus olhos, mais ameaçadores do que os dos homens. Não tem nariz, o que primeiro dá agonia e, depois, retém o olhar. A pequena boca se abre largamente no que deve ser um grito. Penso na ilha Paraíso número 2.

"Ele dá o grito da menina selvagem."

Os olhos de Orion brilham: "É um grito que a gente não escuta, ela ainda está muda."

Alberto se aproxima: "Sua cabeça está muito boa. Você é talentoso. Cubra-a com um pano úmido, você a terminará na próxima vez.

— A gente não pode terminá-la, Senhor.

— Por quê?"

Orion vira os olhos, agita os braços. "Já está pronta, Senhor."

Alberto a olha de novo e diz: "É verdade, tem razão."

Ele nos faz um pequeno gesto de despedida e se vai. Cubro mesmo assim os dois blocos com panos úmidos. Coloco-os lado a lado sobre a prateleira. Peço a Orion para recolocar nossas ferramentas no lugar, mas não pode, precisa que eu o faça. Ele é talentoso, com certeza, mas com isso estou me dando um grande trabalho extra.

Vamos embora, ele me segue, inteiramente perdido no que acabou de viver. Descemos a Rua Saint-Jacques, em meio ao tumulto dos carros sem que diga uma palavra. Chegamos ao ponto onde cada um de nós pega um ônibus diferente.

Vira de repente os olhos para mim: "A menina selvagem grita na boca do demônio. Ela chama o menino azul, o demônio de Paris bagunçaferve por causa desse grito que a gente não escuta. Seus olhos se afundam, perde o nariz, ele ronrona como a gente fez."

Seu ônibus chega primeiro, sobe nele de lado, agarrado a sua bolsa, e se refugia em um canto.

Um tipo de hábito amistoso se cria entre Orion e Roland quando se cruzam para entrar e sair de minha salinha. O tratamento de Roland começa a dar resultados, fala um pouco mais, desenha de bom grado. Em vez de se proteger atrás de seu aspecto abatido, protege-se cada vez mais com um largo sorriso. Certa manhã, está atrasado, vou procurá-lo duas vezes na entrada, como sempre, penso que não virá mais e mergulho em meu trabalho. De repente, sem que ninguém bata, a porta da sala se abre violentamente. É Roland, ofegante e muito assustado, que começa a rir logo que me vê: "Está vendo, você consegue chegar sozinho até minha sala."

— Não sabia. Atrasei por causa de um engarrafamento terrível, estava tudo tampado...

— É o seu tampão que saltou."

Ri, está contente e orgulhoso dessa façanha que acreditava impossível. Desde esse dia, vem sozinho a minha sala, não vou mais buscá-lo.

O médico-chefe ficou impressionado com este incidente: "Há grandes reservas de possibilidades nele, é preciso fazê-lo descobri-las. Ver o que funciona. Orion e ele têm problemas diferentes, não têm medo das mesmas coisas. É preciso tentar reuni-los em atividades. Tente o ateliê de escultura."

Tento, Roland aceita vir, mas não vem. Finalmente anuncio-lhe que irei buscá-lo em sua casa. Quando chego, sua irmã me diz que ninguém consegue encontrá-lo. Digo então muito alto: "Tudo estava combinado contigo, Roland, não posso esperar e não voltarei mais para te buscar."

Vou embora. Subindo a rua que leva para o liceu sinto pesar sobre mim um olhar. Não olho para trás. No cruzamento seguinte percebo Roland que se esgueira entre os transeuntes. Ele continua um pouco atrás de mim. Quando encontro Orion na porta do liceu, ele desliza ao nosso lado.

Orion está quase habituado ao ateliê. Ousa ir procurar sozinho o trabalho que está fazendo e suas ferramentas. O resto ainda

O ATELIÊ

cabe a mim. Roland está muito impressionado com o trabalho de Orion, um barco viking com vela e remos. É de argila e, apesar dos reforços de arame, muito frágil. Esta profusão de detalhes deixa Roland admirado e, como de costume, o desencoraja. "Está fantástico! Nunca poderei fazer algo assim. Será que posso ir embora?

— Não. Faça algo mais simples."

Instalo-o, a argila não lhe inspira nada, trago-lhe um bloquinho de cimento e uma faca. "Tente fazer um animal cavando com a faca."

Isso lhe agrada. "Um touro?

— Se quiser, mas é difícil."

Ele trabalha um pouco, depois, após alguns minutos, vai olhar o que fazem os outros com um grande sorriso. Se lhe falam, afasta-se depressa sempre sorrindo. O tratamento diminuiu seus medos bem mais do que os de Orion, que só atreve a se aproximar de Alberto.

Orion se irrita, seu mastro e seus remos não quebram mais depois que os reforçou com arame, mas a vela cede. Roland começa a fazer numerosas patas em seu touro, digo-lhe: "Quatro bastam." Parece não compreender e não escava as patas. Ele se cansa e parece a ponto de desistir. De repente se vira para Orion, que está cada vez mais nervoso por causa de sua vela, e lhe diz:

"Como se faz as patas?"

Temo o pior, porque as narinas de Orion palpitam, sua respiração se acelera, mas Roland não se dá conta disso. Estende-lhe seu bloco e sua faca com tal confiança que Orion se acalma. Pega o bloco, instala-o mais comodamente sobre a base de modelagem de Roland e sem uma palavra, com sua aplicação habitual, começa a fazer nascer do corpo informe do touro as patas que Roland esboçou. Há sete. Vai cortá-las e fazer um verdadeiro quadrúpede? De jeito nenhum, entrou imediatamente no sistema de pensamento de Roland. Ele que é muitas vezes de um realismo que beira o banal, aceita muito bem que o touro de Roland possa ter sete patas monumentais e apenas um chifre no pescoço, porque é a única aspereza que conservou para isso. Roland está no céu,

Orion precisa ainda alguns ângulos. É um touro cúbico sem linhas arredondadas, muito pequeno, com a cabeça baixa. Fortemente apoiado sobre suas sete patas, parece pronto para uma investida.

Orion o levanta para olhá-lo de todos os lados, coloca-o de bruços e diz a Roland, mostrando-lhe o ventre da escultura: "Aqui, você faz o pinto.

— Onde eu quiser?

— Na escultura se pode fazer tudo como quiser."

Volta a seu *drakkar*. Roland talha um pouco o ventre. Está maravilhado com o resultado. Queria pintá-lo de vermelho. Terei que trazer tintas coloridas, e o farei porque o gosto justo e natural de Roland pelas cores contrasta com o caráter irrealista de seus trabalhos.

Orion se debate com a vela e se irrita. Pergunto-lhe: "Será que precisa de uma vela? Os vikings não a usavam sempre."

Seu barco tem uma bela linha, altiva e selvagem, a vela e os remos alteram esta forma magnífica. Orion, de novo, estraga o que faz com uma profusão de detalhes. Alberto, que se aproxima, confirma: "Seu barco ficaria melhor e menos frágil sem velas."

Todos os sintomas de uma crise aparecem em Orion, mas não se atreve a manifestá-la na frente de Alberto, que acrescenta: "O contador pede que você passe em seu escritório com Orion e Roland.

— Mas já dei os cheques por eles e por mim.

— Os três devem assinar em seu registro, senão terei aborrecimentos. Você conhece a administração."

Conheço, temos que ir, mas este não é verdadeiramente o melhor dia para fazê-lo, Orion reclama: "A gente não quer ir, vai perder o ônibus.

— É mais cedo do que de costume, você tem tempo."

Está muito mal, salta um pouco. Felizmente Roland diz: "Vamos com você, Senhora." Saímos do ateliê, passamos em frente da majestosa escada do liceu, sinto uma dor nas costas. Não devo virar bruscamente, movo primeiro só a cabeça. Retenho um grito. Orion segura a faca na mão, a ponta atravessou minha blusa. Está pálido, fora de si. Roland pensa que é uma

O ATELIÊ

brincadeira e ri. Esse riso leva embora meu medo, encaro Orion, digo-lhe: "Coloque a faca no seu lugar."

Roland dá gargalhadas: "É como o pinto do touro!"

Orion se acalma e ri com Roland. Guarda de novo a faca em seu bolso. Pego sua mão e é assim, com Roland atrás de nós, que chegamos ao contador, que suspira: "Vocês não me facilitam o trabalho." Ele vê que Orion está muito pálido e suado, que não sabe muito bem o que fazer com a caneta na mão. "Se não der para assinar, faça uma cruz."

— A gente não quer fazer cruzes, Senhor, não quer morrer."

O contador dá de ombros enquanto Orion finalmente assina com letras grandes e desajeitadas. Roland se engana de lugar e tem que recomeçar.

Enquanto assino na minha vez, o contador me diz: "Você traz aqui uns meninos muito esquisitos. Espero que garanta a segurança dos demais.

— Eu garanto, estou sempre com eles.

— E você tem a força necessária?

— Até aqui, sim."

Saio com eles para pegar o ônibus.

Sinto tristeza ao ver Roland se afastar. Ele veio me ver ontem, a sessão foi muito boa, na hora de ir embora, deu-me uma pequena pasta de desenhos: "É para você. É um retrato de meu pai". E foi embora sem acrescentar nada.

Abrindo a pasta vi um desenho desajeitado em preto e branco. Não é de jeito nenhum um retrato. Roland não poderia fazer um retrato, não sabe desenhar e, no entanto, esse desenho evoca misteriosamente a morte de seu pai. É um conjunto emaranhado de linhas pesadas e de manchas de tinta preta que sugere inegavelmente a infelicidade nascida de algum acontecimento obscuro. É o testemunho de uma imensa, incompreendida tristeza, a que reteve tanto tempo sua evolução. Roland, tão talentoso com as cores, soube com um pouco de tinta exprimir a morte em um pedaço de papel, que me deu talvez para que eu compartilhe sua dor.

O CACHORRO AMARELO

Esperava Vasco ontem à noite. Não chegou, disse-me por telefone que Gamma, muito cansada por causa da turnê, teve um mal-estar em Londres antes do último concerto, que acabou sendo cancelado. O médico não se pronunciou, mas está inquieto. Deve enviá-la ao hospital amanhã provavelmente.

Esta manhã, indo buscar Orion na estação, noto logo que não está bem, como há já uma semana. Também não estou bem, cansada depois desse ano em que não parei de trabalhar, preocupada com as idas e vindas de Vasco e inquieta com o cansaço e a tensão que o sucesso crescente provoca em Gamma. E ela ficou doente no mesmo momento em que Orion parece à beira de novas crises das quais não entendo a razão.

Orion me esperou um pouco na estação e sobe no carro muito aborrecido, batendo a porta com violência. Suportar sua raiva e meu cansaço hoje é muito, é demais!

É demais e então o quê? Então nada, é assim. Está vestindo uma roupa de esporte, eu também, deixo o carro sob a ponte de Chatou e pegamos o caminho da ilha. O céu está nublado, mas, sob a abóbada das árvores que ladeiam o Sena, parece que estamos em um bosque e penso na atmosfera das corridas de escola na floresta que significavam em minha infância, os últimos dias de aula e quase o momento das férias.

Começo a correr, deixo Orion me ultrapassar, dizendo-lhe, como sempre faço agora: "Saia na frente, eu te alcançarei." Correr um pouco lhe fará bem e acalmará sua agitação. Salta um momento, gira duas vezes em torno de si mesmo como um peão e se lança enfim pelo caminho com passadas regulares, um pouco pesado, como urso com seus longos cabelos agitados.

Quero segui-lo, mas me dou conta que não posso mais correr hoje, todo o cansaço desse ano pesa de repente sobre meus joelhos. Neste mês tormentoso, meus dias complicados, meu amor, minha vida arrasada pela falta de tempo, tudo isso evoca a batalha sempre perdida que sustenta minha indeclinável esperança. É por causa dela, não o esqueço, que sou paga no hospital dia e que consigo viver sem pesar sobre o incerto destino de Vasco.

Pouco importa que arraste o pé, que me sinta diminuída – algo sussurra: exausta –, Orion corre na ilha graças a mim, fazendo entrar um pouco de ar puro, um pouco de calma em seus pulmões, relaxando o plexo, a tempestade solar, que está tão frequentemente encerrada nele, moído pela angústia. Encontro-o logo, captando com as mãos e a testa as ondas do grande plátano.

Escuto um cachorro latir, prevejo aborrecimentos, apresso o passo e, sem me dar conta, começo a correr. Encontro Orion acuado contra um arbusto por um cão amarelo de tamanho medíocre que salta e late amargamente em volta dele. Encolhido sobre si mesmo, aterrorizado, Orion não se mexe, mas agita muito os braços, o que excita o cão. Não sinto mais o cansaço, só minha raiva e a aflição de Orion. Apanho um bastão, o cachorro me vê chegar e foge. Jogo o bastão e o erro por pouco, arrancando-lhe um ganido agudo.

Meu gesto desatou o nó dos meus cabelos, o que pareço? Orion, lívido, ar perdido, salta muito alto agora que o cão se salvou.

Neste momento saem de sob o bosque duas boas senhoras, alertadas pelo ganido do cachorro amarelo. Como em todos os seus inícios de crise, repito: "Orion, Orion, você está na ilha comigo, você me conhece. Não tenha medo, o cachorro fugiu."

Seus olhos, fixados no alto, descem, seu olhar reaparece. Olha-me espantado, ele me vê, reconhece-me. O cachorro amarelo se escondeu atrás das duas senhoras que vestem capas impermeáveis escuras – mães de moças que jogam golfe em um campo bem próximo –, que nos olham ofendidas.

Sei, mas com que pobre saber, que não é esse irritante cachorrinho raivoso que Orion viu, mas sim um monstro saído dele mesmo. Não reajo rápido o suficiente, Orion me escapa, dá alguns passos na direção das senhoras e do cachorro. Curvado, tenso como um arco, começa a latir furiosamente e a cuspir na direção delas. O escândalo que segue se deve a minha presença, sem a qual Orion nunca teria ousado se descontrolar assim.

O cachorro se cala e foge, as duas senhoras, arrebatadas pelo golpe desse vento subversivo, fogem pelo pequeno caminho oculto. Já escuto o que vão dizer. "Fomos agredidas por dois loucos. Uma espécie de feiticeira toda descabelada jogou um tronco em cima do meu cachorro. Felizmente não o acertou. Teria prestado queixa. E o outro, um verdadeiro demente que latia e cuspia para nos assustar. Tivemos que voltar, pensei que ia nos perseguir. Essa parte da ilha tornou-se bem mal frequentada, tão perto do golfe, é inacreditável. Como permitem isso?"

Enquanto continuo petrificada, Orion retoma consciência pouco a pouco e volta para mim galopando, ensopado de suor, parece orgulhoso. É verdade que pôde sozinho com o cachorro amarelo e as duas senhoras que não pareciam nada contentes.

Como não me mexo, gira em torno de mim resmungando em breves gargalhadas. Aturdida digo: no fim das contas, Orion não teve uma grande crise, talvez não tenha mais nenhuma hoje. Esse é o lado positivo, mas em compensação, que regressão! Esse medo infantil de um cachorro nem um pouco temível. Seus latidos e seus cuspes ressoam em mim como a negação, a anulação de todo o trabalho que fazemos juntos há tantos anos.

Voltamos correndo para o carro, esqueci meu cansaço de agora há pouco.

Antes de entrar Orion me diz: "Se isso continuar, a gente vai pegar o trem para as rochas negras."

— As rochas negras...

— Lá a gente vai nadar no mar... direto!

Fico com medo, porque penso tratar-se de ideias que retornam obstinadamente a sua cabeça.

"A gente vai se isso continuar... se o que a gente não sabe continuar, Senhora."

Depois, após um silêncio: "Será que a gente vai afundar? A gente quer afundar?"

Escuto-o, não posso fazer mais nada.

Então um grito: "A gente quer viver! A gente quer viver!

— É muito bom querer viver, Orion, mas você deveria dizer simplesmente: Eu quero viver.

— Não, Senhora, a gente não pode falar corretamente. Nós... (Ah, como esse nós me toca!) a gente só pode falar a língua dos deficientes, dos bagunçados, dos charabiados. Desses que saem de manhã para serem domesticados no hospital dia e de lá para a boca do metrô. Nós, a gente é assim, Senhora, muitas vezes você ensina coisas e às vezes é a gente que dita e você quem aprende. Quando não tem demônio, a gente faz como se soubesse, mas a verdade é que a gente não sabe."

Estendo-lhe uma toalha, enxuga seu rosto coberto de suor, entramos no carro, dou a partida me perguntando se terei novidades de Vasco chegando em casa. Preparo a refeição. Orion come muito, como de costume, mas os tiques da angústia arrasam seu rosto.

Depois do almoço, quer retomar seu croqui da casinha.

"É difícil, faça outro.

— A gente precisa fazer, Senhora."

Sei que é tão impossível interrogar esse "a gente precisa" quanto "a gente não sabe", tenho que deixá-lo continuar até o fracasso inevitável, que provavelmente deseja.

Sinto-me esgotada e como ele está no quarto de dormir onde a luz é melhor, estendo-me um pouco sobre o tapete do outro quarto. Começo a adormecer quando escuto Orion rir, cantar, assobiar e logo saltar.

Desperte depressa, isso vai terminar mal. A ideia me vem de lhe propor um ditado de angústia, quase tudo o que sei dele vem desses ditados nos quais sua necessidade maníaca dos mínimos detalhes o leva às vezes a exprimir o que não pode dizer de outro modo ou se esforça para esconder. Levanto-me, proponho-lhe. Recusa, não quer um ditado de angústia e olha com raiva seu horroroso desenho sobre o qual acaba de fazer uma mancha. Ajudo-o a apagá-la, depois, sem que se oponha, vou guardar de novo a folha na pasta de desenhos. Ele ri de maneira crispada, sabe que isso é penoso para mim, poderia parar, não o faz porque sem dúvida acha justo que eu sofra com ele. Será que acredito nisso também?

Ai, ai, ai! Que fantasma! Onde foi parar a técnica psicanalítica? O que diria Douai, o que diria Lisors? No entanto, através deste sofrimento exagerado, indigno de uma verdadeira profissional, começo a entender as palavras estraçalhadas:

"As Rochas Negras... à beira mar... se a gente não conseguir... no estágio... ali a gente pode se jogar no mar... nadar muito longe... e depois... Na próxima semana... a gente começa na oficina do papai... todos os dias de julho... Se a gente tem crises... Se a gente recebe raios... se quebra o material... Então?... Então, Senhora?... A gente é um inútil, um quantos-erros!... Só resta para a gente... Você entende o que quero dizer?"

Entendo. O aprendizado que deve fazer durante um mês na oficina onde trabalha seu pai corresponde bem a sua habilidade manual, a seu gosto pelo trabalho preciso, mas não a seu estado de angústia. Na oficina, terá que copiar peças, copiar lhe dá medo, ofende sua imaginação e provoca raios que o ferem. É o que devo explicar na reunião geral, para que o hospital dia faça pressão sobre seus pais para limitar as sessões de aprendizagem. Estou assustada, nunca vi Orion neste estado, é a primeira vez que a ideia de suicídio se exprime tão claramente nele.

Neste momento, seu rosto se acalma um pouco, estende-me uma folha e com uma voz toda mudada anuncia:

"DITADO DE ANGÚSTIA NÚMERO SETE

Há três dias, os pais estavam no interior, a gente teve medo de noite, um barulho como nunca tinha escutado. Cheiros anunciavam o raio, ele veio, a gente foi batido... abrutado... roubadizado. A gente estava quebrado até na imaginação.

Não havia mais ilha Paraíso número 2 em cores... não havia mais casa na árvore... não havia mais harpa eólica... nem Bernadette, nem Paule, nem Senhora na ilha. Não havia mais amigos que vêm de balão ou de submarino. Sempre ruas, carros, metrôs, ônibus em grande confusão. Se os raios, se o barulho desconhecido perturbam a imaginação, a gente não tem mais nada... nem ilha, nem oceano Atlântico tropical para se refugiar. A gente não quer ficar sozinho, sozinho, com a imaginação... Jesus, ainda que haja barulho, que haja o demônio que bata nele e o empurre, tem sempre seu evangelho. Mas se o demônio me atazana, se me desconstruciona como costuma fazer... a gente não tem mais território. E precisa de um território para ter amigos e amigas na imaginação, mesmo se na realidade a gente salte sob os raios.

Fim do ditado de angústia."

Com palavras entrecortadas, grunhidos, esse riso nervoso que não pode dominar e que me dá dor de barriga, Orion pede, sem pedir, que eu esteja calma, sempre mais calma e que lhe diga: "Faça outro desenho para se acalmar, Orion, um monstro que estará melhor no papel do que na cabeça."

Protesta: "Hoje a gente não tem monstro de desenho na cabeça."

Deixo-o dizer, trago-lhe folhas novas e nanquim.

"Há um monstro que ainda não desenhou, o inspetor que te expulsou. Você lhe deu chutes, mas ele merece muito mais no desenho.

— Sim! Pow, pow, nas bolas!

A ideia o entusiasma, escolhe uma folha, aponta um lápis. De repente me diz: "Não olhe, você promete?

— A gente promete."

Dá gargalhadas e começa a desenhar. "Esse é um desenho que a gente não pode mostrar."

Preparo seu lanche. O telefone toca, é Vasco: "Não posso voltar, Gamma não está bem, o médico quer hospitalizá-la. Sua mãe virá e decidirá com ela.

— É tão grave?

— Não sei, está muito fraca. Gamma quer muito que você venha."

De repente dou-me conta da gravidade da situação. Tenho que ir, mas...

"Orion está muito mal, Vasco, preciso realmente falar de seu caso na reunião geral do hospital dia amanhã. Falar com seu pai. E receber pacientes que não posso mais cancelar. Poderia pegar um avião depois de amanhã, antes é impossível.

— Resumindo, não pode vir agora para Londres por causa de Orion?"

Estou a ponto de protestar no mesmo tom violento utilizado por Vasco. Mas penso de repente em meu querido pai que teria dito: "Mais ou menos isso... é meu trabalho!"

Digo: "Mais ou menos isso, Vasco... Orion, é meu trabalho!"

Essa resposta apazigua sua raiva, ele diz docemente: "Eu te entendo, Véronique, talvez nesse momento Orion esteja ainda mais doente do que Gamma. Estava errado ao me zangar, mas tudo é tão difícil aqui, sinto-me engolido pelos acontecimentos. Gamma precisa de você. Venha quando puder. Beijos." Desliga.

Orion vem tomar seu lanche. Está alegre agora, come e bebe fazendo barulho. Percebe que estou triste. "Parece que está com vontade de chorar, Senhora.

— Estou triste, mas não choro.

— Está triste porque o Senhor Vasco foi embora?

— Nossa amiga Gamma ficou doente em Londres.

— A gente a escuta cantar no rádio, mas porque ela viaja todo o tempo com o Senhor Vasco?

— Dão concertos, é a profissão deles.

— E você fica aqui?

— Fico porque outros precisam de mim. Como você, Orion."

Está contente, mas seu desenho o reclama e volta para o outro quarto. Lanço-me ao telefone, consigo um bilhete para Londres para depois de amanhã. A hora avança. Aviso Orion: "Está na hora do seu trem."

— Não, Senhora, a gente tem que acabar esse desenho, a gente pega o outro trem em uma hora, telefone para minha casa para avisar."

Telefono, sua mãe atende, está surpresa com esse atraso imprevisto. O pai de Orion ainda não voltou, ela me dá um número para chamá-lo amanhã de manhã. Aproveito para lhe dizer:

"Orion está tão nervoso e angustiado nesses dias. Será que há alguma razão para isso?

— Ah, não sei, para nós não há diferença. Está quase sempre assim."

Como não respondo, acrescenta: "São vocês, no centro, que acham que ele está melhor.

— Sim, agora ele pinta, esculpe, expõe.

— Ser artista, não é uma profissão de verdade. Se depois do estágio ele puder ser empregado como aprendiz, seria melhor."

Não insisto, talvez tenha mais sucesso com o pai amanhã.

Escuto Orion cantarolar no quarto ao lado, assobia, grita a meia voz: "Pow! Pow! Você vai ver!"

Entreabro a porta, está concentrado em seu trabalho, ignora seus próprios gritos e sua exultação feliz. Não o interrompo, tenho que esperar a hora do próximo trem, esperar aprisionada por Orion, enquanto minha querida Gamma está doente e Vasco precisa de mim.

Estendo-me sobre o tapete, para fazer um relaxamento. Não é fácil. Ajudei Orion a reencontrar sua calma e agora sou eu que me precipito em seu país de fantasmas onde ressoa o galope branco dos cavalos em delírio. Com as tempestades, as ilhas, o assassinato do Minotauro e os caminhos obstruídos do Labirinto onde se tropeça em cabeças de morto que riem na obscuridade.

Ah, como está longe o tempo em que pensava que a psicanálise era uma ciência precisa. Confesse, como filha de um professor que esperava tanto da ciência, você acreditou um dia poder tornar-se uma engenheira da alma. Você ri, mas é o que esperava, mesmo se muito depressa se deu conta que é preciso contar com as catástrofes, e depois com o desastre. E, no entanto, no fundo, ainda pensa como seu querido papai: Fora da ciência não há nenhuma salvação! Relaxe, não é tão grave, Orion está melhor agora. Um pouco graças ao seu saber, sobretudo graças a sua presença. Tome consciência da sua coluna vertebral, das suas cervicais que devem se soltar, mais, um pouco mais. Relaxe todo o edifício, as pernas, os pés. Tudo deve ficar flexível, flexível, movente. Não um carvalho, não o grande Modelo. Nem sequer um junco mais ou menos pesado. Fluido, fluido, rio, com belos arcos de ponte como estas longas pernas, estes joelhos de bronze que tanto agradavam aos homens, que seguem ali e devem relaxar mais, ainda mais. Aceite-se como é: um pé onde está a vontade de servir, de dar, de doar-se e o outro pé na arte, na dúvida e na contínua exigência do talvez.

Relaxe, libere-se, solte-se... sabe como fazer, você manca um pouco... muito... apaixonadamente... de jeito nenhum... Gamma diz que você aposta nela, em Orion, em Vasco, nunca em si mesma.

Ela gosta de mim por isso, por essa paz que está agora em minha boca, uma bebida deliciosa. Deixe a imensidão entrar em você... como o faz. Durante alguns instantes estou em seus braços. Apoio a cabeça, todo o meu corpo sobre um ombro imenso. Estou sobre uma falésia alta que ainda me separa do oceano do sono...

Batidas ligeiras na porta, Orion ri vendo-me sobre o tapete relaxada e feliz.

"Está fazendo uma relaxação, como faz para mim.

— Você poderia fazer mais, Orion.

— Sozinho a gente não pode, Senhora, não pode fazer quase nada sozinho. O desenho está terminado. Vai dar a hora do trem." Levanto-me, já está pronto. "Vai levar o desenho?

— Não, não é um desenho para os pais. Ninguém pode vê-lo além da Senhora... e o Senhor Vasco."

Partimos, está feliz, assobia fragmentos da Flauta mágica, que adora, enquanto me esgueiro com dificuldade entre os muitos carros que voltam de Paris, a cidade dos obstáculos, como ele diz.

"Foi, no final das contas, um bom dia, Orion, você fez uma obra."

Ele não me concede nem mesmo isso! Com seu impiedoso realismo me diz:

"Está manhã teve o cachorro que a gente latiu e grandes raios. Depois foi pesado, pesado até que a gente começasse o desenho.

— Agora está bem.

— Tem o trem, Senhora, e depois, se a gente tiver crises na oficina do papai, o que vai acontecer?"

Acompanho-o até a escada que leva à plataforma, a presença da multidão o agita, quer balançar os braços. Contém-se com dificuldade. Sofremos juntos com esse esforço, é verdadeiramente necessário? A gente não sabe. Já sobe as escadas, magra silhueta que se apressa embora o trem ainda não esteja à vista. Sozinho em sua pequena ilha, sua pequena bolha, flutuando no imenso oceano dos outros.

Quando volto da estação abro a pasta em que Orion deixou o desenho proibido que só Vasco e eu podemos ver. Encontro dois desenhos, um rascunho que representa um menino de cabelos compridos dando chutes obstinadamente em um magro gigante de terno, gravata e óculos. O desenho é sumário, exceto pelo rosto do inspetor. Que não é mais um rosto, mas sim a máscara fechada da indiferença burocrática, na qual o hábito e a rotina tomaram todo o espaço. Dos grandes lábios do inspetor sai um balãozinho no qual está escrito: Mas! Mas!

O segundo desenho foi feito com nanquim, está bem cuidado, Orion trabalhou muito tempo nele. Em primeiro plano, vê-se uma pistola de corrida cujo canhão fumegante ainda aponta para o zíper de uma calça desenhada nos mínimos detalhes. A parte de baixo do corpo da vítima está escondida, em cima aparece o busto engravatado e o rosto do inspetor. Sua boca, aberta e torcida, dá um grito de dor. Em um balão em letras capitais: Pow! Pow, peguei você!

Pedi para falar sobre o caso de Orion na reunião geral semanal do hospital dia. A reunião é longa e, quando chega minha vez, é tarde. O doutor Lisors e seu colega já não estão, têm pacientes nesse horário.

Para explicar a regressão crescente de Orion há semanas, conto o incidente na ilha dos impressionistas. Quando chego ao episódio em que Orion escorraça as senhoras e o cachorro amarelo latindo, todos dão gargalhadas. O que me pareceu tão trágico os faz rir, eles que, no entanto, conhecem Orion, que é agora o aluno mais antigo do Centro. Esse riso me desconcerta tanto quanto sinto que a hora avança e que todos desejam que a reunião termine. Teria sido melhor não falar disso. Robert Douai me faz um pequeno gesto de cumplicidade, mas que significa também que está na hora de terminar a reunião. Está quase no fim do ano escolar, todo mundo está cansado, uma tempestade ameaça cair, todo mundo só pensa em chegar logo ao metrô ou em pegar seu ônibus antes que ela saia.

Douai aperta minha mão com um ar desolado, mas vai embora como todos os outros.

Encontro-me sozinha diante da ata da reunião que devo redigir como toda semana para que amanhã a digitem. Decido não mencionar nela minha intervenção.

Terminando de ler o texto, vejo sair do escritório uma secretária que finaliza o envio de uma circular. Escutou a cena e vê que estou perturbada. Ela me diz dando de ombros:

"Não precisa se preocupar, eles são assim! Entenda, é o fim do ano, estão todos cansados. Nós todos temos simpatia por Orion, mas ele é só um dos sessenta pacientes dos quais o Centro se encarrega. Tem direito apenas a um sexagésimo de atenção, de afeto. E lhe damos um pouco mais por causa dos seus olhos e de você. Para você, não parece o bastante. É normal. Mas com esses doentes, até onde vamos? Para mim, você é simpática e corajosa, mas da equipe, de qualquer equipe, você não pode esperar mais apoio do que tem aqui.

— Tenho direito a um sexagésimo de ajuda e para o resto, tenho que me virar..."

— Bem, sim. Como tem feito até aqui.

— É verdade, mas agora tenho medo.

— Porque você continua sentada aí, sozinha. Venha tomar um café comigo, isso te fará bem e ficarei encantada."

Diante das xícaras, ela me sorri, tem um sorriso muito bonito.

"Às vezes admiro o que faz. Mas eu, à noite, com o trabalho que tenho aqui e meu namorado, não tenho tempo."

Despedimo-nos com um beijo, com uma súbita alegria, somos um pouco amigas, e partimos, sob a chuva que acaba de começar, cada uma em seu metrô.

O CRUZAMENTO DE ANGÚSTIA

De novo faz frio em junho, não é justo. Depois do café da manhã, tomo uma ducha, passo xampu na cabeça. No momento de enxaguar o cabelo e me lavar, acaba a água quente. Sensação horrível, sentimento agudo de injustiça. Todo o frio, toda a umidade e o peso deste execrável verão me invadem. Tenho a sorte de falar ao telefonar com o médico-chefe. Falo-lhe somente da aprendizagem de Orion na oficina e da angústia que provoca nele seu medo de ter uma crise e quebrar o material. Ele me diz de imediato: "Todo dia e o dia todo, é demais para ele. Proponha a seu pai dia sim, dia não, e somente por meia jornada. Gostaria que você mesma arrumasse isso com ele.

— Posso lhe dizer que esta proposta partiu de você?

— De acordo. E não se preocupe demais, regressões, mesmo as fortes, são às vezes inevitáveis. Você sabe, isso faz parte da transferência." Aceito a censura subjacente em seu comentário e o agradeço por sua ajuda.

Telefono ao pai de Orion, explico-lhe que a aprendizagem prevista será pesada demais para Orion. Propomos reduzi-la a uma meia jornada dia sim, dia não.

"Você sabe, ele me diz, não é uma verdadeira aprendizagem. É uma iniciação que pode ser feita à la carte, porque de todo modo não será pago. Mas farei como me aconselha. Sempre deu certo para Orion.

— Ele tem medo de não conseguir.

— Oh, conseguir, ele conseguirá. É muito hábil e já fez alguns ensaios de boa qualidade em casa.

— Ele tem medo de ter uma crise e de quebrar as ferramentas ou o material. Está inquieto, é por isso que está tão violento e teve tantas crises nas últimas duas semanas.

— Veja, antes das férias temos muito trabalho. Faço horas extras e volto tarde para casa. Não notei nada de especial, quando volto está vendo TV, depois vai dormir. Não me disse nada..."

Como vou ficar em Paris em julho, proponho que Orion venha desenhar ou pintar comigo, no Centro, nos dias em que não trabalhar. A conversa termina amigavelmente, o problema de Orion está, pelos menos temporariamente, resolvido. É o meu que pesa mais do que nunca. Por que armei todo esse circo? Por que dramatizei tanto as coisas e quis jogar, a contratempo, sobre toda a equipe, esse peso, esse problema que podia – como acabo de fazer – resolver sozinha com um pouco de reflexão e dois telefonemas?

Como pude não entender melhor a resposta tão justa de Vasco: "Você não pode vir agora para Londres por causa de Orion."? E a ligeira censura do médico-chefe: "Você sabe que as regressões fazem parte da transferência."?

Sim, eu sei. Eu sei, mas a perturbação em que me deixou o estado de Orion me fez esquecer de tudo isso.

Parto para pegar o RER até Paris. Tenho que ir retirar minha passagem para Londres, ver um instante o médico-chefe e depois ir ao ateliê de escultura para encontrar Orion e Roland.

No trem, penso de novo em um sonho que tive durante a noite: Construíam-se pontes, passarelas e rotatórias, túneis também, quem sabe? Eu passava através disso tudo levando minha mochila que ficava cada vez mais pesada.

Na agência, recebo meu bilhete sem volta fixada. É caro, mas meu salário acabou de cair no banco.

No hospital dia, vejo rapidamente o doutor Lisors. Está satisfeito com a maneira como resolvi as coisas com o pai de Orion. Olha-me por cima dos óculos de leitura com um tipo de compaixão marota. "Você precisa, ele me diz, dar a Orion uma visão de sua infância diferente daquela do conformismo total em que viveu. Ele compensou todo esse adestramento maternal e escolar pela imagem assustadora da liberdade demoníaca. O objetivo é reconstruir tanto quanto possível sua infância e fazer aparecer seus verdadeiros desejos."

Aprovo essa via e esse longínquo objetivo. Mas me diz tudo isso entre duas visitas, não tem tempo para maiores explicações, o como será meu problema. Há um limiar a transpor, Orion precisa se soltar. Ainda não cheguei lá!

De novo o metrô e amanhã parto para Londres encontrar Gamma, mas em que estado?

Roland já está no ateliê de escultura, amanhã viaja de férias, sua mãe gostou do touro vermelho com sete patas.

Orion está atrasado, vou esperá-lo na galeria. Chega ensopado de suor e desorientado. Para na frente do banco em que estou sentada. "Levante-se, Senhora, a gente vai quebrar o banco, recebeu um raio." Olho, não há ninguém. Levanto-me: "Derrube-o, mas não o quebre ou terá que pagar." Ele pega o banco e o derruba. É incrível ver como esse banco com os pés para cima e este rapaz com olhos assustados bastam para dar a este lugar, calmo há um momento, o aspecto de uma cena revolucionária. O que Orion faria em uma revolução? Será que se esconderia em casa, apavorado? Será que se descontrolaria, apanhado pela embriaguez da destruição? Mas não há revolução para Orion, não há revolução para os desorientados. Será que isso quer dizer que não há revolução em absoluto? Ou que há sempre um papel para os desgraçados, para todos os que conheceram o terror e a embriaguez de ver desabar os muros de seu mundo, de sua prisão?

Recoloco o banco em seu lugar, Orion me ajuda. Dois professores passam e olham assustados para Orion que salta no lugar. Pensam, sem dúvida: "O que um rapaz como esse faz aqui?" Entre os normais. Tão perto da Escola Normal Superior, de onde saíram tantos anormalmente normais.

Roland e Orion estão contentes por se reencontrar. Contam-se coisas e se divertem. Divertindo-se, Roland apenas ri, mas Orion

trabalha. Escava, com a faca bem afiada que leva e traz sempre consigo, o rosto de sua cabeça de menina. Ele me chama, mostra-me a bochecha esquerda: "A gente tinha que por mais gesso aqui.
— Tem razão. Faça isso!"
Não hesita um instante, com a faca na mão, vai buscar uma bacia. Limpa-a, mas, no momento em que quer colocar água, a torneira produz barulhos horríveis de garganta e a água não sai. Orion larga a tigela, que cai com um barulho horroroso, e começa a saltar com a faca na mão. Nós não somos muitos no ateliê, mas todos o olham. Como eles, estou assustada com essa faca, com a lâmina que gira no ar, e com Orion que salta cada vez mais alto. Os operários que trabalham na restauração da parte antiga do liceu cortaram a água. Vai voltar, com certeza, mas estou intimamente perturbada com esta coincidência: a falta de água quente esta manhã e agora o corte da água. Chego perto de Orion e lhe digo: "É um corte, a água vai voltar, salte se quiser, mas me dê a faca." Roland veio comigo, ele brinca e, como Orion continua saltando, diz: "Vai, dê-me sua faca." Orion que não me escutou, parece escutá-lo. Salta cada vez menos alto. Repito: "A faca!" Ele a vê, está surpreso, faz um gesto como para se defender, depois, como não me mexo e Roland continua rindo, entrega-me a faca.

Uma mulher idosa que faz belas obras de argila vem ver a estátua de Orion. Olha o perfil esquerdo já terminado e diz: "Está bom, quase sorri." Olho com ela esse perfil que sob a longa cabeleira tem, é verdade, muita delicadeza. Orion está contente com essa observação, mas menos que eu, está muito ocupado com o gesso que deve acrescentar ao perfil direito e com as narinas que quer afinar. A escultora volta para seu trabalho e eu olho pela primeira vez a cabeça de frente. A delicadeza do perfil esquerdo e o esboço de sorriso desaparecem. Vejo um rosto forte com queixo sólido, um rosto arcaico onde aparece, sob uma forma que exclui toda semelhança imediata, algo que lembra Orion. Não o adolescente assustado, acuado, explosivo e, no entanto, doce que é na vida cotidiana, mas o Grande Obsessivo que através dos milênios cumpre meticulosamente sua tarefa e, apesar dos raios turbulentos dos demônios da Babilônia ou de Paris, cumpre finalmente a obra que se impôs.

Orion precisa outra vez de gesso, não ousa mais fazê-lo sozinho, vou com ele, Roland nos segue, depois de um momento os deixo sozinhos. Orion volta, olha para a escultura que começa a ganhar forma. Em um bloco de gesso, cavo uma cabeça com quatro rostos. Roland faz uma cabeça. Pede-me conselhos. Tenho a sensação de que sua cabeça de ogro está terminada, se continuar só conseguirá estragá-la. Proponho-lhe que a pinte, como seu touro. A ideia lhe agrada, mas nesse momento Orion, que está em plena execução, pede-me para preparar mais gesso, pois o seu está no fim. Sem pensar muito, vou. Roland me segue. Preparamos os dois um gesso pior do que aquele que ele teria feito sozinho. Abandonei meu trabalho. Mais uma vez me comportei como a que deve supri-lo em tudo, sem consideração por meu próprio trabalho. Lembro-me da atitude de alguns artistas que, por diversas formas de neurose, souberam preservar seu trabalho, digo-me que não serei nunca desse tipo. Que não compreendi ainda que tenho que deixar Orion voar com suas próprias asas, ainda que sejam frágeis. Orion me pede mais duas vezes para preparar gesso. Na primeira vez lhe peço para vir comigo e ele faz o trabalho quase sozinho. Na seguinte lhe digo: "Pode fazê-lo sozinho." Vira a cabeça para trás, mostra-me seu estranho olhar de cavalo assustado na tempestade e começa a saltar no lugar. Roland ri, cobrindo sua cabeça de ogro com tinta. Sabe o que vai acontecer, sinto ressoar em mim um estalo: apesar de tudo, é para isso que sou paga.

Preparo então outra tigela de gesso enquanto Orion volta ao trabalho com sua atitude de profissional, sem pressa e sem pausa. Pela maneira como se inspira com o gesso que molda, com o retoque que faz, com a forma esboçada, reconheço nele, ainda que muito perturbado por seus fantasmas, o verdadeiro artesão, não me atrevo a dizer artista. O que se deixa guiar por seu trabalho e pelo que dele sobrévem. Neste momento está inteiramente compenetrado com o que faz, feliz talvez, e cantarola fragmentos de sinfonias.

O trabalho de Roland é mais descontínuo, dá algumas pinceladas de azul, olha ao redor, devaneia, depois volta a pintar. Nota-se claramente que não pertence, como Orion, a uma linhagem de trabalhadores manuais. Mas também está feliz, ao ver a metamorfose de sua cabeça me faz pequenos gestos alegres, ri escutando Orion perder tempo com detalhes e de vez em quando canta as primeiras notas de uma melodia de rock. Digo-me que essa alegria, os instantes de alegria desses dois garotos valem o trabalho que faço. Ajudo Roland a recobrir a cabeça com um azul que ao secar perde o brilho. Pinta os olhos, a boca e o nariz que tem a forma de um buraco vermelho vivo. Exclama: "Esta cabeça é terrível!" Efetivamente, lembra-me os terrores infantis e a imagem aterrorizante do ogro. Nessa época me alegrava, como os demais, com a vitória do Pequeno Polegar, mas será que ainda acredito nela? Quando se passa tantas horas, tantos dias frente à psicose, não se pode deixar de pensar que o ogro tem boas chances de triunfar. Sim, temos que continuar abertos, atentos, às vezes criativos, temos que lutar com a mesma tenacidade do Pequeno Polegar, nunca gritar: "Polegar! Eu me rendo!" Mas o ogro ou a ogra nos engolirá talvez sem dar-se conta! Assim caminha a arte, assim caminha a escrita, sempre combatendo a morte, sempre vencidas e sempre retomando o combate através do tempo.

Roland me olha, um pouco desconsertado enquanto divago um pouco, perdida no azul, no vermelho devorador que saiu de seus pincéis. Orion também me olha, mas meu silêncio não o impressiona. Sabe o que é estar fascinado. Quer dizer a Roland que sua cabeça de ogro está bonita, na realidade, não tem muito que opinar, tem seus próprios monstros.

Sinto que não podemos deixar a cabeça assim, como um pedaço de carne no balcão do açougueiro. Roland sente o mesmo. Digo: "Há azul e vermelho. Se colocássemos um pouco de branco sobre o rosto, faria ressaltar o azul e atenuaria o vermelho."

Roland aprova. Traz um tubo de cor branca e outro pincel: "Trace duas linhas com o dedo dos dois lados da fenda. Coloque branco ali." Ele recusa com a cabeça: "Não, você!

— Por que eu? Faça você mesmo."

Recusa outra vez, põe as mãos diante de si como para se proteger: "Não, não, você!" Seus olhos continuam rindo, mas suas mãos suplicam. É um momento muito importante para ele, que não compreende, que não pode expressar. Tenho que compreender, viver em seu lugar. Mas estou tão cansada hoje, não deveria viver mais nada de importante esta tarde. Mas... mas você é paga para isso: é o que teria pensado meu pai. É o que penso também.

Com um dedo coloco branco na paleta, traço uma linha sobre a bochecha direita, o ogro já mudou. Traço outra linha sobre a bochecha esquerda, engrosso ambas. Viro-me: "É o que queria, Roland?

— Exatamente isso!"

Orion levanta os olhos de seu trabalho: "Não está nada mal."

Depois, após um momento: "É melhor com o branco." Roland está muito contente, sabe que Orion não procura, como eu, ver o lado bom das coisas, infundir confiança. Orion não é um terra-nova, um cão salva-vidas, é um naufrago, quando aprova algo podemos realmente ter plena confiança.

Olho, por minha vez, o ogro secando. Tornou-se um totem sumário, brutal, excessivo, não é mais essa boca aberta e esses órgãos digestivos de uma cavidade abominável. Roland pode rir. O ogro que saiu de suas mãos tornou-se uma espécie de objeto de arte, de deus iletrado que poderá colocar sobre uma chaminé como uma lembrança um pouco cômica de terrores passados.

Saímos os três juntos. Orion nota que há gesso em sua jaqueta e na barra da calça. Está aterrorizado, vão ver no metrô. O que sua mãe dirá se estiver sujo? Limpamos um pouco, respondo a sua questão: "Pouco importa." Roland ri mais alto do que eu, Orion muda de semblante, dá gargalhadas. Roland grita: "Temos o direito de estar sujos."

Ressoa em mim o formidável: "Nada é sujo" de Gengis Khan, que Vasco tanto admira. Pensamento que ele compartilha, mas não eu, embora saiba que é bom esmagar nossos pequenos "eu" culpados contra essa rocha de negação.

Roland se despede alegremente no alto da rua Saint-Jacques, parte amanhã para Belle-Île. Com seu totem. Para nós as férias ainda estão distantes, acompanho Orion até a estação de metrô, é para ele um lugar nefasto, pois, por conta de um movimento equivocado, perdeu ali um dia seu cartão laranja. Chegando à estação, somos apanhados pelo sopro potente do monstro no verão. Orion tem medo, mas seu cartão funciona. Passa sem dificuldades e se vira um instante para se despedir.

Volto, no fim das contas essa foi uma boa sessão para os dois, mas agora tenho que pegar meu metrô, não perder as baldeações e encontrar em Chatou meu carro não muito bem estacionado. Depois disso, talvez, um telefonema de Vasco esta noite.

Cheguei a Londres, fiquei aterrorizada com o estado de Gamma, melhorou e foi possível trazê-la de volta a Paris onde fará numerosos exames no hospital. Fiquei ao seu lado no avião, ela deitada em uma maca.

À noite telefono para o pai de Orion: "Voltei de Londres com minha amiga enferma. Como se passaram os primeiros dias de Orion em sua oficina?

— Bem, vem à tarde, o trabalho não é difícil para ele. O patrão passou um momento e até lhe deu os parabéns. Tudo está tranquilo na oficina, pois somos apenas dois com ele, os outros estão de férias. Quer falar com você, vou passá-lo."

Escuto a fala precipitada de Orion: "Boa noite, Senhora, o trabalho vai bem, a gente pode fazer. O patrão disse que a gente é habilidoso. Mas a gente tem medo dos raios pré-históricos de você sabe bem quem... se os recebe pode estragar uma pedra ou quebrar ferramentas. Então... então... é como se fosse um inútil, um pachá-imbecil débil. Gamma está melhor?

— Nós a trouxemos de volta a Paris de avião, está no hospital para exames. Vou vê-la amanhã, depois virei à noite para a última sessão no ateliê. Espero você às sete horas na porta. Levarei o belo desenho que seu pai deixou na minha casa e que devo mostrar a um editor.

— A gente pode levar o desenho novo que fez?
— Um desenho novo? Claro, você o mostrará a Alberto."

No dia seguinte, quando chego ao hospital, Gamma dorme. Contemplo seu rosto belo e emaciado, escuto sua respiração. Sua mão se crispa um pouco, vejo duas lágrimas deslizar de suas pálpebras. Desperta, sente minha presença, procura-me com os olhos, encontra-me. Sorri através de suas lágrimas: "Sonhava que você partia para muito longe, mas, naturalmente, está aqui. É sempre a que está aqui?

— Tento."

Desvia os olhos, vê a pasta de desenhos que levo comigo.

"É um desenho de Orion?

— Sim, um desenho a lápis, muito impressionante. Vou apresentá-lo daqui a pouco ao jovem editor que publicará o poema do qual você gostou.

— Mostre-me o desenho."

Tiro da pasta o grande desenho feito com grafite chumbo em que Orion retomou e levou ainda mais longe o tema do monstro mascarado de olhos doces, com largas orelhas, e coberto com inumeráveis defesas, das quais me disse tão acertadamente: "Se quebram, crescem outra vez."

Gamma o contempla muito tempo, depois me diz em voz baixa: "Esse monstro com suas grandes orelhas de silêncio me perturba. Está mais escondido, mais cercado de arame farpado do que nós músicos, mas quando se levantar sobre suas pernas será grande. Orion também, graças a você.

— Graças a ele mesmo, é ele quem trabalha, eu estou perto dele e o escuto."

Pego o ônibus, depois o metrô, uma longa série de estações passa e penso nas contas dos rosários que deslizavam outrora entre as mãos das mulheres.

Apresso-me para chegar na hora ao encontro com o editor na Praça Saint-Sulpice. Ele conhece mal Paris e não sabe calcular o tempo necessário para se deslocar pela cidade. Chegará atrasado, sem dúvida. Mas você tem que chegar na hora, diz o anjo da guarda cruel, que ainda pesa sobre mim.

O editor chega com meia hora de atraso. Gosta bastante do texto, um pouco longo, no entanto. Espera que lhe explique algumas passagens que lhe parecem obscuras. "Não posso explicar, disse o que tinha que dizer. Se há passagens obscuras, elas o são também para mim."

Não protesta, quer ver o desenho. Mostro-lhe o monstro ajoelhado de Orion. Está impressionado.

"Seu desenho me comove muito, como todos os de Orion que vi até aqui, se pudermos reduzi-lo ao formato do livro sem estragá-lo, faremos. Este rapaz, a seu modo, inventa um novo mundo e logo descobrimos que é o nosso."

Sua reação me encanta, gostaria de falar um pouco mais com ele, mas olha seu relógio, tem que partir para outro compromisso. Saímos, deixo-o a contragosto. Sigo-o com o olhar, vejo-o, com sua alta estatura, entrar na multidão de perfil, como Orion. Creio mesmo vê-lo correr e saltar no lugar como faz Orion quando o ar torna-se pesado, pesado... O estranho fantasma que tem medo de pensar em Gamma no hospital, em Orion na aprendizagem e nas Rochas Negras não é esse homem, sou eu. Eu, que, se não estivesse tão bem adestrada, começaria talvez a correr e a saltar de angústia.

A hora avança, entro no Jardim do Luxemburgo. Não vejo os transeuntes, as árvores, as flores, subo até o Panthéon, viro-me para ver um raio de sol iluminar o jardim que deixei a contragosto. Vejo o enorme dente da torre Montparnasse, racho-a com o olhar, dou-lhe golpes com o bastão dos fantasmas, ceifo-a rente ao chão como as urtigas de minha infância.

Sinto, como Orion, a raiva e a angústia aumentarem em mim e sei que o único meio de escapar do grande dente cariado, do sol vacilante deste verão podre, é ir rapidamente ao lugar combinado para fazer coisas precisas.

Subo a rua Soufflot, a rua do sopro, vou esperar Orion na porta do liceu. Vindo pela Rua Saint-Jacques, ele chega ao mesmo tempo em que eu, parece mais calmo. Estendendo-me a mão, olha-me com uma atenção inabitual, parece pensar: Hoje, estou melhor que você.

Deve ler em meus olhos que este não é um dia ordinário, que sou eu quem recebeu raios, que não irei buscar suas ferramentas, que não prepararei seu gesso.

Está perturbado, vacila à beira de uma crise e escruta meu rosto piscando os olhos. Vê que essa mulher que está aqui não poderá protegê-lo como sempre e que, se tiver uma crise, será pesada, muito pesada e onerosa. Vê que hoje correrei este risco. Salta um pouco na entrada, não digo nada. Ele me segue no ateliê, vai pegar sozinho suas ferramentas e a obra que está trabalhando. Vira-se para mim: "A gente vai fazer o gesso." Acredita que vou aprová-lo, que ficarei feliz com sua decisão. Não estou feliz, digo somente: "Vá", como se fosse a coisa mais natural do mundo. Na outra ponta do ateliê, preparando seu gesso, olha-me muitas vezes para ver se o observo, se estou pronta para socorrê-lo. Não estou pronta para nada, tenho que trabalhar para não pensar em Gamma, nos exames que fará amanhã e no veredito deles. Quando Orion volta com seu gesso, só penso: No fim das contas, ele está me educando, está me ensinando que não tem tanta necessidade de ser ajudado.

Marion, uma excelente escultora que vem às vezes ao ateliê, chega com Alberto. Gosto do seu belo sorriso comedido de estátua romana, ela soube que Orion quer esculpir madeira e lhe traz a lista das ferramentas necessárias. Ele está muito contente e a agradece com um belo sorriso antes de guardar a lista em sua preciosa mochila.

Alberto dá sua volta habitual, examinando o trabalho de cada um, distribuindo conselhos esporádicos. Quando termina, Orion me pede para ajudá-lo a lhe mostrar seu desenho de nanquim que chama, não sei por qual razão, *O faraó sob o mar*. É meu trabalho, ajudo-o a tirá-lo da pasta e do envelope plástico que o protegem da chuva. Nós o colocamos sobre o cavalete e fico impressionada com sua força. O planeta, rodeado de anéis, brilha todo iluminado em meio a um preto espetacular, ignorando tudo, indiferente a tudo o que não é sua imensa obscuridade.

É Orion o amedrontado, o saltador quem, à sua maneira, viveu esse desenho? Esta grande separação é possível? Está aqui, diante de nós, o branco feito luz pelo preto intrépido que conseguiu suscitar sem pincel, apenas com uma pluma e nanquim. Não economizando nem tempo, nem esforço, essa obra não foi pensada com palavras, mas vivida na luta e no amor atento do branco pelo preto. Alberto se aproxima, olha muito tempo o desenho, o que já é mais do que um elogio e diz: "É bonito, está bom." E aos membros do ateliê que se reuniram em torno do cavalete: "Há uma bela economia de meios." Escuta-se um murmúrio de admiração e Orion tem seu minuto de glória.

Meu olhar se fixa um momento sobre uma forma humana, nem preta, nem branca, mas cinza que encara com os olhos fechados as chamas que escapam do último anel do planeta.

Alberto a nota também: "Esta cabeça é o que?"

Espero que Orion lhe oponha seu habitual: "A gente não sabe, Senhor."

Ele me olha primeiro, depois como se fosse uma brincadeira, diz rindo: "É o faraó que está sob o mar. A Senhora me deu uma foto submarina tirada em Alexandria."

— Você a mudou bastante?

— A gente não gosta de ver um homem embaixo da água... não quer morrer nas Rochas Negras, a gente colocou o faraó no desenho. Como a Senhora diz, é melhor colocar os monstros no desenho do que guardá-los na cabeça."

Orion se excita um pouco ao falar. Alberto sente que a situação começa a esquentar e se afasta. Embalamos o desenho.

O pai de Orion chega para levar suas obras e seu desenho. Estacionou mal o carro, a despedida é precipitada, só tenho tempo de dizer a Orion: "Eu te espero depois de amanhã no Centro, não esqueça."

É o último dia no ateliê antes das férias, despeço-me de todos e parto sozinha para a interminável estrada subterrânea, mudança de linhas, mudança de trem e enfim o que me traz à estação onde Vasco me espera. Está triste como eu, abraça-me para me consolar ou para que nos consolemos um ao outro, mas hoje não quero ser consolada. Digo apenas: "A febre?

— Baixou um pouco, amanhã começam os exames."

Apesar da hora não temos fome, depois de estacionar o carro, atravessamos o jardim verde e rosa sob um céu de nuvens baixas e rápidas. Do terraço vem o perfume do canteiro de flores brancas cujo nome ainda desconheço.

Vasco pega minha mão, como tanto desejava no tempo de meu amor inconfesso por ele. Lembro de um verso: "Amor, amor passageiro, que farei de ti?"

Depois da morte de meu filho, acreditei que o amor era sempre passageiro. Mas não foi assim e o amor me reaqueceu ao longo do caminho.

No entanto, sem ilusões! O amor é também um nó corrediço, se vai depressa demais, se vai longe demais, aperta. Aprendemos isso bem crianças, tentamos não o saber e apesar de tudo, sabemos. O amor, com sua correia invisível, mantém-nos atados. Vasco sente talvez o curso perigoso de meus pensamentos e me diz: "Vem. Voltemos para casa, você tem que comer e dormir."

E eu, guiada, contida por essa correia amorosa, sigo-o.

Volto do hospital onde fui visitar Gamma. No metrô não há lugar sentado. Uma baldeação. Depois doze estações até Richilieu-Drouot. A vida absurda... O absurdo não faz parte da vida? Não é ele a face obscura, talvez necessária, da liberdade?

Chego ao hospital dia, a secretária me deu a chave, a calma desse lugar sempre barulhento me espanta. Temo que o silêncio e o vazio perturbem Orion, e desço para recebê-lo no pátio. Levo-o para nossa salinha, que me parece ainda mais estreita do que de costume.

Está um pouco agitado e acredito que vai me falar de sua vida na oficina de seu pai, mas ele quer me falar de um sonho que teve esta noite e, como se transbordasse dele, começa a contá-lo imediatamente.

"A gente estava no campo, na colina havia uma espécie de corredor que descia até o mar subterrâneo, depois uma escada. A gente fazia a metade do caminho, então tinha medo, medo de estar sozinho e voltava depressa, depressa, para estar com alguém. Você estava sobre a colina. Descemos juntos, eu na frente e você atrás, como no labirinto. No muro havia grandes pinturas um pouco como nas grutas ou no livro de História da França quando a gente era pequeno com Clóvis e Carlos Magno. Tinha também a galáxia com o faraó morto sob o mar. A gente escutava um barulho de ondas e o sonho despertou. A gente queria descer contigo até o mar subterrâneo, mas o sonho não queria. Ele despertou para que a gente não descesse mais longe."

Temos tempo ainda e ele esboça com lápis a entrada de uma gruta que barra com estalactites e estalagmites, o que me faz pensar em dentes de tubarão. Por que, nunca vi um tubarão? Não está contente com o que fez. Dou-lhe uma borracha. Sem hesitar, apaga os dentes de tubarão e com seus dedos passa pó de grafite no lugar. Isso produz uma grande boca preta, na qual se pode entrar sem ser destroçado pelos dentes, mas onde se arrisca ser engolido.

Contempla um instante seu desenho rindo muito alto, depois me dá: "Não é um desenho para os pais, guarde-o. Está na hora, Senhora, a gente volta outra vez. Na próxima semana a gente vai a Sous-le-Bois, por Orléans e pelo cruzamento de Angústia."

À noite, jantando, Vasco me pergunta: "Orion sai de férias logo?

— Na próxima semana. Por quê?

— Eu também queria, Véronique, um pouco de férias sem muito Orion nos seus pensamentos.

— Você preferiria que não me ocupasse mais dele?

— Certamente que não.

— Não acredita mais em seu futuro?

— Sim, seu tratamento me importa muito. Este passo a passo que fazem juntos, que seguimos, que nos guia, não se sabe pra onde. Os três, às vezes Gamma também."

Sinto um grande pavor, um sopro frio me atravessa. De onde ele tirou isso? No entanto, é verdade. É uma verdade terrível. Felizmente, ele sabe o que fazer diante desta revelação. Abre os braços. Que outra coisa se pode fazer diante dessa verdade que acaba de jorrar dele, talvez de nós dois, além de se abraçar, agarrar-se um ao outro, dançar face a face, como fazemos agora. Sim, dançar como um Deus. Se é que ele existe?

Dois dias mais tarde, quando nos encontramos de manhã no pátio do hospital dia, Orion parece agitado e um pouco orgulhoso. Na escada me diz: "A gente terminou na oficina do papai, o patrão estava contente, comprou um desenho de galáxia meu." Quando chegamos a minha sala diz: "Pegue seu caderno de angústia, a gente vai ditar."

DITADO DE ANGÚSTIA NÚMERO OITO

A gente tinha direito a uma espécie de apartamento novo, não uma casinha como queria, mas um grande apartamento, mais que um de quatro quartos. O sonho ia visitá-lo com mamãe. Tinha um hall com quatro entradas, era o cruzamento de angústia dos apartamentos. A gente pensava que você estaria lá para indicar a entrada certa. Você a indicava porque estava lá... e você não estava lá... entende o que a gente quer dizer? A gente subia uma escada, tinha vários quartos, uma cozinha e um banheiro. Mamãe olhava a cozinha e a sala de jantar. A gente via uma porta, você estava atrás de mim e a gente a abria, tinha outra escada, somente para nós e os amigos. Em cima da escada tinha outro apartamento muito maior e uma janela aberta que dava para uma floresta como em Sous-le-Bois e também um rio para pescar com papai e lugares para nadar. A gente nunca tinha visto um apartamento tão grande. Era um apartamento que tornava grande como a gente não é. Tinha também palmeiras naturais e não castraçadas, com pássaros. Pensava que iam cantar, mas não puderam porque o sonho despertou. Fim do ditado de angústia.

— Tem associações...

— Quando mamãe estava em baixo, a gente visitava sozinho o grande apartamento de cima. Você estava atrás de mim, a gente estava à vontade: sem raios, sem angústia, a floresta, o rio, era a natureza no interior da cabeça.

— Com um cruzamento de angústia na entrada do apartamento.

— Sim, Senhora, como na estrada de Périgueux, a estrada para ir de férias. Antes Sous-le-Bois era da vovó, mas agora ela está morta e virou nossa casa. Está na hora, Senhora, a gente tem que ir. Boas férias para você e para o Senhor Vasco e saúde para Gamma."

Damo-nos as mãos, vejo que está um pouco triste, eu também. Estou feliz com a visão que teve, graças ao grande apartamento, de uma dimensão mais ampla de si mesmo do que a que vive quotidianamente. O que quer dizer seu cruzamento de angústia? Que expressividade! Que belo título para um poema!

Batem à porta, é Orion que voltou, tirou um mapa de sua mochila.

"A gente pensa, Senhora, que você não entendeu. Trouxe o mapa Michelin para te mostrar, mas ditando o sonho a gente esqueceu. Olhe, na estrada de Périgueux, esta cidadezinha se chama Angústia e o cruzamento bem ao lado, é o cruzamento de Angústia. Vê que está marcado, a gente passa lá sempre desde que era pequeno, na estrada de Périgueux. Ali a gente sabe que é pequeno, sempre pequeno, como o menino azul sabia também... A gente pega de volta o mapa, Senhora, é do papai. Boas férias."

O GRANDE ESTANDARTE

Esqueci – sem dúvida o desejei – a maior parte do verão seguinte. Ele persiste ainda em minha memória como um longo percurso opressor com momentos de luz, dos quais só sobraram poucas imagens.

Gamma está curada, mas seu professor de canto deseja que só recomece a cantar de novo em concertos no outono. Mas só poderá fazê-lo raramente e por menos tempo. Às vezes Vasco dá concertos sozinho ou com outros músicos. No entanto, é em seu trabalho com Gamma que nasce sua verdadeira música, a que tem cada vez mais sucesso, mas também mais resistências.

As aulas recomeçam no hospital dia, Orion volta, o mês de agosto foi bom para ele, foi para o mar e para Sous-le-Bois. Nadou muitas vezes nas ondas do oceano ou no rio, pescou, visitou castelos e uma ilha com seus pais. Esculpiu pouco e desenhou frequentemente.

Não quer mais continuar a série de guaches sobre a ilha Paraíso número 2 e me pede para lhe dar como tarefa grandes desenhos em nanquim a cada quinze dias.

Pudemos entrar enfim em nosso novo apartamento, onde, no entanto, há ainda muito a fazer. Robert Douai me autoriza a receber Orion em casa uma vez por semana, o que me facilita a vida.

Durante estes últimos anos, Ariane e seu teatro montaram espetáculos admiráveis. Deram formas novas a tragédias antigas ou promoveram a criação de tragédias contemporâneas. Telefona para me dizer que vai organizar uma manifestação pela liberação dos artistas sul-americanos presos pelas ditaduras. Ela quer que a manifestação seja precedida por um desfile de cem estandartes contra as ditaduras pintados por diversos artistas.

"É uma ideia muito bonita...

— Então, proponha a Orion que faça um, isso lhe fará bem, e faça um você também.

— Tenho que primeiro falar com ele e seus pais.

— Ligo de novo em dois dias."

Falo disso com Orion, que se mostra ao mesmo tempo animado e reticente. Tem medo de ter crises e, sobretudo, que a manifestação coincida com sua estadia do feriado de Todos os santos em Sous-le-Bois.

Ariane me liga: "Farão os estandartes?

— Orion tem medo, nunca fez obras desta dimensão, teme uma crise e não temos o material.

— Para a crise, você estará lá. Os estandartes, as tintas e o material estarão no teatro. Vocês trabalharão lá e comerão com os atores, não lhe custará um centavo.

— O mais difícil, Ariane, é que Orion só pode pintar o que vê, como diz, na sua cabeça.

— Ele verá! Ele conhece a ditadura, a opressão, a infelicidade. Pintar em grandes dimensões, mostrar nas ruas o que faz, será para ele um grande passo. Uma experiência importante. Então estamos combinadas, vocês vêm a partir de segunda à tarde. Conto com vocês."

Já desligou. Não se resiste à Ariane, à sua certeza de que viver é se arriscar, ultrapassar os medos.

À noite, Vasco volta de viagem, pensa que apesar das grandes dimensões do estandarte, poderemos participar da manifestação. O doutor Lisors e Douai estão de acordo que eu consagre uma semana inteira só para Orion e que trabalhemos no teatro. Seus pais também aceitam, pois estarei com ele o tempo todo.

O mais difícil é convencer Orion. "É um ato de solidariedade com todos os artistas, que são seus colegas agora, uma oportunidade para fazer uma boa ação e tornar-se conhecido."

Ele me olha com desconfiança: "Você estará comigo?

— Todos os dias, o tempo todo. Teremos uma semana para fazer nossos estandartes.

— O que a gente vai pintar, a gente não tem nada na cabeça.
— É uma manifestação contra os ditadores, o que você mais detesta?
— O demônio!
— Então pinte o demônio-ditador.
— A gente pode pintá-lo com olhos por todos os lados... preto e muito vermelho?
— Todas as cores estarão lá, cabe a você escolher."
Está tentado, mas tem medo: "A gente vai quando?
— A partir de segunda, temos a semana toda para terminar.
— E como a gente vai comer?
— Lá, com os outros artistas e os atores do teatro.
— A gente vai ter medo, não pode comer lá. Você leva um piquenique.
— Vou preparar o almoço. Comece já um esboço do seu demônio."

Enquanto estou na cozinha, ele faz os traços de seu primeiro esboço. Escuto-o exclamar: "Um olho na testa, uma cabeça de serpente na cauda. Pow, uma tromba na sua cara!"

Depois do almoço, instalo-me de frente para ele e continuamos ambos nossos projetos. O meu é abstrato. Ele desenha sobre a folha um personagem preto alongado e com chifres sobre o qual lança de vez em quando um olhar alegre e estupefato.

Meu desenho é mais complicado, Orion vem vê-lo: "Você faz arte moderna, Senhora, mamãe não ia gostar, mas Jasmine talvez."

Olho seu demônio que já tomou forma: "Você também é moderno. Seu demônio não é como os da Idade Média. Você é um artista moderno, de agora."

Essa ideia o surpreende, logo lhe agrada, ele sorri: "O que você está fazendo com todas estas linhas e medidas?

— As quatro flechas da esperança que perfuram as paredes, que os impedem de crescer.

— Os muros do metrô, da escola, do tédio quando a gente está sozinho?

— Isso!"

No primeiro dia que vamos ao teatro, Orion está muito agitado no momento de sair, previ essa dificuldade e pedi para Vasco nos levar de carro.

No teatro, fica feliz com estar próximo do bosque, mas assustado ao ver tanta gente circular e trabalhar em toda parte. Passamos por três atrizes, esconde-se atrás de mim quando elas falam comigo. Fica estupefato ao escutar que elas o chamam por seu nome.

"Como me conhecem?

— Você fez exposições, elas as viram talvez, seu nome está na lista de artistas que fazem os estandartes. As pessoas te conhecem aqui."

É no grande hall dos ensaios que vamos pintar. As telas, muito grandes, estão estendidas no chão e alguns artistas já estão trabalhando. Liliana, uma das dirigentes do teatro e minha amiga, mandou estender em um canto tranquilo nossas duas telas, com pincéis, brochas e tintas.

Alguns pintam de pé, outros com os joelhos no chão ou sobre suas telas. Com naturalidade, Orion se ajoelha e eu o imito. Estamos ambos muito desorientados pelas dimensões de nossos estandartes. Nunca trabalhamos em superfícies tão amplas. Liliana, que aparece, nos diz: "Podem usar estas telas como rascunhos, amanhã terão outras, mais resistentes para a manifestação."

Estamos tão absorvidos por nosso trabalho que não sinto o tempo passar e me dou conta que todos os que trabalhavam conosco foram embora. Uma porta fechada atrás de nós se abre fazendo um pequeno estardalhaço, é Vasco que chega, como de costume, por um caminho inesperado. Seu corpo flexível, seu sorriso parecem carregados pela luz. Orion, de joelhos sobre a tela, o vê se aproximar com a mesma alegria que eu. Uma explosão de alegria nos transporta, Vasco está feliz, corre em minha direção, levanta-me da tela e me beija. Ele ajuda Orion a se levantar e o beija também, diz rindo: "Venham depressa, está tarde, estavam fechados, ninguém sabia que ainda estavam aqui. Felizmente conheço de mecânica."

Leva-nos correndo ao carro.

Ao desembarcar Orion em frente a sua casa, Vasco diz: "Amanhã e nos outros dias, terá que chegar de manhã, senão não terá tempo." E Orion: "Tudo bem, Senhor, a gente vai!"

No dia seguinte encontro Orion no metrô e vamos a pé até o teatro. O dia está bonito, as árvores, tocadas pelo outono, têm cores cambiantes e estamos impacientes para começar o trabalho. As novas telas estão no hall, estendidas no chão do lado de nossos primeiros esboços. Sua matéria é mais rugosa, temos que cobri-las de branco antes de pintá-las. Quando terminamos, esses dois belos retângulos brancos me fascinam e tenho um momento de pesar pensando que vamos cobri-los com sinais e cores que aspiram a um sentido, a outra beleza que não a deste instante nu.

Pego a bolsa de piquenique e levo Orion para almoçar em um banco sob o sol. Escutamos o barulho da refeição dos atores e dos outros artistas. Adoraria me misturar à comunidade, a seu calor, mas ainda não é o momento. Orion come bem, está feliz de estar ao sol, feliz sem dúvida de estar comigo, pois, depois de ter engolido a última gota de seu suco de laranja, pega a bolsa com decisão, toma meu braço para me ajudar a me levantar e me diz com autoridade: "Venha, Senhora, a gente tem que trabalhar." Eu o sigo, toda contente.

Somos vários a pintar no grande hall, cada um debaixo de uma lâmpada, o que forma um pequeno número de domos de luz concentrada, cercadas de amplas zonas de sombra. Estou absorvida pelo traçado geométrico de meu estandarte, as proporções são bem diferentes das de meu projeto e me equivoco muitas vezes. Invejo Orion que parece traçar sem dificuldade as formas de seu demônio medusioso, como o chama. De repente se agita, levanta-se e grita: "A gente pintou uma algaravia." Começa a saltar resmungando: "A gente estragou tudo! A cabeça é grande demais, com manchas pretas de inútil."

Levanto-me, olho, com efeito, a cabeça é grande demais em relação a seu projeto primitivo e em sua aflição fez manchas de tinta preta sobre a tela. No entanto a potência dessa cabeça desproporcionada me comove.

"Não salte mais, Orion, a cabeça é bonita.

— Grande demais, Senhora!

— Não, você não está fazendo um homem, está fazendo um demônio medusioso. Não pinta um demônio francês com uma cabeça como a sua. Seu corpo é robusto, mas menor. É assim em sua cabeça já que o fez assim."

Para de saltar e me olha perplexo.

Arrisco: "O medusioso é uma língua à parte, o menino azul a conhecia, ele a lia na sua cabeça.

— Você não conhece o menino azul.

— Não, Orion, mas começo a entender um pouco o medusioso de tanto te escutar falá-lo e te ver desenhá-lo. Essa cabeça não está desenhada em francês, mas em medusioso, por isso está tão boa.

— E as manchas pretas! O que vão dizer: Orion o débil mental, o torto, eles vão gritar isso.

— Cubra as manchas com branco e as deixe secar, o acrílico seca depressa. Vou te ajudar, depois faça um novo traçado para o corpo, mas mantenha a grande cabeça."

Orion se acalma, espalhamos branco sobre as manchas. Um membro do teatro, que pinta não muito longe de nós, olha um instante e diz: "Começou bem." E depois: "Parece que há chá e bolo no refeitório, querem vir?

— Não, Orion ainda não está acostumado. Diga a Liliana que ficaremos aqui."

Deixo Orion continuar sozinho e volto a meu estandarte. Subitamente sinto a mão tensa de Orion se agarrar a meu ombro. Ele me diz com um tom assustado:

"Olhe, vem uma medusiosa!"

Uma majestosa aparição vem em nossa direção carregando um objeto sobre o peito. Uma mulher com um vestido longo muito bonito. Algo brilha em seus cabelos. Vejo-a se aproximar maravilhada, não tenho tempo de pensar, mas, diante do pavor de Orion, tenho que dizer algo.

"Não é uma medusiosa, é uma rainha do teatro. Acho que é Odile."

Aliviado, Orion relaxa. A aparição está bem próxima, é Odile, que tem o papel da rainha em *Ricardo II*, de Shakespeare, que Ariane vai montar. Traz uma bandeja que coloca entre nós, com uma xícara de chá, um copo de suco de laranja e dois pedaços de bolo. Com seu vestido azul, atravessado por fios de ouro, Odile é uma rainha do grande reino do teatro e de suas lendas. Digo-lhe isso, ela sorri com um sorriso muito leve e um pouco grave que ilumina o trágico com uma luz contida. Diz: "Liliana me pediu para te trazer isso, devolva-lhe a bandeja, esperam-me para o ensaio." Afasta-se correndo, tão leve quanto foi lenta e majestosa sua aparição na sombra, momentos atrás.

Saboreio minha xícara de chá e digo a Orion: "Pode comer os dois bolos, não tenho fome."

Ele sempre tem fome, é uma das raras certezas de nosso trabalho conjunto. Orion, de súbito muito nervoso, quis engolir num só gole seu copo de suco de laranja. Engasga e tem uma crise de tosse, uma explosão de gotas cai sobre sua calça e meu estandarte. Imediatamente se levanta, salta agitando seus braços, gritando: "A gente recebeu raios, agora tudo está sujo... Estandarte-demônio... a gente vai te rasgar."

Alertados pelos gritos, os outros pintores nos olham. A que pensa dentro de mim diz: É a catástrofe... Era previsível... me arrisquei demais!

Mas a outra, que já atravessou tantas crises, encara Orion e diz com sua voz curiosamente tranquila: "Não é nada, Orion, enxugue sua boca, não vai manchar, e seu bolo, porque não o come?

— É por causa do demônio, Senhora, a gente gosta de chocolate, mas não da maçã embaixo. Ele sabe disso.

— Coma o chocolate e deixe a maçã!

— A gente pode fazer isso, deixar a metade no prato?

— Claro. Você é livre, pode comer o que quiser, e o chocolate do meu prato também."

Acalma-se pouco a pouco e come o chocolate dos dois pratos. Neste momento o grande Bob passa, recolhe a bandeja e olha um momento o estandarte de Orion. "Sua cabeça de demônio está muito boa."

Continuamos a trabalhar, nossos estandartes tomam forma, alguns pintores começam a ir embora, vejo Vasco que nos procura com o olhar. Vem em nossa direção e olha nossos estandartes: "Vocês dois avançaram bem."

E para Orion: "Seu demônio tem uma cabeça muito grande. É por causa disso que erra tanto, pensa ser mais forte do que é."

Orion arruma seus pincéis: "Teve uma aparição, a gente pensou que era uma demônia medusiosa. A Senhora disse que era a rainha do teatro que trazia o lanche. A gente acha que era a mãe do menino azul.

— Você a conhecia?

— Não, Senhor, ela morava longe, vinha duas vezes por mês e a gente foi embora depois de dez dias e a ilha do menino azul se tornou a ilha que a gente não pode dizer.

— O menino azul te falou dela?

— A gente não sabia muitas palavras na época. Brincava na minha cama ou no chão. Ela brincava conosco na minha cabeça, era uma Mamãe azul que brincava e não falava, como a Senhora quando a gente faz violão ou ditados de angústia. Nos ditados de angústia a gente fala e a Senhora não, mas o que escreve, é como se a gente tivesse escrito os dois."

Escuto, espantada. Entre Vasco e Orion se estabeleceu uma espécie de conivência.

No terceiro dia, disponho do carro. Levo Orion e quando chegamos ao teatro vejo imediatamente que ele começa a se sentir em casa. No hall, vários pintores nos cumprimentam com a mão e Orion lhes responde do mesmo modo, com naturalidade.

Começamos a trabalhar. A cabeça do demônio tem quase a mesma dimensão que seu corpo. O que produz um demônio baixo e robusto, todo eriçado de pontas e defesas, mas nem um pouco desproporcionado. Enquanto isso, faço testes com azul e vermelho em meu estandarte. Ele me interroga: "Será que é melhor fazer um fundo?"

— Sim, é melhor.

— De que cor?"

Estou espalhando vermelho sobre uma parte de meu estandarte e sem refletir muito digo:

"Para um demônio, vermelho."

Gargalha, está contente, resmunga: "Pow! A gente vai meter vermelho, isso vai te esquentizar, bem feito para você!"

Não pega a cor do tubo, mistura-a com outra, sua habilidade me surpreende. Quando vê que o observo, diz: "Não olhe! Ocupe-se do seu estandarte, continue! Tem que fazê-lo sozinha, não vou te ajudar!"

Há em suas palavras um tipo de agressividade alegre, inteiramente nova e que me estimula.

Seu vermelho não é um vermelho ardente nem brutal. Em comparação com o seu, o vermelho que espalho sobre meu próprio estandarte me parece tosco, mas não será mais assim quando estiver acompanhado do branco e do azul que estou meditando.

Não trouxe piquenique hoje e no momento em que toca o sinal do horário do almoço, Bob chega como combinado: "Liliana me disse para vir buscá-los." E para Orion: "Venha comigo lavar as mãos primeiro."

Orion vai com ele, não sem olhar se o sigo. No momento de entrar no refeitório se assusta com o barulho e o número de convivas, mas Bob o leva para frente e Liliana o acolhe com tanta gentileza que logo nos encontramos, sem grande dificuldade, sentados em uma mesa afastada. Ariane passa com Delphine, fazem um sinal e Orion as saúda como nós.

À tarde, trabalhamos sem incidentes e na hora do chá, pela primeira vez, aceita uma xícara.

À noite, na hora de ir embora, já terminou de espalhar em torno do demônio seu vermelho suntuoso. Estou muito cansada, ele também. Diz com pesar: "O Senhor Vasco não vem?

— Não, ele tem um concerto, virá amanhã."

O quarto dia é maravilhoso, o sol atravessa os vidros das janelas e estou estupefata de ver aparecer, no estandarte aberto de Orion, um enorme demônio branco cercado de um vermelho ancestral. Nunca tinha imaginado isso, penso na China onde os demônios são brancos. Não estamos na China, mas sim em Paris onde esse grande demônio branco parece escandalosamente nu. Orion também olha, pasmado, esta forma soberba e terrível "Quer deixá-lo assim?

— Não, não está terminado, não tem pele, a gente vai fazer ainda.

— Está bonito assim, parece um demônio branco da China.

— A gente quer fazer o demônio de Paris com preto. Com poluição, com fumaça de gasolina, com túnel de metrô e trombadinhas que empurram para roubar."

Voltamos a pintar e Orion traça com muito cuidado sobre a barriga do demônio outro rosto, com uma magra coroa e um enorme nariz, embaixo dele os testículos do demônio e seu pênis lhe conferem estranhamente uma boca e uma barba, sem deixar de ser o que são. Esse rosto com dois pequenos olhos redondos me faz pensar em Ubu Rei, do qual Orion nunca ouviu falar.

Na hora do almoço, segue-me sem se fazer de rogado e vai se sentar à mesa onde Bob se reúne a nós. Sente-se em terreno conhecido, pega a fila para se servir e traz ele mesmo seu prato bem cheio e seu copo. No fim da refeição lhe proponho um pequeno passeio, que recusa para poder continuar com seu trabalho.

Depois do lanche Vasco vem se juntar a nós, está vestindo o macacão azul do trabalho e vai nos ajudar. Olha primeiro o trabalho de Orion, admira o fundo vermelho e o grafismo agudo, mas está incomodado com um defeito. "Não tem espaço suficiente à direita para o braço e a cauda. Poderia deslocar a calda para a esquerda, há mais espaço e o braço está mais alto." Orion vê imediatamente que Vasco tem razão. Este, sem insistir, ajoelha-se a meu lado e me ajuda a espalhar o azul sobre meu estandarte. Durante esse tempo, Orion começa a consertar seu erro, quando apaga a calda mal colocada, exclama: "Não é justo que trabalhe somente com a Senhora. A gente também pode ser ajudado.

— Exato, diz Vasco, termino este triângulo e te ajudo."

Vasco se coloca ao lado de Orion, que lhe explica o que deve fazer. Se tem dúvidas, pergunta: "E isso?" A resposta de Orion é imediata e precisa.

Minhas costas doem, levanto-me e vou ver os pintores que ainda trabalham. Alguns estandartes são bonitos ou impactantes, mas nenhum tem a força aguda nem a inventividade do de Orion. Volto a nosso canto. Avançaram bastante a dois, há agora sobre a cabeça do demônio três olhos verdes e malvados. As orelhas em forma de folhas são ameaçadoras. Nas costas começam a aparecer duas asinhas, incapazes, salvo intervenção mágica, de suportar o enorme peso do corpo.

Trabalhando, Orion se aproximou de Vasco, estão agora ombro a ombro e Vasco não se incomoda. Orion vira seu olhar para ele e diz sem parar de pintar: "A gente está bem os dois.

— Sim, estamos bem.

— Quando a gente trabalha assim, diz Orion, é como se você fosse o menino azul. Se a gente não fosse tão pequeno teria feito assim no hospital Broussais.

— O menino azul também falava dizendo 'a gente'?

— A gente não sabe, só tinha quatro anos. Não vá mais longe ali, é preciso deixar uma linha branca. O menino azul tinha uma mamãe azul, ele falava como ela.

— A Senhora não é um mamãe azul para você?

— É uma mamãe de menino azul, embora use quase sempre calças. Com ela a gente aprendeu palavras, muitas. A gente está sempre na frente dela para os ditados quantos-erros e para os ditados de angústia e para aprender. O menino azul... ele estava a meu lado... me ensinava... como a gente te ensina a espalhar bem as cores te tocando o ombro. Com a Senhora... a gente se fala quase sempre se falando.

— Você diz quase sempre, há momentos nos quais se falam sem se falar?"

Orion gargalha: "Não é frequente, mas às vezes falamos assim. E a gente não diz isso para ninguém, exceto hoje."

O GRANDE ESTANDARTE

Orion fala com Vasco. Está bem. Com você, tudo está bem, como diz Orion. No entanto, há uma decepçãozinha, não é comigo e sim com Vasco que Orion fala do menino azul.

Estou sozinha com meu estandarte, eles dois trabalham no de Orion.

Orion se levanta: "Está na hora, Senhor, a gente tem que pegar o ônibus e a Senhora está muito cansada. A gente avançou bem..."

Vasco reage: "Você não pode dizer, eu avancei bem?

— A gente não sabe.

— Amanhã de manhã, terminaremos a três o seu estandarte. E à tarde o da Senhora. Combinado?

— Combinado e a gente fala mais do menino azul."

Orion sorri dizendo isso. O menino azul está aqui, talvez?

No dia seguinte, buscamos Orion na parada do ônibus. No teatro, já se sente parte da família. Diz bom dia a todos e todos lhe respondem. Como previsto, começamos a trabalhar em seu ditador-demônio. Orion está no meio e dirige o trabalho. Eu me ocupo da cabeça, Vasco dos pés e das mãos, que têm cada um dez dedos muito finos e pontiagudos, olhos espiões e bocas ameaçadoras. Orion se ocupa de recolocar à esquerda a calda amputada da direita. Enquanto o trabalho avança, Orion se desloca pouco a pouco na direção de Vasco. Quando seus ombros se tocam, Vasco não os retira e ele começa a falar:

"Quando a gente era pequeno sofria do coração, não fazia os mesmos progressos que as outras crianças e os pais tiveram que esperar que a gente tivesse quatro anos para ir ao hospital Broussais, no serviço de cirurgia infantil. Será que todas as crianças têm medo, Senhor, quando vão lá, quando os pais têm que ir embora e a gente tem que ficar sozinho? Você teria medo, Senhor?

— Sim, eu teria medo."

Orion escuta com um grande contentamento esta resposta: "Mas a gente tinha mais medo que os outros, Senhor. Não conhecia ainda o demônio de Paris, mas ele já fazia a gente ter medo das enfermeiras, dos doutores e sobretudo das outras crianças. Quando os doutores faziam perguntas, a gente não podia responder, só chorar e gritar quando me tocavam."

Continuamos a trabalhar em silêncio. O tempo me parece longo e digo, como se escutasse as histórias de papai:

"E depois?"

Apertamo-nos mais os três, nós nos comunicamos pelos ombros, como Orion gosta. Escuto ou provavelmente creio escutar Vasco repetir: "E então?

— Desceram-me em uma máquina de maca em um quarto onde mamãe não podia entrar. A gente estava deitado no frio, estava escuro, depois escuro com faíscas. Quando a luz voltou, a enfermeira estava de branco da morte. A gente escutava que ela falava, mas não entendia o que ela dizia. Quando a gente estava no escuro frio, o doutor dizia com uma voz de demônio do hospital: "Respire... não respire mais" e então a gente sufocava. A enfermeira queria explicar. Explicar o quê? Tinha um cheiro novo, um cheiro pré-histórico que a gente sentia com a respiração que tinha que se abrir e logo fechar. Por quê?

Foi justo aqui que tudo se emerduplou e que a gente escutou o barulho e sentiu o grande cheiro e a força do demônio de Paris. E os outros, até mesmo mamãe, quando a gente saiu da máquina preta, não sabiam disso. Não escutavam o que a gente escutou no quarto das faíscas... quando o demônio entrou em mim pela pequena porta que a gente não pode mais fechar."

Orion se aperta contra nós, transpira muito, e grita em voz baixa suas últimas frases.

Bob vem nesse momento nos dizer: "Está na hora do almoço." Ele vê Orion todo tenso e ensopado de suor e diz: "Está com calor, venha lavar as mãos."

Orion se levanta e o segue, Vasco diz: "Vou com você."

E a mim: "Pegue uma mesa."

O estandarte de Orion está pronto, só falta assinar. Vou sozinha a nossa mesa, foi para Vasco que Orion começou a abrir a porta do menino azul, e foi Bob que, sem saber, deteve a crise que ameaçava. Está bem, Orion precisa de amigos, eu sou sua psico--prof-um-pouco-doutora. Não esqueça disso.

Durante o almoço, Orion está calmo, de vez em quando para de comer para apoiar a mão no ombro de Vasco ou de Bob. Como sobremesa, há torta, Bob lhe serve um grande pedaço e uma xícara de café, Orion nunca tomou café na vida. Bob lhe diz: "A torta fica melhor com café."

Orion, sem hesitar, toma um gole de café, faz um pouco de careta.

"Coloque açúcar e mexa", lhe diz Vasco, dando-lhe dois torrões. O café doce o agrada, bebe-o, como Bob, acompanhado de seu pedaço de torta e termina por esvaziar sua xícara. Depois se vira para mim: "Não precisa dizer para os pais."

Mas Vasco interrompe: "É preciso lhes dizer. Você é grande agora, faz o que quiser.

— Mas é papai que ganha os tostões."

Vasco me interroga com o olhar, intervenho: "Você também ganha um pouco, tem uma pensão, já vende obras. Estuda, pinta, esculpe, tem uma profissão.

— Eles dizem que não é uma profissão de verdade.

— Sim, é uma profissão de verdade, diz Vasco, aqui todos são artistas como você. Você é um artista pintor e escultor."

Os olhos de Orion se voltam para Vasco com uma alegria agradecida: "Um artista pintor e escultor?"

Vira-se para mim: "É verdade, Senhora?

— É verdade.

— E agora, vamos, diz Vasco, pois se seu demônio fascista está acabado, a Esperança da Senhora não está, temos os três que trabalhar nela.

— Amanhã a gente vai a Sous-le-Bois, não posso voltar tarde.

— Voltará quanto tiver terminado, diz Vasco, não vai nos abandonar.

— Não", diz Orion, e quando Bob, que encontrou uma garrafa de café ainda cheia, oferece-lhe café, ele responde com segurança: "Sim, meia xícara e um torrão de açúcar."

Trabalhamos os três em meu estandarte, Orion, no centro, acrescenta, a meu pedido, uma nova camada de branco às quatro estrelas da esperança. Com sua precisão habitual, retifica os erros que fiz nas primeiras camadas. Vasco e eu trabalhamos nos azuis e nos vermelhos que as flechas devem atravessar.

Tudo é um pouco rígido no meu estandarte e, se meus raios de esperança vão até os limites das resistências massivas que os cercam, não as ultrapassam. Ainda não. É assim como sou. Em meu estandarte, deixei em branco um pequeno retângulo. Por quê?

Orion o olha: "Você é uma artista escritora, tem que escrever algo ali."

Estou impactada, escrever o quê? Olho para Vasco, ele aprova com a cabeça. Vem-me ao espírito, bruscamente, um trecho de um verso. "E se escrevesse 'Com luz encarniçada'?"

O rosto de Vasco se ilumina: "Escreva-o."

E Orion: "A gente não entende verdadeiramente, Senhora, mas são palavras que desraionizam..."

Depois que Orion assina seu demônio-ditador e escrevo meu texto, estendemos sobre o chão nossos dois estandartes como Liliana nos pediu. O de Orion é de longe o mais bonito, o mais inesperado, mas vejo nos olhos de todos que o meu não está mal e é digno de desfilar no dia da manifestação.

Neste momento, Ariane e o cenógrafo vêm ver os estandartes. Ariane está visivelmente pasma com a qualidade e a agressividade impactante, como diz, da obra de Orion. É verdade que seu demônio-ditador é poderoso, está perigosamente armado, mas está também surpreso pela resistência que encontra. Ariane interroga Orion sobre certos aspectos de sua obra. Para minha surpresa, ele responde com grande esforço, mas com grande precisão.

Ela ri: "Você sabe coisas sobre o demônio e os ditadores. E parece que agora também toma café.

— A gente tem menos medo aqui.

— É normal ter medo do demônio-ditador, ele é forte e malvado. Mas se pode lutar."

Ariane se volta para mim: "Gosto também do seu estandarte e do seu texto: "... com luz encarniçada". É o que nós podemos levar: um pouco de luz e muita obstinação... Como você faz com Orion."

O cenógrafo continua a olhar o estandarte de Orion, não é muito expansivo, mas está visivelmente impactado pela precisão e pela originalidade do trabalho de Orion: "É forte... vai demorar... mas continue."

Os três estamos contentes, Orion tem pressa de ir embora, vai amanhã para Sous-le-Bois, não pode chegar muito tarde em casa.

A MANIFESTAÇÃO

É o dia da manifestação. Parte do Panthéon, onde nos reunimos para pegar os estandartes. É um dia ventoso de novembro, choveu pela manhã, as ruas estão úmidas e as nuvens ameaçam. Cada um de nós monta seu estandarte em um bastão de bambu. Há um pouco de confusão no começo, mas tudo foi preparado com muito cuidado, foram previstos inclusive cordões presos em cada lado na parte de baixo dos estandartes para que duas pessoas possam ajudar o portador em caso de vento forte. Para dar o exemplo a Orion, carrego eu mesma meu estandarte e Vasco fica ao meu lado. Orion inventa dificuldades para carregar seu estandarte e diz a Bob: "Não, você primeiro, a gente pegará em seguida se der." Há muitos fotógrafos da imprensa e o estandarte de Orion é o mais fotografado. O pai e a mãe de Orion parecem surpresos pelo tamanho da manifestação, que já reúne muita gente.

Os cem estandartes seguem à frente do cortejo que Ariane precede para dar instruções com seu megafone ou lançar slogans. Ao mesmo tempo calma e vibrante, ela anima toda a manifestação com seu entusiasmo e sua convicção. O cortejo começa a andar, na frente vão cartazes que explicam as razões e os objetivos da manifestação. Em seguida vêm nossos cem estandartes, que impressionam as pessoas agrupadas ou que circulam nas calçadas. O grosso da manifestação segue, formada por muitas pessoas conhecidas que querem apoiar os artistas sul-americanos, aprisionados ou expulsos pelas ditaduras. Percebo, enquanto nossa marcha é acompanhada em alguns momentos por tantos músicos, que pensei muito pouco, desde o início da empreitada, no objetivo e nas razões da manifestação. Tudo foi relegado pela presença de Orion e pela preocupação de que se adaptasse ao meio desconhecido do teatro e da manifestação. Atravessamos o bulevar Saint-Michel. O vento está forte, fico cansada, Vasco reveza comigo e carrega meu estandarte. Roland que se juntou a nós, segura um dos cordões.

Orion, vendo que Vasco carrega meu estandarte, quer de repente retomar de Bob o seu e carregá-lo ele mesmo. Peço a Bob para ficar perto dele. Passamos por umas ruazinhas rumo a Pont-Neuf. Muita gente nos vê passar. Da frente da coluna, Ariane, com seu megafone, nos pede para nos limitarmos a três estandartes por fila. Conseguimos ficar de frente com Vasco, cai um pouco de chuva, felizmente uso o grande boné que Gamma me deu e que me deixa um pouco com cara de malandra. Muitas pessoas fotografam Vasco na passagem e, ao mesmo tempo, Orion e seu estandarte.

Chegamos ao Pont-Neuf, repentinas rajadas golpeiam nossos estandartes, cada um se agarra ao seu, Roland dá gargalhadas vendo os esforços de Vasco. Orion resiste bem no início, Bob e eu o ajudamos, segurando os cordões de seu estandarte. Avançamos apesar de tudo. No meio da ponte somos atingidos por outra rajada, o estandarte de Orion dá uma embicada, ele acha que caiu no chão. Fica com medo, larga o bastão e foge. Felizmente Bob apanhou a parte alta, eu o centro do bastão, o estandarte não cai como muitos outros. Bob o levanta de novo, mas Orion desaparece na multidão. Vejo-o virar os olhos e agitar os braços. Dois jovens vêm ajudar Bob. Corro atrás de Orion enquanto a manifestação continua a avançar. Escondido atrás de um poste, está saltando. Aproximando-me, escuto-o gritar em voz baixa: "A gente te pegou, inútil, débil, débil! Te peguei!"

"Seu estandarte não caiu, Orion, venha comigo depressa, corramos de novo a nosso lugar." Não me escuta. Neste momento aparece seu pai. Orion o vê e para, ele me vê também. Seu pai diz: "Olhe, seu estandarte está lá, não caiu." Pego-o pelo braço, deixa-se levar. Começo a correr, ele me segue, avançamos com

dificuldade na multidão, aproximamo-nos pouco a pouco de Bob e do estandarte. Vasco se vira várias vezes, está inquieto, ele nos vê e faz um grande gesto com os braços. Quando chegamos quase sem fôlego em nosso lugar, Bob pergunta a Orion: "Quer levá-lo?
— Não, você."
Estamos na Rua de Rivoli, onde a circulação prossegue apenas em uma metade da rua. Tudo está bem acertado, música e slogans se sucedem, estou um pouco aturdida pelo que aconteceu, pelo barulho da multidão e pela proximidade dos carros que nos ultrapassam. Roland está feliz, Vasco sorri para seus fãs, Bob está tranquilo e seguro. Agrada-me entrar no Jardim de Tuileries, o vento está menos forte, o barulho dos carros se atenua, Orion se apaziguou, sorri de novo para a esperança e para as cores dos cem estandartes. Pede a Bob que lhe devolva o seu, que carrega com orgulho.

Esta arriscada prova chega ao fim, o sucesso está assegurado, pois Robert Douai, que veio assistir ao fim do desfile, aproxima-se de nós. Pergunta a Orion: "Está contente com seu estandarte?"

E sem hesitar: "Sim, Senhor, está bom e a manifestação também, mas a gente recebeu raios no Pont-Neuf."

— Felizmente tinha amigos com você."

Orion ri com uma espécie de alegria: "É verdade, Senhor, a gente tem amigos."

Reagrupamo-nos perto da entrada de Tuileries, atrás do Jeu de Paume. Ariane forma com os estandartes uma grande meia-lua, os manifestantes se reúnem atrás de nós. O céu continua ameaçador, mas, entre as nuvens, os raios intermitentes do sol vêm iluminar as cores dos estandartes. Tudo é muito simples, lê-se uma chamada dos nomes dos artistas assassinados, aprisionados ou desaparecidos. Uma grande fraternidade se levanta deste canto de Paris que conheceu tantas cenas trágicas.

Orion está feliz, há um ano apenas não teria podido suportar tal experiência. Uma grande alegria me invade: caminhamos lentamente, às vezes muito lentamente, mas caminhamos.

O MENINO AZUL

No dia seguinte, quando chego ao hospital dia, ainda estou triste com a partida de Vasco. Três semanas de turnê pela Itália, depois uma semana perto de Nápoles para se informar com o maestro de Gamma sobre o que ela pode ainda cantar e o que é melhor evitar para não prejudicar sua voz e sua saúde.

Trago jornais para Orion que nunca lê nenhum. Todos dão destaque à manifestação, no *Libération* há uma grande foto de seu estandarte, no início da manifestação, diante do Panthéon. Em outros jornais há fotos coletivas onde seu estandarte se destaca.

Está muito contente, ouviu falar da manifestação na Radio Luxembourg, que escutam em sua casa. Viu também algumas imagens na televisão.

"A gente vai ver Vasco? Na sua casa ou aqui na salinha?

— Vasco partiu esta manhã para a Itália."

Está surpreso, seus olhos se enchem de lágrimas. "Ele não me disse nada.

— Sim, ele te disse, mas com todo o barulho da manifestação você não escutou.

— Ficará fora muito tempo?

— Bastante tempo, um mês."

Está desconsertado: "A gente queria falar com ele e com você do menino azul. Ontem, quando estava na manifestação, a gente teve medo, sentia que o demônio assoprava o estandarte. Depois, com Vasco e você, o menino azul estava lá de novo. Mas o demônio continuava a sussurrar: A gente vai te pegar, vou matar o menino azul e então você vai ver! Quando o raio caiu sobre mim no Pont-Neuf, a gente pensou que o menino azul tinha morrido e fugiu. Você veio e a gente pôde continuar..."

— Vasco só vai voltar daqui um mês, Orion, mas se você fizer um ditado de angústia sobre o menino azul, farei uma cópia para ele e lhe enviarei, será como se estivesse aqui. Quando a ler, vai te telefonar e seremos três como você quer.

— Vasco faria isso, Senhora?

— Está muito ocupado, tem muitos ensaios, concertos e viagens para fazer, mas fará.

— É pago para isso como você?

— Não, ele não é pago, fará porque é seu amigo.

— Meu amigo... meu amigo."

Orion vira e desvira em si essa palavra, que se torna a mais bela do mundo.

Pego o caderno, minha pluma.

"Então, comece...

DITADO DE ANGÚSTIA NÚMERO NOVE

A gente foi operado do coração com quatro anos. Quando os pais me levaram para o hospital, não me colocaram em um dormitório. O cheiro do hospital pavorizava desde a entrada. A gente não conhecia o demônio então, nem mesmo seu nome. Conhecia muito poucos nomes, muito poucas palavras, os pais não se davam conta porque a gente fingia entender. Em casa escutava o barulho da boca da mamãe, de papai ou de Jasmine, a gente sabia o que tinha que fazer, como você quando toca o telefone você atende, mas a gente não entendia bem o que diziam. Então com as palavras que não tinha, estava como obrigado a dizer bobeiras com as palavras que sabia. Não muitas. O doutor de então, que era muito amável, chamava isso minha papagaiada. No tempo antigo não se sabia operar do coração os pequenos de quatro anos, eles morriam. Quando se é operado lá, a gente é como um resurretificado. De repente tem que viver como os outros, tem o mesmo coração, mas a gente é um pouco empurrado pelo demônio, não sabe como fazer. Não pode mais ter medo, não pode mais ter crises, não pode mais papagaiar e aborrecer os pais e os amigos da escola, mas não adianta nada estar mudado, a gente é o mesmo.

Quando os pais me colocaram no quarto, a gente pensou que iam ficar, mas eles foram embora. Mamãe me deu muitos beijinhos antes de ir e até chorou um pouco, porque via que a gente tinha muito medo. Ela disse: Até amanhã.

A gente tinha medo das enfermeiras com seus aventais às vezes manchados, parecia sangue. Elas tinham vozes gentis, mas não vozes de mamãe. A gente tinha que ficar na cama, comer coisas que não estava acostumado, tomar pílulas. Felizmente mamãe tinha deixado meu paninho e meu ursinho. A gente não podia dormir sem o paninho, como diziam. Você disse que a gente precisava do paninho porque ele lembrava o cheiro da mamãe. Na época a gente não sabia disso e as enfermeiras também não. Quando não o tinha, a gente chorava até que o encontrassem. Isso acontecia muitas vezes.

Veio um menino maior que eu. Olhou o ursinho, a gente viu em seus olhos que ia pegá-lo. A gente o colocou do outro lado da cama, ele agarrou uma pata e puxou como para arrancar. Ele era mais forte, mas a gente gritou e chorou, uma enfermeira veio e ele se salvou, quando a enfermeira foi embora, ele voltou, a gente escondeu o ursinho debaixo do lençol, ele ficou na porta. Perguntou: Qual é o seu nome? A gente não queria dizer. Então ele disse: Você não sabe nem o seu nome, um verdadeiro débil mental!

A gente disse: Orion.

Isso não é um nome francês.

Sim, é um nome francês. A gente é francês, mas não podia dizer. Sentia que as palavras não eram seguras, mas sim más e que iam rir da gente respondendo se a gente falasse.

A gente virou para o lado da parede e chorou porque não podia nem dizer que era francês como os outros. A gente era como os outros, mas os outros não viam isso. A enfermeira chegou e disse zangada: O que você lhe fez para fazê-lo chorar?

Nada, Senhora, perguntei seu nome e me disse um nome de idiota.

Ele disse Orion, é seu nome.

Não é um nome francês.

Sim, é um nome francês, nem todo mundo pode se chamar Louis como você. Nem todo mundo tem um nome de rei. Estamos em uma república e você ainda não é presidente. Saia daqui, este não é seu quarto.

Ele volta para seu quarto e me detesta. Todo o tempo, quando as enfermeiras não estão, vem a meu quarto com seus amigos que fazem troças. A gente tem medo, tem que esconder seus brinquedos.

Mamãe vem de tarde no horário de visitas, ela vê que a gente tem medo, mas os meninos das maldades ficam em seus quartos quando ela está comigo. Ela não entende porque a gente tem cada vez mais medo. Quando a gente acorda, mamãe arrumou o quarto, ela diz palavras que não diz sempre porque a gente está doente, porque é o que entende mais tarde que os outros ou porque é tapado, essa é uma palavra que a gente entende. A gente tem medo, Senhora, e vomita um pouco na cama. Mamãe está incomodada porque tem que limpar a cama e o vômito. Diz para a enfermeira: Orion não é como os outros. Mas o doutor diz que vai melhorar. Seus olhos piscam, agita seus braços, fala sem parar, diz coisas incompreensíveis, entende tudo ou quase tudo. Quando estiver de pé, não tenha medo se ele saltar, se dançar a dança de São Vito. Isso vai passar, quase nunca quebra nada. A enfermeira diz: Não se preocupe, Senhora, conhecemos essas crianças, vai melhorar depois da operação.

Será que acusam mamãe, por causa... por causa de mim? No final do horário de visitas, vai embora. Ele sempre sabe o que se deve fazer. Mas os meninos troça voltam. A gente queria ser amigo deles, mas não consegue dizer. Deve se calar e suportar até que a enfermeira chegue. Está com raiva, eles estão zangados como se fosse culpa minha.

Fim do ditado de angústia."

"Pronto, Senhora, está na hora, a gente vai para a piscina, faremos a sequência segunda, será bom se Vasco telefonar."

Fico perturbada após a partida de Orion, sinto algo nascer e borbulhar em mim. Tenho um pouco de tempo, permito-me sentir. O que Orion acaba de dizer é um poema, um poema da infelicidade. Deve carregar em si uma espécie de esperança, já que está vivo, Orion vive e é o que tenho que dizer.

Será um poema-história, ninguém mais faz isso. Não importa. Escrevo, escrevo várias páginas muito depressa. Tumultuosas, certamente cheias de equívocos e de erros. Pouco importa. O ritmo, a forma virão mais tarde, podem esperar. Hoje é a matéria que está aqui, a que cospem os vulcões de Orion. Os vulcões quantos-erros!

Basta, está na hora de voltar para casa para escutar os pacientes que vão vir.

À noite, sozinha, releio o que escrevi. Há ali um caos, uma matéria que faz viver e pensar. Trabalho o começo, consigo dar forma a cinco longos versos:

> As crianças de quatro anos, que estão no hospital para uma cirurgia do coração
> O coração se encolhe quando pensamos nelas. Que coração?
> O meu seria tão vasto
> Para escutar o que viveu, em sua primeira infância, Orion, o adolescente obscuro
> De quem tanto tempo mais tarde tento decifrar as palavras, os gritos, as frases entrecortadas
> Os sonhos, os desenhos e os ditados de angústia...

Na seção seguinte Orion anuncia:

DITADO DE ANGÚSTIA NÚMERO NOVE – SEGUNDA PARTE
Não é fácil estar doente no serviço de cirurgia infantil. A gente tem medo..., mas não se atreve a dizer. Quando papai vem à noite depois do trabalho, diz: Você é um menino. É verdade. Um menino grande, como dizem. Mas não é verdade, a gente não é grande. A gente parece grande e até forte, quando tem medo ou lança bancos, quebra portas e janelas, a gente gosta disso às vezes. E depois chora porque sente que volta a ser pequeno, como era antes, como é na verdade.

Um dia me descem pelo grande elevador. A gente entra com a enfermeira boa, a que não me fala porque entendeu que não deve me falar porque a gente tem medo. A gente não é como os outros, ela sabe. Mostra tudo que é preciso fazer. A gente tem medo nesse quarto branco com todas as máquinas que mostram os dentes. A enfermeira me deita sobre o frio, segura um pouco minha mão.

Depois tudo fica escuro, depois escuro com faíscas e o doutor com sua grande voz de louco que diz: Respire... Por que diz isso? A gente respira sempre. Depois: Não respire mais... Por quê? A luz branca volta, a enfermeira mostra como se mexer sobre o frio, pega minha mão, a gente não chora mais, tem muito medo, volta o escuro com faíscas e quando o louco grita: Não respire mais!... o verdadeiramente grande entra em mim com algo que faz explosões no peito. E os outros, o doutor louco que fala no escuro, a enfermeira boa que entende e mamãe que espera no quarto, os outros não veem nada.

Chega o dia da operação. Mamãe está lá, dão a primeira injeção. Depois a gente não se lembra mais. Quando acorda, dói muito, a gente não conhecia nenhuma dor como essa... Por que me fazem tanto mal, se a gente não fez nada? Mamãe explica: É para seu bem, para o seu futuro. A gente não entende essas palavras, mas ela não sabe.

Mamãe pega minha mão. A gente é seu pequeno menino doente, já não fala mais, olha-me com seus grandes olhos de mamãe. Será que ela entende? Olha seu relógio, tem que ir embora. A gente tem medo, os troças vão vir. A gente mostra o ursinho, diz: Pegue-o. Mamãe está surpresa, ela o pega, vai colocá-lo no armário. A gente se agita, ela diz: Não se mexa, vai fazer a febre subir.

Ela não sabe que quando sair Louis vai vir pegar o ursinho. A gente não tem as palavras para explicar, chora, ela dá dois beijinhos, a hora é mais forte, vai embora.

Eles chegam. Jacques fica no corredor para ver se a enfermeira não vem, Louis examina minha cama, o ursinho não está lá. Abre o armário, pega-o. A gente está na desgraça do demônio tão forte que adormece chorando.

Quando a gente acorda, ele está lá. O menino azul, o menino da doença azul. É grande, tem sete anos. Está sentado na cama, mas não me incomoda e segura minha mão. A gente está muito contente. A gente não conhece este menino azul... mas sente de imediato que ele me conhece.

— Ele te conhece?

— A gente não sabe, Senhora. É um menino do hospital, um menino de verdade que segura minha mão e é também o menino que a gente se fabricola para não ser tão infeliz...

A gente dorme um pouquinho, a enfermeira vem com um remédio. A gente vê que ela gosta bastante do menino azul. Ela diz: Ele vai cuspir. Dê-lhe você. Ele pega o copo, mostra-me como abrir a boca e engolir o remédio. A gente está surpreso e contente, ele mostra uma segunda vez. Leva-o a meus lábios: Segure você mesmo. É ruim, mas a gente engole. Ele está contente, ri, a gente sente que pode rir com ele, ele não tira sarro.

Onde está seu urso?

Com os olhos a gente mostra o armário.

Vai ver: Se foi, pegaram-no. Não pergunta quem.

A gente vai procurar.

Volta com o ursinho.

Não pegará mais.

De noite, papai chega com um brinquedo, o menino azul vai embora tranquilamente, cumprimentando-o com a cabeça. Papai dá o brinquedo. Diz: São gentis de me deixar vir depois do horário de visitas. Ele me dá o brinquedo, fala, a gente entende o som de sua voz, o movimento de seus olhos, não as palavras. Com o menino azul é mais fácil, a gente se fala sem palavras.

A gente dorme um pouco, tem menos dor depois do remédio, papai me beija, vai embora dizendo: Felizmente são muito amáveis. O menino azul vem e faz com seus olhos e mãos pequenos gestos que fazem rir. A gente entende que Louis e os que fazem troças não voltarão. Ele lhes falou e eles o obedecem. A gente não sabe porquê, mas tem certeza disso.

No meio da noite a gente acorda, tem dor do demônio, ele grita em meu ouvido: Quem é amável? Quem é amável para papai e mamãe, que têm sempre que ir embora? A gente se debate um pouco na cama. Tem dor. Quem é amável no hospital? O menino azul. Ele não tem medo. O demônio está lá todo o tempo e espreita para enviar raios ou foguetes nos nervos. O menino azul é mais forte, por quê? Por que, Senhora...? A gente se pergunta isso agora, na época não conhecia essa palavra. Nem sequer podia dizer: a gente não sabe. Quem me ensinou a dizer isso? A gente não tem certeza, Senhora, mas pensa que foi ele, o menino azul, quando brincávamos os dois ou com um dos maus que se tornaram amáveis, no assoalho ou na minha cama. Em nossa ilha...

Depois da operação a gente pôde sair da cama, ele me ajuda, a gente está entre os quase curados, é difícil porque não entende bem e tem medo de fazer besteiras e que os outros comecem a rir. A gente sente que então vai ter uma crise muito forte, mais forte do que em casa, porque no quarto escuro com faíscas o demônio entrou... e cresceu. A gente vê – a gente não sabia dizer isso muito bem, Senhora, porque na época era muito pequeno –, a gente vê que se os outros rirem da gente, o demônio não poderá suportar e me jogará no chão na frente das outras crianças. Na época a gente não conhecia palavras para dizer isso, mas a coisa já estava na cabeça, a gente tem medo dessas cabeças que me olham berrar, vomitar e cuspir no chão me contorcendo de medo. Berrar sozinho no chão no meio dos outros, não é terrível demais para o demônio?

O menino azul vê que a gente tem medo, sabe do que, talvez também tenha experimentado isso, mas agora é grande, bonito, todas as ajudantes e enfermeiras gostam dele. Percebe o que vai se passar quando, de repente, a gente não compreende mais nada.

A gente não pode mais ficar no quarto sozinho, ele pede permissão às enfermeiras e a gente pode ir ao quarto dele. A gente fica feliz quando consegue entender. Ir ao seu quarto, em sua ilha, a gente nunca esteve tão contentificado como naquele momento.

Com ele tudo se torna fácil, ele mostra o que é preciso fazer. Na mesa a gente tem que comer carne muitas vezes e não consegue, faz bolotas que vira e revira na boca sem poder engolir. Isso faz os outro rirem, a enfermeira está um pouco brava. Para ele não é nada, mostra-me, pega um pedaço de pão, coloca-o na boca, coloca um pedaço de carne dentro, espera até que ninguém esteja olhando e o joga longe debaixo da mesa. Ele me dá um pedaço de pão preparado, a gente o coloca na boca como ele, mas não ousa jogar a bolota de carne com o pão em volta, então ele a pega e a joga longe.

O menino azul sabe tudo, adivinha tudo, é gentil, não recusa nada, não obedece nunca.

Compreende, sobretudo, o que a gente não compreende. Ele não diz, mostra, muito lentamente e quando a gente sabe fazer, ele diz as palavras.

Quando papai e mamãe vêm, ele não está. Quando a enfermeira entra, ele está lá, e manda embora todos os que fazem troças. Eles obedecem. Por que, Senhora?

Um dia a nova enfermeira nos leva, todos juntos, para a ducha. A gente nunca fez isso, tem medo, vai saltar, se denunciar com o grito de louco que o demônio esconde no fundo da garganta. Alguém pega minha mão, é o menino azul. A enfermeira ralha um pouco: Seu lugar não é aqui, esse lugar é para os pequenos. Ele sorri e ela não se zanga mais.

A ducha com ele não é nada. A gente grita um pouco, salta, mas não tão alto nem muito tempo. A gente é quase como os outros, a gente é dois. Ele me ajuda a me enxugar, porque a gente não sabe muito bem.

Ele tem sete anos e eu quatro, os dois no mesmo quarto, ele me ensina brincando, ensina muitas coisas.

A gente saiu do hospital, o coração estava reparaturado. Graças ao menino azul a gente saiu, ele ficou no hospital. Dizem que a doença azul é longa e nem sempre tem cura.

A gente viu no quarto dos raios o que os outros não veem. O menino azul entendeu e é por isso que a gente está vivo. Será que ele saiu do hospital, será que se curou da doença azul? A gente não sabe... Como sempre, a gente não sabe.

O menino azul, um dia estava lá. Não precisava dizer seu nome e sobrenome, a gente brinca.

No corredor de saída, quando papai carrega a mala e mamãe me puxa pela mão, a gente o vê. Ele não diz adeus, apenas sorri, é meu amigo e a gente não chorou.

Fim de ditado de angústia."

A PAREDE DESPEDAÇADA

Como prometi a Orion, envio a Vasco os ditados de angústia do menino azul. Digo-lhe ao telefone: "Queria tê-los feito na sua presença."

Vasco compreende imediatamente que esses ditados são um acontecimento importante para nós três. "Telefone para ele, Vasco. Sem dúvida seu pai vai atender, peça para lhe passar o telefone. Seja paciente, deixe-o falar. Ligue-me depois."

Quando Vasco me liga de volta, pergunta: "Quer que te conte?

— Não, isso é entre você e ele."

Sinto que está aliviado: "Ele me pediu para telefonar toda semana.

— Você aceitou?

— Não, disse que o faria uma vez por mês. Não devo interferir entre vocês.

— Está bem. O que conta é que saiba que você é seu amigo."

O doutor Lisors está impressionado com a participação de Orion na manifestação dos estandartes. Ele me pede que o tome para sessões de análise, três vezes por semana, no divã. Acho que ainda há riscos. Ele não os subestima, mas pensa que vale a pena afrontá-los.

Douai me coloca em contato com os dirigentes da associação "Os quatro pontos cardiais" que organiza atividades e viagens para jovens com dificuldade. Estão projetando uma viagem de dez dias à Tunísia: seis dias na praia, quatro em uma excursão. O enquadramento parece sério, o preço convém ao pai de Orion. Robert Douai pensa como eu, que seria uma boa oportunidade para tirar Orion de seu marco habitual.

Telefono para a Senhora Lannes, a diretora. Ela quer, antes de tomar uma decisão, que Orion venha falar com ela e a psicóloga do grupo sobre seus problemas, seu trabalho e suas motivações. Pede que o acompanhe.

Antes de ir vê-los, Orion me pede para ensaiar o que vai dizer. É um trabalho novo. Como sempre, sou eu que o escuto, mas o que diz não se dirige a mim, e sim a outros que não conhece ainda.

A Senhora Lannes e a psicóloga nos recebem com gentileza. Sobre a mesa, notamos fotos de pinturas e esculturas que o pai de Orion lhes trouxe ontem.

Orion, sem preâmbulos, começa a falar de seu caráter, seus problemas, seus comportamentos violentos, sua esperanças, com uma força e uma perspicácia que nunca tinha visto antes. Ele sabe que se trata de uma prova, está tenso, vermelho, seus gestos são bruscos, mas suas palavras são compreensíveis e sua sinceridade comovente. Dá precisões sobre suas obras: as cores, os materiais utilizados, as datas, mas não diz nada sobre o sentido que lhes dá. A Senhora Lannes e, sobretudo, a psicóloga estão muito impressionadas com as fotos de suas esculturas. Uma delas é de uma escultura em madeira, que ainda não vi e que leva o título de: A Menina pré-histórica.

"Por que pré-histórica?" pergunta a psicóloga.

E Orion, como se fosse algo evidente: "A gente não sabe, Senhora."

Estou feliz, rio. A Senhora Lannes me pergunta porquê. "Porque é a verdade".

Sinto que o jogo está ganho, sem que eu tenha dito nada. Orion falou sozinho, nunca tentou ser compreendido pelos outros e compreender a si mesmo com tanta justeza. Nem seus fantasmas, nem a algaravia perturbaram suas palavras.

Irá à Tunísia, está decidido. Chegando ao bulevar Saint-Germain, onde Orion vai pegar o ônibus, estamos tão cansados, tão contentes um com o outro que nos separamos sem pronunciar uma palavra.

Na volta do grupo da Tunísia, a Senhora Lannes me telefona e diz que Orion voltou muito contente. Houve um grande incidente no avião que terminou bem. Depois só pequenos sinais de alerta. Fez belos desenhos e os deu.
"Se outra oportunidade de viagem se apresentar, o aceitaram de novo?
— Somente se você vier conosco. É muito interessante, mas com seus problemas, mobiliza demais os acompanhantes. Ele te contará tudo isso."
Vejo Orion no Centro no dia seguinte, está bronzeado, parece contente de estar de volta. E pede, logo depois de se sentar: "A gente pode fazer um ditado de angústia?

DITADO DE ANGÚSTIA NÚMERO DEZ

A gente foi de avião, os pais me levaram, a gente está contente de rever a Senhora Lannes e de conhecer a enfermeira. A gente nunca pegou um avião, logo a gente gosta. A gente está em um lugar no meio e não vê muito bem a janelinha. O vizinho Mario, um menino do grupo, olha pela janelinha quando levantamos voo, a gente está um pouco zangado porque não consegue ver. Depois trouxeram as bandejas, o vizinho come, a gente não ousa. A gente se inclina para a janelinha para olhar, tem grandes nuvens e o sol. A gente quer ver para se sentir bem e depois pensa em você e em fazer quadros de nuvens. Mas quando se inclina o vizinho diz que a gente não o deixa comer em paz. Não é verdade, a gente só quer ver o sol e as nuvens. Ele me empurra e a gente tenta ver se afastando dele. Trouxeram o chá e café. A gente não toma, mas ele sim. Enquanto ele bebe, a gente se inclina demais e derruba a sua xícara. Ele grita: deixe-me em paz, olhe, você derrubou a xícara em mim. A gente não queria derrubar, só queria ver e ele sempre atrapalhava. A gente não pôde mais suportar seus gritos e deu no seu ombro, com o punho, um soco que não é forte demais. Ele sente dor, começa a chorar e gemer. Então a gente tem vontade de bater mais forte. Felizmente a enfermeira viu tudo. Chega e diz: Venha, pegue meu lugar, lá poderá ver. As duas aeromoças vieram também, mas foram embora. A enfermeira tinha sua voz e disse como você: Você está entre amigos, Orion, pegue o lugar na janela. A gente vai nesse lugar, durante toda viagem vê as nuvens e se acalma. Depois vê o mar e os barcos, em seguida a Tunísia. No aeroporto a Senhora Lannes vem, pega meu braço, a gente vê que os outros tem um pouco de medo de mim e o vizinho Mario se afasta. A gente tem as nuvens e o mar nos olhos e não quer mais bater em ninguém.

    A gente passa seis dias na praia, fica amigo de um menino tunisiano e depois, no dia seguinte, de outros dois. A gente joga basquete e um pouco de futebol, mas no futebol não é muito bom. Quando querem jogar futebol, a gente faz desenhos. Logo lhes dá os desenhos, estão contentes. O antigo vizinho do avião vem nos ver com sua amiga Louise. O amigo tunisiano diz: Venham brincar conosco, é melhor em seis, três contra três, Mario diz: ele vai nos bater. O amigo tunisiano diz: Ele, bater? Nunca, é um bom amigo. A gente está contente de ter amigos tunisianos árabes e triste quando vai embora da praia. A gente queria levá-los, mas eles não tinham dinheiro e a gente precisa guardar seus trocados porque não tem muito. Em um pequeno ônibus fomos até um oásis, é o lugar que a gente mais gostou. Lá a gente queria passear sozinho com Louise, mas Mario disse que não, porque é sua amiga. A gente desenhou um monstro-cometa, queria dá-lo a Louise, mas ela tem medo. Então a Senhora Lannes diz que o quer, que é bonito. A gente lhe dá. Então Louise quer ter outro, mas a gente não tem mais nada na cabeça. No avião na volta, a gente está ao lado da janela, não tem crise. A Senhora Lannes diz que vai reservar um lugar em sua sala para uma exposição minha.

    Fim do ditado de angústia."

No dia seguinte, Orion chega a nossa casa muito agitado, mas se estica no divã mesmo assim. Depois de um momento de silêncio, agita-se, fala de maneira desordenada, pouco a pouco consigo compreender que está muito decepcionado porque Louise telefonou para dizer que não poderá vir à exposição em que ele vai apresentar algumas obras. Um jovem lhe pediu dinheiro na rua. Ele ficou com medo e fugiu correndo. Sente ódio, raiva, raiva contra o demônio que lhe fez isso.

Levanta-se pela metade, vê subitamente aparecer o demônio, saindo da parede branca a sua frente. Salta do divã, pega a poltrona que está na frente da minha mesa e, antes que possa fazer qualquer coisa, lança-a contra a parede onde se despedaça pela metade. Não saio de meu lugar, lembro-o que estou ali, que está entre amigos. Está sem fôlego, peço-lhe para apanhar a poltrona, para se deitar de novo sobre o divã. Ele o faz. Quando recupera seu fôlego e relaxa um pouco, instalo a mesa de desenho. Recupera a calma desenhando uma estação de metrô mal assombrada. Talvez seja um belo desenho.

As semanas, os meses passam, há anos que Orion e eu trabalhamos juntos. Como sempre no mês de dezembro, quando seus pais fazem uma viagem ao interior, Orion está muito angustiado. É um mês de provas para ele, para mim também. Às vezes, Jasmine vem lhe fazer companhia. Ontem à noite ficou sozinho e, para tranquilizá-lo, propus-lhe vir a nossa casa esta manhã.

Chega muito perturbado, teve um sonho em que esqueletos saíam do cemitério e invadiam os ônibus da linha que pega habitualmente. Tento acamá-lo com um relaxamento. Impossível, está muito angustiado. "Os ônibus conduzidos pelos esqueletos batem na minha cabeça e sobem uns sobre os outros, vai ter acidentes.

— E se você fizesse um desenho?"

Trago-lhe seu suco de laranja, começa a traçar alguns traços com lápis. Instalo-me em minha escrivaninha de frente para ele, que me diz: "Você escreve e a gente desenha, nós nos falamos assim." Mergulhamos cada um em seu trabalho, vejo que seu desenho toma forma e isso produz um efeito sobre minhas palavras, que estão mais firmes e se descobrem umas as outras mais ativamente.

De repente afirma: "Aqui, é como uma outra ilha Paraíso, uma ilha onde não há escola, não há metrô, não há pais, uma França onde cada um se governa por si mesmo... Você, Senhora, vai morrer antes de mim, os pais também? Tenho que fazer obras e ter amigos quando chegar esse tempo. Porque uma namorada a gente não terá, parece."

A cena que desenha se passa de noite, os personagens – todos esqueletos –, os ônibus, o cemitério se destacam em branco sobre o fundo preto. É um imenso trabalho, feito todo com pluma e sem usar pincel.

Preparo o almoço, logo depois de comer, volta a seu trabalho. Aviso-lhe que tenho pacientes às quatro e que terá que ir embora. Não concorda: "O desenho quer continuar, quer levar tudo para a sala de estar, assim a gente poderá trabalhar enquanto você escuta seus pacientes."

Nunca fez isso antes, mas por que não? Levamos tudo, depois volta comigo ao escritório, olha o buraco que fez na parede ao jogar uma poltrona quando apareceu o demônio. Não quis mandar arrumar os estragos. Olha o buraco com certa satisfação: "O demônio me forçou a fazer isso apesar do golpe que dei em sua cara.

— Quando o viu, Orion, você não teria podido dar uma bronca nele, xingá-lo em vez de quebrar minha parede e minha poltrona?

— Não, Senhora, a gente não podia. O demônio de Paris fala, fala, grita, peida, bombardiza, mas não escuta nada. Nada, nunca!

— Vá quando quiser, não faça barulho."

Não responde, já retomou seu trabalho. Recebo três pacientes, estou persuadida que Orion foi embora quando volto à sala de estar. Continua lá e o desenho avançou muito.

"É mais de sete horas, Orion, você deveria ter ido embora há muito tempo.

— O desenho não quis. Telefone para papai, deve estar em casa."

Telefono, anuncio o atraso de Orion e o explico a seu pai.

"Estávamos um pouco inquietos quando chegamos e não o vimos. Irei buscá-lo na saída do metrô."

Quando volto, Orion contempla perplexo seu desenho. "Está bom, não é, Senhora?... Mas o desenho ainda não está contente, é como se faltasse algo para fazer.

— Tenho que sair, olharei o desenho daqui a pouco. Vá, Orion, seu pai te esperará no metrô.

— O desenho queria que a gente viesse amanhã para terminá-lo. A gente pode deixar tudo aqui?"

Tinha outros projetos, ele percebe, insiste: "Você promete?" Naturalmente, prometo. Seu desejo foi sempre tão constantemente contrariado que, quando insiste, não posso recusar.

Vai embora, vou à estação buscar Vasco que volta para passar dois dias. Olhamos juntos o grande desenho quase terminado sobre a mesa. É muito forte, muito louco. Vasco conta os esqueletos, há mais de oitenta. A presença deles e a pavorosa desordem dos ônibus subindo uns sobre os outros tem algo de irrefutável.

Vasco me mostra um esqueleto menor que os outros, o de uma criança que parece sair com um esforço imenso da morte. Tenta correr, esticando os braços para frente para pedir por socorro. Sua imagem é dolorosa, em frente dele um esqueleto adulto corre, talvez, a seu encontro. Pode-se esperar que vá protegê-lo?

"Para Orion o desenho diz que falta algo.

— O desenho tem razão, Véronique, mostra a ação do desenho, não sua presença."

Vasco sai de manhã cedo para trabalhar a música de um filme. Penso de novo no demônio-parede, no demônio da parede branca, que Orion viu aparecer deitado sobre o divã e que o fez saltar sobre a poltrona. Em seu desenho, os caixões abertos, os esqueletos, os ônibus em debandada tomam todo o espaço.

Quando chega, Orion está feliz de ver a mesa, seu material e seu desenho como os tinha deixado na véspera. Vira e desvira o desenho: "Será que está quase terminado ou não, Senhora?

— É seu desenho, Orion, é você quem sabe.

— O desenho pensa que tem algo que destoa.
— Você deveria pensar no demônio-parede branca contra o qual lançou a poltrona.
— Não tem mais lugar, o não-terminado já está pintado de preto.
— Cubra-o com tinta branca."
Não responde, destampa a garrafa de tinta branca, penso que vai começar a trabalhar. Então pergunta: "A gente pode olhar o livro de catedrais que viu contigo?
— Trago-o e o deixo contigo, tenho dois pacientes."
Quando volto, vejo que elevou no lado direito do desenho uma torre de caixões no cume da qual aparecem o alto de um busto e a cabeça de um demônio branco. Seu pescoço exagerado sustenta uma cabeça coberta por um capacete. Não tem orelhas, seu nariz é quase um focinho, seus olhos muito grandes espionam e de sua boca saem presas e uma língua ávida.
"É um desenho terrível, Orion, um de seus melhores. Você fez um demônio branco.
— É o da sua parede, Senhora, e no livro das catedrais a gente viu imagens de demônio. A gente não copiou, o desenho não quis e teve de repente na cabeça essa gula *gare*.
— Essa gárgula.
— Não, Senhora, essa gula *gare* por onde o demônio de Paris e subúrbios envia seus TGVs de raios para que a gente se torne também o esqueleto que não é. Então a gente poderia dirigir ônibus em liberdade com uma namorada esqueleto. O que a gente nunca poderá fazer na vida real, com uma namorada de verdade.
— Seu desenho é bonito e assustador. Vasco gostou muito dele.
— Está melhor agora. A cabeça viu coisas novas e o desenho quer se chamar O *Cemitério degenerado*."
Alguns meses mais tarde, Orion deve expor em um salão organizado pela Prefeitura. Seu pai me telefona: "Orion terminou sua estátua de madeira, está muito boa. A madeira é boa, mas há

rachaduras, podemos preenchê-las, mas a ideia parece não agradar Orion.

— Deixe a madeira tal como está, para Orion as rachaduras fazem parte de sua estátua."

No dia seguinte pergunto a Orion o que vai expor.

"O desenho astronômico com planetas e o com o faraó do fundo do mar.

— E a estátua?

— É a menina pré-histórica que você viu inacabada. A gente a deixou com rachaduras. Quando o júri passar perto das obras, fique atrás de mim, como Sexta-Feira com Robinson, sem isso a gente tem medo.

— Não vai expor seu *Cemitério degenerado*?

— Não é um desenho para a Prefeitura..."

A exposição acontece nas salas situadas perto do hospital Sainte-Anne. Indo para lá creio reencontrar o odor muito particular e o clima destes lugares onde assisti tantas conferências e seminários. Quando chego, o pai de Orion me diz alegremente: "Há chances de Orion ganhar o prêmio." Orion está perturbado com essa perspectiva e pelo anúncio da presença do prefeito. Ele cola em mim: "Fique todo o tempo pertinho.

— Mostre-me sua estátua terminada."

Fez essa estátua em sua casa, sozinho, apoiado apenas pela presença de seu pai, pois não pode trabalhar muito tempo na solidão.

Fico impressionada ao vê-la: é uma mulher ajoelhada com formas poderosas e arcaicas. O nariz aquilino segue a linha de uma testa fina, tem grandes olhos que parecem fechados, mas que nos encaram sem nos ver. O queixo inexistente, o rosto que se diria além da palavra, em um silêncio de outro mundo, está cercado de uma densa cabeleira, colocada ou encaixada como um capacete.

Os ombros estão muito apagados, os seios, sobre os quais se desenvolvem as nuances sutis da madeira, estão quase juntos, o ventre é ligeiramente saliente, as mãos se cruzam sobre ele para conter, para proteger, talvez para que o corpo diga uma oração.

Orion jogou instintivamente com as rachaduras da madeira. Uma delas atravessa a testa e corta em duas partes a bochecha direita com um golpe de sabre. Outras sulcam o corpo. Essas rachaduras ou essas feridas sublinham o ar de indiferença profunda da menina. Por que menina se a estátua evoca mais uma mulher? Ela vem de outro universo e Orion a nomeou, com acerto, como pré-histórica. Olho suas costas, esculpidas com uma sensualidade muito mais viva que o resto do corpo. As curvas do corpo, o oco das nádegas acima das pernas acocoradas formam um tipo de grande rosto de sombra mal esboçado. Um rosto? Talvez, não ouso dizê-lo a Orion, digo apenas: "É bonito, que belo trabalho você fez!" Seu rosto se ilumina, seu medo do júri se dissipa. Passo a mão na parte de baixo da estátua, está perfeitamente polida, é um prazer para as mãos.

Os membros do júri se aproximam, acompanhando o prefeito. É um homem um pouco gordo, um pouco arrogante, um homem importante que distribui sorrisos para todos, ele para mais tempo diante das obras premiadas, diz algumas palavras ao artista e lhe entrega uma medalha. Orion está ansioso, vira-se para mim: "Você fica atrás de mim, como com o Minotauro."
    O júri chega, seus membros me separam de Orion, o presidente mostra ao prefeito A Menina pré-histórica. O prefeito fica estupefato vendo as rachaduras que cortam o rosto e o corpo da estátua. Parece duvidar da escolha do júri e teme tratar-se de um engano. Essa estátua é filha do desejo pré-histórico e de um futuro que não pertence ao universo burocrático. O presidente o convida a tocar com o dedo a estátua e seu maravilhoso polimento. O prefeito fica mais tranquilizado pela qualidade artesanal da obra e mostra seu sorriso profissional. Estende a mão a Orion, dá-lhe uma medalha e anuncia: "Primeiro prêmio de escultura." Diz algumas palavras a Orion, apertando-lhe a mão e este, muito vermelho, consegue lhe responder. Não esperava essa façanha vinda de um rapaz que não pode entrar sozinho em uma loja.

Está tão contente de ter vencido seu medo que nem se lembra do mais o que lhe disse o prefeito, nem do que respondeu e que não pude escutar. Ele me diz: "A gente sabia que você estava atrás de mim. É meu prêmio, mas é como se o tivéssemos ganhado um pouco os dois."

Vasco, muito ocupado pelo filme para o qual fez uma parte da música, não pôde vir ao *vernissage* da exposição. Foi com Orion e volta entusiasmado pela nova via que se abre com A *Menina pré-histórica*. Manifestou sua admiração a Orion com tanto ardor que este está muito emocionado e parece tomar mais consciência do caminho percorrido.

É então que Orion me traz uma caixinha de papelão que coloca sobre minha mesa. "O que é isso?

— Olhe."

Abro a caixa, contém cartões de visita:

ORION

Artista pintor e escultor

Ele os olha com orgulho: "Foi Vasco que telefonou para papai, para dizer que tínhamos que fazer isso. Os pais estavam surpresos. Vasco lhes disse que agora a gente tem uma profissão de verdade, que tinha que fazer cartões de visita e colocar nelas a profissão que aparece na minha carteira de identidade."

A GENTE NÃO SABE

Desde que a presença do menino azul cresce entre Orion e mim, retomo muitas vezes o rascunho do poema que escrevi sobre ele em um momento de cansaço e obscuro entusiasmo. Reescrevo certas passagens, não busco terminá-lo, não é somente para Orion que o menino azul apareceu e cresceu. Fala também em mim e ainda que me esforce para escutar suas palavras, estar atenta a suas aspirações, ao que faz em nós, sei que não o escuto, que não o escutamos ainda. Não completamente. Paciência... a gente não sabe... a gente não sabe.

Por isso só escrevo fragmentos, talvez hoje tenha melhorado alguns versos.

> Quando já só se podia cuspir, vomitar e rolar batendo os pés
> Berrar no chão, sob o olhar fascinado das crianças
> Um dia, o menino azul, o menino da doença azul, um dia estava lá.
> Com sete anos e eu quatro, a gente brincava, a gente aprendia muito
> Depois não me ensinaram mais...

Um dia estava lá. Devo deixar essas palavras ditadas descer e penetrar em mim todo o tempo que precisar. Nada mais me é pedido. Seguir a pista do menino azul, a incerta, a obscura linha sinuosa que ele traçou e que continua, apesar do véu da amnésia e da vida cotidiana.

Na palavra desordenada de Orion, em suas bruscas interrupções, seus ditados de angústia, o menino azul ressurge muitas vezes. Uma imagem se forma em mim:

> Era e não era como os outros
> Seus olhos compreendiam tudo e nunca tinham medo

Os dias, as semanas passam com seus habituais altos e baixos, mas nas profundezas algo muda em nós. A imagem, a memória renovada do menino azul apaziguam um pouco Orion e sinto que me iluminam. Mas como não ter medo do que pode acontecer na estrada desconhecida, com um ser tão machucado como Orion? Enfim, ouso ver, ouso pensar que se o menino azul não tinha medo é porque sentia as forças presentes, embora ainda ocultas, em Orion. E apesar de meus temores, minhas ignorâncias, eu também posso ter essa confiança.

A primavera passa, o verão se anuncia e o poema caminha para sua conclusão.

> A gente saiu do hospital, viveu, se isso é viver, e o menino azul já não estava mais
> Será que ele saiu, se curou da sua doença azul?
> A gente não sabe. Como sempre, não sabe. A gente só sabe as palavras e os palavrões que saem do vulcão
> A gente saiu, era obrigado, porque o coração estava consertado e voltou para o lado que dói.
> O menino azul, com seu olhar sensato, suas ações transparentes, quem era ele, de que lado do lado que dói?
> A gente não sabe. Um dia estava lá, um dia a gente foi embora.
> Nunca disse seu nome nem seu sobrenome. No corredor da partida
> Quando papai arrastava minha mala, ele estava lá. Como sempre estava lá. Sorriu.
> Sem dúvida era meu amigo, porque foi ele quem me mostrou
> Foi ele quem me ensinou a viver. A viver e a brincar.
> Depois me forçaram.
> Senhor, se a gente pode viver
> É porque deve viver ainda
> Faça que a gente sempre esteja na simplicidade,

Na luz do menino azul,
No cruzamento de Angústia.

Porque escrevi "Senhor"? Não há Senhor, teria dito meu pai, e é o que teria escrito outrora. Escrevi essa palavra, no entanto, o poema gosta dela! Diante do primeiro labirinto de Orion, o doutor Lisors me dissera: "Ambos devemos permanecer surpresos e mesmo estupefatos diante deste labirinto." Sinto que devo continuar surpresa e mesmo estupefata diante da palavra Senhor. Qual Senhor? O da estrada ignorada.

No fim deste ano Orion me diz: "Papai escutou falar de uma bolsa para a vocação, recebeu os papéis, quer que a gente seja candidato. É o último ano que a gente pode fazer isso.
— É uma boa ideia.
— A vocação, dizem que é para os grandes, a gente é mais um pequeno na prisão.
— Na prisão...
— Sim, Senhora. Com as obras a gente faz espécies de céus, furacões, e até mesmo sóis, mas sempre na prisão. Você, Senhora, quando escreve diante de mim enquanto desenho, também está na prisão. Sua prisão sou eu, porque deve escutar meus palavrórios, cuidar de mim quando tenho crises, trazer chocolate e suco de laranja. E para mim, você é minha prisão para que a gente faça obras de pintor e escultor, e saia da algaravia que corta a palavra dos demais. Está tarde, Senhora. A gente tem que ir embora.
— Traga-me os papéis da bolsa de vocação, pode ter chance.
— Talvez, Senhora, se me ajudar a preencher os papéis."

Recebo Orion no dia seguinte no hospital dia para ajudá-lo a responder o questionário. Todos já saíram de férias, resta apenas uma secretária e nós dois. Prevejo dificuldades para responder às questões colocadas, os que as redigiram não pensaram nos problemas de uma pessoa com deficiência. Ele mesmo deve falar do que fez até aqui e do futuro que projeta. Além do mais, o questionário deve ser preenchido à mão pelo candidato. É um trabalho espinhoso para Orion, que escreve com dificuldade, com medo de cometer erros de ortografia e sujar o formulário se ficar irritado.

Proponho-lhe ditar primeiro um rascunho que digitarei à noite e que ele só terá que copiar amanhã. O formulário lhe pede uma descrição de seu passado. Não entende o sentido da questão, discutimos sobre isso muito tempo. Quando compreende, dita com o tom que usa para os ditados de angústia.

"A gente era uma criança retardada por uma doença do coração até quatro anos. No hospital Broussais a gente foi operado e conheceu o terror. Felizmente tinha um menino azul que me protegeu. Na escola maternal tudo ia bem, tinha uma professora amável que salvava a gente muitas vezes. Na escola primária um demônio de Paris atacava, era um inspetor, a gente não podia lhe responder, tinha medo demais quando ele perguntava, então a gente lhe deu chutes e foi expulso da escola. Os pais acharam não muito longe um centro psicopedagógico para fazer a escola primária, mas tinha muitas palavras que a gente não entendia e não ousava dizer. No hospital dia tudo ia bem, mas no oitavo ano tinha muitas palavras que faltavam, a gente escondia isso, como de costume, mas os professores começaram a perceber. A gente quase foi expulso, depois veio uma professora psicóloga muito amável. Ela entendeu pelas palavras e depois pelo desenho, pelo violão, pela escultura. A gente virou pintor e escultor e expôs, ganhou prêmios, mas mesmo assim não está curado. Desde pequeno o demônio de Paris me lança raios nos nervos, faz-me saltar, para que as pessoas e as coisas se tornem feiticeiras. Quando tem muito medo a gente quebra vidros, chuta a porta, salta, bate e, para terminar, chora porque quer ir ao campo. A Senhora psicoterapeuta entendeu que a gente deve se refugiar em sua imaginação, desenhar labirintos, fugir com guache para a ilha Paraíso número 2 ou para os planetas em tinta nanquim. Com ela a gente se acalma, faz obras de artista pintor e escultor, fala, assobia canções ou trechos de sinfonia. Às vezes a vida torna-se mais clara, a gente é menos pequeno diante dos que fazem troças, mas muitas vezes o demônio é como um OVNI no céu. As pessoas se enfeitizam e os ônibus berram nas ruas que se tornam escuras."

A segunda questão trata de sua vocação. Ele retoma:

> "As obras vêm de minha imaginação. A gente não pode conhecê-las de antemão. Primeiro a gente tem que ver na cabeça, a gente trabalha à medida que a imaginação as mostra. Não pode copiar a natureza, tem que vir primeiro na cabeça, não perfeitamente como em uma foto.
> A questão é difícil para mim porque falar e escrever é pesado, às vezes a gente fala demais e torna-se tedioso. Se pudesse responder desenhando ou esculpindo, talvez conseguisse a bolsa. Escrevendo a gente não tem chance, mas meu pai pensa que tem que tentar."

Tem poucas chances de ter a bolsa, é verdade, talvez não tenha nenhuma, mas essa candidatura o leva a refletir sobre si mesmo, sobre seu trabalho, a se pensar, a se identificar como artista pintor e escultor.

Quando Orion termina, leio para ele seu texto, fazemos algumas correções e lhe digo: "Amanhã trarei o texto digitado e só terá que copiá-lo em seu formulário.

— Só se o demônio não atacar gritando: Quantos erros! Quantos erros!

— Não o fará, estarei perto de você."

Orion aperta minha mão e sai. Escuto-o voltar.

"Esqueceu algo?"

Para na porta, olha-me nos olhos, como tento há muito tempo lhe ensinar. Olha-me como talvez antes nunca fez. Diz: "Obrigado, Senhora, contigo a gente conserva seu território."

Recua, fecha cuidadosamente a porta e vai embora.

Ele me deixa muito perturbada, percebo em um instante toda a extensão do erro que cometi no ano passado. Não era o mês de aprendizagem na oficina de seu pai que o transtornava. Era, sobretudo, sentir que a doença de Gamma ocupava quase inteiramente meus pensamentos. Teve medo de perder seu território em mim, o mais importante, o da imaginação. Precisa de alguém que o escute para desenvolver sua imaginação, que acredite nele e cuja confiança encoraje o enorme esforço que deve realizar para avançar e se liberar do banal. Continuando a vê-lo, durante e após a doença de Gamma, mostrei-lhe que tinha sempre seu território livre em mim, que tinha sempre alguém pronto para ajudar, amar e esperar suas imagens. Acreditei viver a morte de Gamma, mas ela está viva e curada. Orion acreditou que eu lhe retirava seu território imaginário, e se deu conta que ele sempre esteve aqui. Não me saí tão mal no fim das contas. Agora tenho que ir, levar nossos fantasmas através das ruas, do metrô, do calor que se torna esmagador.

Na manhã do dia seguinte, preparo minhas bagagens, vou para uma pequena casa em Touraine. Vasco está em turnê, vai me encontrar em alguns dias. É um dia muito quente. Sinto que preparo mal as malas, esqueço coisas, pego demais de outras, fico irritada. Orion deve estar se irritando também, não será uma tarde fácil.

O calor está terrível, os odores se fazem sentir no metrô apesar das correntes de ar. Tenho sorte, um trem chega logo, não há muita gente. No Centro, a secretária ainda não chegou, estou só. Instalo-me em minha salinha, saí cedo demais, Orion chega apenas em uma meia hora. Todo o cansaço deste ano cai sobre meus ombros. O que fazer enquanto espero? A resposta surge com uma força que me surpreende: Não faça nada! Não é um conselho nem uma sugestão, é uma ordem. Pare, pare de fazer! Será que não sente o calor que está fazendo, não se dá conta de como está cansada? Pare a máquina. Escute, escute um pouco viver, respirar, relaxar o corpo extenuado que te quer bem sem que sua mente se dê conta disso.

Orion chega ensopado de suor e muito nervoso. Digo-lhe para refrescar o rosto e as mãos. Tranquilizo-o com palavras, com um tom de voz que conhece. Dou-lhe um suco de laranja. Será que devo ter vergonha de ser um pouco a enfermeira que cuida dele e o ajuda a relaxar? Tiro disso certo prazer, é verdade, mas acho que tenho o direito de fazê-lo. Ele se queixa: "A gente tem medo de cometer erros de ortografia, porque então o formulário ficará estragado. E depois, se a gente não escrever bem direitinho, vai parecer um débil mental.

— Faça linhas com o lápis, em seguida as apagará.

— Não, você... você as faz."

Traço nas folhas linhas bem regulares com o lápis. Está tranquilizado.

"Agora tome meu lugar e copie as folhas datilografadas." Ele copia a primeira folha dando grandes suspiros, levanta-se subitamente, grita: "A gente colocou duas vezes a mesma palavra, o que vai fazer agora?

— Primeiro sente-se, não fique nervoso. Risque cuidadosamente a segunda palavra com a régua. Assim, isso... faça dois traços. Pronto. Veja, estou bem perto, estou na sua frente."

Estou sentada em uma poltrona que quase nunca uso, diante de sua mesa. A imprudência me levou ao extremo de me esticar pela metade, colocando os pés sobre a segunda cadeira. Naturalmente, com o calor que está fazendo e cansada como estou, sinto vir uma doce sonolência. Luto, mas não tenho forças para me levantar, Orion trabalha, está tranquilo. Sinto minha cabeça deslizar na direção de meu ombro. Sinto-me acolhida, recolhida pelo sono. Deveria... não posso, abandono-me.

Acordo pela metade, escuto meu querido papai, sem dúvida inclinado sobre mim, que me diz: "Dormia tão bem."

É verdade, dormia tão bem, durmo um pouco ainda. De súbito meu coração se aperta. Não é meu pai, ele está morto. Abro os olhos. Inclinado sobre mim, por cima da escrivaninha, Orion me olha despertar com um belo sorriso de indulgência nos lábios. O sorriso de um jovem pai para sua criança adormecida.

Estende-me seu trabalho, seu sorriso confiante me tranquiliza. Esperava ter que ajudá-lo, mas ele terminou sozinho enquanto eu dormia. Recomponho-me, estico-me, leio o formulário enquanto ele me olha com o mesmo sorriso de bondade.

Desde que adormeci, não cometeu mais nenhum erro, a correção de agora há pouco é nítida e clara. Só tem que apagar as linhas feitas a lápis, apaga-as com habilidade. Quando as folhas estão em ordem, coloco-as no envelope.

"Meu pai vai colocá-las no correio esta noite.

— Boas férias, Orion!

— Boas férias, Senhora, amanhã a gente vai pensar no menino azul e em você ao passar pelo cruzamento de Angústia, na estrada de Périgueux."

Não cole em mim

Há treze anos que entrei no hospital dia, doze que me ocupo de Orion. Tem vinte cinco anos agora e, mesmo levando em conta o atraso considerável que tinha quando me encarreguei dele, há muito tempo que deveria ter deixado o Centro. Permanece apenas graças às prorrogações sucessivas obtidas pelo médico-chefe e Robert Douai, que se interessaram por esta psicoterapia inabitual na qual delírios, fantasmas e passagens ao ato puderam, sem desaparecer, diminuir e se transformar em obras.

Essa situação não pode durar muito, sinto que a equipe de trabalho, apesar de toda a simpatia de muitos por Orion, considera que na sua idade já não deveria estar em um hospital dia para adolescentes. Depois das férias, falo desse problema com o doutor Lisors e Robert Douai, proponho-lhes terminar meu trabalho no Centro no fim do ano e procurar um hospital dia para adultos para Orion por um ano ou dois, depois me parece que seja capaz de poder se desenvolver bem em sua própria família.

Douai pergunta: "Como, após um trabalho a dois tão intenso, vai suportar essa separação?

— Se estiver de acordo, continuarei a vê-lo duas vezes por semana, não mais em psicanálise, mas em entrevistas. Se tudo andar bem em seu novo centro, espaçarei progressivamente os encontros.

— E como, diz Douai rindo, você suportará distanciar-se dele?"

Respondo rindo também: "Será difícil, mas a separação é necessária... para ele e para mim."

Digo a Orion que este será nosso último ano, pois vou, assim como ele, deixar o hospital dia. O anúncio de nossa partida e da busca de outro centro provoca nele uma viva angústia. No transcurso de nossas primeiras sessões, queixa-se de não ter uma namorada, nem um amigo.

"No entanto, tem muitos amigos no Centro. Tem também Vasco, Roland e eu." Uma inspiração súbita me faz acrescentar: "E suas obras, seus quadros, suas esculturas: A Menina pré-histórica, a belíssima Leoa-marinha que quase terminou, o bisão no qual está pensando, você acha que eles não são seus amigos?"

Minha questão o deixa pensativo, de súbito diz: "Às vezes a gente pensa, Senhora, que quase poderia ter um amigo assim. Quando era pequeno no antigo apartamento, às vezes, para ganhar uns trocados, papai fazia horas extras à noite. Ele vinha ao meu quarto, pensava que dormia, mas muitas vezes a gente fingia. Então a gente o escutava falar com as ferramentas e com as joias com outra voz, uma voz de amigo. Quando estava contente com seu trabalho, ria e as joias riam com ele em uma pequena luz. A gente sentia que papai tinha um amigo de verdade, um amigo do trabalho.

A gente era pequeno demais para ter um amigo assim, o trabalho era aprender na escola, o cálculo, a ortografia, não podia ter nesse trabalho um amigo que gritava: "Quantos erros! Quantos erros! Espécie de débil mental, diferente de todo mundo!"

Um amigo do trabalho quando a gente pinta seria uma longa linha reta, com círculos embaixo e retângulos para brincar, descansar e fazer música. Uma linha vertical iria até o céu, mas não é lá que a gente quer ir, isso parece as Rochas Negras. Com a horizontal a gente avança sobre a terra, na direção das ilhas, dos amigos. Não se pode pintar isso, mamãe diria que é abstrato, Jasmine diria que com certeza não é vendável. E papai não é tanto de dar opiniões. Somos todos não muito livres, Senhora, a gente vai ter que abandonar o Centro, e você vai perder seu trabalho. Você diz que nos veremos ainda no próximo ano, Senhora, mas quem te dará uns trocados para fazer isso?

— Vou te receber duas vezes por semana, Orion, em minha casa. Não serei mais sua psico-prof-un-pouco-doutora, vou te receber como uma amiga de seu trabalho e ninguém terá que me pagar para fazer isso."

Ao longo do primeiro trimestre, vou visitar muitos centros para adultos, encontro poucos que poderiam convir a Orion, e esses não têm lugar disponível.

São meses difíceis, salpicados às vezes por momentos felizes. A *Leoa-marinha* de Orion, essa imagem profundamente vívida da Grande Mãe, obtém em uma exposição a medalha de ouro, acompanhada pela primeira vez de um cheque. Em uma exposição de arte bruta em Bruxelas, seu terrível *Primeiro labirinto antiatômico* é comprado. Por um preço modesto é verdade, por um colecionador conhecido. Será esse o sinal de que vai se destacar um dia? Ninguém, há dez anos, poderia esperar algo assim para ele.

Acompanho-o apenas muito raramente para ver exposições ou ir ao cinema, agora vai com Ysé, uma colega do ateliê de escultura. Também muitas vezes perturbada, Ysé sabe como tranquilizá-lo quando tem medo, bloqueia-se e pode tornar-se violento. De seu lado, Orion aceita naturalmente os estranhos fantasmas de Ysé, sua fixação por atrizes da moda e sua paixão por pintar grupos ameaçadores de mulheres carregadas de armas automáticas.

Depois do Natal, quando já estou inquieta por não encontrar lugar para Orion, a secretária de um hospital dia para adultos me telefona para dizer que terá uma vaga a partir setembro. Marco imediatamente uma visita e minha primeira impressão é positiva. O Centro não é grande demais, uns quarenta pacientes entre vinte e quarenta anos, as atividades coletivas são variadas sem ser obrigatórias. Dão alguns cursos optativos, há dois monitores para os esportes e a piscina, uma bela biblioteca onde Orion poderá desenhar e uma ampla sala de jantar. Além dos cuidados médicos, Orion será acompanhado em psicoterapia por uma psicóloga. Vou conhecê-la, ela me agrada. Muito jovem, Annie Gué está ainda um pouco sobrecarregada de teorias, mas escuta.

Mais velha, já mãe de uma criança, a enfermeira principal, a Senhora Marinier, inspira-me confiança por sua calma e sua experiência. "Seguramente, ela me diz, você está inquieta, depois de doze anos, ao deixar seu rapazinho em outro universo. Segundo o dossiê que recebi de seu centro, ele sofreu muito tempo com o sadismo de seus colegas que, no entanto, admiravam seu talento e sua força quando conseguiam alterá-lo. Depois, pouco a pouco, pôde construir um pequeno ninho com você ao seu lado. Não encontrará isso aqui, voltará ao coletivo, mas sem perseguições. Parece que progrediu contigo, como provam as fotos de suas obras que vi no dossiê. Acredito que se adaptará ao menos por um tempo aqui, sobretudo se conseguir se ligar com um amigo ou uma amiga. Isso costuma ser decisivo."

Conto ao doutor Lisors sobre minha visita, ele endereça um pedido de admissão para Orion no hospital dia La Colline. Avisa-me que foi aceito e eu o anuncio a Orion. Ele me olha zangado e perplexo:

"Por que a gente tem que ir outra vez a outro hospital dia?

— Senão ficará sempre em casa com seus pais. Nesse lugar não ficará sozinho, terá companheiros e companheiras. Poderá falar com a psicóloga como faz comigo. E virá a minha casa duas vezes por semana.

— Tem certeza que gente ficará melhor lá?"

Quero responder sim, mas hesito, digo: "Quase certeza, Orion.

— Quase, é uma palavra feiticeira."

Agita-se, enfia o dedo no nariz e diz sem me olhar:

"Este verão, antes de ir viajar comigo, Ysé e Roland queriam ir para a Grécia, que você gosta quase tanto mais que eu. Isso é parte do continente, uma quase ilha, a gente queria ir para Creta, uma ilha. A gente foi o mais chato e fomos os três para Creta. A gente sabia que a Grécia era mais bela, mas tinha medo do quase, da palavra feiticeira. Uma obra quando está quase terminada, a gente sente um calor, um começo de raio que não quer que a termine. A gente mesmo é uma espécie de quase, de não terminado. Ser como os outros é ser terminado? A gente queria isso, mas o quase não quer. A gente sofre para terminar as obras, seria mais fácil fazer obras queimadas. Você, Senhora, é uma quase ou uma terminada?

— Temo que seja uma quase, Orion, mas também o espero.

— A gente fica contente que sejamos os dois quase. A gente é um quase que o demônio derruba e atabalhoa. Vasco, por outro lado, é um supergênio da música e da corrida. Ganhou as Vinte e Quatro Horas de Le Mans e a gente nem pode dirigir, porque se o demônio me atacasse de verdade na cabeça, chegaria a duzentos e cinquenta por hora, não nas pistas nem nas autoestradas, mas nas estradas departamentais e quebraria casas. Poderia até atropelar crianças! Vasco, Senhora, é um terminado ou um quase?

— É um quase... também...

— Vasco está quase sempre fora, Senhora, e você quase sempre aqui, na realidade e na minha cabeça. Tocou o sinal do final dessas quase bobagens, Senhora. Até amanhã."

O doutor Lisors marcou uma reunião com a diretora do La Colline, a doutora Zorian, uma psiquiatra. Pede-me para participar da entrevista, tento evitar, mas insiste: "É você quem montou o dossiê e quem melhor conhece Orion, seria bom que viesse."

A diretora nos faz esperar um pouco, a Senhora Marinier me disse que é um hábito seu. Tem também um gabinete privado e gosta de parecer muito ocupada. Conhece bem Lisors e só se dirige a ele. É uma bela mulher, ainda jovem, muito segura em sua profissão. Fala muito bem e escuta pouco. Lendo no dossiê sobre os sintomas e os atos de violência de Orion, surpreende-se que lhe tenhamos prescrito tão poucos medicamentos.

"Nós evitamos, exceto em período de crise forte, já que a cura ia bem, diz Lisors. Os sintomas evoluíram ou se enfraqueceram. Os episódios de violência tornaram-se raros nestes últimos anos."

Vemos que não está convencida. "Mas se manifestam ainda embora o tenham conservado em seu centro bem além dos limites habituais. Deveria ter passado a um centro para adultos há muito tempo.

— Orion não progredia mais, diz Lisors, então tentamos um tratamento misturando arte e psicoterapia. O resultado foi inesperado, lento, mas eficaz."

A diretora se vira para mim: "Mostre-me em seu dossiê a evolução de suas obras."

Abro o dossiê com as fotos das obras de Orion. Escolhi obras de diferentes períodos para mostrar seus progressos, mas também mostrar seus sintomas e seus fantasmas.

Ela olha tudo muito depressa: "No início é arte bruta, depois um período de arte *naïf*, é mais elaborado agora. A *Leoa-marinha* parece bem esculpida, mas é um pouco pretensioso. A arte bruta era mais interessante. Por que lhe ensinaram?

— Aprendeu sozinho, nós só o encorajamos. Eu o deixei trabalhar. Ele diz, aliás, que só pode pintar ou esculpir o que tem na cabeça.

— Você o levou, no entanto, a um ateliê de escultura.

— Para cativá-lo, sem isso não teria nunca começado a esculpir. Ali trabalhou com argila e gesso. Depois começou a esculpir sozinho em madeira e a madeira o formou.

— Bela fórmula, é sem dúvida uma mulher das letras. Parece contente com o trabalho feito com ele."

Sinto que a desagrado, e isso não deve se voltar contra Orion.

Lisors intervém: "Véronique Vasco se mostrou capaz e muito dedicada a este tratamento, mas fui eu quem o dirigiu. Orion será sempre uma pessoa com deficiência, recebe uma pensão por isso. Acredito que melhoramos seu estado, demos a ele, sobretudo, um status social. É pintor e escultor. Sente-se reconhecido como alguém que tem uma profissão.

— Vende suas obras?

— Pouco, é o começo. Não está preparado para vender. Seus pais também não. Temos esperança no futuro."

Lisors se levanta: "Nós o enviaremos depois das férias. Véronique Vasco o conduzirá e ficará à disposição de sua equipe se necessitar de mais informações."

Na rua, Lisors me diz: "Fui injusto contigo ao dizer que fui eu quem dirigiu a cura, quando na verdade você a dirigiu livremente. Queria apenas te apoiar.

— Fez bem. A discussão começava a ficar difícil.

— É uma verdadeira psiquiatra que quer apenas o que costumam chamar de resultados tangíveis.

— Vai prescrever medicamentos?

— Certamente. Mas alguém poderia sugerir a Orion que não os recusasse e não os tomasse sempre.

— Alguém vai tentar, mas você acredita, doutor, que Orion conseguirá resistir lá?

— Não sei. A experiência vale a pena. Mesmo se não der certo, será uma indicação para os que cuidarem dele depois. Aqui vem meu ônibus, até mais, Véronique."

Participo pela última vez da jornada de estudos de fim do ano no hospital dia. Depois da reunião há uma festinha para toda a equipe. Robert Douai anuncia minha partida, agradece-me pelo trabalho que fiz no Centro e me deseja boa sorte. Um dos professores me dá um presente em nome do comitê da empresa: discos muito bem escolhidos. Estou comovida, emocionada, parece-me que deveria dizer algumas palavras antes de deixá-los. Mas não, já trouxeram as bebidas, tortas, bolos, e o barulho das conversas explode.

Treze anos, que contaram muito em minha vida, terminam abruptamente no tumulto dessa festa de fim de ano, está bem assim, mas estou perturbada demais para participar dela. Digo adeus a cada um e desapareço, volto depressa para casa, para ficar sozinha. Para aprender a liberar-me de meu fardo...

Voltando para Paris depois de minhas férias com Vasco, encontro pedidos de análise em espera que substituirão, em parte, as dezesseis horas por semana que dedicava a Orion. Mas resta o vazio da profunda atenção que lhe dedicava e que não é mais necessária. Outros vão se ocupar dele. Como? Não é mais assunto meu!

Como combinado, no dia da volta às aulas, levo Orion, muito reticente, ao La Colline. A Senhora Marinier, a enfermeira, nos espera, ela me cumprimenta com um beijo e, com toda naturalidade, cumprimenta também Orion da mesma forma. Vejo que ela lhe inspira confiança. Entramos, há alguns pacientes no hall lendo jornais ou conversando entre si. É a hora dos jogos. A Senhora Marinier nos mostra a sala. E anuncia: "É um novo paciente, Orion. Deem a ele um lugar no jogo, será um bom colega para vocês."

Falamos um momento com a psicóloga, depois a Senhora Marinier me diz: "Vejo que está um pouco angustiada, venha tomar uma xícara de chá conosco."

Servem-me uma xícara de chá, sinto que não poderei terminá-la e confesso: "Peço que me desculpem, estou absurdamente emocionada, é melhor eu ir embora."

Ambas me compreendem e me acompanham. Passando diante da bela sala de jogos vejo Orion se esforçando na mesa de pebolim, dando grandes risadas. Há uma ruptura, tristeza. Esforço-me para não demonstrá-la. Elas se despedem de mim com um beijo e a Senhora Marinier me abraça. Atravesso a porta, escuto-a se fechar suavemente. Estou fora... é tempo de despertar.

No primeiro encontro que marcamos, Orion chega um pouco atrasado. Apressou-se, está vermelho e perturbado, coloco sobre a mesa seu suco de laranja, seu chocolate e uma xícara de chá para mim. Ele os vê e, no entanto, pergunta: "Tem suco de laranja?"

Bebe um copo e vai se esticar no divã. Deixo-o, depois lhe digo: "A Senhorita Gué é sua psicóloga agora, nós nos falaremos como amigos. Sente-se nessa poltrona, a que quebrou quando da aparição do demônio."

Obedece, pensei que riria, como faz todas as vezes que evocamos este acontecimento, mas não ri. Diz sombriamente: "A gente quer fazer um ditado de angústia comendo chocolate.

— Dite, estou pronta."

"DITADO DE ANGÚSTIA NÚMERO ONZE
A gente foi à sala de jogos quando me levou e a Senhora Marinier, que é muito amável como disse, pediu que alguém me deixasse

jogar em seu lugar. Um rapaz me disse: Pegue meu lugar! A gente o olhou e sentiu amizade por ele. A gente ganhou contra o outro. Estava contente, ria, não estava mais triste.

Outro tomou meu lugar e o rapaz me disse: Vamos jogar a quatro, faremos um time, tem que fazer fila atrás da equipe que joga. A gente estava contente de formar um time com ele, perguntou seu nome. Ele disse: Jean. Nossa vez de jogar chegou. O outro time era forte. Jean não era muito bom, a gente o ajudava, fazia gols. Quase ganhou, mas quase quer dizer que perdemos. A gente acreditava na cabeça que Jean era outro menino azul. Queria desenhar com ele. Fomos os dois para uma mesa no fundo da biblioteca, a gente tirou da bolsa suas folhas, tinta, lápis. A gente começou um menino azul. Jean pega lápis de cor e diz: Eu gosto mais de música, meu desenho não é tão bom como o seu. A gente pergunta: Você toca qual instrumento? Ele diz: Quase todos, mas o melhor é a voz, quando a doença permite. A gente diz: A gente só toca a guitarra, mas faz obras e lhe mostrei meu cartão de visitas: Orion, artista pintor e escultor. Estamos surpresificados um pelo outro. Jean diz: Você é pintor e escultor e eu músico e cantor, somos ambos artistas aqui. Por que está no hospital dia?

Por causa do demônio de Paris e subúrbios, dizem.

E Jean: Meus pais não acreditam no demônio. A Senhora Zorian, a diretora, que cuida de mim, diz que é uma projeção.

A gente não responde, Senhora, porque não sabe o que a palavra projeção quer dizer. Mais tarde me explicará, agora a gente dita.

A gente diz: Meus pais também dizem que o demônio não existe, mas em mim ele lança raios que existem. O que ele faz para você?

Aperta-me no meio cada vez mais forte, se isso demora, tenho que gritar. Às vezes caio.

A gente desenha, ele faz uma flor que não é nada mal, a gente quer dizer não muito boa, entende? Às vezes me passa o desenho para que eu a corrija, então nossos ombros ficam bem perto, como estava com Vasco e você no teatro. Talvez a gente se aperte demais contra seu ombro. Ele diz: Não cole em mim! A gente pensava que era meu amigo e que podia, mas ele pega seu desenho e vai para outro banco.

No almoço, a gente quer ficar na mesa de Jean. A Senhora Marinier diz: Não é seu lugar e me coloca em outra mesa, a dos mais novos. A gente está ao lado de Rosine, uma jovem senhora que parece amável, a gente lhe diz que é pintor e escultor. Ela não acredita, diz: Todo mundo pode dizer isso. A gente olha para Jean, ele é bonito, come com mais asseio que eu, mas muito pouco. A gente está um pouco nervoso, come muito, quase vira o prato, um pouco mais que um pouco porque tem comida na mesa. A Senhora Marinier vem e diz: Não é nada e arruma tudo como você faz. Depois do almoço me diz: Não olhe demais para Jean, senão nunca será seu amigo, porque às vezes tem um tique que não consegue controlar. A gente faz como ela diz e à tarde a mamãe de Jean veio buscá-lo.

Fim do ditado de angústia."

Apenas após duas sessões, durante as quais olhamos, sobretudo, suas obras ou livros de arte, manifesta de novo o desejo de falar sobre sua vida lá.

"A Senhorita Gué organiza um coral com os que querem. São sete os participantes do coral, mas... quase... a gente só escuta Jean. Mesmo no rádio a gente nunca escutou uma voz tão bela, exceto a de Gamma. Não canta forte por causa de sua garganta e porque é nervoso demais.

Quando sai da sala, a gente diz para Jean: Você canta tão bem quanto Gamma. Ele fica contente: Gosta dela também? Gamma e Vasco são meus ídolos...

A gente os conhece, Vasco é o marido da Senhora... minha psicoteraprof e Gamma é sua amiga.

Ele me olha como se a gente fosse um débilouco que não é. Diz: Está brincando!

A gente está um pouco zangado: Se não acredita, telefone para a Senhora Vasco, eu te dou o seu número.

Será que ele te telefonou?

— Ele não, Orion, sua mãe. É encantadora, disse-me: Meu filho está no La Colline com seu antigo paciente Orion. Já são um pouco amigos, mas Orion fala muito e Jean tem a impressão de que às vezes se gaba demais. Você é a mulher do músico Vasco que meu filho e eu tanto admiramos?

Sim, Senhora, e Gamma, é verdade, é minha melhor amiga, pode confiar em Orion, ele fala muito, mas não mente.

Vê, Jean também quer ser seu amigo, mas ele também está doente e atormentado. Mais que você. Ajude-o quando puder, mas não dê o primeiro passo.

— O que é o primeiro passo?

— É o que começa a ir primeiro na direção do outro.

— Mas a gente quer começar, quer ser seu amigo.

— Não demonstre isso demais, senão ele pensará de novo que você quer colar nele.

— A gente é pegajoso, Senhora, um pegajoso que corta a palavra dos outros, que tem medo dos demais e lhes dá medo. A gente é um desagradável, um amigo desagradável...

— Seja paciente, deixe Jean vir até você, como Vasco fez contigo. Não corra atrás dele.

— A gente queria estar todo o tempo perto dele, como com o menino azul no quarto.

— Você tinha quatro anos então, Orion, já não é mais uma criança."

Cala-se um momento virando os olhos, faz um esforço para respirar bem e diz abruptamente:

"DITADO DE ANGÚSTIA NÚMERO DOZE

No dia seguinte durante o almoço, tinham trocado um pouco os lugares, a gente só via Jean de costas, mas gostava também de ver suas costas e às vezes escutar um pouco sua voz. Todos os que estavam na frente de Jean viraram a cabeça, como se tivessem medo e Jean gritou. Gritou um grito de demônio, como quando os cavalos brancos mordem à noite o demônio de Paris na rua. Agitou-se muito e quase caiu da cadeira, mas a Senhora Marinier e outra enfermeira chegaram e o levaram a sua sala.

Na hora da sobremesa a gente perguntou: O que aconteceu com ele? E Rosine disse: É sua crisezinha, seu tique, grita e depois cai. Felizmente as grandes são menos frequentes. Não deveria estar aqui, mas em um hospital de verdade.

A gente engole o último bocado de sobremesa e diz a Rosine: Nunca mais diga isso, Jean é meu amigo. Ela responde: Acha que tenho medo de você? Mas ela tinha medo e eu também, porque a gente não tinha vontade de quebrar Rosine com meus chifres de bisão enraivecido. É uma pena, ela disse, é tão bonito, sobretudo quando canta. E sua amiga Julie: Quando canta parece que existe um céu e quando para não existe mais.

Fim de ditado de angústia."

Passam as semanas, Orion parece se habituar ao La Colline, faz amigos na sala de jogos e no esporte. Seu trabalho com a Senhorita Gué parece ir bem. Consegue conter seu amor por Jean, tenta e consegue muitas vezes manter um pouco de distância dele. Se a amizade de Jean é ainda hesitante, Orion se sente feliz quando desenham juntos, cada um em sua mesa. Fica mais seguro vendo que pode ajudar seu amigo e os outros também, pois agora já são muitos os que solicitam seus conselhos e suas correções. A Senhorita Gué organiza muitos ensaios com o coral, eles são curtos para poupar as forças de Jean. Um dia Jean pede a Orion que participe do coral. Ele chega muito agitado em minha casa. "Jean me pede isso, mas a gente não sabe cantar.

— Já que você o ensina a desenhar, peça-lhe para te ensinar a cantar.

— Isso não é colar nele?

— Não, acho que ficará contente. Onde aprendeu a cantar?

— Com sua mãe, que é cantora, mas não pode mais continuar porque está doente... Como ele... Ele não vai morrer, Senhora?

Uma semana mais tarde me diz: "A gente canta, Senhora, quase todos os dias e Jean acha que: 'não muito mal'. Ele me dirá quando a gente poderá entrar no coral.

— Ele canta com você?

— Às vezes, algumas notas, de preferência toca a música no piano. É muito bonito, Senhora, mas magro, magro... Come muito pouco e é alto, quase uma cabeça mais alto que eu. Você acha que ele vai morrer jovem assim como o menino azul? Rosine e os outros pensam isso. Em quinze dias a gente vai entrar no coral. Você virá escutar?

— Acho que não, Orion, a doutora Zorian me pediu para não ir ao La Colline para que se acostume a ficar sem mim. Ela não ficará contente se eu for.

— E Vasco, Senhora? Jean disse que é seu ídolo, não pode vir escutá-lo?

— Pergunte a Vasco, ele terá que pedir a autorização da Senhora Marinier."

Vasco recebe em Londres, onde grava um disco com Gamma, uma carta de Orion.

> Querido Vasco,
> A gente está no La Colline, um centro novo onde está sem a Senhora, meu não ainda completamente amigo Jean canta com uma voz que não é muito forte, a gente pensa que quase tão bem quanto Gamma. Ele diz que Vasco e Gamma são seus ídolos. A Senhora não pode vir escutar, se você viesse, ele ficaria contente e mais ainda seu amigo Orion, pintor e escultor.

Quando Vasco volta para Paris, obtém autorização para ir escutar Jean cantar.

Na volta me diz: "O coral é bastante amador, mantém-se apenas pela voz de Jean. É a voz de um enfermo, às vezes incerta, não está verdadeiramente educada, mas é extraordinária. Orion sentiu que, apesar de sua voz fraca, ele canta como Gamma o

inaudito. É bonito, tem uma testa admirável, um corpo longo e muito magro, parece ter dificuldade para parar em pé.
— E as irritações que viu Orion?
— Fazem temer algumas crises. Quis cantar uma de minhas músicas, a Senhorita Gué lhe mostrou o seu poema, explicou-o, mas ele não teve tempo de aprender o texto. Cantava outra coisa, não palavras: cantava cores, matérias, árvores, perfumes da terra. E, no entanto, era minha música, suas palavras ainda não ditas estavam presentes, seus ritmos e os meus. A Senhorita Gué estava admirada, o pequeno coro também, mas o mais comovido, o mais emocionado, era Orion. Escutando Jean, não podia deixar de pensar: que prova dura é escutar alguém que tem um dom, tal gênio, e que não pode dele se servir. Será que seu problema é físico ou psíquico?
— Os dois, Vasco.
— Será que o desejo ardente da música não pode melhorar o psíquico e curar o físico?
— Pode-se esperar isso.
— Como esperou e em parte conseguiu com Orion?
— Você acredita que isso é uma experiência que se pode fazer duas vezes na vida?
O silêncio entre nós se prolonga longo tempo.

Vasco foi para o Brasil e a Argentina, onde Gamma o encontrará para vários concertos. Orion vem regularmente. Faz um novo ditado.

DITADO DE ANGÚSTIA NÚMERO TREZE

A gente não sonha mais, tudo se vai quando o sonho acorda. Não são dias muito bons no La Colline. Jean fez esforços demais quando veio Vasco. Está cansado, vem apenas um dia a cada dois. Quando vem, fala-me somente de Vasco e Gamma. A gente gosta deles, mas gostaria que ele falasse também de seu quase amigo Orion e que desenhasse mais comigo e me ensinasse a cantar.

Na semana passada a gente foi à casa de Ysé pintar com ela em seu ateliê. Ela terminou um quadro. Viu que a gente não gostou. Ela tem uma chaminé para fazer fogo com lenha. Disse; Vamos segurar a tela que você não gosta sobre as chamas com pinças, verá que o quadro queimando vai se tornar mais belo, todas as cores pegarão fogo. A gente não gosta muito. Tem medo dos incêndios, Senhora. Ysé queimou seu desenho desgraçadisado e é verdade que por um instante se tornou bonito... bonito como a gente nunca teria acreditado que o veria. Na próxima vez a gente levará na casa dela um quadro meu para fazê-lo mais bonito com o fogo.

Fim do ditado de angústia."

A VOLTA DO MENINO AZUL

Ontem à noite recebi um telefonema de Annie Gué. "Houve uma série de acontecimentos difíceis hoje. A mãe de Jean está doente e nos pediu para levarmos Jean de volta para casa. A Senhora Marinier está grávida e teve que ir ao médico. Ela me disse: Vocês são só duas, nenhuma pode se retirar. Peça a Orion para acompanhá-lo no táxi, é seu amigo, vai se sair bem. Orion parecia muito contente de poder acompanhar Jean, que não parecia muito bem. Mais de meia hora depois que se foram, a mãe me liga, inquieta: O táxi não chegou, sem dúvida porque há uma manifestação e grandes engarrafamentos. Digo-lhe: Voltaram a pé e vão chegar, mas estou tão inquieta quanto ela. Um pouco mais tarde me liga de novo: Jean voltou a pé com seu colega e uma mocinha que o ajudou. Teve um começo de crise, mas Orion disse que pôde cuidar dele e trazê-lo sem chamar os bombeiros. Graças a Orion, Jean não teve uma grande crise. Sua mãe me contou que se isso acontece na rua é terrível, há logo uma aglomeração, policiais, uma ambulância dos bombeiros ou do SAMU. Orion se saiu muito bem."

Não ligo para Orion, espero que venha a sua entrevista dois dias mais tarde. Ele pergunta imediatamente: "Será que a gente pode ditar?" Não espera minha resposta, começa:

"**DITADO DE ANGÚSTIA NÚMERO QUATORZE**
A gente tem notícias quase boas e notícias infelicitantes para contar, tudo misturado. Terça, a gente desenhava cada um em

seu banco, Jean veio se sentar perto de mim e me disse: Vasco diz que a música pode curar, que devemos tentar nos curar pelo canto. A gente queria, mas será que tem forças suficientes com as crises, o que acha? A gente fica incomodado, queria te perguntar antes de responder, mas só vai te ver em três dias. Nunca veio me perguntar algo assim, a gente não sabe o que dizer, mas na cabeça vem um pensamento de menino azul. A gente diz: A Senhora pensa que Vasco é um campeão que inventa e canta para todo mundo, Gamma também canta assim. E se puder cantar como eles, pode cantar aqui, como faz no coral e para mim. A Senhora escreve poemas com frequência, mas durante a semana trabalha com pessoas com deficiência, como você e eu... Será que foi bom o que a gente disse para o Jean?

— Sim. Ele não ficou triste?

— Ele voltou para sua mesa, Senhora, a gente sentia que ele estava contente e triste ao mesmo tempo. Não desenhou mais, cantou um pouco, um canto que não se escuta, com seus lábios, como gosta.

Durante o almoço, come quase nada, não é como a gente que engole todas as massas que sobram e uma segunda laranja, a que ele não comeu.

Depois tem um bagunçamento porque a mãe do Jean está doente, não pode vir buscá-lo e a Senhora Marinier tem que ir ao doutor por causa de seu bebê. A Senhorita Gué lhe pergunta: E quem vai levar Jean? A Senhora Marinier diz: Você não, precisamos de você aqui. Chame um táxi e peça para Orion ir com ele, é seu amigo. A gente fica contente que diga que a gente é amigo de Jean.

A gente sai com Jean, espera, o táxi não chega, Jean quer ir embora. A gente fica feliz de ir embora com ele. Mas ele não, está pálido, faz seu movimento da boca como quando vai gritar e cair. Somos dois na rua, a gente pega seu braço para ajudá-lo, ele não diz nada, talvez a gente chegue perto demais, ele diz: Não cole em mim! A gente fica um pouco zangado, larga seu braço e dá um chute em uma porta. Por que sempre as portas, Senhora?

Ele tem um pequeno tremelique e pede: pegue meu braço, Orion, e não vá rápido demais. A gente o segura bem, empurra-o um pouco com o ombro, desvia das lixeiras, quase o carrega. Ele começa a abrir a boca, isso é perigoso, é um pouco como um buraco negro, há pessoas que o olham de um jeito esquisito. Têm medo, a gente também tem, a gente é seu amigo, pensa que tem que cuidar dele como o menino azul cuida. A gente lhe diz: Ande lentamente, respire bem, expire. Recomece mais uma vez... outra vez! A gente massageia um pouco suas mãos como você faz. Apoia suas costa dizendo: Respire, relaxe! A gente te leva até sua casa. Sempre que vai gritar, que vai cair, a gente é seu menino azul e diz: deixe-me te ajudar! Há uma praça bem perto, a gente o pega nos braços. Não é pesado, mas é grande, é difícil, a gente empurra a portinhola, o menino azul vê um banco e o deita sobre ele. Um guarda vem, o menino azul esconde um pouco a cabeça do amigo. O guarda diz: não é permitido deitar nos bancos. O menino azul diz: teve um mal-estar, vai passar. O guarda tem medo ao ver a cabeça do amigo, quer chamar os bombeiros. O menino azul diz: Não, não. A gente não está longe da casa dele. Sua mãe sofre do coração, se os bombeiros chegarem com meu amigo, talvez ela tenha medo e então...

O guarda responde: É como minha mãe, ela também não tem o coração muito bom... é melhor não chamar os bombeiros. Jean se contorce um pouco sobre o banco, o menino azul massageia o seu plexo como você ensinou e fala baixinho palavras para acalmá-lo. A boca está menos aberta, não grita. Uma mocinha vem até nós e olha Jean deitado, parece uma enfermeira. O menino azul lhe pergunta: O amigo está doente, está melhorando, sua casa não é longe, quer me ajudar a levantá-lo pelos ombros?

Ela sorri para o menino azul. Diz: Com certeza! Meu nome é Janine. A gente diz: Eu me chamo Orion. Levamos a dois o amigo, o menino azul mais, mas Janine também. Vamos devagar, Jean entende as coisas de novo. Diz a Janine: Obrigado, obrigado, estou melhor. Sorri para ela, ela sorri também. A gente fica um pouco com ciúmes ao ver que Janine lhe agrada tanto, mas o menino azul diz: Não fique assim! Jean não tem mais a boca preta, mas está muito pesado. Janine diz: Paremos um pouco, não podemos mais! O menino azul sussurra: carregue-o sozinho, é menos pesado que seu demônio que não está mais aqui. É verdade que o demônio de Paris, depois que saímos do La Colline, não pesa mais.

O menino azul diz a Janine: Vá depressa chamar na casa dele, é o número 17. A gente vai carregá-lo até lá.

A gente pensa que tem que tirar forças da raiva como quando lança bancos. Com o menino azul na cabeça, a gente levanta o amigo com a força que não tem, como se fosse Vasco. A gente o carrega até o número 17. Janine tocou a campainha, a porta se abre. Ela diz para o menino azul de Orion: Ainda bem que você é tão forte. A mãe de Jean aparece de roupão no corredor. Uma enfermeira chega, com ela e Janine carregamos Jean para seu quarto e o colocamos em sua cama.

Ele diz à sua mãe: Orion me ajudou bastante e Janine também. A mãe diz: Obrigada! Ela dá um beijo em Janine e quer me dar um beijo também, mas o menino azul diz: A gente está com calor, Senhora, transpira demais. A enfermeira deita Jean. Janine diz: tenho que ir, sou estudante, tenho uma aula. Orion foi formidável, fez quase tudo sozinho! Acho que ele tem que voltar para seu hospital dia.

A mãe de Jean diz: Darei notícias mais tarde. Saímos os dois. O menino azul ainda está um pouco na cabeça e ousa dizer a Janine: A gente pode te acompanhar até sua aula? Ela diz: Não, lá tenho um namorado, não iria gostar. Entende? A gente transpira um pouco ainda, mas ela me dá um beijinho e vai embora correndo. Janine, Senhora, é mais uma namorada para um estudante, parece.

No La Colline, a Senhorita Gué dá os parabéns: Foi formidável, um enfermo que cuida e carrega outro enfermo, é algo muito bonito. A gente diz: não sou só eu, é mais o menino azul. Ela não entende, a gente não pode explicar. Só você entende que às vezes a gente está em dois andares ao mesmo tempo.

À noite, a mamãe de Jean telefonou, mas a gente estava de novo selvajado pelo demônio, não a entendia muito bem, e passou o telefone ao papai. Ela lhe disse que Jean estava melhor, que devia ficar em casa e que a gente fosse visitá-lo, mas só um momentinho no dia seguinte às quatro horas. Disse também tantos parabéns para mim que deixaram papai todo embalbuciado.

No dia seguinte a Senhora Marinier disse: Você foi muito bem, Orion. O que é esse pacote que carrega?

É um quadro da ilha Paraíso número 2 para Jean. Faz dois meses que a gente o pinta para ele. Ela o olha e diz: É bonito, isso lhe fará bem. Dê você mesmo a ele.

Um pouco antes de quatro horas, a gente espera ainda um momento, pensa que verá talvez Janine. Ela não vem. A gente toca a campainha do número 17, é a enfermeira que abre: Veio ver Jean?

Somente por cinco minutos, dizem.

Jean recebe soro na veia. Este pacote é o que?

Um quadro para ele.

Ela me diz pra mostrá-lo e pergunta: O que é?

É a selva da ilha Paraíso número 2, lá onde se vê um pouco o Atlântico.

Onde achou isso? É caro?

Fui eu que pintei, senhora, a gente é pintor e escultor.

Foi você mesmo que fez isso?

Sim, fui eu e o menino azul pensa que isso vai fazer bem para Jean.

Quem é o menino azul?

A gente não pode dizer, Senhora, é o que cuida e dá coragem.

Um tipo de enfermeira? É melhor ter uma de verdade. Você parece agitado, Orion, seria melhor voltar para casa.

A gente tem que dar o quadro para Jean. Não é um quadro nervoso, a gente o pintou para ajudá-lo a se curar.

Ela me toma por um débilodelirante, mas me conduz até Jean. Está bonito, pálido, tem perfusões nos braços, a garganta apertada. A gente mostra o quadro, Jean diz baixinho: A gente gosta muito dele.

A gente tem que sair, a enfermeira me dá da parte da mãe de Jean um pacote de chocolate. Abre a porta e a gente diz: A gente teme por Jean, o menino azul diz...

Ela me interrompe: Jean será bem cuidado, não precisa de suas histórias de menino azul. Ontem você foi corajoso, volte para casa. Ela me dá um beijinho que a gente não gosta tanto e fecha a porta. A gente não quer estragar a casa de Jean dando chutes na porta, mas os dá em outras casas. A gente vai pegar o metrô, pensa que o menino azul e Orion foram expulsos da casa de Jean. Será que na verdade não foi, Senhora?

Fim do ditado de angústia."

A Senhora Marinier me explica que Jean teve uma grande crise e que vai ser enviado para uma clínica para uma longa estadia. Ela foi vê-lo, está muito fraco, mandou colocar o quadro de Orion em frente de sua cama. E disse: "Que belo presente ele me deu e não poderei nem mesmo vê-lo antes de partir. Diga-lhe que lhe envio um disco de Mozart."

Quando o encontro outra vez, Orion me diz: "Jean vai para uma clínica, Senhora, enviou um disco. A gente o escuta todas as noites, às vezes o abraça como queria ter abraçado o ombro de Jean, mas não se atreveu por causa da enfermeira e porque tinha medo que ele dissesse: 'Não cole em mim!' A gente não é feliz depois que Jean já não está mais no La Colline, o menino azul na cabeça pensa que não voltará. Não era tão possível que a gente fosse o verdadeiro companheiro-amigo de Jean.

— O que faz no La Colline agora que ele foi embora?

— A gente vê duas vezes por semana a Senhorita Gué, fala de Jean, do demônio de Paris, às vezes de você e de Vasco. Quando recebe raios, ela entende, isso faz bem. A gente vai jogar na sala de jogos. Na biblioteca tem um livro sobre os animais com imagens dos bisões da América. Isso ajuda, porque a gente começou a fazer a cabeça do bisão em um bloco de madeira de cerejeira em casa. A gente não avança muito rápido porque papai nem sempre tem tempo de vir ao ateliê. Se a gente está sozinho, o demônio envia raios nas costas e viro estátua, a gente não quer ser de madeira e queimar.

— Queimar...

— Sim, Senhora, a gente sempre tem vontade de fazer desenhos que sangram e de queimá-los como Ysé. No jardinzinho do La Colline tem uma árvore. Lá, Senhora... você não vai gostar... a gente pode fazer fogo com dois meio-amigos: um que vigia para não sermos vistos, um que acende e eu seguro o desenho até o momento belo do fogo.

— Um momento belo, de verdade...?

— A beleza do demônio, que os meio-amigos também veem e então, como dizem os dois, gozamos.

— Gozamos...

— A gente não sabe, Senhora, são eles que dizem isso, a gente só segura o desenho que queima e junta as cinzas.

— E os meio-amigos, eles...

— A gente não sabe, Senhora.

— Não é melhor guardar seus desenhos?

— Não esses, a gente os faz para queimar."

Quando Orion vem, alguns dias mais tarde, logo vejo que tem gestos compulsivos e o tom angustiado e brutal dos dias ruins.

"Pegue seu caderno, esse vai ser o verdadeiro ditado de angústia.

DITADO DE ANGÚSTIA NÚMERO QUINZE

A gente soube que Jean foi para uma clínica, não se sabe onde. A gente não pôde nem sequer vê-lo sair de sua casa e entrar no automóvel. Então, então... então o quê? Jean ficaria contente se a gente pudesse vê-lo, ele levou o quadro. A Senhora Marinier sabe. A gente não sabe de nada, nunca sabe nada, Senhora. Por que o amigo tem que ir embora sem me ver? Por que a gente só tem meio-amigos nessa Colline de merda? Por que não tem uma namorada? Porque transpira demais, será que a gente fede, Senhora? Porque se a gente fala demais, depressa demais, é porque tem ondas, rolos de palavras que vêm à boca. A gente já foi desgraçadizado, jogado na lixeira na escola primária. E Jean, o único amigo verdadeiro, a gente sabia que era bom demais para mim, vai embora e isso me deixa triste. Tristeza também porque não poderá ter um filho, nem mulher para não fazer um bebê ainda mais deficiente do que a gente é. Será que isso não é demais? Será que a gente nasceu para a machadinha, como os que viu na TV em Ruanda. Escreva tudo, não salte nada, quem tem que saltar é Orion, o débil mental. Não você.

Pare um pouco, Orion, acalme-se, venha comigo à cozinha, seu chocolate ficará pronto logo, comprei bolos para você.

— A gente vai, Senhora, mas um ditado diabolizado não se pode parar. Não como está agora, Jean foi embora, Janine tem um namorado, você que a gente vê bem pouco, a gente não pode parar de queimar desenhos, mesmo que não goste.

— Vão descobrir...

— Talvez algo queira, Senhora, que a gente seja expulso.

— É bom que se dê conta disso.

— A gente fez um quadro para Jean, trabalha no bisão, não tem novos quadros na cabeça, Jean e o menino azul ocuparam todo o espaço. Os desenhos para queimar são tudo o que sobrou...

Fim de ditado de angústia."

A GENTE NÃO FOI EXPULSO

No feriado de Todos os Santos, passo duas semanas no exterior com Vasco. Ao voltar ligo para Orion, que passa o telefone para seu pai: "A diretora do La Colline, a famosa Senhora Zorian, o suspendeu por oito dias.

— Por quê?

— Disseram que ele queimou uma caricatura dela diante de um grupo de colegas. Espere, ele me disse que quer te contar isso ele mesmo no próximo encontro."

Quando chego percebo que está confuso e orgulhoso do que se passou durante minha ausência.

"Você foi suspenso por oito dias. Conte...

— A gente comprou uma grande saladeira de vidro...

— Você a comprou!... Em uma loja? Com seu dinheiro?

— Rosine veio junto, ela me ajudou.

— Ela ajudou...?

— Para queimar um desenho em vermelho da Senhora Zorian que mostra o que a gente não deve mostrar. A gente o fez na sala de jogos, ninguém dedurou, e papai diz que não têm provas. A gente colocou uma velinha no fundo, mostrou o desenho vermelho para os outros, acendeu a vela. Isso fez uma chama só. A Senhora Zorian queimou como uma omelete ao rum. Estávamos todos contentes, quando a Senhora Marinier chegou, só tinha cinzas. Ela disse: Orion, você queimou alguma coisa, é proibido!

É proibido, Senhora Marinier, mas aqui é triste depois que Jean foi embora. A gente tem que queimar quando é assim.

A gente é seu amigo, Senhora Marinier, a gente te respeita, mas queimará pinturas enquanto estiver aqui.

Ela telefonou para a diretora, depois me deu minhas coisas e disse: Você está suspenso por oito dias, Orion. Ela me levou até a porta com sua barriga grande de bebê dormir, estava triste. A gente não disse nada, então ela me deu um beijinho.

— Você voltou ao La Colline depois dos seus oito dias de suspensão?

— Sim, voltou, a gente verá a Senhora Zorian amanhã."

Quando volta, pergunto: "Como foi quarta?

Resposta abrupta:

DITADO DE ANGÚSTIA NÚMERO DEZESSEIS
Todos os dias a gente escuta um pouco A *flauta mágica*, é o disco que Jean deu, é um pouco como se ele estivesse lá. Chegando ao La Colline, a gente primeiro ajudou um colega e uma senhora que não desenham muito, muito bem. A gente desenha uma boca de ogro, isso lhes faz rir. Depois a gente escutou no radinho a música que estava no programa. A gente tem que ver a Senhora Zorian às dez horas. A Senhora Marinier diz para ir para a sala de espera. A gente sobe a escada, deixa as poltronas livres, coloca o rabo numa cadeira, Senhora, a gente não sabe porquê, mas precisava dizer essa palavra. Às dez e quinze vem um demônio, ainda não tem raios, mas a gente sente que ele está escondido. Sobre a mesa tem revistas e jornais, a gente procura a Géo, não tem. Procura uma HQ, também não tem. A gente sente que o demônio começa a se enervar, tem uma cesta com papéis, e para acamá-lo, a gente rasga em pedacinhos as páginas de uma revista feminina. Para ganhar tempo, porque os raios começam a me cercar, a gente faz um caminhozinho de revistas e periódicos da porta da Senhora Zorian atrasada até a escada. Dá dez horas e quarenta e cinco, o demônio pega a mesa e a coloca de pé sobre o sofá. Parece um pouco com um bicho com quatro patas que dá vontade, muita vontade de queimar. O menino azul diz: Não faça isso! Jogue seus

fósforos e a velinha pela janela do escritório. A gente entra no escritório, abre a janela e os joga. Voltando, o demônio derruba as cadeiras do escritório e coloca o telefone dentro de um buquê de flores. Está tudo uma grande bagunça, mas a gente ganha tempo, porque os raios começam a atravessar a cabeça e as mãos. A gente sai do escritório com um tapetinho e o prende nos pés da mesa embaixo do sofá. Faz uma hora que o demônio espera, às vezes a gente o escuta mugir como um bisão, sente seus chifres que empurram e que tem vontade de quebrar a porta. A gente começa a dar chutinhos na porta, depois mais forte. A gente não quer quebrá-la, coloca uma poltrona em cima da mesa que está em pé sobre o sofá, pensa que é uma cabeça de gigante, enfia entre o assento e o encosto uma folha de publicidade de uma revista, que é quase vermelha. Isso parece um ogro gigante. O demônio de Paris quer derrubar a torre, quebrar o riso da cabeça do ogro. Para não deixar o demônio enraionificar demais a gente desenha na parede com um lápis grande um jovem desorientado que matou seu Minotauro e embaixo a doutora Zorian, vestida de trampolim vermelho que salta sobre a cabeça do demônio. A gente é obrigado a saltar também, dançar a dança de São Vito. A gente tem vontade de quebrar a porta, o menino azul diz outra vez: Não faça isso! A gente ganha tempo despendurando os quadros. A força do demônio fervoniza e começa a fazer cuspir um pouco. O demônio diz: Olhe seu relógio! A gente olha, é onze e dezoito. Faz uma hora e dezoito minutos que a gente se segura. Evidentemente, evidentemente, Senhora, a gente não pode mais reter a força do demônio. A gente corre até a escada, pega impulso para arrombar a porta. O menino azul abre bem na hora e a gente cai sem quebrar nada.

    Tem um barulho, é a doutora Zorian que sobe, vermelha, com raiva parece, e atrás dela a Senhora Marinier, com sua bonita barriga grande, que diz calmamente: Não se zangue, doutora. Ele está em crise, faz mais de uma hora que espera. A gente para de cuspir, diz ou talvez grita: Olha o que você fez, tudo está bagunçadifiado, desorganimerdificado e o demônio vê tudo isso. Faz uma hora e vinte minutos que o demônio está esperando. Você acha que o demônio de Paris e subúrbios pode suportar isso? A gente luta com ele todo o tempo para que não quebre tudo, até jogou pela janela meus fósforos, para que não queimasse o escritório. Você não entende que é difícil, muito difícil para ele?

A Senhora Marinier diz: A doutora teve uma urgência.

O demônio é mais urgente que as urgências. A gente está todo destruído pelo que ele me fez fazer. E tudo isso sem barulho! Nem sequer pode quebrar alguma coisa para pedir ajuda!

A Senhora Zorian protesta: É fácil dizer que é o demônio. É você, Orion, que fez tudo isso!

A gente sente que ela nunca entenderá. A gente deixa que o demônio a empurre contra a parede, só dá um pouco da sua força, aperta sem forçar. A Senhora fica um pouco pálida. Ela escuta a voz do demônio que diz: Não berre! A diretora não é como Orion, ela nunca entendeu isso, tem medo, não grita mais.

A Senhora Marinier diz com uma voz de menino azul: Deixe-a, Orion, ajude-me a trazê-la para seu escritório.

O demônio a deixa, ela é pesada, está quase desmaiada. Juntos a colocamos na poltrona que sobrou em pé. A gente pensa que o menino azul colocaria tudo em ordem de novo e começa a juntar as coisas que derrubou, desfaz o ogro. A Senhora Marinier chega perto de mim e diz: A doutora está melhor e você já arrumou a maior parte da bagunça, está bem, desça comigo.

Primeiro diga para a doutora que a gente quer ir embora do Centro, mas não expulso.

Ela retorna ao escritório enquanto a gente pendura os quadros. Volta: A doutora está de acordo com que vá embora sem ser expulso.

Você promete?

Prometo.

Então a gente acredita em você.

A outra enfermeira chega para terminar de arrumar tudo e cuidar da Senhora Zorian.

A gente desce com a Senhora Marinier, percebe que ela não tem medo de Orion por sua barriga berço. Diz: A gente fez um desenho que se tornou uma boca de ogro, quer queimá-lo na sobremesa em seu prato, depois vai embora.

Mostre-o para mim primeiro.

A gente lhe dá. Ela diz: Seu desenho é terrível. Já não fez escândalo o suficiente?

A gente não fez escândalo, apenas mostrou à Senhora Zorian como o demônio aperta, quando aperta. A gente quer queimar o desenho para mostrar que é livre, que vai embora, que não foi expulso. Não vai mostrar para os outros.

No almoço tem espaguetes com tomates. A gente gosta. Na sobremesa cada um ganha uma maçã assada. A gente gosta disso. Rosine me dá a metade da sua, a gente diz que vai embora, ela está triste. Quando a Senhora Marinier faz um sinal, a gente queima o desenho bem dobrado no prato. Diz: Adeus a todos, a gente vai embora do La Colline, não foi expulso.

Rosine aplaude e todos os outros também. A gente pega suas coisas, a Senhora Marinier e a Senhoria Gué me acompanham até a porta, a gente diz: A gente gosta muito de vocês, adeus! E elas dão cada uma um beijinho.

Papai recebe no dia seguinte uma carta confirmando minha partida. Está contente, sobretudo por causa da mamãe, que a gente não tenha sido expulso.

Fim do ditado de angústia."

"A gente vê que para os pais não é muito alegre me ter todos os dias em casa, mas eles não dizem nada. Jasmine diz que eles achavam que a gente seria expulso, ela pensa que a gente se saiu bem sozinho. E você?

— A diretora não deveria fazer seu demônio esperar tanto assim. Você a fez sentir sua força sem machucá-la. Tudo terminou sem maiores perdas para ela e para você. Sem a Senhora Marinier, poderia ter sido pior. No fim das contas, você só fica violento quando há alguém perto para te conter. É assim que consegue manobrar o demônio."

Não responde, ri primeiro um pouco nervosamente, depois largamente e sou arrastada em seu riso. Ele se apazigua, olha-me como faz quando quer pedir algo.

"Senhora...

— ...

— Senhora, agora que não tem mais Colline, nem Jean, nem Janine que tem um namorado. E também não tem mais a Senhora Marinier, a gente quer... enfim, a gente queria... vir à sua casa... mais vezes.

— Eu te vejo duas vezes por semana, Orion, no estado em que está agora, é o suficiente.

— A gente fica a semana inteira na barra da saia dos pais, isso enerva.

— Procure atividades fora de casa, acaba de mostrar que pode se virar sozinho. O senhor Douai não te telefonou?

— Sim, encontrou um ateliê de gravura, o melhor entre os mais baratos, disse, mas isso custa dinheiro, Senhora.

— Nem tudo pode mais ser gratuito para você, Orion, você tem uma pequena pensão, vendeu obras, pode pagar. Também pode se virar para achar um ateliê de pintura. Para ir com Ysé ver exposições ou filmes.

— A gente vai ao ateliê de gravura duas vezes por semana e pagará. Mas em dezembro, Senhora, quando os pais viajam e a gente fica sozinho...

— Nesse momento, quando viajarem, vou te receber todos os dias. Virá desenhar como antes.

— Senhora... enquanto o demônio me esquentizava esperando a doutora, teve um momento... Um momento... a gente sentia... que poderia ter parado tudo isso... quebrando a cara do demônio... sim, a gente sentia isso... mas sentia também que o menino azul nunca teria feito algo assim... O menino azul, Senhora, não quer matar seu demônio... não quer matá-lo para fazê-lo se calar."

Myla

Este ano difícil continuou, Orion vai duas vezes por semana ao ateliê de gravura, que ele mesmo paga. Nossos encontros mantêm seu caráter amistoso, mas tornaram-se uma espécie de psicoterapia. Decide-se enfim a expor sua estátua que se chama Leoa-marinha. Através dessa verdadeira Leoa-marinha conseguiu expressar seu desejo, sua visão infantil de uma maternidade ampla e natural. As crianças que vêm à exposição o compreendem, vão imediatamente para ela, gostam de acariciar suas belas curvas de madeira, tranquilizantes e polidas.

Fui ver o doutor Lisors para colocá-lo a par da evolução de Orion e de sua saída do La Colline. A doutora Zorian lhe telefonou para dizer que Orion não tinha se adaptado bem e que, em acordo com seus pais, aceitou deixá-lo ir embora, contrariando as regras do estabelecimento, antes do fim do ano.

Lisors me diz: "Ela não fez outros comentários nem me falou de você. Orion, diz ela, é difícil e é preciso vigiar deu hábito de acender foguinhos com seus colegas. É um sintoma novo.

— Queima certos desenhos que faz para o fogo. Pensa que, queimando, alcançam um instante de intensidade superior. Falou-me disso. É perturbador para nós, que esperamos da arte certa duração. Orion descobre pelo fogo a beleza instantânea, já perdida pela metade. É certamente um novo sintoma.

— Apesar disso, acho que o episódio do La Collina é positivo. Orion resistiu certo tempo em um meio diferente, foi capaz de suportar a perda de um amigo, de manifestar uma violência limitada e levar a diretora, que desejava expulsá-lo, a deixá-lo partir livremente. Você retomou a psicoterapia com ele?

— De maneira muito livre, o problema principal continua: é sempre 'a gente' quem fala.
— 'A gente' fala porque "eu" ainda dá medo. Tenha paciência. Tente reduzir o número de sessões. Apesar dos riscos, ele precisa aprender a viver sem você. Não há análise interminável. Douai me disse que ele entrou em um ateliê de gravura. Precisa ter atividades fora de casa."

Orion tenta várias atividades novas, mas só o ateliê de gravura torna-se um lugar familiar para ele. Muito intimidado no início, sente-se aceito depressa graças ao clima amigável e laborioso que o mestre de gravura faz reinar em torno de si. Depois de algum tempo, o mestre o instala próximo de uma de suas alunas, ela também uma pessoa com deficiência, com quem se sente confiante. Ela trabalha no ateliê há muito tempo, está muito avançada nas técnicas de gravura, mas é menos hábil que Orion em desenho. "Myla, Orion me conta, ensina-me gravura, é, sobretudo, ela que me mostra. Quando é difícil, a gente a ajuda com o desenho." Entendo que Myla, muito tímida, está feliz com essa troca na qual cada um ensina e aprende à sua vez. O lugar ao lado de Myla conta muito na importância que o ateliê de gravura está ganhando para Orion. Quando vem me ver, noto que o nome de Myla aparece com mais frequência que o, sempre doloroso, de Jean. Orion lhe dá como presente um desenho que representa borboletas com cores brilhantes. Alguns dias mais tarde ela lhe dá uma gravura em que escreveu embaixo, com sua caligrafia fina e um pouco tremida: "Tiragem de artista número 1." Essas palavras ressoaram profundamente nele, que as mostra para mim com orgulho.

"Você me fala muitas vezes de Myla. Queria conhecê-la.
— Você a verá em uma exposição, talvez no próximo domingo em Charenton-le-Pont. Apresentaram suas gravuras junto com minhas obras. O júri escolhe dois. Não é certeza que ela possa ir neste dia, mas virá com certeza mais tarde na exposição da subprefeitura do quinto distrito. Seu pai chega do Brasil, virá com ele e sua mãe. O júri aceitou três de suas gravuras, a gente vai expor,

como em Charenton, a cabeça de bisão que acaba de terminar. É bem pesada, temos que carregar em dois, papai e eu.

— Quer que Myla seja sua namorada?

— Mais que meio-namorada, mas não mais que quase namorada. Na cabeça ela é namorada, mas não na realidade. Myla nunca dirá que a gente é seu namorado. Quando lhe disseram que poderia expor, foi como se os dois tivéssemos tido vontade de se beijar. Mas a gente não se beijou, isso só acontece quando chega no ateliê, ela me beija como os outros, a gente faz assim no ateliê. Myla é tímida, muito, muito. Talvez a gente devesse ficar um pouco contente com isso, porque quando as coisas vão bem, a gente se agita muito, fala demais, transpira. É melhor não dar o primeiro passo, como você dizia sobre Jean.

— No ateliê fica sempre perto dela?

— Sim, Senhora... mas não muito demais. A gente não pode ser verdadeiros namorados, casar ou se amigar em um apartamento nosso. Somos prisioneiros da deficiência, os dois... Porque senão poderíamos ter filhos anormalizados, até piores que nós. Seus pais não devem ter medo.

— Seus pais têm medo...

— A gente não sabe, Senhora."

Telefono para o mestre de gravura. Está contente com o trabalho de Orion, do qual aprecia o que chama realismo fantástico ou mágico. Propõe-me passar de vez em quando pelo ateliê. Aproveito sua oferta e vou no dia seguinte. Orion, muito compenetrado em seu trabalho, não me vê. Na frente dele, aquela que – não duvido nem um instante – é Myla, levanta um instante seus longos cílios e diz baixinho um nome que não posso escutar, mas que leio em seus lábios: Orion. Ele levanta a cabeça, olha para ela sorrindo e se volta para mim. Myla, com o olhar ausente, petrifica-se esperando, enquanto Orion, com seu aspecto de ursinho de pelúcia, precipita-se na minha direção para despejar imediatamente um fluxo de palavras.

Tento acamá-lo: "Venho ver o ateliê, não quero te incomodar, logo virei ver o que está fazendo."

Ele volta a seu lugar, sorri para Myla. Quando o vê recomeçar seu trabalho, ela faz o mesmo. Vou falar com o mestre de gravura, de lá posso olhar Myla sem a incomodar.

É pequena, seus movimentos são graciosos, está vestida, como todos aqui, de maneira descontraída, mas com certa elegância. Não é bonita, há em seus traços e sua maneira de ser algo de indeciso, de vago, quase de temor que surpreende à primeira vista. Em seu rosto flutua, mais do que aparece, um meio sorriso incerto, um pouco perdido, de uma doçura comovente. Penso: mais uma pessoa doce e perdida em um mundo como este, que temos imediatamente vontade de ajudar, de proteger. Compreendo este desejo que atrai Orion para ela. Ele, o assistido, o tão protegido, assiste e protege por sua vez este ser indefeso. Neste momento, entra uma senhora que se dirige a Myla, vejo, com surpresa, Orion se levantar e lhe oferecer sua cadeira. É certamente a mãe de Myla, elas se parecem, mas a mãe é mais alta e mais bela que a filha. Atrás de uma segurança mundana encontra-se em seu rosto o sorriso vago e perdido de Myla e uma incerteza profunda. Aproximo-me deles, digo-lhes quem sou e pergunto: "Você é a mãe de Myla?"

— Sim, ela me falou muito de você.

— Mas não a conheço ainda. Bom dia, Myla, também escutei falar de você, Orion me disse que você é uma excelente artista gravadora."

Ela sorri, seu olhar é muito bonito. Orion intervém: "É a Senhora... Seu marido, Vasco, é meu amigo."

A mãe diz: "Nós somos brasileiros, ele é famoso no Brasil. Gostamos muito de sua música..." Pega meu braço: "Espero que sejamos amigas, eu me chamo Eva.

— E eu, Véronique.

— Venho buscar Myla um pouco mais cedo, temos que ir ao médico."

Myla se levanta, arruma suas coisas com muito cuidado, Orion claramente queria ajudar, ela não deixa e murmura: "Trabalhe, ainda tem uma hora."

Eva, ao sair, beija-me, Myla também, seu beijo é como a passagem de uma borboleta. Orion deu um jeito de ficar no meio de nós, estou inquieta, o que vai acontecer? Não acontece nada. Eva o beija sem hesitar e Myla lhe dá um beijinho de flor sobre as bochechas.

Foram embora, Orion está muito contrariado com a partida de Myla, vaga um pouco pelo ateliê, volta para perto de mim.

"Senhora..., Senhora, você quer ficar no lugar de Myla para que a gente trabalhe como ela quer, e depois me levar até o ônibus de carro?"

E eu, naturalmente, aceito.

Na semana seguinte, vem em casa e imediatamente anuncia:

"DITADO DE ANGÚSTIA NÚMERO DEZESSETE

Você não pôde ir à exposição em Charenton-le-Pont, estava em Amsterdam com Vasco. Uma pena, o dia estava bonito e tudo ia bem. A gente chegou cedo para ver se as gravuras de Myla estavam bem colocadas e a senhora diretora que a gente conhece disse: Haverá talvez uma boa surpresa para sua amiga de ateliê. Myla chega de táxi, a gente a leva para a exposição, não tem quase ninguém ainda e ela não está intimidada. A gente lhe mostra suas duas gravuras bem expostas, ele não diz quase nada como sempre, mas seus olhos alegres sorriem sem sorrir. Diz: Mostre sua estátua. A gente a leva até a estátua, vê em seus olhos: que é bonito, que se pode ter confiança em Orion, que fez essa cabeça, a cabeça de um verdadeiro animal-homem, não deficiente, não raionizado. Ela passeia seus dedos sobre a madeira que é bem redonda, suave e ao mesmo tempo forte. A gente também acaricia o bisão, as mãos se encontram, os olhos dizem: pode pegá-la pela mão, passear com ela pela exposição como namorado e namorada. A gente pega, estamos ambos felizes, calmos, como estivemos muito poucas vezes. Sua mamãe, a mulher alta e bonita que não me dá medo, vem. A gente a recebe na porta com Myla, dando-nos as mãos, ela vai ver o Bisão. Papai e mamãe também vieram, parecem contentes que estejamos juntos os dois. Mamãe convida Myla para lanchar, papai diz que vai buscá-la.

A mamãe de Myla me diz que meu *Labirinto antiatômico* é terrível demais para ela, mas que gosta muito de minha estátua. Myla está tão contente que quase chora. Fica ainda mais contente quando recebe o segundo prêmio de gravura. As pessoas aplaudem, ela fica vermelha, sua mamãe está orgulhosa, mas eu mais ainda.

Terça, Myla vem lanchar em casa, uma senhora a traz e vai embora. A gente lhe mostra o ateliê e muitas obras. Seus olhos dizem: a gente gosta. A gente lhe dá um quadrinho da ilha Paraíso número 2, ela diz: Faça mais um desenho dessa ilha e eu o gravarei. A gente diz: De acordo e estamos de novo ambos felizes e calmos.

O lanche não vai muito bem, mamãe preparou bolos e chocolate, ela lhe diz para escolher um bolo, Myla não escolhe. Mamãe lhe dá um, o melhor, ela o olha como se tivesse medo. Durante esse tempo, a gente come dois. Myla bebe um gole de chocolate, pega um pouco de bolo, deixa-o em sua boca sem mastigar, torna-se pálida e triste. A gente pensa no hospital Broussais e no menino azul, quando fazia bolotas de carne na boca. A gente diz: se você não pode comê-lo, cuspa. Ela não se atreve e mamãe, que sempre sabe o que se deve fazer, leva-a depressa para a cozinha e a ajuda a cuspir, a gente pensa, porque não viu.

Myla diz: Obrigado, Senhora, chorando, então mamãe chora um pouco também e lhe dá um beijinho. Myla volta com um sorriso um pouco desolado, não pode mais beber, nem comer. Eu também não, no entanto ainda tem vontade, porque gosta de bolos.

Quando papai volta, diz a Myla: Você não está bem, é melhor te levarmos de volta para casa. Myla diz: Sim, senhor, e para mim baixinho: Venha também.

Ela sobe no carro ao lado de papai, a gente aperta seu cinto de segurança que ela não tinha visto. A gente está atrás dela, pegando sua mão. Sem dúvida está contente, porque se a gente aperta sua mão de leve, ela responde do mesmo jeito.

Em uma rua diz a papai: É aqui, e aperta minha mão um pouco mais forte.

À noite papai diz: Myla é muito amável, mas quando saiu do carro senti que não pesa nada. Não deve convidá-la mais aqui, nem ir a sua casa se ela convidar.

A gente sente que ele tem razão, Senhora, mesmo sem saber exatamente o porquê. Mamãe diz: infelizmente está doente, é anoréxica. O que essa palavra quer dizer, Senhora?

— Que não pode comer por razões físicas ou mentais. No caso de Myla, parece tratar-se de uma anorexia mental.

— Então pode se curar, porque a gente se curou e agora come. Você diz até que a gente come demais.

— Você tem que vê-la mais vezes para ajudá-la, Orion, será que não poderia ir três vezes por semana ao ateliê de gravura?

— A gente pode, mas isso custa uns trocados a mais.

— Você pode pagar mais.

— Para ajudar Myla a se curar, a gente vai pagar mais.

— Telefonarei para a mãe dela para lhe propor que vá três vezes por semana."

Ele não diz: Fim do ditado de angústia. Um tipo de cumplicidade surge entre nós. Ele tem um projeto, temos um projeto comum para a felicidade dos dois, para sua alegria calma, que ele sabe, como eu, ameaçada. Será preciso ter paciência, e como esse não é seu ponto forte, conta comigo para isso e vai embora.

Volto várias vezes ao ateliê, gosto de ver Myla e Orion perto um do outro, absortos em seus trabalhos. Às vezes Orion levanta a cabeça e a bombardeia com perguntas entrecortadas. Ela lhe responde com um olhar ou uma palavra e o sorriso nos seus olhos basta para acamá-lo. Gosto também de falar com o mestre de gravura, que me explica com muita paciência os segredos de sua arte. Ele me fala de Myla. "Sempre foi lenta e sem confiança em si, mas desde que trabalha com Orion é mais viva e começa a se liberar da perfeição técnica em que se fechava até aqui. Alguns desenhos de Orion são de uma estranheza e de uma imaginação surpreendentes. Myla gravou o último que ele lhe deu. A obra que saiu da colaboração deles é inesperada, o lado selvagem, onírico do desenho de Orion não desapareceu. Tornou-se mais real, mais misterioso, menos angustiado pela maneira como Myla fez entrar nele sua calma e sua bondade. Vou te mostrar um exemplar, você poderá compará-lo com o desenho."

Fico surpresa, a gravura representa a harpa eólica do grande carvalho, do velho cantor no furacão da ilha Paraíso número 2. Orion fez uma nova versão cujas cores duras, as formas violentas permitem escutar a música de outro mundo. Na gravura, no preto, cinza suave e branco de Myla, percebe-se mais profundamente essa música. As formas continuam duras, a árvore morta e o furacão estão lá, mas nota-se que a calma está voltando, que já está lá, porque embaixo do carvalho atormentado veem-se dois dançarinos frente a frente. No desenho de Orion não há dançarinos, surgiram sem dúvida da narrativa da ilha Paraíso número 2 que fez a Myla. Os dançarinos, apenas esboçados, são bem reconhecíveis. Orion com sua silhueta um pouco pesada e Myla com sua graça etérea, bem mais leve, e sua minúscula bondade de flor dos campos.

Digo ao mestre: "Myla penetrou e encontrou um lugar no universo de fantasmas de Orion. Que intuição! Myla muda nosso Orion, ela o descobre.

— Orion também muda nossa Myla, ele a empurra para a vida."

Trazendo Orion de volta de carro até seu ponto de ônibus, pergunto: "Você contou a história da ilha Paraíso número 2 para Myla?

— A gente falou, mas nem sempre pode distinguir o que está na cabeça e o que está no macaco.

— No macaco...

— No como os outros, Senhora."

Rodamos em silêncio um momento. "Myla parece gostar muito de você.

— A gente também acha isso, Senhora, mas ela não diz nada, não pode, na verdade. A gente pensa que somos namorado e namorada para gravar, desenhar, expor juntos, passear dando as mãos e estamos felizes assim. Nada mais. Seu pai, que volta do Brasil, não deve ter medo.

— Ele tem medo...

— Myla não disse nada, mas a gente acha que ela tem medo do seu medo... Myla aceita o namorado como é, mas a gente sabe bem, e ela também, que não é um verdadeiro Senhor como seu pai.

— ...

— A gente é artista pintor e escultor, mas isso não faz ser o Senhor que a gente não é. O pai de Myla virá para a exposição, Senhora, você o verá domingo."

É um belo domingo de setembro, chego à praça Saint-Sulpice, na subprefeitura do 5º distrito, para poder visitar tranquilamente a exposição. Orion me espera na entrada, parece passavelmente agitado.

"Myla vem de táxi, seu pai está cansado da viagem, seus pais virão mais tarde."

Não esperamos muito tempo, Orion se precipita para abrir a porta para Myla, eles se cumprimentam com um beijo, como fazem no ateliê, ela avança na minha direção e me dá seu beijinho de libélula. Orion vai buscar catálogos para nós. Subindo as escadas mais lentamente que ele, pergunto para Myla: "Orion te fala da ilha Paraíso número 2?" Ela me responde a seu modo, baixando lentamente seus longos cílios.

"Você gosta do que ele conta?

— Às vezes... às vezes ele fala demais..."

Dirige para mim um olhar confiante.

"Para mim é a mesma coisa... Falar... é difícil... Comer... ainda mais."

Sua confiança terna e tímida me comove. Pergunto-lhe: "Está contente de ir logo para o Brasil?"

Sua voz, bem próxima do silêncio, chega a dizer: "Não..., Senhora..."

Que diferença entre seu "Senhora" tão terno, um pouco temeroso, e o de Orion, em que ressoa sempre uma reivindicação.

Não, ela ousa enfim, mas somente um pouco, dizer não. Ela não quer ir para o Brasil por causa... por causa de Orion, com certeza, e de seu trabalho juntos.

Orion nos espera no alto da escada, ele nos dá os programas, apodera-se da mão de Myla e nos faz entrar na exposição. Quero deixá-los sozinhos, vou ver as gravuras de Myla. Há duas boas naturezas mortas e, sobretudo, seu extraordinário *Fim de tempestade sob a harpa eólica*, como a batizou acertadamente o mestre de gravura. Ganha fácil contra as outras duas por sua força, no entanto, há nelas algo que me incomoda e sobre o que não tenho tempo de me aprofundar porque os visitantes começam a chegar e quero ver tranquila a estátua que Orion acaba de terminar.

Diante dela, por um instante sou subjugada pela presença selvagem e massiva da obra. É a cabeça de um bisão macho no esplendor de uma jovem maturidade, de um bisão mestre e profeta, defensor do rebanho formidável que nada pode deter em sua marcha através da pradaria. Deste mundo hoje destruído, retalhado, este busto é a imagem constante através da qual se distingue o sonho do homem sólido, vigorosamente seguro de sua força e de sua liberdade, que Orion queria ser. O que sabe que é também Orion, o desorientado, que fez surgir de sua imaginação profunda um Orion em seu exato lugar, em seu direito, que sabe sempre o que deve fazer para atravessar com os outros a imensidão de erva. Vejo materializado na madeira que não conhece a angústia, o impossível desejo de Orion e do povo do desastre.

Percebo que Myla, que chega com ele, contempla e sente como eu a grandiosidade épica de sua tentativa. Ela passeia, como eu, seus dedos sobre as belas superfícies do Bisão, nossas mãos se aproximam e nossos olhares se unem na admiração do obscuro, do longo e exato trabalho. Orion vê nossos olhos, nosso sorriso. Sua existência se fortalece. Toma de novo a mão de Myla e dá com ela uma volta em torno da estátua. Mostra-lhe suas obras, seu terrível *Labirinto antiatômico* e *O Cemitério degenerado* com seus esqueletos, na atividade da desordem, sob o olhar do demônio branco.

Sugiro-lhes passear mais pela exposição e os vejo ir, de mãos dadas, simplesmente felizes por estar juntos e trocar olhares.

Volto a ver o Bisão, sua semelhança com Orion aparece mais claramente, assim como a presença oculta do Minotauro. É sempre o Grande Obsessivo que segue sua marcha inexorável. Poderá continuá-la na pradaria interior ou irá, como o povo dos bisões, quebrar-se contra os arames farpados e os fuzis dos invasores? Myla, a frágil, a libélula, poderá manter sua mão na dele e defender sua corajosa esperança?

Encontro os pais de Orion, seu pai me diz: "Estamos contentes de vê-lo com Myla, é uma mocinha muito amável, um pouco *borderline* (será que foi Orion que lhe ensinou essa palavra), mas séria. É uma artista, podem trabalhar juntos."

E a mãe: "Não é bonita demais para Orion, mas amável e doce, é melhor."

Precisam ir embora, eu me ocuparei da volta de Orion. Sinto um olhar fixo sobre mim. Viro-me, é Vasco. Tocava ontem em Zurique e veio direto do aeroporto. A juventude persistente de seu porte, o ardor alegre com o qual me encara por um momento, emocionam-me. Beija-me e me diz: "Acabo de ver Orion e Myla perambulando de mãos dadas. Isso é novo, nunca vi Orion tão feliz."

Desliza seu braço sob o meu como gosto. "Olhemos suas obras."

Está impressionado com o Bisão, dá voltas a seu redor para ver todos os aspectos. "É o bisão eterno, que sempre assombra nossas profundezas e sua própria imagem oculta. Que força, quanto profissionalismo já tem Orion!"

Algumas crianças param atônitas diante da cabeça, ele lhes diz: "É de madeira, mas é também um bisão de verdade. Podem acariciá-lo, isso lhes fará bem."

Suas mãos se aproximam, a suavidade das curvas, a força vital da madeira os penetram e os tranquilizam.

Vamos ver o quadro de Orion e seu desenho *O Cemitério degenerado*, cujo quadro sublinha o caráter duro e talvez maléfico. Vasco: "Nós o vimos nascer, é sempre tão impressionante para os ditos normais, não teme a reação dos pais de Myla?

— Um pouco, Orion não me consultou para essas escolhas, o que é bom, agora chegou até aqui."

Vamos ver as gravuras de Myla, ele olha as naturezas mortas: "São boas, mas as molduras, as molduras são ricas demais para esses quadros.

— Algo também tinha me incomodado, mas não sabia o que era. Será que as molduras são um presente de seu pai?

— Naturalmente, o grande bilionário! Até estragou a gravura do furacão, que é surpreendente. Fico estupefato que esta pequena Myla, nascida ainda apenas pela metade, tenha podido fazer isso!" Vasco me beija. Não viu Orion e Myla, que chegam atrás de nós, Orion dá gargalhadas: "A gente gosta quando você beija, Senhora!"

E Vasco: "Você fez um bisão rei, que é também você mesmo. Adoro sua gravura, Myla, é admirável que uma pessoa tão jovem tenha conseguido fazer, com um furacão em cinza, branco e preto, uma música dessa profundidade." Em um desses movimentos de entusiasmo que às vezes se apoderam dele, apanha Myla e a levanta muito alto triunfalmente. Ela está surpresa, tem um pouco de medo e fica corada. Voltando a terra, com um movimento espontâneo, pega a mão de Orion e se esconde pela metade atrás dele antes de rir conosco.

Os visitantes começam a afluir. Digo a Orion: "Quando os pais de Myla chegarem, diga "bom dia" à sua mãe, peça a Myla para te apresentar a seu pai, mas depois não fique com eles, volte para junto de nós.

— Por quê? A gente não quer, Senhora.

— Não conhece seu pai, ele volta de viagem, terá vontade de ficar com sua filha. Seja discreto.

— O que é ser discreto? Ser deselvagenzado?"

— É ser simplesmente discreto."

Proponho a Myla ir com ela esperar seus pais na entrada. Não esperamos muito tempo. Eva, no contorno informe e gracioso de suas roupas, encobre sua magreza quase inacreditável. Apesar de seus saltos baixos é mais alta que seu marido, um belo homem, próximo dos cinquenta, com cabelos um pouco grisalhos. Somos impactados, ao vê-lo, pelo contraste entre o queixo poderoso de homem de poder e o belo olhar que esconde os segredos do sedutor. Seu rosto se ilumina quando vê Myla, ele a abraça e a beija como se ela ainda fosse uma menininha. Eva nos apresenta um ao outro. Chama-se Luis e me diz: "É psicanalista, acredito." Percebo em sua voz que não é uma profissão que aprecia muito.

"Véronique, diz Eva, é a mulher de Vasco, o ex-campeão automobilístico que se tornou músico. Lembra? Nós o escutamos no Rio." Neste momento, dá um belo sorriso, em sua versão sedutora, e vejo que para ele a celebridade tem valor na Bolsa. Orion e Vasco estão um pouco mais longe. Myla diz: "Papai, este é Orion." Eva acrescenta: "Seu colega do ateliê de gravura."

O olhar de Luis nota imediatamente o casaco barato, a calça amarrotada, a aparência pouco à vontade e agitada de Orion. Myla percebe isso? Ela se pendura ternamente no braço do pai: "Orion grava... pinta... esculpe." Ele está comovido com seu gesto, vê-se que a ama muito. Mas não pode deixar, no entanto, de olhar para Orion de cima a baixo: "Todos os talentos! Vamos ver isso."

Neste momento Vasco intervém, apresenta-se com sua graça habitual e Luis percebe imediatamente que fala com um homem habituado ao sucesso e que é também um amigo de Orion que está disposto a protegê-lo. Temo que Orion fique preso ao grupo e digo a Eva: "Deixo-os ver a exposição com Vasco e Myla, Orion e eu temos coisas para fazer." E arrasto Orion, que geme: "Por que a gente não pode ficar com a Myla?

— Seu pai acaba de voltar do Brasil, quer ficar sozinho com sua filha e Vasco vai lhes mostrar as obras." Orion aceita, mas está infeliz, talvez humilhado e, quando cruzamos com Myla e seu pai, vemos que ela está tão triste quanto ele.

Após uma fastidiosa andança pelas salas, anunciam a proclamação das decisões do júri. Vasco vem se juntar a nós. Presa entre seus pais, como uma menina, Myla está do outro lado e parece ainda mais perdida do que de costume.

Orion recebe, por seu Bisão, o primeiro prêmio de escultura. É muito aplaudido, Eva aplaude como os outros, mas Luis, imóvel, não aplaude. O que de súbito me aterroriza e que felizmente Orion não pode ver, é que Myla também não aplaude. Tem medo de seu pai ou não entende mais o que está acontecendo?

Quando se aproxima a proclamação do prêmio de gravura, Orion fica agitado e diz com voz muito alta: "Myla tem que ganhar, a gente viu tudo, é a melhor..." E com um tom ameaçador: "Que não se cometam injustiças!" Está vermelho, suas mãos tremem, temo que agite os braços ou pior ainda, que comece a saltar. Vasco põe a mão sobre seu ombro, eu lhe murmuro ao ouvido: "Fique calmo, há muita gente aqui, mas está com amigos."

Não há injustiça, Myla ganha o primeiro prêmio de gravura. Orion está feliz, aplaude freneticamente. Myla, surpresa, esconde-se atrás de seus pais e não se mexe.

Orion quer ir na direção dela, Vasco o segura. Sua mãe a pega pela mão e a conduz em lágrimas até a mesa do júri. Eva solta a mão de Myla para que possa receber seu prêmio. O presidente lhe dá, mas ela não ousa apertar-lhe a mão como os outros. Recua um pouco e faz uma pequena reverência encantadora e fora de moda. Os aplausos redobram, Myla, aturdida, em vez de seguir sua mãe, lança-se a passos de passarinho em nossa direção e, em meio a lágrimas, estende seu prêmio para Orion. Felizmente Vasco reage depressa: "Devolva-lhe." Diz: "É para seus pais!" E para mim: "Leve-a de volta."

Orion se inclina para o prêmio e, com uma graça inesperada, beija-o, antes de devolvê-lo a Myla: "É para seus pais." Percebe-se a emoção das pessoas na sala, as pessoas sussurram: "Duas pessoas com deficiência... e que talento!"

Envolvo com meus braços o pequeno ombro de Myla, a meio caminho seu pai arranca-a de mim dizendo: "Estas emoções... não é o que ela precisa!" Estou estupefata com sua raiva. Enquanto anunciam os prêmios seguintes, Myla, fortemente segurada por seu pai, não pode fugir e Luis não quer fazer um escândalo.

É o fim, o público se dispersa. Quero alcançar Eva para ajudá-la a levar Myla até o carro. Luis me impede com um brutal "Adeus, Véronique!" antes de desaparecer com sua filha. Eva me faz um pequeno gesto de impotência aflita com a mão. Ambos apoiam Myla, mas Eva é lenta demais para Luis, que apanha sua filha nos braços e a leva como uma presa.

Orion está petrificado: "A gente não pôde dizer até logo...
— Você reagiu de modo perfeito beijando o prêmio, Orion."
Percebe que partilho sua tristeza e este fracasso imprevisto depois da realização de tantas esperanças. Vasco seguiu a mesma linha de pensamento que eu. E, para orientar Orion em sua raiva, diz: "O tubarão segura entre seus dentes a presa adorada." Como Orion não reage, acrescenta: "Já que Myla foi embora e seus pais foram para o interior, nós te convidamos para um restaurante, depois te levamos de volta para casa."

Orion nos acompanha sem dizer nada. Vejo que está muito mal, que vai começar a saltar. Bem, hoje o deixarei saltar! Entramos no carro, ele fica do lado de fora, certamente vai saltar e dançar a dança de São Vito. Faz um esforço extremo para se dominar. Consegue. Esta derrota torna-se para ele uma vitória, entra somente pela metade no carro. Digo a Vasco: "Espere! Espere..." Orion sai do carro como uma bomba. Brande o punho, berra: "Canalha!" Volta, senta-se no carro. Vasco dá a partida, está contente, eu também.

Proibida de responder

Vasco me diz: "Não tive a oportunidade de te dizer. No Brasil, me informei a respeito do pai de Myla. É um tubarão de média importância nas finanças internacionais, tem negócios importantes lá, é um especulador hábil, compra a preços baixos empresas falidas que ele mesmo ajudou a afundar. Em Paris, há apenas o holding que controla tudo e do qual ele é o número dois. Tem uma sociedade que trabalha com a venda de objetos de arte no Rio e em São Paulo, que acompanha pessoalmente. É um verdadeiro financista, que se interessa pela arte apenas para vender, comprar e promover o que está na moda. Uma exposição como essa onde Myla ganhou seu prêmio não têm nenhuma importância a seus olhos e sem dúvida lhe parece ridícula. A magnífica gravura de Myla: difícil de vender, o Bisão de Orion: invendável! A escultura: acabou. Para o diabo com tudo isso! Eis suas reações.

— E Eva?

— Uma condessa austríaca, nome importante, beleza, corpo e espírito frágeis, cheia de contatos, mas completamente quebrada antes de se casar com ele. Completamente dependente dele. O pior é que ele adora sua filha, quer superprotegê-la, toda para si."

Quando Orion vem me ver, a infelicidade parece ter desaparecido. O pai foi embora, Myla estava tão ansiosa para voltar ao ateliê que já está recuperada.

"Desde a exposição e o prêmio, Senhora, somos mais namorados que antes. Mas mais namorados pelos olhos. Antes a gente não sabia o que ambos pensávamos, agora se vê. A gente levou um novo desenho, ela o grava a seu modo, a gente vai gravar ao meu próprio modo. Ela vem ao ateliê por duas semanas ainda, depois vai embora passar dois meses no Brasil. Será muito demorado, Senhora.

— Poderá escrever para ela.

— É que a gente não escreve tão bem.

— Envie-lhe cartas pintadas ou desenhadas, mesmo se, por causa de seu pai, você não as assinar, ela entenderá com certeza de quem vêm e o que querem dizer."

Seu rosto se anima: "A gente vai fazer isso, vai mostrar as cartas para você antes."

Após a partida de Myla para o Rio, está desamparado: "A gente queria ir lhe dizer até logo no aeroporto. Escutou o menino azul dizer: "Não faça isso!" E papai dizia o mesmo.

— Eles tinham razão, Orion, infelizmente.

— Antes de ir embora, Myla me pediu uma foto, a gente deu aquela em que está ao lado do estandarte do demônio-ditador. Ela me deu uma bela foto sua, a gente não esperava, ficou contente, podemos nos ver de novo pelas fotos. A gente coloca a dela perto da cama à noite e na mochila quando sai. Ela disse que faz o mesmo."

Chega o temível mês de dezembro. O pai de Orion está aposentado agora, tem mais tempo para as vendas de bijuterias que organiza no subúrbio, no interior e às vezes no estrangeiro. Sua mulher o ajuda com esse trabalho, que é um prazer para eles e lhes garante uma renda extra. Jasmine voltou de uma grande estádia de trabalho na Inglaterra, conseguiu ser contratada por um vendedor de quadros. Está mais elegante, aprende muito. Diz para Orion: "Um dia, abrirei minha própria galeria e venderei suas obras." Mas não está mais disponível para substituir seus pais quando Orion está sozinho, por isso só sobra eu.

Orion me traz três cartas pintadas: "Qual a gente envia?"

Escolho uma floresta onde pastam uma corça e seu filhote: "Na idade de Myla teria gostado de receber essa."

Durante este longo mês de dezembro Orion vem muito a nossa casa. Instala-se em um canto da sala de estar que se atribuiu a si mesmo, nos dias bons, começa imediatamente a pintar. Começa um grande quadro: em uma paisagem exuberante, uma jovem loira olha correr as cascatas de um rio que deve ser o tempo. Quando o quadro se aproxima de seu fim, compreendo que essa jovem é Myla. A jovem da pintura é alta e loira, Myla é pequena e morena, no entanto, não tenho nenhuma dúvida: é ela. Reconheço seu meio sorriso flutuante, seu olhar baixo, filtrando tudo com seus longos cílios.

"Seu quadro é bonito, Orion, porque esconde Myla atrás dessa jovem loira?

— A gente não sabe, Senhora. Você pode saber que é Myla. Os outros é melhor que não saibam."

Deixo-o continuar seu trabalho. Tem razões, sem dúvida, para esconder suas esperanças e sua felicidade ameaçada. Essa felicidade que ainda não ousa nomear. Como se atreveria a chamar amor o que sente por Myla e ainda mais o que ela sente por ele? Amor é uma palavra, é um mundo para os normais, do qual Myla e ele estão excluídos. Melhor não mostrar, não confessar e ocultar sob o véu do silêncio ou da arte o que suscitaria nos outros o riso ou a desaprovação.

Tento me consolar pensando que através de nossos longos anos de trabalho, Orion não só tornou-se um artista, mas também cresceu muito em inteligência e em compreensão. Isso, porém, não lhe assegura hoje, nem amanhã, a paz do espírito e do corpo. Acaba de fazer uma mancha no quadro, levanta-se encolerizado, derruba a cadeira, lança outra sobre o divã. Vai saltar e quebrar algo se não intervir. Intervenho, mas isso leva tempo e saltou um pouco mesmo assim. Antes de deixá-lo sair, preparo um chocolate quente, que tomamos juntos. Uma parte de mim suspira: mais uma tarde perdida. E outra protesta: O que quer dizer: perdida?

O Natal se aproxima. Orion recebe do Brasil um belo cartão postal para as festas assinado com letras pequenas e tremidas: Myla.

O envelope é mal selado e o endereço escrito às pressas. Orion trabalha vários dias na pintura em formato pequeno de um labirinto que vai de Paris ao Rio. Há passagens envidraçadas nas quais aparecem estranhos peixes de diversas cores. As relações geográficas são respeitadas e esse longo labirinto, como os quadros chineses, se enrola ou se desenrola com a ajuda de uma madeira esculpida e pintada por ele. Essa pequena obra prima é feita para encantar as almas ainda um pouco infantis de Myla e Orion. No ponto de partida em paris há uma cabeça de bisão, no Rio uma libélula pousada sobre uma flor. É uma alegria para os olhos, exclamo: "É bonito! Como Myla ficará feliz!" Orion está contente com minha reação espontânea e a de Vasco, mas – porque sempre há um mas em sua vida – duvida que seu labirinto chegue a Myla.

Janeiro passa, nenhuma resposta. Orion envia ainda duas cartas pintadas em amizade de amor. Voltam sem terem sido abertas. Pede para Vasco telefonar, os pais de Myla mudaram do Rio para São Paulo, não nos comunicam nem o endereço nem o telefone deles. O mestre de gravura me diz que Myla não voltará a Paris antes da primavera. Como um desafio para Orion, Luis expôs em uma de suas salas de venda quatro gravuras de Myla e as vendeu muito caro.

Orion continua seu trabalho no ateliê de gravura, agora só vai duas vezes por semana. Pinta, esculpe, mas envolto em aflição e muitas vezes raiva. As cenas de inundação de Paris, de erupções vulcânicas, de explosões ou incêndios voltam mais numerosas.

Vou ver o doutor Lisors, que me escuta muito tempo, depois diz: "O essencial é que Orion trabalhe, consiga se expressar, seja autônomo. Apesar das dificuldades atuais, reduza de novo as sessões a uma por semana. Se a tristeza da separação de Myla engendrar passagens ao ato, retome-o mais frequentemente segundo suas possibilidades. Se conseguir superar a prova por conta própria, será um sinal, apesar dos riscos temporários inevitáveis, para o fim do tratamento."

Em um esplêndido tronco de tília, Orion começa a esculpir um tubarão. É sua maior escultura. Será um tubarão bom que as crianças poderão acariciar, poderão até colocar suas mãos dentro da sua boca. Vasco diz que o pai de Myla é um tubarão das finanças, então a gente faz essa estátua para ela, para que tenha também um pai de madeira de tubarão esculpido. Essa estátua, Senhora, deve dizer a Myla: "Coma! Coma para ser livre!" E a Orion: "Trabalhe, rapaz! Trabalhe mesmo se o demônio raionizar."

Por meio do mestre de gravura, Orion envia outra vez a Myla um pequeno quadro. Ele volta semanas mais tarde com a menção: Recusado!

Ele o traz para mim: "É difícil, Senhora, não virar um débilancólico. Myla foi embora, a gente escreve, mas ela está proibida de responder, nem Vasco consegue descobrir seu telefone, recusam minhas cartas-quadros. A Senhora a gente só vê uma vez por semana e me diz que um dia a gente terá que se virar sem você. Andar com as próprias pernas como todo mundo, com as próprias pernas... que a gente não tem. A gente queria, para pensar em Myla de outro modo, rever o menino azul e a menina selvagem. Queria queimar com você a carta recusada na qual estão pintados... a gente sabe que você não gosta que a gente queime, mas desta vez... a gente queria que o lar, o casamento que não pode ter, a gente gostaria que você o visse em chamas comigo. Diga que sim!... Prometa, Senhora.

Prometo. Prepare o fogo."

Chamas logo surgem na chaminé, quando começam a se apaziguar, Orion, com duas pequenas pinças que tira de sua mochila, aproxima a carta do fogo.

De repente grita: "Olhe!" Vejo surgir por um instante, do cartão que começa a flamejar, um azul e um vermelho de uma beleza fulgurante, que se iluminam ao sol do fogo, unem-se em um vitral incomparável e caem em farrapos calcinados. Orion exulta: "Você viu!" O menino do azul, a menina selvagem do vermelho, as cores de um casamento resplandecente, que nunca tinha visto até aqui, eu os vi de verdade? Com meus olhos? Ou com o olhar maravilhado de Orion, em um instante de exaltação que os demais chamam delírio...?

Hoje, posso pagar eu mesmo

Minha segunda sessão da manhã está quase terminando. Vasco dá duas batidas leves na porta. É um sinal combinado. Digo ao paciente: "Tenho que interromper um pouco mais cedo, é uma urgência."

Ele compreende e vai embora rapidamente. Encontro Vasco. "É Orion, parecia muito, muito perturbado, é algo grave. Disse a ele que você ligaria de volta." Quando vou tirar o telefone do gancho, começa a tocar. É Orion, sua voz está ofegante, entrecortada:

"Senhora... Senhora... a gente tem que falar com você, é urgente... é urgente! Eu não pude até agora, os pais estavam aqui... saíram para as compras. Eu pego o ônibus... você pega o metrô, eu te encontro em Charenton."

Estou estupefata, quase assustada, ele disse "eu" três vezes. Insisto: "Você vem?

— Vou, mas onde é que te encontro?

— A gente não sabe, Senhora... Sim, eu sei, vá ao café, bem ao lado da boca do metrô.

— Irei. Você estará na porta de entrada?

— Não, Senhora, dentro, lá onde tiver menos pessoas. Venha depressa, depressa... é urgente falar contigo.

— Saio imediatamente, já chego."

Vasco quer me levar de carro, recuso. Orion disse de metrô, é melhor fazer o que pede.

"Depressa, depressa, Senhora, é urgente falar contigo..." Repito essas palavras correndo para a estação. Felizmente, Orion escolheu bem o lugar, o metro é direto, mas o trem parece demorar em chegar. O que aconteceu? Tudo está estranho, ele telefona, o que não faz quase nunca, marca um encontro comigo em um café, é a primeira vez, ele, que nunca entra sozinho em nenhum café. E essa voz angustiada, ofegante e, no entanto, sem raiva... Sobretudo seus "eu", os primeiros...

Charenton-le-Pont, estou realmente perturbada com o acontecimento do "eu" de Orion, bem mais perturbada do que pensava. Precipito-me sobre o cais, tropeço na escada. Chuvisca, não há ninguém no terraço do café. Entrando, um forte cheiro de café invade minhas narinas, logo vejo Orion, na parte mais afastada do balcão, onde não há ninguém. Levanta-se quando chego em sua mesa, ousou pedir um suco de laranja e o bebeu. Está muito agitado e começa a falar imediatamente, mais baixo do que de costume e em um estado de grande excitação.

"É um segredo, um grande segredo, que a gente tem que te dizer absolutamente. A você, apenas para você. Eu mendiguei... eu mendiguei ontem no metrô."

Sinto um grande choque, só consigo pensar ele diz: eu. Tudo bem.

O garçom se aproxima, peço um chá e outro suco de laranja para Orion que me olha, subitamente silencioso, estupefato talvez pelo que acaba de dizer.

Enquanto o garçom traz o pedido tento me recuperar de minha surpresa que é também um pavor. A família de Orion não é rica nem pobre também, é uma família de trabalhadores na qual ninguém, ele sabe, nunca mendigou. Ele, que ainda tem tanto medo de falar com desconhecidos, como pôde mendigar? Em público! E no metrô, onde sempre se refugia em um canto!

Como se tivesse seguido o curso de meus pensamentos, recomeça a falar, mas de modo diferente do de costume. Não são mais as rajadas de palavras precipitadas que lança quando está em crise. Fala mais baixo, mais lentamente:

"É por causa de Myla. Você se lembra, Senhora, tudo o que tive que fazer: deixar o hospital dia onde estávamos bem, ambos.

Deixar você, exceto duas vezes por semana, depois uma vez por semana. Ir para o La Colline, tornar-me o quase amigo de Jean, carregá-lo pela rua com o menino azul, antes que se fosse para uma clínica para sempre. Tudo isso é duro, com muito demônio que raionifica e vontade de quebrar as portas e inundar Paris no desenho e na realidade. Para agradar o Senhor Douai e você, e para não ficar embaixo da asa dos pais, a gente vai ao ateliê de gravura. Há um bom mestre e graças a ele a gente conhece a doce e amável Myla. A gente aprende muito sobre ela e ela sobre mim. Como tinha dito sobre Jean, vou devagar, não dou os primeiros passos que a gente teria gostado de dar, ela também não. Somos companheiros de ateliê, os dois, na timidez. Tornamo-nos um pouco amigos do trabalho, depois mais e com as exposições, com certeza. Tenho pela primeira vez uma verdadeira namorada de amizade. A gente não tem mais medo de às vezes virar os olhos na frente dela e falar demais, e ela também não tem mais medo de não falar muito e de não poder comer. Sabemos que somos pessoas com deficiência, que não podemos ser mais que amigos.

Myla, seu pai a leva para passar dois meses no Brasil, como um tubarão, porque ela disse que não queria ir. Não tenho seu telefone, você também não, nem Vasco consegue descobri-lo. Então...! Então, Senhora, você me diz para lhe enviar pequenos quadros-cartas. Eu envio, Senhora, envio até um labirinto Paris--Rio através do oceano Atlântico, onde nos falamos de bisão a libélula. Ela envia um cartão postal, um só. Myla queria seguramente mais, mas o tubarão não a solta. Os quadros-cartas que envio depois, o tubarão os pega, não pode fazer isso, Myla é maior, mas ele o faz. Em fevereiro ela não volta, em março também não. A gente começa a ver na cabeça que seu pai deve ter visto minha foto com o estandarte-demônio ao lado de sua cama. Isso não agrada ao tubarão das finanças, ele compreende que Myla me deu sua foto para colocar ao lado da minha cama e agradar a vista. O tubarão quer sua filha apenas para seus olhos. Em abril ela não volta e vejo na cabeça que ele encontra perto da cama de Myla minha foto que proibiu. O tubarão fica enfurecido, ele me rasga em pedaços, rasga também meu demônio, grita, Myla chora, desmaia talvez e eu não posso defendê-la. É duro, duro... isso! Vejo também que o tubarão-pai e o demônio cheios de raios tentam pular na minha cabeça para me fazer estragar a estátua da árvore-tubarão. Mas não conseguem, a estátua será bela, uma estátua de bondade para os meninos e meninas... Ontem, Senhora, no ateliê de gravura, o mestre me levou para seu escritório, está triste:

"Não espere mais a Myla, Orion, seu pai cancelou definitivamente – a gente escuta: horrivelmente – sua inscrição no ateliê.

— Por quê? Eu grito.

— Vendeu o apartamento em Paris, vão ficar no Brasil, é o país deles."

É demais tudo isso de uma vez, esquentizo por todo o corpo, a gente queria ser uma bomba para poder explodir. E então, Senhora, se a gente explode de verdade?... Estourar, a gente tem que estourar...! A gente não quer estourar no ateliê de Myla e do mestre, mas o demônio de Paris tubarão e subúrbios faz muito contra mim. Deixo toda a minha bagunça no lugar e fujo correndo, estalos, todos os gravadores se levantam para me deter, mas a gente já está fora, galopa com os trezentos cavalos brancos. A gente não sabe mais onde está, dá chutes, socos, mas não nas pessoas, só nos tubarões devoradores que estão em toda parte. Quebrar! Quebrar! Quebrar o demônio tubarão! Corro pelas ruas como se fosse Orion o debilizado de Paris que a gente não é. A gente chega à estação de metrô...! Como cheguei lá, Senhora, será que é por causa de você? Como, como? Isso gira na cabeça fumegante como uma cadeia, uma cadeia dos por quê? Como a gente está aqui? Por que estou aqui? A gente dá mais chutes na escada rolante. É o horário de pico, ninguém vê os chutes, nem os que a gente enfia na cara dos cartazes.

Chega o metrô, como é que a gente sobe? Como? Eu não sei, Senhora. Subo, estamos todos bem apertados. Não é fácil escandalifiar, destrutificar, como o demônio do tubarão de São Paulo quer, quando a gente está apertado assim.

Estou menos furioso contra ele e mais triste por Myla, a doce, a amiga de Orion, o falador de besteiras. O bisão do subúrbio de Paris não pode mais falar com a menina selvagem. Procuro ainda algo para quebrar, mas as pessoas que estão sentadas e de pé voltam cansadas de seus trabalhos, como papai antes da aposentadoria, como a gente queria ter feito, se não fosse o deficiente que é. Não são essas pessoas que impedem Myla de voltar, não são eles que devo quebrar e bater. Talvez a gente não deva quebrar, é o que diria o menino azul, se pudesse falar nesse metrô lotado. O demônio-tubarão me quebrou, tenho que quebrá-lo, a gente não pode ficar para sempre no seu canto tremendo de medo.

Olho a gente que sofre por estar com pressa, por estar adestrada e que volta para suas casas sem poder se vingar de tudo que lhe fazem. Há um tipo de voz de menino azul que a gente escuta: Pegue na mão seu velho gorro que a Senhora detesta e vá mendigar. Eu o faço, felizmente há ainda muitas estações, mudo de vagão algumas vezes. Passo com o velho gorro e incomodo todo mundo. Não sei o que digo, choro por causa de Myla. As pessoas me deixam passar... alguns me dão uns trocados, em cada vagão. Isso faz um pouco bem, depois cada vez mais. As pessoas veem que a vida vai mal para mim e me dão. Eu peço, mendigo e eles fazem o que Myla, a doce, não pode fazer, eles me falam com seus trocados. São meus amigos no lugar dela com seus trocados.

Quando chega minha estação, já recebi muitas moedas, choro ainda mais um pouco, não quero mais quebrar, não sou mais um sozinho. O ônibus chega muito rápido e já não grita com seus freios: Débil mental, a gente vai te pegar! Não choro mais quando chego em casa, os pais não notam nada, não perguntam nada.

Durmo uma noite agitada. Esta manhã, sinto que a gente tem que falar contigo. Mas não posso dizer que vou a sua casa quando não é o dia certo. Espero meus pais saírem para as compras. Demora bastante! Telefono, você vem, tinha certeza que viria..., por que, Senhora?

O que pensa disso, diga depressa, Senhora, tenho que voltar para casa a tempo de comer, não quero que os pais saibam que houve coisas que não acontecem sempre... Não chore, Senhora, fale!

Não sabia, há lágrimas que deslizam sobre minhas bochechas. Estou emocionada, sem dúvida... Sinto tristeza e alegria... É o fim da bela história de Myla... e logo o da grande aventura de Orion e Véronique. Ele diz "eu", já pode ir sozinho agora, mesmo que vacile e caia muitas vezes, como todos os demais. Liberou-se de sua análise, de nosso trabalho, nossa troca.

Consigo dizer: "Você fez o que é justo, absolutamente justo Orion. Você pediu, não ficou excluído e as pessoas te deram cada uma um pouco, em lugar de Myla.

— Senhora... veja, eu trouxe o dinheiro que a gente recebeu. Ninguém pode saber disso, só você. Você o dará, eu ainda corro o risco de ter medo.

— Eu o darei, dar e receber. Receber e dar, é o bastante.

— A gente quer ficar com você, Senhora, mas tenho que ir embora... você entende?

— Vá depressa, seu ônibus chegou, eu pagarei.

— Não precisa, Senhora, hoje, posso pagar eu mesmo."

Baumugnes, setembro de 1999
Paris, abril de 2004

Este livro foi impresso em fevereiro de 2024
pela Gráfica Paym para Aller Editora.
A fonte usada no miolo é Literata corpo 9.
O papel do miolo é Pólen Soft LD 80 g/m².